忘却の河
上
LA RIVIÈRE DE L'OUBLI CAI JUN
蔡駿
[監訳]
高野優
[訳]
坂田雪子
小野和香子
吉野さやか
竹書房文庫

忘却の河　上

CONTENTS

第三部 奈《な》何《か》橋《きょう》

LA RIVIÈRE DE L'OUBLI　CAI JUN

主 な 登 場 人 物

司望《スー・ワン》……小学生

何清影《ホー・チンイン》……司望の母

欧陽小枝《オーヤン・シャオジー》……南明《ナンミン》高校の卒業生

馬力《マー・リー》……南明高校の卒業生

谷秋莎《グー・チウシャー》……爾雅《アルヤー》学園グループの理事長

谷長龍《グー・チャンロン》……爾雅学園グループの会長

路中岳《ルー・ジョンユエ》……秋莎の夫

賀年《ホー・ニエン》……申明の大学時代の友人

路継宗《ルー・ジーゾン》……路中岳の息子

黄海《ホアン・ハイ》……警察官

葉蕭《イエ・シャオ》……警察官

申援朝《シェン・ユエンチャオ》……検事

申敏《シェン・ミン》……申援朝の娘

張鳴松《チャン・ミンソン》……南明高校の教師

尹玉《イー・ユー》……司望の友人

マドモアゼル曹《ツァオ》……尹玉の友人

申明《シェン・ミン》……南明高校の教師

柳曼《リウ・マン》……南明高校の生徒

厳厲《イエン・リー》……南明高校の教頭

第一部　黄《こう》泉《せん》路

乙女よ　ぼくに見える
水浴びをする乙女よ
どうか麦畑で
ぼくの骨を拾っておくれ
芦《あし》の花束のような骨を
バイオリンの箱に入れて持ち帰っておくれ

ぼくに見える
清らかな乙女よ
川を渡る乙女よ
どうか麦畑へと手を伸ばしておくれ

ぼくにはもう
麦の束の上に座って家に帰ることはできないから

どうか散らばったぼくの骨を拾って
暗紅色の小さな木箱に入れておくれ
貴重な嫁入り道具を運ぶように　持ち帰っておくれ
（海子《ハイズ》「モーツァルトは『レクイエム』でこう言った」）

第一章

私は、一九九五年六月十九日に死んだ。

辞書の定義によると、死とは〈生体のあらゆる器官が活動を停止する〉生物学的な現象である。それが生じた時、命を保つための機能はすべて失われる。死の原因となるものは、老衰、栄養失調、病気、自殺、事故、怪我《けが》などさまざまであるが、どんな生物も、死から逃れることはできない。

死のあとに残されるもの、それは普通、死体と呼ばれる。

死の瞬間、私たちは一瞬にして多くの感覚を体験すると科学者たちは言っている。それはたとえば、自分の魂が宙にのぼっていくような感覚で、この時には、下を見ると、ベッドに横たわる自分の身体《からだ》が見えるという。あるいは、白い光のトンネルに入っていくような感覚を覚える場合もあって、この時には生きている間に出会った、すべての親しい人に会えるという。

イエスや仏陀《ブッダ》、聖人たち、もしかしたらドラえもんにも会えるかもしれない。

結局のところ、死後の世界とは何なのだろうか？

そこは冷凍庫のなかくらいに寒いのか？　あるいはオーブンのなかくらいに熱いのか？

『スター・ウォーズ　エピソード4／新たなる希望』の舞台と同じくらい荒れはてた砂漠なのか？　あるいは地上の楽園のように美しいところなのか？

子供の頃、私は祖母と一緒に半地下にある部屋に住んでいて、その部屋は祖母が住み込みの家政婦をしていたために、雇い主の老人から割りあてられていたのだが、ある時、その老人が蒲松齢《ほしょうれい》の『聊斎志異《りょうさいしい》』を私にくれたことがあった。これは清代に書かれた怪異小説集だが、私はそこに載っている輪廻《りんね》転生《てんせい》の話や、地獄に落ちて悪鬼たちからさまざまな責め苦を受ける話を心から信じた。

だが、高校生になって、政治学の授業を受け、カール・マルクスの弁証法的唯物論を学ぶようになると、その本に書いてあったことは、荒唐無稽《こうとうむけい》な作り話にすぎないと理解するようになった。

死んだあとには何も残らない。それが真実だ。

その高校生だった頃、私は危うく死にかけたことがある。校庭をランニングしていたら、誰かがあやまって、校舎の窓から落としたのだろう、空からガラスの花瓶が降ってきたのだ。花瓶は地面に落ちて砕け、飛びちった破片のいくつかが足に刺さった。もし私がもう少し早く走っていたなら、あるいはもう数センチだけ花瓶が手前に落ちていたなら、私の頭には大きな穴が開いていただろう。おそらく即死か、植物状態になっていたはずだ。幸い、怪我はそれほどひどくなかったが、私は神経をやられて、しばらく病院で過ごすことになった。吐き気がして、下痢《げり》が止まらなくなったのだ。そうして、眠りにつくと、毎晩のように悪夢にうなされた。そのなかで、私はナイフで喉を切られたり、トラックにはねられたり、高い建物から落ちたりして——まさに死ぬかと思った瞬間に、目を覚ますのだ。

誰もが死ぬのは怖い。私もまた死ぬのが怖かった。

一九九五年六月十九日（月曜日）午後十時

私は死んだ。何者かによって、殺されたのだ。

第二章

死は手をつないでやってくる。まるでニュートンの目の前で熟れたリンゴが続けて落ちるように……。というのも、私が殺される二週間ほど前にも、別の殺人事件が起こっていたのだ。まずはそこから話を始めよう。

一九九五年六月六日（火曜日）午前六時

私は金縛りの状態で目を覚ました。どこからか悲鳴や怒声が聞こえ、起きあがろうとするのに起きあがれない。誰かが私の身体に馬乗りになって、肩を押さえつけているのだ。身体を動かすことも、声を出すこともできない。明け方の薄暗がりのなかで、私は自分にのしかかっている者の顔を見た。だが、その顔はおぼろげで、むしろ顔がないように思えた。

金縛りにあうのはひさしぶりだった。思えば、それはこれから起こることの予兆だったのかもしれない。

そのうちにやっと金縛りが解けて、目を開くと、枕元の時計は六時を指していた。外からはあいかわらず悲鳴や怒声が聞こえてくる。ということは、そちらは夢ではなかったのだ。そのいっぽうで、私を覗きこんでいた、あのおぼろげな顔は消えていた。目の前にあるのは、ベッドの正面に貼られたマラドーナのポスターだけだ。子供の頃、私の唯一のアイドルだったサッカー選手……。ポスターのなかで、マラドーナはワールドカップのトロフィーを高々と掲げていた。

私の名前は、申明《シェン・ミン》。大学で国語教師の免許を取得し、三年前から自分の卒業校でもある南明《ナンミン》高校に勤務している。住んでいるのは、学校の敷地内にある寮の四階だ。

その四階の窓から身を乗りだして、外を見ると、叫び声の理由はすぐにわかった。白い制服を着た少女が図書館の屋根に横たわっていたのだ。百メートルは離れていたが、その女子生徒が誰であるのか、私は瞬時に理解した。私が教え、また担任もしている三年生の柳曼《リウ・マン》だ。柳曼は苦しそうに身体をよじっていたが、その身体は動いていなかった。長い黒髪が屋根の赤い瓦の上に流れおちて、鮮やかな色の対比を見せている。その色の対比から、私はスタンダールの『赤と黒』を連想した。

柳曼は死んでいた。それはまちがいなかった。

私はズボンとシャツを身につけ、急いで部屋を出た。学校じゅうが動揺しているのがわかった。当然だ。ほとんどの生徒は、死んだ人間など見たことがなかったはずだからだ。私もたぶん動揺していたのだろう。階段を駆けおりる途中でころび、額から出血していた。だが、その時は気づかず、すぐに起きあがって、また走りだした。

南明高校には、芝を植えたサッカーコートや、陸上競技のトラックを備えた立派な競技場があって、寮から図書館に行くにはその競技場をつっきっていく必要がある（ちなみに、競技場の裏手には夾竹桃《きょうちくとう》の植え込みがあり、その向こうには空き地が広がっている）。

　私はサッカーコートの芝の上を走っていくことにした。高校時代、陸上競技の選手だったので、走るのは得意だ。この競技場で行われた百メートル競走でチャンピオンになったこともある。それなのに、この時はいくら一生懸命、脚を動かしても、なかなか図書館にたどりつけないような気がした。まるで時間が止まってしまったかのようで、図書館との間に草原が広がっているように思えるのだ。うしろからは女子生徒たちの悲鳴や泣き声が聞こえてくる。おそらく寮の窓から身を乗りだして、代わるがわる死体を見ているのだろう。私自身の感覚とは別に、生徒たちには私の影が競技場を横切って飛んでいく矢のように見えたはずだ。

　実際、私は部屋を飛びだしてから一分もかからずに、図書館に着いていた。

　南明高校の建物は比較的、新しいものがほとんどだが、唯一の例外が図書館だ。木造の三階建てで、最上階は屋根裏部屋になっている。この屋根裏部屋は書庫として使われているのだが、なかに入ろうとする者は誰もいなかった。時々、真夜中に天窓から明かりが洩《も》れていることがあって、幽霊が住みついていると噂《うわさ》になっていたからだ。屋根にはその天窓から出られるようになっていた。

　図書館に入ると、私はまず二階まであがった。中は無人で、紙とインクの匂いが充満していた。今、この建物にいるのは、たぶん屋根の上にいる死者だけだ。そう思いながら、私はさらに一階分、階段をのぼり、屋根裏部屋の扉の前まで来た。その扉は、普段は外から鍵《かぎ》をかけることになっているが、押してみると、簡単に開いた。明かりはついてはいなかったが、天窓から入ってくる光で、部屋のなかは薄明るかった。あちこちに積んである古い本のせいで、埃とカビが交ざったような嫌な臭いがする。私は咳《せ》きこんだ。

天窓は開いていた。その下には梯子《はしご》が立てかけてある。

私はためらうことなく、梯子をのぼり、開いた天窓から屋根に出た。その瞬間、吹きつける風に髪が乱れた。私は白い制服を着た、黒髪の少女のほうに近づいていった。

屋根はつるつるして滑りやすかった。私は何度か落ちそうになり、そのたびに向かいの寮の窓から女子生徒たちの悲鳴があがった。瓦が一枚はがれて、地面に落ちて砕けた。

黒髪の少女は、やはり柳曼《リウ・マン》だった。学校でいちばんの美少女で、それゆえ、何かと噂になる生徒だ。噂のなかには異性との関係をほのめかす、たちの悪いものもあった。私との噂もそのひとつだ。

おそらく、死ぬ前にかなり辛《つら》い思いをしたのだろう、柳曼の顔は苦悶《くもん》に歪《ゆが》んでいた。その目は大きく見開かれ、天を見つめている。この世を去るとき、柳曼が見たのは月だったのか？　星だったのか？

あるいは殺人者の顔だったのか？

殺人者……。でも、どうして私は柳曼が殺されたと思ったのだろう？

　柳曼は人に摘まれて、枯れてしまったバラのようだった。だが、それはそれで柳曼らしい優雅な死に方のような気がした。

　私は死を恐れてはいたが、死者は怖くなかった。それもあって、身体をかがめると、柳曼の首に触ってみた。また女子生徒たちの黄色い声があがった。私のしたことを恐ろしいと思ったのか、勇気があると思ったのか、それはわからない。

　柳曼の肌は冷たく、硬くなっていた。

　死んでいるのは明らかだった。医者の代わりに死亡証明書さえ書けただろう。私は涙を抑えることができなかった。柳曼は私が担任するクラスの生徒なのだ。

　そう思うと、私は柳曼の隣に並んで横たわりたくなった。まるでふたつの死体のように……。朝の光に、月も星も見えなかったが、薄い水色の空には〈死者の魂〉が飛んでいるように思えた。

　向かいの寮では女子生徒たちがくっつきあって、こちらを見つめていた。私はそのうちのひとりの視線が強く自分に突きささるのを感じた。欧陽《オーヤン・》　小枝《シャオジー》の視線が……。

第三章

一九九五年六月六日（火曜日）午前十二時

「殺人です」

濃い緑の制服を着た警察官が言った。まだ三十代前半くらいだが、顔には深いしわが刻まれている。話し方は冷静で、なんの感情も読みとれない。

「さ、殺人だという証拠はあるんですか？」

思わずどもりながら、私は尋ねた。どもったことで警察官は不審に思ったにちがいない。そう考えると、私は神経質になって、しきりと上着の袖口を触った。今、この職員室にいるのは私と警察官のふたりだけだ。廊下では、覗き見しようとする生徒たちを、教頭が追いはらっている。

今は昼の十二時をまわったところだ。図書館の屋根の上で柳曼《リウ・マン》が死んでいるのを確認してから、もう六時間がたっている。

「私は黄 海《ホアン・ハイ》捜査官です。この事件を担当します」

「私のクラスでこんなことが起こるなんて、思ってもみませんでした。しかも、大学入学試験を二週間後に控えた、この時期に……。先ほど、校長とともに柳曼の父親に謝罪に行ってきましたが、いきなり平手打ちを受けましたよ。まあ、無理もありませんが……」

私はまだ痛む頬をさすりながら言った。捜査官の目が執拗《しつよう》に私を見つめてくる。私はその視線を避けようとしたが、相手の目の強力な磁力に、目をそらすことができなかった。

「申　明《シェン・ミン》先生、昨晩のことですが、授業のあと、あなたは亡くなった柳曼と個人的に会っていたそうですね。それは本当ですか？」

ゆっくりとした、よく響く声で、黄海捜査官が言った。その声は私を押しつぶした。

「本当です」

「どうして、それをもっと早く言わなかったのです？」

「それは……」

まちがいない。捜査官は私を容疑者だと考えている。私は急に尿意を催して、自分の腿《もも》をつねった。

「まあ、落ち着いて。何があったのか、話してください」

「昨日の夕方、教室の前で、柳曼に呼びとめられたんです。国語の試験について質問があるということで……。三国志の英雄、曹操《そうそう》の詩、『短歌行』のなかに、
　青青子衿（青青《せいせい》たる　子《し》が衿《えり》）

　悠悠我心（悠悠《ゆうゆう》たる　我が心）

という詩句があるのですが、その出典は何かという質問でした」

「ほかには？」
『蘭舟《らんしゅう》』という言葉に対する質問もありました。つまり、北宋の詩人、柳永《りゅうえい》の詞で、『雨霖《うりん》鈴《れい》』という詞牌《しはい》の
都門帳飲無緒（都門《ともん》に帳飲《ちょういん》すれど緒《おも》き無し）
留戀處、（留恋《りゅうれん》せる處《ところ》）
蘭舟催發（蘭舟発《た》つを催《うなが》す）
に出てくる『蘭舟』と、やはり北宋の女流詞人、李清照《りせいしょう》の詞で、『一剪梅《いっせんばい》』という詞牌の
輕解羅裳（輕《かろ》やかに羅裳《らも》を解《あ》げ）
獨上蘭舟（独《ひと》り蘭舟に上《のぼ》る）
の『蘭舟』は同じものかという質問です」
「それだけですか？」
いつのまにか、尿意は去っていた。黄《ホアン・ハイ》 海捜査官は、私の説明の続きを待っている。やはり、この男は私が犯人だと疑っている。これは警察の取り調べなのだ。そう思うと、私は空恐ろしいものを感じた。
「あとは白居易《はくきょい》の『琵琶行《びわこう》』という詩についても質問がありました。
鈿頭雲篦撃節砕（鈿頭《でんとう》の雲篦《うんぺい》は節《ふし》を撃ちて砕け）
血色羅裙翻酒汙（血色《けっしょく》の羅裙《らくん》は酒を翻《こぼ》して汚《けが》る）

の鈿頭雲篦とは何かという質問です。質問に答えたあと、私は柳曼《リウ・マン》と別れました」

そう答えながら、頭のなかからは《血色の羅裙は酒を翻して汚る》の詩句が離れなかった。その詩句とともに、赤い屋根の上に横たわっていた柳曼の姿が浮かんでくるのだ。

「柳曼はどんな生徒でしたか？」捜査官が尋ねた。

「性格はちょっと変わっていました」私は答えた。「なんというか、好奇心が強く、学校内の秘密で柳曼が知らないものはありませんでした。そのため、柳曼のことを嫌っている人も大勢いました。まあ、きれいな子でしたので、男子生徒には人気がありましたが……。でも、たぶん、誰ともつきあってはいなかったと思います。たいていの男子より勇気もありましたね。夜中に平気で図書館に行けるくらいですから。そんなことができるのは柳曼しかいませんん」

「つまり、昨晩、柳曼はひとりで図書館にいたと？」

「いえ、殺されたのでしたら、犯人も一緒にいたはずですが……」

その犯人は、もちろん私ではない。だが、黄海捜査官のほうからすると、私の言葉のひとつひとつに疑惑を深めているようだった。

私は尋ねた。

「逆に言うと、あなたは柳曼と犯人のほかに、別の人物がいたと考えているのですか？」

黄海捜査官は厳しい表情のまま、即座に言った。

「申　明《シェン・ミン》先生、質問をするのは私で、あなたではない。もう少し詳しく、柳曼《リウ・マン》についてお聞かせください」

私はあきらめて答えた。

「一見したところ、学校生活は順調なようでした。でも、実際には孤独だったと思います。おそらく、ひとりっ子で、父親に育てられたことと関係があるのでしょう。ええ、母親はいなかったのです。それでも、学校の外ではさまざまな人たちとつきあいがあったようです。成績については、あまりかんばしいものではありませんでした。集中力に問題がありましてね。うちの高校は全寮制の進学校で、たくさんの生徒が一流大学に合格していますが、柳曼については、ちょっと心配していました。このままでは入学試験に受からないのではないかと……。それで、担任だったこともあり、夜の間にマンツーマンの補習授業をしていました」

「夜の間に？　ふたりきりで？　その間にしていたことは補習授業だけですか？」

私は思わず拳で机のガラスの天板を叩《たた》いた。

「何をおっしゃりたいんです？　いや、わかっています。私と柳曼がいかがわしい関係にあるという噂をお聞きになったのでしょう？　数週間前から、そんな噂が広まっていますが、もちろん本当ではありません。まったく下品な噂です。これでも教師なのですから、そんな不道徳なことはしません。あの噂は中傷であり、重大な名誉毀損《きそん》です」

すると、捜査官はなだめるように言った。

「申明先生、私は校長を含め、何人もの先生たちと話しましたが、みんなこの噂は根拠のないものだと言っています。生徒たちの間で広まっているだけのものだと……。私も先生がそんなことをするとは思っていません」それから、煙草《たばこ》に火をつけて何服かすると、質問を続けた。「聞いたところによると、先生もこの高校の卒業生だとか？」

「そのとおりです。この高校で勉強しましたので、学校の敷地にあるものなら、どこにどんな木や草が生えているかまで知っています。その頃はここで教えることになるとは思っていませんでしたが……。文学で学位を取得して北京《ペキン》大学を卒業した時、思いがけずここで教える機会をもらったのです」

「そうですか。学校の敷地にあるものなら、どこにどんな木や草が生えているかも知っていらっしゃるんですね？」

私はただ「この高校のことはよく知っている」という意味で言っただけだったが、思いがけず、黄 海《ホアン・ハイ》捜査官はそこに食いついてきた。

「それが何か問題でも？」

「いいえ、別に」捜査官はすぐに話をそらした。「申明先生、あなたはまだ二十五歳ですよね。でも、あなたの出世ぶりには目覚ましいものがある。もうすぐこの高校をお辞めになるとか？」

そう言うと、捜査官は意地の悪い表情を浮かべた。

「辞めたくて辞めるわけではありません。教師としてはまだ三年なので、もっとここで教えたい気持ちはあります。けれども、大学入試が終わったら、上海《シャンハイ》市の教育委員会に行かなければなりません。ですから、教師としてはここが最初で最後の勤務地となります」

「市の教育委員会に？　おめでとうございます」

「おそらく、教職が恋しくなると思います。教育委員会というのは行政機関ですから、なかなかなじむことができそうにありません」

それを聞くと、黄海《ホアン・ハイ》捜査官は小さくうなずき、煙草を消して、立ちあがった。また元の厳しい表情に戻って言う。

「それでは、失礼します。新しいお仕事の関係で、この町を離れるというご予定はありますか？」

「いいえ。二週間後には入試もあるので、しばらくはこの寮での生活を続けます。この時期に生徒たちから離れて、どこかに行くということはしません」

「わかりました。では、また次の機会に……」

そう言うと、黄海捜査官は職員室から出ていった。窓ガラス越しに、教頭が捜査官を待っているのが見えた。私と目があいそうになると、教頭はすぐに視線をそらして、ふたりで並んで歩いていった。

私は大きく息を吐いた。捜査官に嘘《うそ》をついていたからだ。

確かに、柳曼《リウ・マン》は詩が好きだった。しかし、それは難解な現代詩で、古典的な詩に対する興味はなかった。したがって、昨日にかぎらず、白居易の詩について質問してきたことなど、一度もなかったのだ。

昨日は、補習授業の最中に、こう言ってきた。

「申 明《シェン・ミン》先生、あの子には秘密があるの。私、それを知っているの」

それを聞いた時、私は柳曼が言っているのは、〈死せる詩人の会《デッド・ポエッツ・ソサエティ》〉のメンバーのことではないかと直感した。この会は私が柳曼を含む三人の生徒たちとつくった読詩会で、会の名前は同名のアメリカ映画〝DEAD POETS SOCIETY〟（邦題は『いまを生きる』）からとってきたものだが、そのメンバーに関わることなら、他人事ではなかった。

正直に言おう。柳曼は他人の秘密を嗅ぎつけては、あちらこちらで厄介事の原因をつくっていた。私はそんな柳曼が恐ろしく、夜の補習授業もできればやりたくないと思っていた。特に昨日に関して言えば、柳曼がいなくなってくれればどんなにいいかと考えたくらいだ。

話を聞いたあとは……。

柳曼は死者たちしか知らないような情報を私に話した。内容はやはり〈死せる詩人の会〉のメンバーのことだった。柳曼は魔女なのか――私は思った。

「それは、きみと関係あることなのだろうか？」私は柳曼に尋ねた。

部屋のなかにはまったく風が入ってきていなかった。ただ、天井でまたたく蛍光灯が教室の床に私たちの影をつくっていた。

黒板にもたれかかりながら、柳曼《リウ・マン》は答えた。

「わたしは学校にいる人全員の秘密を知っているの」

そう、私は昨晩、柳曼とそんな会話を交わしたのだ。

だが、私は誰も殺していない。


一九九五年六月六日（火曜日）午前十二時三十分

同僚の教師たちは皆、学食に行っていた。だが、私はひとり職員室に残っていた。死体に触れたあとでは、食欲などあるはずもなかった。

午後は国語の授業をして、それまでに生徒たちが提出していたレポートにコメントを加えていった。見ると、ぽつんと空いた柳曼の席に、誰かが夾竹桃の花を一輪置いていた。授業の間、生徒たちは時々、顔をあげて私のほうをちらっと見たり、近くの席のクラスメイトとひそひそと話をしていた。誰もが事件のことを考えているのだ。私のほうはあえて柳曼のことには触れないようにして、平静に授業を進めようとした。死んだ女子生徒など、初めからこのクラスにはいなかったかのように……。しかし、声が小さくなってしまうのはどうすることもできなかった。

授業が終わって教室を出ると、廊下ではみんながこちらを見ていた。まるで私が殺人犯だとでも言いたげに。

　それは校舎の外に出ても変わらなかった。そこでは私のクラスの男子生徒たちが話をしていたが、私の顔を見るなり、散らばっていったのだ。ただひとり、馬力《マー・リー》だけが、その場に残った。馬力はクラスで一番の優等生で、私も普段から目をかけていた。細身で背が高く、台湾の歌手、呉奇隆《ニッキー・ウー》に似ている。髪は香港《ホンコン》の俳優、郭富城《アーロン・クオック》のようだ。いつものように、表情は物憂げだ。

「柳曼のことを話していたのか?」私は尋ねた。

「ええ。殺され方があれですから……」馬力は言葉をにごした。

「あれというのは?」

「申明《シェン・ミン》先生、知らなかったんですか?」馬力はびっくりしたような声を出した。「柳曼は毒殺されたんです」

「やっぱりそうか。そんな気はしていたんだ。傷がどこにも見当たらなかったからね」

「学校じゅうが知っていますよ。今朝、現場に来た捜査官たちが、屋根裏部屋の床に毒薬の液がこぼれているのを発見したんです。柳曼は毒薬を飲まされたあと、部屋の外に助けを求めに行こうとしたのでしょう。でも、犯人は外から鍵をかけて逃げていったので、部屋から出ることはできなかった。それで天窓を通って、屋根に出たんです。警察が帰ったあとで、化学の先生が床に残った液を分析したところ、なんの毒であるかもわかりました。ほら、あの先生はおしゃべりじゃないですか？　だから、みんな知っているんです」そう言うと、馬力《マー・リー》は顔を伏せた。

「それで、その結果は？」

「かなり高い割合で、オレアンドリンが入っていたそうです」

確かに、それなら強力な毒性がある。夾竹桃に含まれる成分だ。けれども、私はわざとわからないふりをした。

「オレアンドリン？」

「化学の先生が、今日の授業の最初に説明してくれました。夾竹桃から抽出できる毒だそうです。夾竹桃には近づかないように、と言われました」

化学の先生がそう言うのも無理はない。うちの学校では、競技場の近くに夾竹桃がたくさん植えられていて、毎年、入試の時期に赤い花を咲かせる。そして、夾竹桃は花に含まれる毒がいちばん恐ろしいのだ。

私は馬力の肩を叩きながら、耳もとでささやいた。

「検死結果が公表されるまでは、この噂を広めないようにしてくれ。噂が人を殺すこともあるからね。私の言っている意味がわかるだろう？」

「でも、柳曼《リウ・マン》はどうして屋根裏部屋なんかに行ったのでしょう？　あそこは幽霊が出るのに……。誰かと約束していたことはまちがいないと思うんですが、でも誰と？」

そう言うと、馬力は落ち着かなげに、ちらちらとこちらの様子を見た。私は動悸《どうき》が激しくなり、思わずあとずさった。

「まさか、きみまで私を疑っているわけじゃないだろうね？」

「そうじゃありません。でも、みんなが言うには……」

「もういい！」

私は走って、その場から立ち去った。競技場のそばを通った時、緑の植え込みのなかに咲く、赤い夾竹桃が目に入った。その瞬間、急に胸が苦しくなった。

黄海《ホアン・ハイ》捜査官の質問に答えて、私が「学校の敷地にあるものなら、どこにどんな木や草が生えているかまで知っています」と口にした時、どうして捜査官が食いついてきたのか、その理由がはっきりわかったからだ。

第四章

一九九五年六月六日（火曜日）夜

私の部屋は四階のいちばん奥にある一九号室で、学校の備品を詰めこんだ物置部屋の隣に位置している。部屋は狭く、私の婚約者である谷 秋莎《グー・チウシャー》などは、二度ほどしか来たことがない。秋莎は、「この部屋は犬小屋よりもひどい。結婚したら、こんなところはさっさと出て、わたしと一緒にもっと広い部屋に住むのよ」と言っていた。

そう、私たちは一カ月後に結婚することになっていた。

結婚式は大学入試のあと、私が南明《ナンミン》高校を離れ、上海市の教育委員会に転職するタイミングで行われる予定だった。試験の二週間あとの七月四日には婚姻届を出し、結婚式を待つことにしていた。

食堂で夕食をすませ、部屋に戻ると、私は秋莎に電話をかけた。だが、事件については話さず、学校でちょっとした問題が起こっているが、すぐに片がつくだろう、とだけ言っておいた。

電話を切って、腕時計を見ると、針は十時を指していた。この時計は、将来の義理の父親からのプレゼントで、香港で買ってきてくれたものだ。スイス製の高級腕時計で、学校にしていくと、たちまち同僚たちの間で噂になった。それもあって、本当なら箱に入れたまま、結婚するまで大事にとっておきたかったのだが、秋莎がせっかくのパパのプレゼントなのだから、必ず毎日身につけていくようにと言って、きかなかったのだ。

私はその時計をはずすこともできずに、部屋の机の前に座って、馬鹿みたいに文字盤を見つめた。文字盤のガラスに、疲れた私の顔が映っている。実際、今日起こった、いろいろなことのせいで、私はくたくただった。

三年前に母校の教師に任命されてから、私はこの部屋でひとりで生活してきた。壁のペンキは剝《は》げおち、ひびの入った天井にはカビが生えている。部屋にあるものと言えば、ぐらつくベッドと、リサイクルショップで買った時代遅れのテレビくらいだ。部屋自体にもいわくがあって、私が住まなかったら、きっと今でも空き部屋になっていただろう。

いわくというのは、この部屋でひとりの生徒が首を吊《つ》ったことだ。一九八八年、大学入試を間近にひかえた夜中の出来事だ。当時、私は高校三年生で、その生徒を含めて、六人でこの部屋で生活していた。二段ベッドが三つで六人だ。同室の仲間たちは、朝起きるなり、天井の扇風機に結びつけられたロープの先端で揺れている友人の身体を発見することになった。私もそのひとりだ。私は上段のベッドを使っていたので、目を覚まして、ふと横を見ると、友人のへそがあった。それは、まるで私を見つめるひとつの目玉のようだった。

事件は結局、自殺というかたちで片づけられた。おそらく入試が近づいてきて、プレッシャーに耐えられなくなったのだろう。そこで、みずから命を絶つことを選んだ——そう考えられたのだ。その説明は、同じく入試を目前にした私たちにとっては、非常にショックなものだった。それから試験までの数週間というもの、私たちは悪夢にうなされた。そして、入試が終わったあとは、誰もこの部屋に入ろうとはしなくなった。いや、この部屋どころか、隣の部屋さえも。ここには幽霊が出ると噂され、学校側もこの部屋を寮生のために使うのはあきらめざるを得なくなった。

四年後、私は国語の教師として、南明高校に着任した。この学校で、名門北京大学を卒業した教師は私だけだ。だが、私には住むところがなく、学校も住居を世話してくれるわけではなかったので、私は高校時代と同じく、この部屋に住むことにしたのだ。幽霊が出るという噂はあったが、ここで暮らした三年の間、私はこの部屋を気に入っていた。

そして、今から一カ月後、私は人生のなかで六年を過ごしたこの部屋にさよならすることになる。教育界の有力者の娘と結婚して、高級マンションに引っ越しをするのだ。

名門大学を出たとはいえ、私のキャリアはまったくたいしたものではない。公立高校でまだ三年間、教えただけだ。それが上海市の教育委員会のメンバーになって、公的にマンションが与えられるのだ。これは大変恵まれていると言っていいだろう。なにしろ、このままこの学校で教師を続けていたら、一生かかっても、そんなマンションには住めない。古ぼけた建物で、子供や孫たちとぎゅうぎゅう詰めで暮らさなくてはならないのだ。

二カ月前、私は自分がこれから住むマンションの鍵を渡されていた。広々とした居間に、寝室がふたつあるマンション。同じ建物の上階には教育委員会の幹部たちが住んでいる。まったく、破格の待遇だ。おまけに部屋が決まると、すぐに婚約者の父親が高級な輸入家具や電化製品を次々と新居に運びこんだ。値段はいちいち聞かなかったが、おそらく応接セットひとつとっても、私の年収よりも高いだろう。

確かに、私は恵まれている。同僚をはじめ、多くの人が私をうらやみ、嫉妬《しっと》して、憎んだのはまちがいない。

そんなことを考えていると、今朝は早く起きたのに、ベッドに入ってからも眠れず、シーツの上で悶々としていた。

その時、かなり遅い時間なのに、突然、ドアをノックする音がした。不安な気持ちでドアを開けると、そこには昼間、学校に来ていた黄海《ホアン・ハイ》捜査官が立っていた。そのうしろには、なんと教頭の厳厲《イエン・リー》がいる。その顔つきから、最悪の事態であることがわかった。

「こんばんは、申明《シェン・ミン》先生。ちょっと部屋を調べさせてもらってもいいですか？」

私の肩越しに部屋のなかを一瞥《いちべつ》すると、捜査官は捜索令状を見せて言った。

「それはつまり、私が容疑者だということですか？」

すると、教頭の厳厲が横から口をはさんだ。

「申明先生。今日の午後の授業を廊下の外で聞いていて、不審に思いましてね。あなたはいつも大きな声で元気よく授業をなさるのに、今日にかぎっては……」

「では、厳厲《イエン・リー》先生、あなたが？」

「なかに入れてもらえませんか？」黄海《ホアン・ハイ》捜査官が言った。その声はぞっとするほど感情がこもっていなかった。

「どうぞお入りください。何も悪いことをしていないのですから。調べてもらっても平気です」私は答えた。それから、机の上のジュエリースタンドにかけてあるネックレスを指さして言った。「ただ、これだけは壊さないようにしてください。大切なものなので……」

ガラスや木製の珠《たま》に糸を通してつくった、手づくりのネックレス。なかにはひとつ本物の真珠の珠が入っているが、まったく高価なものではない。だが、私にとっては本当に大切なものなのだ。

捜査官と教頭がなかに入ってきた。それと入れちがいに、私は外に出た。そうしろと言われたわけではなかったが、部屋にいるのがいたたまれなかったのだ。そのまま階段を降りて、寮の外に出る。私のあとからは警官がひとり、ぴったりと身を寄せるようにしてついてきた。私が逃げないように見張っているのだ。

外は月明かりだった。うしろを向くと、玄関口には男子生徒たちが集まっていた。おそらく、私が犯人だと確信して、逮捕される瞬間を見物に来たのだろう。寮の建物を見あげると、女子生徒たちも部屋の窓から顔をのぞかせている。だが、あの子の顔はなかった。柳曼《リウ・マン》の死体を確認して図書館から戻ってくる時に、じっと私を見つめていた子――欧陽《オーヤン・》小枝《シャオジー》の顔は……。

やがて、黄海捜査官が寮の玄関口に降りてきた。手にはプラスチック製の容器が入ったビニール袋を持っている。月明かりのもと、捜査官の表情まではわからなかった。だが、捜査官が顎で合図をすると、私はひと言の説明もなく、ふたりの警察官にはさまれ、校門まで連れていかれた。そこには回転灯をつけたままのパトカーが停車していた。

「申《シェン・》明《ミン》先生、あなたを殺人容疑で逮捕します」捜査官が言った。

「黄海捜査官。部下の方に言って、部屋の鍵をかけさせてください。あの部屋には大切なものが置いてあるんです」

逮捕されたこの瞬間、私にはほかに言うことが見つからなかった。手錠をかけられ、パトカーに押しこまれた時、ひとりの男が通りの反対側に立っているのに気づいた。街灯の明かりの下で、蒼白《あおじろ》い顔が浮かびあがって見える。それは数学教師の張《チャン・》鳴松《ミンソン》だった。

第五章

一九九五年六月六日（火曜日）夜

警察署についたところで、私は婚約者の秋莎《チウシャー》に電話をする許可を求めたが、それは認められなかった。だが、黄《ホアン・ハイ》海捜査官が、谷《グー》秋莎の父親なら面識があるので、自分のほうから電話を入れておくと約束してくれた。私が逮捕されたことを知れば、秋莎の父親はすぐに動いてくれるだろう。だが、夜のうちに連絡が来ることはなかった。

その晩、私は眠れなかった。

秋莎の父親からは朝になっても音沙汰がなかった。あるいは父親から聞いて、秋莎が電話をしてくるかとも思ったが、それもなかった。疲労と睡眠不足で、私はぼろぼろになっていた。留置場には鏡がないのでわからないが、目の下にクマができたりして、さぞかしひどい顔になっていることだろう。食欲はまったくなく、朝食として持ってこられた盆には手もつけなかった。

一九九五年六月七日（水曜日）最初の取り調べ

取り調べ室に連れていかれると、私は黄海捜査官が口を開く前に、質問を投げかけた。

「どうして、私は逮捕されたのです？　私の部屋で、何を見つけたのです？」

するとき、捜査官は昨日の夜、手に持っていたプラスチック製の容器が入ったビニール袋を取り出して言った。

「クローゼットの中から、こいつを見つけたんです。なかは空っぽでしたが、夾竹桃から抽出した毒物の成分が残っていました」

「ということは、私が柳曼《リウ・マン》を毒殺するために、その容器の中身を使ったと？」

「今のところ、あなたは第一容疑者です。でもだからといって、あなたが殺人犯だと断定しているわけではありません」

いや、捜査官はそう言っているが、警察の内部では、私が殺人犯だと断定しているはずだ。教え子といかがわしい関係にあったところ、結婚が決まって、邪魔になったので殺した。きっと、そう思われているにちがいない。この捜査官だって、心のなかでは同じように考えているはずだ。なにしろ、条件はそろっている。南明《ナンミン》高校にはところどころに夾竹桃が生えているし、実は私は夾竹桃から毒物の成分を抽出することができる。誰もいない屋根裏部屋に柳曼を呼びだすことも難しくない。そして、私の部屋からは夾竹桃の毒が入っていたプラスチックの容器が見つかったのだ。

「私は誰も殺していない！　天に誓ってもいい」私は言った。

しかし、それは言うだけ無駄だった。

「大学時代の受講記録を調べさせてもらったんですが、あなたは毒物学の授業をとっていますね。国文科の学生にしては、奇妙な選択だ」

「そこまでお調べになったのなら、たぶん私の母親がどんな死に方をしたのかも、ご存じでしょう？」私は反論した。

「もちろんです。あなたのお母さんは毒物で死んだ。あなたのお父さんがお母さんを殺したのです」

捜査官は平然と答えた。その様子に私は冷静さを取り戻し、一語一語はっきりと口にした。

「そのとおりです。母は父に毒殺されました。父は毎日、数滴の毒薬を母の薬に混ぜていたのです。私にはそれがわかっていたので、母が死んだ日、家から逃げだして、たまたま見つけた警察官の腿に嚙《か》みつきました。母の死が異常であることを警察に知らせたかったのです。警察は母の遺体を司法解剖してくれて、毒殺だと判断してくれました」

「そちらのほうの記録も読んでいます。母親が父親に殺されるなんて、さぞかし辛かったことでしょう。しかし、母親が毒殺されたという理由で、大学で毒物学の授業をとったりするでしょうか？」

「ほかにどんな理由が必要だと言うのです？　いつの日か、誰かを殺したくなるのを見越して？　その時から、柳曼《リウ・マン》を殺すことがわかっていたとでも？」

「単刀直入に訊《き》きましょう。生徒たちの間には、あなたと柳曼が恋愛関係にあったという噂が流れています。それは、根拠のあるものですか？」

「いいえ」私は即座に否定した。「確かに柳曼は時々、私のところに来て質問をしたり、誰かの噂話をしていくこともありました。でも、それだけです。私だって教師ですからね。女子生徒と十分な距離をとらなければいけないことは、きちんとわきまえています。特に柳曼のような容姿が優れていると見なされている生徒とは。そういったことには、いつも気を遣っていました」

「でも、先生は女子生徒の間で人気があったでしょう？」

私は下を向いて、黙りこんだ。なんと返事をしてよいか、わからなかったのだ。私は生徒たちから嫌われているとは思っていない。生徒たちにひどい態度で接したことはないし、むしろ容姿などについては好感を持たれているほうだろう。だが、今どきの若い女の子たちが私のような男に好意を抱くかとなると……。

「よくわかりません。生徒たちに対しては、教師として普通にふるまっているだけですし、個人的なおしゃべりをすることもありません。暇な時間は、杜甫《とほ》や李白《りはく》のような古典のスタイルで詩を書くのに夢中になっているような人間ですからね。まあ、なかにはそういった点に興味を持つ生徒もいるかもしれませんが。でも、ご存じのようにあの年頃の子の興味は移りやすいのです」

話しながら、私はますます深みにはまっていくような気がした。これでは〈柳曼が私に好意を持っていた〉と認めているようなものではないか。

だが、私の言葉は調書を作成する係によって、次々と書きこまれていく。その横で黄海《ホアン・ハイ》捜査官がうなずいた。

「わかりました。それでは話題を変えましょう。やはり記録を調べていて知ったことですが……」

「記録を調べて？」

「ええ。あなたは北京大学の入学試験に合格なさいましたが、入試の前にひとつ事件がありましたね。いえ、寮の同室の生徒が自殺したことではなく……」

「ええ。ありました。入試の一カ月前のことです。高校の前で大きな火事があったのです。当時、南明《ナンミン》通りには、高校を除くと、工場がひとつと不法建築の建物がいくつか、それに農村から来た労働者たちが建てたバラックくらいしかありませんでした。工場は閉鎖されて、今でもその廃墟が残っていますが、あとは藪《やぶ》の広がる空き地です。火事の原因は不明でしたが、火はあっという間《ま》に燃えひろがり、多くの人々が犠牲になりました。この時、私は寮のほかの生徒たちが、ただ塀の上から火事の様子を眺めているのを尻目に、火災現場に駆けつけ、バラックのなかからひとりの少女を救いだしたのです。その結果、私は町の人たちから英雄扱いされ、共産党の党員だったこともあって、テレビや地方新聞のインタビューを受けました。国営テレビのニュース番組に出ないかという話もあったんですよ。結局、その話はなくなりましたが」

「しかし、ほかの生徒たちが、ただ様子を見るだけだったのに、あなたはどうして？」

「私は北京大学に入学を認められたいと思っていましたが、学科の試験でよい点を取るだけでは不安でした。そのほかにアピール・ポイントが欲しいと思っていたのです」

「なるほど、それで人命救助に向かった。そのおかげで、北京大学に入学できたというわけですね」

「ええ。黄海捜査官、あなたは人の運命は決まっていて、自分の力ではどうすることもできないと思いますか？」

「いいえ」

「私もそうは思いません。けれども、世の中、いつも自分の力だけでなんとかなるとはかぎりません。私は大学で猛勉強をして――それこそ勉強にすべてを捧《ささ》げるくらい勉強したのですが、大学を卒業する時に理不尽な目にあいました。私よりずっと成績が下だった同級生たちが政府組織の重要なポストに就職が決まったというのに、私には出身高校のしがない国語教師の口しかなかったのです」

　それを聞くと、黄海捜査官は吸っていた煙草の煙を私の頭の上に吐きだした。

「でも、そのあとのことを考えれば、運命はあなたに微笑《ほほえ》んだのでは？　あなたはもうじき、教育界の大物の娘と結婚するのですから。いったいどうやって、そんな大物の娘と知り合ったのです？」

「秋莎《チウシャー》との出会いはバスのなかでした。いえ、出会ったというより、正確にはバスのなかで彼女がスリにあうのを目撃したのです。あれは二年前のことでした。外出先からバスで寮に戻る途中、彼女のバッグからスリが財布を抜きとるのを見たのです。ほかに気づいた人は誰もいませんでした。ちょうど停留所に着いたところで、スリは何事もなかったかのようにバスを降りていったのですが、私は『スリだ！』と叫んで、すぐにあとを追いかけました。秋莎もその声で、盗《と》られたのが自分の財布だと気づき、バスを降りてきました。私は激しい格闘の末に、スリを捕まえ、やってきた警察官に引きわたしましたが、それがきっかけで、彼女と——谷《グー》秋莎と知り合いになったのです。スリを捕まえてくれたお礼にと、彼女はレストランに招待してくれました。私は高校の国語の教師ですし、秋莎は教育関係の出版社で高校の教科書の編集をしていました。そこで話がはずんで、そのあとも何回か一緒に食事をするうちに……」

「それ以前に、誰か特定の女性とおつきあいになったことは？」

「おつきあいというかたちのものはありません。秋莎が初めての相手です。その、結婚を前提としてという意味で……。最初のうちは、お父さんが谷長龍《チャンロン》氏であることも知りませんでした。教育委員会の責任者や大学の学長を歴任し、今は爾雅《アルヤー》学園グループの理事長をしている人だとは。それを知ったのは、つきあいはじめてから半年後のことです。ご存じのように、私は子供の頃に両親を亡くしています。普通、そういった人間は世間からあまりよく見られないものですが、理事長は私のことを気に入ってくれました。秋莎は幼い頃に母親を亡くしているので、理事長からすれば自分の手で育てた大事なひとり娘ですが、それなのに交際を認めてくれたのです。もしかしたら、同じ北京大学の出身だったということもあったかもしれません。理事長の秘書が産休をとった時には、夏休みの間だけ、代わりの秘書として使ってくれたこともありました。ええ、その時は懸命に働きましたよ。なにしろ、谷長龍理事長の秘書ですからね。たぶん、私の働きに、理事長は満足してくれていたと思います。理事長だけではなく、グループの幹部の人々も。もっとも、私はいつも懸命に働きますから、この学校の校長や教頭をはじめ、同僚の先生たちも満足してくれていると思いますが……」

そこまで話して、私は急に黙りこんだ。理事長が娘と結婚を認めた理由を考えてしまったからだ。爾雅学園グループの将来は理事長の後継者にかかっている。理事長には秋莎しか子供がいないので、後継者は娘の秋莎か、その婿《むこ》ということになる。その婿として、党の上級幹部の息子ではなく、なんのコネもない私を認めるとは。私は下流から必死に川を遡《さかのぼ》ってきた小さな魚にすぎない。理事長は、その小さな魚に手を貸して、龍にしようとしているのだ。その理由は――私がやる気に満ちていて、忠誠心だけはほかにひけをとらないと判断したからだろうか？　去年の夏のあの出来事のせいで……。

と、黄《ホアン・ハイ》海捜査官が沈黙を破った。

「三月に婚約式をなさいましたね？」

そう、確かに私と秋莎《チウシャー》は婚約式を挙げた。今からほぼ三カ月前の三月十二日のことだ。式があれほど盛大になるとは、私は思ってもみなかった。だが、会場には爾雅学園の幹部や教育委員会の委員長、テレビ局のお偉方、作家協会の事務局長などが顔を見せ、私はそのひとりひとりに紹介されて、温かいお祝いの言葉を賜《たまわ》った。谷長龍《グー・チャンロン》理事長は、未来の婿がトップレベルの交友関係を持つことを望んだのだろう。そういう交友関係があれば、仕事をはじめとして、さまざまなことがやりやすくなる。仮に何かの問題が起きて、警察の捜査の手が伸びてきた時にも役に立つはずだ。ちょうど今のように……。

ならば、私にはそういった人々のうしろ盾《だて》があるということを黄海《ホアン・ハイ》捜査官にほのめかそうか？

だが、そうするより、私は別のカードを出すことにした。私にとっては切り札と言えるカードだ。

「ご存じのように、大学入試が終わったら、私はこの高校を辞めて、市の教育委員会のメンバーになります。また、婚約者から聞いたところによると、義父になる谷長龍理事長は、二年後には私を市の中国共産主義青年団の書記に立候補させると公言しているようです。こういったことは教育関係者なら誰でも知っています。もちろん、南明《ナンミン》高校の先生たちも。私が教育委員会のメンバーになることは、通知が届いていますからね」

「何をおっしゃりたいのです？」

「黄海捜査官、あなたは『モンテ・クリスト伯』をお読みになったことがありますか？」

「いいえ。でも、あらすじなら知っているので、おっしゃりたいことはわかります。誰かがあなたの幸運に嫉妬して、あなたを罪に陥れようとしたということですね？」

そのとおり。黄海捜査官は勘がいい。私は罪に陥れられたのだ。それも身近な人間に……。これが私の持っているカードだ。

「犯人はあなたの幸運に嫉妬して、柳曼《リウ・マン》を殺し、その罪をあなたになすりつけようとした。そうですね？」捜査官が続けた。「しかし、それには疑問があります。はたして、それだけの理由で関係のない第三者を殺すものでしょうか？　言っておきますが、あなたの将来のことを聞けば、誰だって嫉妬しますよ。この私だってね。私はもう十年以上、殺人犯を捕まえるために身体じゅうを傷だらけにして、一生懸命がんばってきましたが、いまだにそれに見合う住居を与えられていません。それなのに、あなたときたら実力者の娘にウインクひとつしただけで、みんなが望むものを得てしまった。だったら、嫉妬しないほうが不思議です。しかし、だからと言って、あなたを陥れるために殺人を犯すとは……」

「ええ。ですから、犯人が柳曼を殺し、その罪を私になすりつけようとしたのには、別の理由があるのです。嫉妬などではない、もっとはっきりした理由が……。犯人は最初から柳曼を狙って殺し、それと同時に、その罪を私になすりつけようとしたのです。私は犯人に心あたりがあります。何か書くものはありますか？」

それを聞くと、黄海《ホアン・ハイ》捜査官は、黙ってこちらを見つめながら、紙とボールペンを押してよこした。私は力を込めて、その人物の名前を書いた。

《厳厲《イエン・リー》》と……。

第六章

一九九五年六月七日（水曜日）

厳厲——南明《ナンミン》高校の教頭の名前だ。

どうして教頭が柳曼《リウ・マン》を殺して、私にその罪をなすりつけようとしたのか？　はっきりした証拠はないが、私には容易に推測ができた。

厳厲は五十代。結婚して子供がいたが、今は離婚して、元妻が息子たちの面倒を見ている。学校では名前が示すとおり、校則をふりまわしては生徒たちに厳しくあたっている。だが、生徒に規則を守らせるのと自分が規則を守るのとは別で、私が知るところ、ひそかに問題行動を起こしていた。それも何度も。うわべは誠実そうにふるまっているが、根っこのところでは信用できない。柳曼と私の噂にしたって、自分から言いふらすことはないだろうが、その噂を利用して、私を罪に陥れようとすることくらいは考えつく——そういう男なのだ。

私が厳厲教頭を疑うのは、次のいくつかの出来事によるものだ。まずは最初の出来事——。

ある晩、私がレポートの添削をしていた時のことだ。気分転換に星を見ようと、窓を開けたところ、誰かが校長室や教頭室のある建物の屋上にいるのに気がついた。生徒ではないかと心配になり、私はその建物に行って、自分も屋上にあがってみた。すると、そこにいたのは女子寮の寝室に望遠レンズ付きのカメラを向けている教頭だったのだ。だが、この出来事に関しては、私は教頭に何も言わなかった。なんといっても、教頭は上司なのだ。私は物音をたてないようにして、静かに自分の部屋へ戻った。

だが、その日以来、私は教頭を監視するようになった。そして、ふたつ目の出来事が起こった。厳《イエン・》厲《リー》が教頭室のある建物の屋上から、今度は女子寮のシャワー室を覗《のぞ》いているのに気づいたのだ。女子寮のシャワー室の窓は高いところにあり、寮の前にある木立ちのせいで、ほかの建物からは見えないようになっている。だが、この屋上からなら別だ。ある晩のこと、教頭がまた屋上にのぼったので、私もひそかに屋上にあがって様子をうかがっていると、シャワー室に明かりがつき、柳《リウ・》曼《マン》とクラスメイトがふたり、なかに入っていくのが見えた。これはさすがに放っておくわけにはいかない。私は教頭のところまで行き、その場所からひきはがして、何も言わずに一発殴った。教頭は抵抗もせずに膝をついて、もうやらないから誰にも言わないでくれ、と泣きついてきた。そして頼みは何でも聞くから、と懇願した。

翌日、私は女子寮のシャワー室のガラスを、曇りガラスへと替えさせた。そして教頭との約束どおり、このことは誰にも話さなかった。といっても、大学入試が終わって教育委員会で働くようになったら、徹底的な調査を行い、厳厲教頭を南明高校から追い出すつもりだったが。厳厲はそれを察していたのだろう。私がこの高校を去ったら、自分の将来が危なくなるとわかっていたのだ。

今思うと、あの覗きの現場を押さえた時に、教頭を告発しなかったのは失敗だった。その結果、私は柳曼を死なせ、自分もその事件に巻きこまれてしまったのだ。

三つめの出来事は柳曼自身に関わることだ。これは柳曼が殺される三日前に本人から聞いたことだが、夜にトイレに行こうとしたら、厳厲教頭が女子寮の廊下をうろついているのを見たというのだ。これは大問題だ。学校の規則では、教師でも生徒でも、男性が女子寮に入るのは禁じられている。柳曼がここで何をしているのか訊くと、教頭は仕事だと答え、誰かにこのことを話したら、ひどい目にあわせると柳曼を脅迫したらしい。だが、ほかの女子生徒ならともかく、柳曼はそんな脅迫に屈するような性格ではない。そのうちに学校じゅうに言いふらされ、自分の身が危うくなることは確実だ。

つまり、厳厲は私と柳曼というふたつの脅威に直面することになったのだ。だとしたら、柳曼を殺して、私にその罪をなすりつければいい。そして、実際に柳曼を図書館の屋根裏部屋に呼びだして殺し、毒薬が残っている容器を私の部屋に隠したのだ。まさに一石二鳥というわけだ。

私は自分が考えていることを黄海《ホアン・ハイ》捜査官に説明した。だが、それを聞いたあとでも、捜査官は私の勾留を続けた。

その夜、私は殺人犯やレイプ犯がいる留置場に入れられた。それは地獄だった。なかに入るなり拳が飛んできて、しばらくの間、殴る蹴るの暴行を受けたのだ。翌日、尋問を続けるために私を呼びだすと、私の身体があざだらけになっていることに気づいたのか、黄海《ホアン・ハイ》捜査官は房を変えるよう、担当の警察官に指示してくれた。その結果、私は今度は窃盗犯や密売人など、もう少しマシな連中と一緒の房に入ることができた。

勾留は何日にも及んだ。その間、秋莎《チウシャー》は会いに来てくれず、頼みの綱である将来の義父もまったく姿を見せなかった。

黄海捜査官も谷長龍《グー・チャンロン》には連絡がとれなかったらしく、ただ娘の谷秋莎とは話ができたと教えてくれた。けれども、秋莎がどんな態度で何を言ったかは話してくれなかった。それがどういうことなのか、私は捜査官の顔から読みとろうとしたが、捜査官は表情ひとつ変えず、なんの手がかりも得られなかった。部屋のなかはうだるように暑かったが、この先のことを考えると、私は身体が凍りつくのを感じた。

頭のなかにまた嫌な思い出がよみがえってきた。去年の夏、私は義父になる谷長龍に命じられて、あることをした。これはあの時の行為に対する天罰なのだろうか？

一九九五年六月十六日（金曜日）

結局、勾留されてから十日ほどたって、私はやっと釈放された。黄海捜査官によると、警察は夾竹桃の毒が入った容器のほかに、私が犯人であると示す証拠を見つけることができなかったのだという。容器には私の指紋がなかった。また殺害現場からも、私の指紋や髪の毛は発見されなかった。検死の結果、判明した死亡推定時刻も、私が犯人ではないことを示すものだった。警察は私の主張を認めて、犯人が私に罪をなすりつけようとしたと考えたのだ。厳《イエン・》厲《リー》教頭が……。今頃、あの男は私に替わって、警察の尋問を受けているだろう。危うく、陥れられるところだった。黄海捜査官は、一度は私を逮捕したものの、真実に気づいて救ってくれたのだ。

私は自分の持ち物を受け取り、現金と鍵をポケットに入れた。秋莎の父親、谷長龍からもらった時計も身につけた。部屋を出る前に鏡を見る。留置場にいる間に、私の髪はそりあげられていた。私は思わず頭に手をやった。よく見ると、こめかみのあたりの毛が白い。この間まではなかったものだ。目の下にはたるみができている。とうてい二十五歳の青年の顔には見えない。まるで納棺を待つ死体のようだった。

警察に勾留されていたこの十日間は、私の人生でもっとも長い時間だった。

逮捕された時に持っていた現金がわずかだったので、新しいシャツを買って、公衆浴場に行くと、持ち金はほとんど使いはたしてしまった。だが、幸いなことにバスの定期券は持って出ていたので、移動するのに不自由はなかった。公衆浴場でこの十日間で皮膚にこびりついた垢《あか》をこすり落とすと、私は新しいシャツを着て、婚約者の秋莎の勤める出版社に向かった。

受付で谷秋莎に会いたいと言うと、係の女性は「会議中です」と答えて、秋莎から預かったというメッセージを伝えてくれた。私が訪ねてきたら伝言してほしいと頼まれたというのだ。それは「仕事が忙しいので、こちらからまた連絡する」というものだった。

仕事が忙しい？　こちらからまた連絡する？　逮捕されていた婚約者が釈放されたというのに？

このまま寮に戻りたくはなかったので、私はこれから一緒に暮らすことになる、自分たちの新居に行ってみることにした。町の静かな地区にあるマンションの十二階の部屋。二カ月前から内装工事が始まっていて、私は毎週末、そこを訪れては工事の進み具合を確認していたのだ。だが、三十分後に新居のアパルトマンのドアの前に立つと、驚くべきことが待っていた。鍵をさしても、回らないのだ。私はドアノブをガチャガチャいわせたり、ドアをドンドンと叩いたりした。すると、隣の部屋から年配の女性が出てきて、昨日、工事業者が来て鍵を取り替えていった、と教えてくれた。

怒りのあまり、私はドアを思い切り蹴った。どうして鍵を替える必要があるのだ？　私が部屋に入れないようにするためか？　だが、なぜだ？　ドアを蹴った足の指が痛かった。私は足を引きずりながら、エレベーターへ向かった。

とりあえず、今日のところは寮に戻るしかない。私はバスに乗った。気温は三十度を超えていて、バスのなかはひどい臭いがした。勾留生活の疲れが出たのか、座席でうとうとしているうちに、バスは南明《ナンミン》高校の近くまで来ていた。道の両側に建つ建物は、次第にまばらになり、やがて広大な製鉄所の敷地まで来た。建物の煙突から白い煙が吐きだされているのが見えた。バスは南明通りに入り、高校の前で止まった。門のところには、《南明高校》と刻まれた銅板がかかっている。

今日は金曜日なので、家に帰る寮生が多い。私に気づくと、皆、驚いたような顔をしていた。だが、私に話しかけようとする者は誰もいない。私が普段から目をかけている馬力《マー・リー》でさえも、私から目をそむけた。私が近づくと、生徒たちはまるで潮が引くように右と左に離れていく。私は大海に浮かぶ孤島のような気分になった。

その時、背中で陰湿な声がした。

「申 明《シェン・ミン》先生、校長室までご一緒に来てください」

ふり返ると、そこには教頭の厳 厲《イエン・リー》がいた。私はびっくりした。どうしてここに？　この男は今頃、留置場にいるはずではなかったのか？

だが、その疑問は口に出さず、私は黙って、あとについていった。階段をのぼる途中で、厳厲が小声で話しかけてきた。

「何日か前、黄 海《ホアン・ハイ》という捜査官が私に会いにきてね。きみは警察にでたらめを言ったそうだな？」

もちろん、でたらめではない。それはこいつがいちばんよくわかっているはずだ。だが、私は何も言わなかった。こいつがどう答えるかは、聞かなくてもわかっていたからだ。実際、

厳　属はこう続けた。

「きみが警察に何を話そうと、それが事実だという証拠はない。それとも、きみは証拠になる写真でも持っているのかね？　きみは自分の罪から逃れるために、私を陥れようとした。

それだけのことだ。このことは校長もわかっている。だいたい、釈放されたと言っても、それは証拠が不十分だったからだろう。まだ完全に容疑が晴れたわけではない。そんな人間の言うことなど、誰が信じるものか！」

結局、私は厳厲とはひと言も口をきかぬまま、校長室に入った。校長の顔は蒼白《そうはく》で、まるで死人のようだった。それなのに、額からはひっきりなしに汗がしたたりおちている。私は校長がハンカチで汗をぬぐうのを見つめた。七年前、北京大学を受験した時に、この校長は私が火事で人命救助をしたことを理由に、大学に対して熱心に推薦してくれた。また、三年前、私が大学を卒業して、この高校に教師として戻ってきた時にも、温かい態度で迎えてくれ、住居のない私に寮の部屋を使うことを許可してくれた。私の結婚が決まった時には、将来義父となる谷 長龍《グー・チャンロン》理事長に挨拶に行って、「申 明《シェン・ミン》先生をよろしくお願いします」とまで言ってくれた。その校長が、今は汚《けが》らわしいものを見るような目で、私を見つめている。

「申明先生、きみが釈放されて嬉《うれ》しいよ。ただ、現役の教師が生徒との関係を疑われ、ましてや殺人の容疑をかけられるなど、決してあってはならないことだ。容疑自体も完全に晴れたかどうかは疑わしい。これは我が校の名誉を深く傷つけるものだ。よって、南明高校としては、きみに厳しい処分を下さざるを得ない。今日付けできみは免職となった」

最初、私は何を言われたのか、わからなかった。だが、校長の言葉の意味を理解すると、吐きすてるように言った。

「それはそれはありがとうございます」

すると、校長はむっとした表情になり、隣にいた教頭と顔を見合わせ、首を振りながら続けた。

「もうひとつ伝えなければならないことがある。きみを免職処分にしたのと同じ理由で、党はきみを除名処分にすることにした。したがって、きみを市の教育委員会のメンバーにするというのも取り消しになる」

「でも、私と柳曼《リウ・マン》の間には特別な関係はありません。したがって、私は柳曼を殺していません。殺す理由がないのですから……。警察もそれは信じてくれました。だから、釈放されたのでしょう。それなのに、なぜこのようなことになるのですか？　容疑をかけられただけで免職になったり、党から除名されるなんて、私には納得いきません。釈放されただけでは十分でないというなら、私は何があっても自分の無実を証明してみせます」

「申明先生……。いや、もう先生ではないな。申明君、きみはまだ二十五歳だ。これから歩んでいく道はまだまだ長い。気を落としてはいけないよ。人生で失敗を経験しない人がどこにいるだろう？　きみの持っているような一流大学卒業という学歴があれば、ここと同じくらいの――いや、ここよりももっといい仕事だって、見つかるだろう」

「私の免職と党からの除名は、誰が決めたんですか？」

「もちろん、私ではない。市の教育委員会の委員長がきみの免職を提案し、それと同時に党の委員会が全会一致で除名処分を決定したんだ」

「教育委員会の委員長が？　信じられません。委員長は私が教育委員会のメンバーになったら、強力なサポートをするとおっしゃっていたんですよ。それも、つい先月に……」

校長は背中を向け、ため息をつきながら言った。

「すべては変わるものだ」

私はそれ以上、何も言わなかった。せめて免職は解いてくれと、校長に泣きついたりしたくなかったのだ。

部屋から出ると、教頭がついてきた。階段の途中でまた話しかけてくる。いやらしい、ひそひそ声だ。

「ひとつ言っておかなければならないことがあるんだが……。きみがここを辞めて、寮からも出ていくことになったので、きみの部屋を卓球室に改装することになってね。そのための工事が来週の火曜日の朝に入ることになってしまったんだ。だから、月曜の夜までには荷物をまとめて、部屋から出ていってほしい。まあ、急なことで大変だと思うが、すぐに荷造りにかかってくれないか。必要だったら、手伝いを出すから……」

なるほど、すぐにでも私を追い出そうというわけか。三十秒ほどの間、私は肩を震わせて、屈辱に耐えていた。それから、厳 厲《イエン・リー》のほうを向くと、顔に強烈なパンチを浴びせた。畜生は去っていった。

夕方の風に乗って、開けた窓から夾竹桃の香りが漂ってくる。私はしばらくの間、死人のように動かなかった。学食に足を向けると、今日は開いていなかった。それはそれでかまわなかった。どっちみち、食欲などなかった。

部屋に入ると、すべてがひっくり返されていた。警察が証拠を探して、ひっかきまわしていったのだろう。本は床に散らばり、机の上にあったものも、床に放りだされている。だが、採点の途中だった生徒たちのレポートはなくなっていた。誰か代わりの教師に採点させるために、校長か教頭が運ばせたのだろう。私がそのレポートを見ることはない。私はもう教師ではないのだ。私はあらためて机の上を見た。そして、顔面蒼白になった。ジュエリースタンドにかけておいたネックレスがなくなっていたのだ。私の大事なネックレス。あれは私の唯一の心のよりどころだ。この部屋にあるなら、絶対に見つけなくては……。そう思うと、私は膝をついて、部屋のあちこちを探しまわった。そして、ようやく散らばった本の下からネックレスを見つけだした。手のひらで包みこむようにして、そっと握ると、私はそのネックレスに二度、口づけをした。

それから、おもむろに部屋を片づけはじめた。ようやく元のような状態にするまでには、ずいぶん時間がかかった。秋莎《チウシャー》に電話をしてみようか？　一瞬、そう思ったが、今日はやめにした。婚約者とその父親を問いつめるのは明日でいい。

そう判断すると、私は明かりを消してベッドに横になった。三日後には、このベッドは私のものではなくなる。

そうなったら、私はいったいどこで眠るのだろう？　鍵を取り替えられて、なかに入れなくなってしまった以上、予定していた新居で眠ることはないだろう。新居の大きなベッドには《シモンズ》の美しいマットレスが敷いてある。あのベッドには誰が眠ることになるのだろう？

第七章

一九九五年六月十七日（土曜日）朝

秋莎は仕事が忙しいということだし、父親の谷長龍《グー・チャンロン》も爾雅《アルヤー》学園グループの仕事があるので、多忙なはずだ。ふたりと話をしたいなら、出勤前に屋敷を訪ねるしかない。そう考えると、私はきちんとした服に着替えて、屋敷のある郊外へ向かうバスに乗った。

なぜだかわからないが、秋莎の家を最初に訪れた時のことが思い出された。その時はまだ婚約をする前で、私たちはただの恋人同士だった。私はかなり緊張して、たぶん野暮《やぼ》ったいふるまいもしたと思う。流行遅れのプレゼントを持っていって、秋莎にからかわれたものだった。いっぽう、秋莎の父親は私を温かく迎えてくれた。以前は大学の学長で、爾雅学園グループの理事長なので、教育に関しては深い経験と知識を持っている。それがわかっていたので、私は教育の質を高めるための独自のアイデアを披露し、おおいに株をあげたものだった。

守衛のいる門を通って、谷家の玄関の前に着いたのは、九時ちょっと前だった。私は服や髪を整えると、震える指で呼び鈴を押した。

だが、しばらく待っても、返事はない。私は門のところまで戻って、守衛に尋ねてみた。

すると、秋莎《チウシャー》と父親は、学園の車で雲南省《うんなんしょう》にバカンスに出かけたということだった。

婚約者が勾留を解かれて、留置場から釈放されたその日に、親娘《おやこ》そろってバカンスに？　秋莎は仕事で忙しいのではなかったのか？　私は思わず天を仰いだ。強烈な太陽の光に目がくらんで、そのなかに婚約者の姿が溶けていくような気がした。そうか、そういうことだったのか。新居の鍵が替えられているとわかった時に、そうではないかと気づいていた。いや、それより前に、父親とも娘とも連絡がつかないところで、おかしい気はしていた。まちがいない。私はあの親娘に捨てられたのだ。

一九九五年六月十七日（土曜日）昼

小さい時に両親を亡くしてから、私には祖母以外に身寄りがいない。かろうじて身寄りと言えるのは、申援朝《シェン・ユエンチャオ》検事だけだ。こうなったら、あの人に頼るしかない。そう思うと、私は検事の住む建物の四階に行き、部屋の呼び鈴を押した。

「どなたですか？」

玄関を開けたのは四十代の女性だった。十二時少し前だったので、昼食の支度をしていたのだろう、手にはお玉を持っていた。私の顔は忘れてしまったのか、不意の来客に不審そうな顔をしている。私のほうはこの女性を知っていた。申援朝検事の奥さんだ。

「どなたでしょう？」

「申援朝検事はいらっしゃいますか？」私は尋ねた。

と、そこに部屋の奥から五十代の男性が現れた。申援朝検事だ。

「きみか」眉間《みけん》にしわを寄せながら、検事が言った。「どうしてきみが来たかはわかっている。入ってくれ」

検事は私をなかに入れると、奥さんにはキッチンに戻るように言った。そして私を居間のソファに座らせると、扉を閉めた。

「奥さんは私のことがわからなかったようですね」

「もう七年も会ってないからな」

ソファに座ってお茶をつぎながら、検事は答えた。それから、こう尋ねてきた。

「顔色が悪いようだね」

「今度のことについては、聞いていらっしゃいますか？」

「きみが警察に逮捕されて、釈放されたことは知っている。それで訊くのだが、私たちの秘密について、きみは誰かに話したかね？」

その言葉を検事はいかにも心配そうに口にした。それを聞いて、私は思わず顔をしかめた。検事が気にしているのは私の身に起こったことではなく、そちらのほうなのだ。

「もちろん、誰にも言っていません。ただ、先月、それをにおわせる噂が学校に流れていたのは事実です。また、その噂の説明をするために、黄海《ホアン・ハイ》という捜査官には打ち明けざるを得ませんでしたが……。いえ、その捜査官はこのことは誰にも言わない、秘密は守ると言っていたので、その点は安心してください」

それを聞くと、検事は立ちあがって、部屋のなかを歩きまわった。

「しかし、噂が流れていたのは事実なんだろう？　いったい、誰がそんな噂を流したのだろう。私たちのほかに、あの秘密を知っている者は、誰かいるのか？」

「いいえ。私と祖母、そして、あなたとあなたの奥さんだけです」

「妻はちがう。秘密を洩らすような女ではない」

「そうおっしゃるなら、そのとおりなのでしょう。でも、今日はその話で来たわけではないんです」

どうやったら、現在の窮状をわかってもらえるのだろう。私は考えた。だが、結局何も思い浮かばず、ただストレートに言った。

「助けてもらえませんか？」

「助けるとは何を？　こうして釈放されたのだから、きみの容疑は晴れているのだろう？」

「ええ。警察は私が犯人だとは思っていません。むしろ、私は被害者で、誰かに罪を着せられたのだと考えているはずです。でも、ほかの人たちはそうは思っていません。釈放されたのは証拠不十分で、本当は私がやったのだと考えている人もいると思います。もしかしたら、市の教育委員会や党の幹部にもそう考えている人がいるかもしれません」

「それは心配だ。そういった状況で、きみの事件が最高人民検察院まで行ってしまったら、警察の判断など簡単にひっくり返されるだろう。そうなったら、私にはどうすることもできない」

　そう言うと、検事は八十年代の映画の主役のような表情で、首を横にふった。私はうんざりして尋ねた。

「そうなったら、もう自殺するしかないと？」

　検事は黙って、眉根を寄せた。

「まあ、そうなることはないだろう。犯人はきみに悪意を持っていて、自分の罪をなすりつけようとした。そのうち、すべてがわかるだろう。その時には、きみの容疑は完全に晴れる。それではいけないのかね？」

「ええ。それでは遅すぎます」

　そう言うと、私は昨日から今朝にかけて起こった出来事をすべて話した。教師を免職になったこと、党から除名されて、将来の職も失ったこと。婚約者とその父親から見放されたこと。これから自分がどうなるのか、皆目、見当がつかないこと。そこで話をやめると、私は下を向いて、茶碗《ちゃわん》に残っていたお茶を飲みほした。お茶には茶葉が交じっていて、私はその葉を何度も嚙んでから、飲みくだした。

　その間、検事は黙って話を聞いていたが、私の話が終わると、立ったままお茶を飲み、茶碗をテーブルに置いて言った。

「それについても、きっとなんとかなるはずだ。ただ、婚約者のことはしかたあるまい。真実かどうかはともかく、女子生徒との噂が流れてしまったのだから……。最近、婚約者とぎくしゃくしたことはなかったのか？」

「いいえ。ふたりで結婚の準備をして、新居となる部屋を整えたりしていたくらいです」

「殺された女子生徒とはなんでもなかったということだが、ほかに何か婚約者が疑いを抱くような関係を持ったことは？」

そう言うと、検事は私の背後にまわり、肩に手を置いてつけ加えた。

「つまり、同時にほかの女性とつきあっていたというようなことは？」

「そんなことは……」

そう答えはしたものの、私は検事の目を見ることができなかった。

「きみはすべてを話しているわけじゃないね」

「すみません。それについては、申しあげられません。それよりさっきのお願いですが、私は自分が無実だと、誰から見てもわかるように、はっきりと証明したいと思っています。どうか、その手助けをしていただけませんでしょうか？」

「いや、何か隠していることがあるなら、まずはそれを教えてほしい。長年、検事としていろいろな事件を見てきた経験から言うが、すべてはつながっているのだ。事件を解決するには、細かいことひとつおろそかにできない。私の経験を信頼してほしい」

「お願いです。助けてください。私は人殺しではありません。被害者なんです。それを今すぐ証明してほしいのです」

「きみは物事を知らなすぎる。きみを助けるためには、この事件に関するすべてのことをひとつ残らず知っておく必要がある。そうでなければ、私にはどうすることもできない」

私は襟のボタンをはずし、窓のほうを向いた。太陽の光を受けて、異国の花が輝いている。南アフリカが原産のクンシランだ。

「すみません。やっぱり、お話しすることはできません」

「残念だ」

しばらく沈黙の時間が流れた。やがて、検事が私の耳もとでささやいた。

「きみを見ていると、若い時の自分を思い出すよ。ちょうどきみと同じくらいの年だった時の自分をね。腹は減っていないか？　何か食べていくといい」

そう言うと、検事は私の返事も待たずにキッチンに行き、奥さんに食事の用意をするように伝えた。時刻はちょうど十二時だった。私は断ることができなかった。検事の家で食事をするのは、これが初めてだった。食事の支度ができるまでの間、私たちは特に話をすることもなく静かに待った。私は一カ月前に南明《ナンミン》高校に流れた、ふたつの噂について考えていた。

ひとつめの噂は柳曼《リウ・マン》と私が恋愛関係にあるというものだった。それによると、私たちはま

業を休んだ時には、子供ができたので中絶をするためだという噂まで流れた。柳曼《リウ・マン》がしばらく授業を休んだ時には、子供ができたので中絶をするためだという噂まで流れた。

もうひとつの噂は、さっきから検事がしきりに気にしていた〈私たちの秘密〉で、それは私の出生に関わるものだった。私の父は、私が七歳の時に妻を毒殺して死刑になっているが、それは本当の父親ではないという噂だ。つまり、私の母は尻軽な女で、未婚の母として私を産んだ。私が私生児だと言って、私を貶《おとし》めるためのものだった。

そして、このふたつめの噂は真実だった。噂を流していた人々は知らなかったはずだが、私は非嫡出子で、実の父親は今、目の前にいる申援朝《シェン・ユエンチャオ》検事なのだ。

検事の奥さんは昔、夫に愛人がいて、その愛人との間に子供がいると知っているはずだった。今日も最初に見た時は忘れていたかもしれないが、今は夫から聞いてわかっているはずだ。それなのに、私に敵意を見せることもなく、せっせと料理を取りわけてくれていた。私は心のなかでひそかに感謝した。逮捕されて以来、まともな食事を口にしたのは、これが初めてだった。

食事が終わると、検事は通りまで私を送ってくれた。何を言ったらいいのかわからず、黙っていると、別れぎわ、検事が腕を広げて、そっと私を抱きしめた。検事にそんなことをされるのは十年ぶりのことだった。いやそれよりも、もっと前かもしれない。

時刻は午後一時で、頭上には灼熱《しゃくねつ》の太陽が輝いている。道路の脇に生えた夾竹桃がその太陽の光から私たちを守ってくれていた。

「息子よ！　身体を大切にするんだ」震える声で検事が言った。「だが、泣くな。泣いていいのは女の子だけだ。いいな、息子よ」

検事は二度、「息子よ」という言葉を口にした。だが、私のほうは「父さん」とは呼ばなかった。頭を少し動かしただけで、私はひと言もなく、その場を離れた。

この時はまだ知らなかったが、私たちはこのあと、二度と会うことはなかった。

二時間後、私は南明高校に戻っていた。部屋の荷物をまとめなければならない。そう思いながら、門を入った時、守衛に呼びとめられた。

「申明《シェン・ミン》先生、病院から電話がありました。すぐに来てほしいとのことです」

さっきまで晴れていた空が一転、黒雲に覆われていた。雷雨が来そうだった。

第八章

一九九五年六月十七日（土曜日）夜

祖母が死にかけている。

降りだした雨のなか、私はすぐに閘北区《こうほくく》にある病院の緊急治療室に行った。なかに入ると、アルコールと消毒液の匂いが満ちるなか、弱々しい照明の光が壁のシミを浮きあがらせている。緊急治療が必要な場合は、みんなここに運びこまれてくるのだろう。病室にはほかにも患者がいた。

すぐ近くには老人がひとり、血管に点滴針を刺した状態で、死に瀕していた。付き添う者は誰もいない。心電図モニターだけが静かに老人の様子を見守っている。だが、それはつかの間の静けさだった。モニターのアラームが鳴り、心臓が止まると、すぐに看護師たちが当直医を呼びにいった。当直医は急いで蘇生を試みたが、どうすることもできなかった。医師や看護師たちが虚《むな》しく見つめるなか、老人はストレッチャーで病室の外に運ばれていった。もちろん、霊安室に移送されるのだ。

また、その少しあとには、大学生らしい若くてきれいな女性がストレッチャーで運ばれてきた。ストレッチャーの上に広がる、長く黒玉《こくぎょく》のように黒いその髪からは、シャンプーの香りがした。おそらく娘の両親だろう。そばには五十代とおぼしき男女が付き添い、「お願いです。なんとかしてください。睡眠薬をひと瓶飲んでしまったんです」と泣きながら訴えていた。一緒に来た医師が胃洗浄をする間、母親のほうは「お腹に子供がいるんです」と言って、娘が妊娠する原因となった男のことを罵《ののし》っていた。結局、娘は薬を吐きだすことができず、医師は腕を開いて、「どうしようもない」という身振りをした。夫婦は医師の足にすがりついて、「なんとかしてください」と懇願しはじめた。

と、すぐにまた入口のあたりが騒がしくなり、あらたに一台、ストレッチャーが運ばれてきた。寝かされているのは、若い眼鏡《めがね》をかけた男で、心臓にナイフが突きささり、血が流れている。顔は蒼白だった。チンピラ同士の喧嘩《けんか》の果てにこうなったとは思えない。そばには年上の女性がついていて、「まだ子供なんです。子供なんです」と叫んでいた。医師はしばらくの間、必死に手当てをしていたが、やがて「ご臨終です」と口にした。一緒に来た女性は、「まだ子供なんです。子供なんです」と、それだけ繰り返していた。

新しい患者が来ては、また去っていく。そのペースには波があったが、そんなことがまわりで繰り返される間、私は祖母のベッドの枕元に立っていた。この二十五年間、祖母はずっと私を見守ってくれていた。心電図のモニターの赤い線がゆるやかな波形を描いているのを確かめながら、私は祖母の白くなった髪をなでつづけた。やがて、もうじき太陽が昇ってくるという時刻になった時、モニターの赤い線がまっすぐになった。やってきた医師は言葉ではなく、身振りで亡くなったことを告げた。

一九九五年六月十八日(日曜日)

午前四時四十四分。祖母は、六十六歳でこの世を去った。

私はひと粒の涙も流さなかった。取り乱すこともなかった。冷静にやるべきことを片づけ、夜が明ける前には祖母を葬儀場へと運ぶ霊柩車《れいきゅうしゃ》に同乗していた。

葬儀は午後に行われた。だが、私のほかに参列者はいない。家政婦をしていた祖母に、特に親しい知り合いはいなかったし、私以外に家族はいなかったからだ。私の婚約者は祖母に会ったことがなかった。葬儀が終わると、斎場の人が白い封筒を渡してくれた。祖母が家政婦をしていた家の人が持ってきたらしく、なかには二百元が入っていた。結局、私はひとりで祖母にお別れをした。淋しくはなかった。祖母がいちばん愛した人間は、まちがいなく私だからだ。

そのあとは火葬の手続きをするのに、数えきれないほどの書類にサインしなければならなかった。それが終わると、私は祖母の小さな身体が火葬場へ入っていくのを見送った。二時間ほどで灰に変わるという。灰になったら、そこに魂が戻ることはない。

祖母が出てくると、私はまだ熱い灰を手で骨壺《こつつぼ》に移し、その骨壺にキスをして腕に抱きしめた。手には灰がついていたが、ふきとりたいとは思わなかった。墓を用意する金《かね》がなかったので、骨壺は当面の間、葬儀場の納骨棚に預かってもらうしかなかった。

こうしてすべてが終わると、私は腕に黒い喪章を巻き、そこに孫であることを示す赤い布をつけて、南明《ナンミン》高校に戻るためのバスに乗った。雨が降っていた。

寮の建物に入った時には時間も遅く、昨日からの出来事で、私はすっかり疲れていた。だから、すぐにベッドに入ろうと思ったのだが、部屋のドアを開けたとたん、なかに誰かがいるのに気づいた。泥棒か？　あるいは誰かが私に危害を加えようとして、帰りを待っているのか？　相手が襲ってくる場合に備えて、私は近くにあった箒《ほうき》の柄をつかんで、ふりあげた。その時、なかにいた人間がこちらをふり向いた。

「待て！　私だよ、私だ！」

教頭の厳 厲《イエン・リー》だった。今にも殴られるのではないかとパニックになって、うしろにさがりながら大声を出している。手には鍵束を持っていた。

「なんでもない。私はただ仕事をしていただけだ」厳厲が続けた。「きみが昨日、寮に帰ってこなかったと聞いて、いない間に泥棒でも入っていたらと心配になってね」

私は何も言わずに箒をおろした。すると、私の腕の喪章に気づいたのだろう、厳厲は言った。

「申 明《シェン・ミン》先生、ご家族の誰かを亡くされたのか。知らなかった。そいつはどうもご愁傷《しゅうしょう》さまで……」

私は厳《イエン・》厲《リー》を睨《にら》みつけた。もし視線で誰かを殺すことができたなら、まちがいなくそうしていただろう。だが、厳厲は平気な顔で、部屋から出ていこうともしなかった。

「申《シェン・》明《ミン》先生、まだ荷造りはできていないようだね。おとといも言ったとおり、この部屋は卓球室に改装される。あさっての朝には工事業者が来るから、明日の夜までに出ていってくれ。いいな」

そう冷たく言いはなつと、私の机に近づき、スタンドにかけてあったネックレスに触れる。

「それに触るな！」私は怒鳴った。

私の大事なネックレス。そのネックレスにこの男の汚らしい手が触れるのは許せない。怒りのあまり、私は厳厲の腕を引っぱった。その力で厳厲はバランスを失い、私たちはともに床に倒れた。が、その時、プチッという嫌な音がした。厳厲がネックレスから手を放さなかったので、糸が切れたのだ。パラパラと音がして、ガラスや木製の珠が床に散らばった。

私はもう珠を拾いあつめることしか頭になかった。このネックレスをつくるのに、あの子は三日もかけたのだ。ひとつでもなくしてはいけない。結局、すべての珠を見つけるのに三十分かかった。その間に、厳厲は部屋から逃げだしていた。頭はぼうっとして、手足もしびれていたが、私は集めた珠を糸に通そうとした。だが、それはうまくいかなかった。珠にあけた穴が不ぞろいなので、糸がきれいに通らないのだ。夜が明けるまでがんばったが、ネックレスは元に戻らなかった。しかたなく、私は小さな袋に珠と糸を入れ、袋を握りしめたままベッドに横になった。
夜まで待とう。夜になったら、夜になったら……。そう心のなかで誓いながら……。

第九章

《人はどんな理由で、人を殺すのか？》

この命題は、私が柳曼《リウ・マン》や馬力《マー・リー》、欧陽　小枝《オーヤン・シャオジー》とつくった〈死せる詩人の会《デッド・ポエッツ・ソサエティ》〉の会で討議されたものだ。

最初に考えられるのは、自分の命を守るためだ。ふたつめは他人の財産を奪うため。三つめは恋敵《こいがたき》を排除するため。四つめは復讐《ふくしゅう》のため。五つめは組織の命令を拒否できないため。六つめは金儲《かねもう》けのため。そして、七つめはなんの理由もなく、だ。

私の理由はなんだろう？　私が厳　厲《イエン・リー》を殺す理由は……。きっと、人にはわかってもらえないだろう。

《人はどんな理由で、人を殺すのか？》

私は今、この言葉を自分の墓に刻んでほしいと思う。

一九九五年六月十九日（月曜日）　私が人を殺した日の朝

目が覚めた時には、太陽はすでに高いところまで昇っていた。まばゆい陽光がベッドに差しこんでくる。時計を見ると、三時限目の授業が始まる時間だった。授業があるのに起きないでいるのは初めてのことだ。しかし、たとえ起きていたとしても授業ができるわけではない。私にはもう教えることはできないのだ。

着替えをすますと、私は机の前にあった椅子《いす》を部屋の片隅に運び、その上に立って、天井の割れ目に手をつっこんだ。そこには以前、高校時代からの親友で、ルームメイトでもあった路中岳《ルー・ジョンユエ》からもらったアーミーナイフが隠してあったのだ。路中岳の父親は、政府機関の地方支部で働いていたので、輸入ものの酒や煙草、軍用靴、密輸された腕時計など、さまざまな種類の禁制品を手に入れることができた。このナイフもそのひとつだ。もらったのは二年前で、すぐに天井裏に隠しておいたのだが、先日の家宅捜索でも発見されなかったらしい。ナイフはまだそこにあった。

椅子からおりて、あらためてナイフの刃面を見ると、そこには自分の顔が映っていた。刃面はきれいに磨かれているのに、その顔は歪んだ鏡を見ているようで、自分だとわからないほど恐ろしい表情をしていた。

私はナイフを自分の内腿に縛りつけると、ズボンをはきなおした。

朝食をとろうかと思ったが、朝の学食の時間はもうとっくに終わっている。そこで、私は校内をまわってみることにした。〈決行〉を前に、この学校と生徒たちにお別れをしておきたかったのだ。担任していたクラスの前を通りがかった時、授業をしていた数学の張鳴松《チャン・ミンソン》先生が廊下の窓ガラスごしに私に気がつき、軽く頭をさげた。それと同時に、何人かの生徒たちがこちらに目を向け、最後には全員が私を見つめた。その目はまるで幽霊でも見るかのようだった。

張鳴松《チャン・ミンソン》先生には、私も高校生だった時に数学を教わったことがある。私より七歳年上で、清華《せいか》大学を卒業している。私と同じく一流大学の出身だ。三十歳の若さで《特級教師》の称号を受け、数学教育においては若き権威と見なされている。教え子たちが入試でよい成績を残しているので、毎年、多くの生徒の親たちが、張鳴松先生の個人授業を自分の子供に受けさせようと、大枚をはたいているという。

教室のなかでは、誰もが授業中であることを忘れて、廊下に立っている私を見つめている。私は背筋を伸ばし、生徒たちを見つめかえした。生徒たちが私を幽霊を見るような目で眺めるのも不思議ではない。窓ガラスの端に映った私の顔は、悪夢から抜けでてきたように、やつれて陰気だったからだ。二週間前まで、南明《ナンミン》高校の国語教師で文芸サークルの顧問だった時の面影は残っていない。〈死せる詩人の会〉のメンバーのひとりとして、私が目をかけていた馬力《マー・リー》でさえも、私から目をそむけたくらいだ。おそらく、私とこんなふうに別れることになった悲しみを表に出したくなかったのだろう。私が担任していた三年生たちは、一カ月後には卒業して、私とも別れることは決まっていた。だが、その別れがこんなかたちで来ようとは……。よく見ると、生徒たちは皆、目に涙を浮かべていた。

私もまた涙を抑えることができなかった。すると、張鳴松先生が困った顔で廊下に出てきて言った。

「申《シェン・ミン》明先生、申しわけありませんが、授業が中断してしまうので……」

「すみません。失礼します」

そう小さな声であやまると、私は教室を離れ、階段に向かった。身体が重かった。階段を降りながら、私は内腿に縛りつけたアーミーナイフの存在を意識した。それから、ポケットに手を入れて、ネックレスの珠の入った袋を握りしめた。

一九九五年六月十九日（月曜日）午後

午後になって、雨が降ってきた。梅雨の季節ということもあるが、このところ、午後になると、いつも雨が降るのだ。競技場の入口で欧陽《オーヤン・シャオジー》小枝と会った。小枝は私に話があるので、夜に会いたいと言った。私はうなずいた。私も小枝に話したいことがあったからだ。私たちは午後十時に廃墟になった《魔女区》の工場の一階で会うことにした。

一九九五年六月十九日（月曜日）　私が人を殺した夜

秋莎《チウシャー》の父親からもらった腕時計をはずすと、私はこの高校で最後の食事となる夕食をとりに学食に行った。学食で働いている人々は、まるで犯罪者に対するかのように私に接した。生徒たちも離れたテーブル席に座り、私のところには誰も寄ってこない。食欲は旺盛だった。

私は残っている学食のチケットをすべて使い、満腹になるまで食べた。席を立つ時にはおくびが出るくらいだった。

時計を見ると、午後九時だった。厳 厲《イエン・リー》がそろそろ家に帰る時刻だ。

どこかで雷鳴が轟《とどろ》いている。

厳厲は寮の建物の前で、同僚の教師とおしゃべりをしていた。なにやら嬉しそうな様子で、時おり顔にいやらしい笑みを浮かべている。やがて、相手の教師が寮の建物に入ってしまうと、自分は入口のところに残って、煙草を吸いだした。たぶん、私が荷造りをすませたかどうか確かめるために、この寮の建物までやってきたのだろう。だが、へたに部屋まであがったら殴られるかもしれないと思って、そこでぐずぐずしているのだ。結局、部屋にはあがらないことに決めたらしく、厳厲は服の埃を払うと、校門に向かった。私はそのあとを追った。校門を出ると、厳厲はバス停のほうに歩いていった。私は並木の陰に隠れながら、あとをつけていったが、気が気ではなかった。バス停まで行ってしまったら、〈計画〉を実行することができなくなる。それまでに行動に移さなければならない。

南明通りには人気《ひとけ》がなかった。あいかわらず雷鳴はしていたが、まだずっと遠くなのだろう、夜空には星がまたたいていた。その星明かりで、前を行く厳厲の姿が見える。今は廃墟になった工場の塀の脇を歩いている。私はズボンのなかに手を入れて、内腿のところに縛っていたアーミーナイフを取り出した。そのまま息をひそめて、厳厲に近づいていく。そうして、相手がふりむく前に、背中にナイフを突きたてた。

うしろから心臓をひと突きできるように、私は何度もイメージトレーニングをしてきた。だが、街灯もない、星明かりのもとでは狙いが定めにくい。結局、ナイフは急所をはずしてしまい、相手を即死させるには至らなかった。厳厲はうっという叫び声をあげると、こちらをふり返り、予想もしなかった激しさで腕をふりまわした。あたりに血が飛びちり、その血は私の顔にもかかった。

映画を見ていると人を殺すことなんて、鶏《にわとり》を殺すのよりも簡単なように思える。だが実際にやってみると、まったくちがった。厳厲が地面に倒れるまでの一分間は、私にとって一世紀にも思えた。倒れた厳厲に馬乗りになると、私はその顔をじっと見つめた。厳厲もまた、私の顔から目を離さなかった。おそらく、私たちは同じくらい恐ろしい顔をしていたことだろう。

その時、首もとに雨粒を感じた。雷鳴が近づいてくる。とうとう雨が降りだしたのだ。私は急に冷静になった。雨が怒りを冷ましたのだろう。なんとしてでも厳厲を殺さなければという、さっきまでの思いは嘘のように消えていた。ほんの一瞬、私は厳厲を殺そうとしたことを後悔した。

《人はどんな理由で、人を殺すのか？》

突然、恐怖が私をつかんだ。それは殺されるよりも強い恐怖だった。

自分の手の先も見えない暗がりだったが、厳厲《イエン・リー》には自分の命を奪おうとしたのが、私だとわかったのだろう。血を吐きながら言った。

「申明《シェン・ミン》……。私は……私は誓って……きみに悪いことはしていない……」

そう話す厳厲の口のなかに、雨が落ちた。厳厲はそのあとの言葉を発することはなかった。

きみに悪いことはしていない？　そのとおりだ。少なくとも、殺されるほどのことは……。この男は柳曼《リウ・マン》を殺したわけではないし、その罪を私に着せようとしたわけでもない。警察が逮捕しなかったのだから、それは明らかだ。この男は私をこの学校から追い出そうとし、私の大切なネックレスをばらばらにしただけだ。それは決して殺されるようなことではない。

今さらながら、私は厳厲の腕をとった。だが、そこにもう脈はなかった。

先月、私はリュック・ベッソン監督の『レオン』というフランス映画を見た。そのなかで、ある殺し屋が言っていた。《人を殺す前と殺したあとでは、すべてが変わる》

きっと、そうなのだろう。私にとって、すべては変わってしまったのだ。

第十章

一九九五年六月十九日（月曜日）　私が人に殺された夜

明日は大学入学試験だ。南明《ナンミン》通りには雨が降っていた。しかし、それはどちらも私には関係がない。

私は人を殺した。自分が勤めていた高校の教頭を殺したのだ。私のすべきことはひとつ——警察に自首することだ。

だが、黄《ホアン》・海《ハイ》捜査官のところに行く前に、私にはしなければいけないことがあった。欧陽《オーヤン》・小枝《シャオジー》と会うのだ。厳厲の死体を側溝にころがすと、私はふらつきながら、その場を去った。このあたりのことはよく知っている。もう少し行くと、工場の塀が崩れおちていて、そこから工場の敷地に入れるようになっている。敷地のなかに足を踏みいれると、今や廃墟となった工場の建物が、雨に煙って林立している。それは埋葬された遺体のない、巨大な墓のように見えた。そのなかでいちばん大きな建物まで行くと、私は裏口からなかに入った。

南明高校の生徒たちは、この工場の廃墟を《魔女区》と呼んでいる。

私はポケットからネックレスの珠の入った袋を取り出した。もしかしたら血がついてしまうかもしれないと思ったが、ぎゅっと袋を握りしめずにはいられなかった。建物のなかは真っ暗で、油の嫌な臭いがした。私は反対側のポケットからマッチを取り出した。幸い、マッチは濡れていなかった。火をつけて目の前にかざすと、錆《さ》びた機械が見えた。だが、それだけだ。小枝《シャオジー》の姿はない。「夜の十時に《魔女区》の工場の一階で待っています」と言っていたのに……。私は不安になって、裏口の扉のほうをふり返った。扉は入る時に開けっぱなしにしておいた。その四角い枠のなかに一瞬、稲妻が光り、すぐに消えた。雨はいっそうひどくなっていた。

どうして彼女はいないのだろうか？

その時、地下室に続く階段のほうから、誰かがすすり泣く声が聞こえてきた。泣き声は湿った空気を抜け、断続的に繰り返されながら、地底から渦巻くようにして、私の鼓膜に届いた。

小枝だろうか？　だが、なぜ泣いているのだ？　マッチが消えてしまい、真っ暗闇で何も見えない。私は血まみれの手を壁につけて、壁ぞいに階段のところまで行った。目の前には何もない。地下に降りる道があるだけだ。

外では雷鳴が轟いている。

階段の最初の段に左足を乗せると、私は階段を降りていった。ジュール・ヴェルヌの小説のように、地底に向かう気分で……。

一九九五年六月十九日（月曜日）　午後九時五十五分

すすり泣きはだいぶ静かになっていた。だが、それはあいかわらず渦巻くようで、私の首に絡みついて、階段の下に引っぱっていくような気がした。

階段の下の床には上げ蓋《ぶた》があって、それが地下室の入口になっている。ここから梯子で降りていくのだ。上げ蓋は外側に丸いハンドルがついていて、それを回すと、ロックがかかるようになっている。私はまたマッチをすった。

すると、思いがけない光景が目に入ってきた。上げ蓋が開いていたのだ。

どうして？　小枝か？　でも、彼女は「《魔女区》の工場の一階で」と、確かにそう言っていた。

マッチを片手に、私は梯子を降りていった。どこから洩れるのか、雨が降ると床に水がたまるせいで、この地下室はいつも湿っぽい。上げ蓋を開けて、なかに入っていくたびに湿気が肌にまとわりついてくるような気がする。今もじっとりした空気が身体を包み、むっとしたにおいが鼻をついた。その時、下から吹いてきた風がマッチの炎を消した。

その時のことは忘れない――床に足をつけて、私はふり返ろうとした。だが、それが私の最後の動きとなったのだ。

その瞬間に感じたことは人生に対する惜別と深い悲しみの気持ちだった。ビルの屋上から身投げした人間が、落ちる途中で感じるような、そんな惜別と悲しみの気持ちだ。

その時のことは忘れない――突然、背中に恐ろしい痛みを感じたかと思うと、金属製の何か尖った物が身体に入ってきたのだ。

周囲の世界がまわった。

私は顔から床に倒れた。床にたまっていた水に額と胸が浸かった。背中からは血が噴きだしていた。私は顔をあげて、目を見開いた。真っ暗闇で何も見えない。誰かの足音が聞こえる。だが、誰のものかはわからない。数秒後、指が震え、全身が動かなくなった。口から血があふれてくる。

やがて、時間が消滅した。静寂が世界を支配した。嗅覚も触覚もすべての感覚がなくなった。鼻はもう私のものではなかった。唇も私のものではなかった。痛みも感じない。時のない空間に、私はただ漂っていた。私は自分がどこにいるのかもわからなかった。

《人はどんな理由で、人を殺すのか？》

私は厳　厲《イエン・リー》を殺した。そして、誰かに殺された。命は命で贖《あがな》わなければならない。これは罰なのだ。


一九九五年六月十九日（月曜日）午後十時一分一秒

私は死んだ。

だが、命が消えるその最期《さいご》の一瞬まで、私は輪廻転生を信じていなかった。

第十一章

一九九五年六月十九日（月曜日）

干支で言うと、乙亥《きのとい》の年、壬午《みずのえうま》の月、辛巳《かのとみ》の日。旧暦で言うと、一九九五年五月二十二日。六曜で言えば、友引——凶の日である。

その凶の日に、私は死んだ。

だが、本当に死んだのだろうか？　もし、あなたが死んだあと、誰かがあなたのことを思い出すなら、本当の意味であなたはまだ死んでいない。思い出してくれるその人とともに、生きつづけている。私は毎年、清明節（春分の日から十五日目にあたる中国の祝日。祖先の墓参りをして、供え物をし、故人を偲んで宴会をする）には母親の墓を掃除し、お供えをしている。また、立冬の日にも墓参りをしている。そのおかげで、はっきりとわかったことがある。たとえ墓のなかにいても、私の心のなかで母親は生きているのだ。私には子供がいないが、子供がいない人でも誰かの記憶や、記録に残っていれば、本当の意味で死んだとは言えない。あなたの名前や写真は身分証明書や学生証、図書館の利用カード、水泳クラブの会員証に残っているし、学校の宿題や試験の答案にはあなたの名前とあなたが書いた文字が残っている。そう、肉体は死んでも、人々の記憶やあなたが残した記録のなかで、あなたはまだ生きているのだ。

けれども、そういった記録がなくなり、人々の記憶から消えてしまったら？　私は今、それが怖い。人々から忘れられるのが……。私の名前は申　明《シェン・ミン》。南明《ナンミン》高校を卒業し、大学を出たあとは、母校であるその高校で三年生の担任をしていた。

そして今晩、私は人を殺し、そのすぐあとに人に殺された。

《魔女区》と呼ばれる工場の廃墟の地下室で、ナイフで背中をひと突きされたのだ。私はそのまま床に倒れた。目は開いていたが、犯人の姿を見ることはできなかった。決して安らかな死を迎えたとは言えない。

今の私には肉体の感覚がない。私は呼吸を止めたのか？　脈はまだあるのか？　血液はまだ血管を流れていて、脳に酸素を供給しているのか？　それとも、脳死状態なのか？　どんなにがんばってみても、肉体としての存在を意識することができないのだ。

これが死というものなのだろうか？

〈死ぬのは苦しい〉と言われている。それが刃物によるものでも、絞首刑でも、窒息でも、毒殺でも、溺死《できし》でも、事故でも、病気でも。そして、〈そのあとには永遠の孤独がやってくる〉と……。

今の私はもう苦しくない。肉体の感覚がないのだから……。孤独はまだ感じていない。

私の身体は現在、どうなっているのだろう？　私は大学の時に読んだ一冊の本のことを、はっきりと覚えている。その本には死ぬと肉体がどうなるか、端的に書かれていた。
・血液の循環が止まるせいで、死後十五分から二十分で、顔から血の気《け》が失《う》せていく。また、流れなくなった血液が死体の低い位置にたまっていくため、三十分後くらいから死斑が現れる。
・代謝が停止するため、死冷が起き、一時間後くらいから体温が規則的に外気温まで下がっていく。
・体内の化学変化によって、一時間後くらいから筋肉が硬直する。硬直は十時間から十二時間後くらいにピークに達する。
・三日後くらいから体内にガスが発生し、十日後くらいから、そのガスの噴出とともに腐乱が始まる。

私の身体は今、どの状態にあるのか？　時間の感覚がないので、わからない。

では、私は今でも私なのか？　申明としての記憶はまだ残っているのか？

突然、私はまばゆいばかりの光に包まれた。目の前にはトンネルがある。壁が大理石でできた美しいトンネルだ。このトンネルはどこにつながっているのだろう？　《魔女区》の工場の廃墟か？　それとも古《いにしえ》の地下の宮殿か？　と、いきなりトンネルが消え、目の前にある場面が広がった。

継ぎ当てのある薄い布地の服を着た子供が死んだ母親の上に覆いかぶさっている。その子供は私だ。涙と鼻水で、子供は顔をびしょ濡れにしている。母親と子供の横には男がひとり立って、静かに煙草を吸っている。それから場面が変わり、銃声がしたかと思うと、男が倒れて死んだ。首の穴から吹き出した血が床にたまって、子供の足を浸していく。すると、また場面が変わって、四十代後半の女性が子供の手を引いて静かな通りを歩いている。女性は私の祖母だ。通りの名前を記した表示板の文字は、色が薄れて読みにくいが、どうやら《安息通り》と書いてあるようだ。女性と子供はとある建物に入ると、半地下の部屋に降りていった。子供はこれからそこで暮らすのだ。半地下なので、部屋の上部にある窓は、地面とほぼ同じ高さにある。その窓を開けて換気と、採光を行うのだ。子供は——幼い私は、部屋のなかから窓を見あげ、通りを歩いていく人たちの靴を見ていた。雨の日には色とりどりのブーツが水を跳ねあげながら頭上を通りすぎていった。女性が通る時には靴だけではなく、もう少し上、スカートの奥をちらっと見ることもあった。その時の光景が次々と現れては消えていった。子供の私は淋しそうな表情をしていた。顔は幽霊のように蒼白い。だが、たまに怒ったりすると、両頬にある痣《あざ》が赤く染まって、恐ろしく見えた。そして、また画面が変わった。子供はもう中学生くらいの少年になっていた。だが、あいかわらず窓から外を見るのはやめていない。だいぶ背が高くなっていたので、立ちあがると通りの反対側まで見えるようになっていた。その時、向かいの家から恐ろしい叫び声が聞こえてきた。それと同時に、少年と同じくらいの年の少女が家から飛びだしてきた。少女は玄関の石段に座って泣いていた。だが、雨が激しく降っていたので、その雨のカーテンにさえぎられて、少女の顔ははっきり見えなかった。

少女はしばらく泣きつづけていた。その光景に、私も泣きたくなった。だが、肉体がないのに泣けるはずがない。いや、たとえ肉体があっても、死体なのだから、流せるものと言えば膿《うみ》くらいしかない。

その死体も、もうじき燃やされてカップ一杯ほどの灰になる。そうして、ステンレスの骨壺に納められ、マホガニーの木箱に入れられて、黄土色の土の下、一メートルのところに埋められるのだ。このまま《魔女区》の地下室で放っておかれなければの話だが……。もしここに放置された場合は悪臭を放ち、ネズミさえ死肉を食らいたくないほど腐乱して、虫にたかられ、最後は微生物によって分解されて、ようやくきれいな骸骨になるだろう。

私は今の私の肉体を見ることができない。もし死んだ瞬間に霊魂が肉体から離れて宙に浮かぶというなら、私は自分の死体を見ることができただろう。そうしたら、犯人の姿を見ることもできて、幽霊となって復讐に行くこともできたかもしれない。あるいはこのあたりを永久にさまよって（永久に、だ。死には時間がないのだから）、《魔女区》や南明高校に出没し、人々に恐怖を与えたかもしれない。自分の受けた苦しみを分かちあってもらうために……。だが、私の霊魂はこの世には残らなかったようだ。私は今、どこにいるかもわからない。

いずれにせよ、すべての人間はいつか死ななければならない。人生とは死を待つ間の時間のこと。ただ、私の場合はその時間が短すぎた。

私は自分を殺した人間を恨んでいるのだろうか？　それはわからない。だが、どうして私は殺されたのだろう？　たぶん私の死体が見つかったら捜査が始まり、誰か頭のよい人間が私が殺された理由を見つけ、犯人を逮捕することになるのだろう。

そう、犯人だ。いったい、誰が私を殺したのだろう？　きっと小枝《シャオジー》ではない。でも、本当のところはわからない。私を殺した人間は今、何を思っているのだろう？

今、死んだばかりの人生をもう一度やりなおすことができて、生きている間に犯した数々の過ちを正すことができるなら、どんなにいいだろう。もしやりなおせるなら、私は厳 厲《イエン・リー》を殺さない。あるいは、もし輪廻転生というのが存在して、いくつもあるはずの来世のどれかで厳厲に出会ったとしたら、おそらく私はこう言うにちがいない。「私は前世のどれかであなたを殺した。そのことで、あなたにあやまりたい」と。

そこで、ふと意識がとぎれた。

気がつくと、私はそれまで長い間、眠っていたような気がした。いつのまにか、また自分が身体を備えている感覚がする。だが、身体と言うにはあまりにも軽い。まるで、そよ風が吹いても飛ばされてしまいそうな軽さだ。それと同時に心が喜びであふれているのも感じた。こうして再び身体を得たということは、私は転生したのだろうか？

すると、まるで誰かに命令されたかのように、身体が動いた。私は起きあがって、地下室から出た。だが、そこは知らない場所で、工場の廃墟は消えていた。これまでに見たことがない景色で、昔の水墨画を見ているような気がした。しばらくそのあたりをうろついてから、私はまばらに木が植えられている細い道に入っていった。道はぬかるんでいて、一歩ごとに足をとられて、地面のなかにひきずりこまれるような気がした。やがて、そのぬかるんだ道のあちこちに白骨が現れはじめた。あたりは薄暗く、鬼火が空中を舞っている。木の枝では梟《ふくろう》が鳴いている。そのまま顔をあげると、姑獲鳥《こかくちょう》だろうか、日本の産女《うぶめ》だろうか、女の顔をした人面鳥が空を飛んでいるのが見えた（姑獲鳥は中国の伝説の鳥で、毛を着けると鳥、毛を脱ぐと女になり、夜間に赤子に危害を加える。産女は日本の妊婦の妖怪で、姑獲鳥と同一視された。ただし、どちらも人面鳥ではない）。

そのうちに道がとぎれて、私の行く手をふさぐように河が現れた。恐ろしいことに、河の水は血のように赤く、向こう岸からは魚の臭いのする熱風が吹いてきていた。水は決して濁っているわけではなく、よく見ると、まるでこの場所で船が沈没したかのように、いくつもの人影が、流れに髪をそよがせながら、波の下で揺らめいているのが見えた。だが、私はとりたてて恐怖も感じず、河に沿って歩いていった。やがて、道の先に石造りの古い橋が見えてきたので、近づいてみると、橋のたもとには白髪で腰の曲がった老婆《ろうば》がいた。年齢はいくつくらいなのか、まったく見当がつかない。私は祖母のことを思い出した。

老婆は椅子に座って、手には縁の欠けた碗を手にしていた。なかには熱いスープが入っているようで、白い湯気が立っている。この老婆は転生前の霊魂に忘却のスープを飲ませ、前世や冥府であったことを忘れさせるという孟婆《もうば》なのだろうか？　冥府の出口にある忘川水《ぼうせんすい》のほとり、奈何橋《なかきょう》のたもとで、孟婆湯と呼ばれるスープを飲ませる仙女では？

古くから伝わる本によると、人は死ぬと冥府の門をくぐって、黄泉路を通り、死者の国に入る。それから、また生まれ変わって、生きている人間の世界に戻る前に、忘川水——忘却の河を渡るという。私はこれまでそんな話を一度も信じたことがなかった。だが、目の前にいるのが孟婆だとすれば、それは真実だったということだ。孟婆は橋を渡って、生まれ変わる人々にスープを飲ませるが、そのスープを飲むと人々は前世のことや死者の国のことをすべて忘れる。それはつまり前世の因縁を来世に持ちこまないようにするためなのだが、スープを飲むことは転生をするための絶対的な条件ではなく、前世の恋人に未練があるなどして記憶をなくしたくない者は飲むのを拒否することができるという。もっとも、その者たちは前世の記憶をなくしていない印として身体に痣をつけられたうえで、みずから忘川水に飛びこんで、そこで厳しい試練を受けることになるのだが……。

目やにだらけの目で私を見ると、老婆はびっくりしたような顔をした。それからいかにも辛《つら》そうな表情で首を横にふると、私に尋ねた。

「おまえはどうしてここに来たのじゃ？」

だが、私が答えないでいると、黙ってスープを差しだした。スープの表面には脂が浮かんでいて、私は吐き気がした。

「ここはいったい？」

「そのスープを飲むのじゃ。それから橋を渡るがよい。さすれば、おまえはまた生きている人間の世界に戻れる」

ということは、目の前にいるのは、やはり孟婆なのか？　これを飲むと、本当に生まれ変わることができるのか？　確信が持てないまま、私は碗を受け取り、無理にスープを飲みこんだ。だが、飲んでみると、それほどまずいものではなかった。以前、祖母がつくってくれた豆腐のスープと同じ味だ。

そんなことを考えていると、老婆が椅子から立ちあがって、道をあけながら言った。

「橋を渡るのじゃ。急がないと、時間がなくなる」

「生まれ変わるのに？　そんなに急いで生まれ変わらないといけないのか？」

それは教師をしていた時に、必要以上に急ごうとする生徒に対して、よく口にした言葉だ。

「そうだよ、坊や」

その言葉を背中に、私は橋を渡りはじめた。橋の両側には石の隙間から女性の髪くらいの長さの草が生えていて、足に絡みついた。それをなんとかふりほどいて、私はようやく反対側の岸についた。こちらの岸は驚くほど寒かった。そう感じた瞬間、いきなり吐き気がこみあげてきて、私は飲んだばかりのスープを全部、戻してしまった。

それと同時に、あっというまに河の水嵩《みずかさ》が増し、私は流れに引きずりこまれていた。だが、水草なのか、髪の毛なのか、長いものに搦《から》めとられて、流されることはなかった。まわりは骸骨でいっぱいだった。そうやって、身動きすることもできず、水のなかで上を見あげていると、突然、奇妙な光が差してきて、うつぶせで川面を流されていく死人の顔が見えた。私にはそれが二十五歳の若さで死んだ申 明《シェン・ミン》という名前の男の顔であることがわかった。

私は転生するのだ。ほかの誰かになるのだ。

やはり、古い本に書いてあったことは真実だった。人は死ぬと冥府に行き、孟婆のスープを飲んで前世の記憶をなくしたうえで、また生きている人間の世界に生まれ変わる。輪廻転生というのはあるのだ。だが、もしそうなら、私はすべてを忘れてしまうのか？　申明であった時のことを……。私は大声で叫んだ。遠くに向かって……。

耳のなかでは、なぜだか「もし、まだ明日があるなら」の曲が鳴りひびいていた。そうだ！　もし、まだ明日があるなら……。

第二部　忘《ぼう》川《せん》水《すい》

友は死ぬと
きみのなかで　もう一度　死ぬことになる
だから　友はきみを探して　やってくる
きみに殺されるのを見届けるために

友のことは忘れよう　友は死んだと　心に刻んで
歩いている時も　話している時も
食事をしている時も

死んだことなど　たいしたことではない
もちろん　生きていた時の苦しみは　誰もが知っていた
だが　今や友は死んだのだ　私たちは　もう友に呼びかけない
友の名は忘れられ　誰も思い出さない

しかしながら　友は戻っていたのだ　死んだあと　ここに
ここで　私たちに思い出してもらうために
哀願の目つきで　私たちの目を覗きこんで
だが　私たちは友を見なかった　見ようともしなかった
それを知ると　友は去り　戻ってこなくなった
友はもう戻ってこない　誰にも愛されなくなったからだ

（パブロ・ネルーダ「友　還《かえ》る」）

第一章

二〇〇四年十月十一日（月曜日）

長寿通りから右に折れると、車は第一小学校の門のなかに入っていった。爾雅《アルヤー》学園グループの若き女性理事長、谷《グー》秋莎《チウシャー》はＢＭＷ７６０の後部座席から、二列に並んだ校舎を眺めた。校舎の先には運動場が広がっている。車はその運動場の手前で止まった。すると、初老の男がひとり寄ってきて、外からドアを開けた。この小学校の校長だ。谷秋莎の顔を見ると、校長はさっそく出迎えの挨拶をした。

「ようこそ、今日はわざわざ視察にお見えいただいて、ありがとうございます。校舎にご案内しますので、どうか貴重なアドバイスをお聞かせください」

その言葉に軽く会釈をすると、谷秋莎は車から降りようとした。だが、ヒールが引っかかって、足を地面に降ろすことができない。ようやく外に出ると、谷秋莎は有名ブランドの限定バッグを腕に、校長のあとについていった。目的の校舎は先ほど見たものとはちがうらしく、校長はその向かいの小道に入っていった。小道は曲がりくねっていたが、しばらく行くと小さな中庭に出た。左側に幼稚園、右側には古い家屋がある。中庭は竹やイチジクに囲まれていた。子供たちが隠れんぼをして遊ぶには絶好の場所だ。

目指す校舎は中庭の正面にあった。白と淡いブルーに塗られた三階建ての建物だ。開けはなたれた窓から、大きな声で教科書を読みあげる子供たちの声が聞こえてくる。

「授業を見学できますか？」谷秋莎は優しい口調で尋ねた。

「もちろんです」

そう言うと、校長は小学三年生の教室に案内してくれた。担任の女性教師には「大事なお客さま」をお連れしたと言って、授業をそのまま続けさせる。谷秋莎はいちばんうしろの席を選んで腰をおろした。すると、「私も座らせていただきます」と言って、すぐ隣に校長が腰をかけた。

谷秋莎は黒板に目をやった。だが、そこには「菊花」という文字しか書かれていない。思わず眉をひそめると、こちらの表情をうかがっていたのか、校長が気まずそうな顔をした。女性教師が、「菊花」の下に四行の詩を書きくわえた。

秋叢繞舎似陶家（秋叢《しゅうそう》 舎《いえ》を繞《めぐ》りて　陶家《とうか》に似たり）
遍繞籬邊日漸斜（遍《あまね》く籬邊《りへん》を繞れば　日　漸《ようや》く斜《かたむ》く）
不是花中偏愛菊（是《こ》れ花中《かちゅう》に偏《ひとえ》に　菊を愛するにあらず）
此花開盡更無花（此の花　開《さ》くこと盡《つ》きば　更に花の無ければなり）

「はい、一緒に声を出して読みましょう！」女性教師が言った。

谷秋莎《グー・チウシャー》は詩の作者を思い出そうと、記憶の糸をたどった。だが、答えを見つけだすより先に、名前が黒板に書きしるされた。元稹《げんしん》だ。女性教師が続けた。

「元稹は唐の時代の有名な詩人で、洛陽《らくよう》で生まれました。北魏時代の遊牧騎馬民族、鮮卑《せんぴ》の血を引いています。同じく詩人の白居易と友人であったことから、ふたりを称して元白《げんぱく》と呼ぶようになりました。その元白のふたりが《楽府《がふ》》という古体詩をもとに、あらたに生みだした詩を《新楽府《しんがふ》》と呼んでいます」

女性教師は「大事なお客さま」を前に緊張していたのだろう、説明を終えると、雰囲気を変えるために生徒たちに質問をした。

「さあ、皆さんはこの偉大な詩人を知っていますか？　たとえば、ほかにどんな詩を書いたか」

それを聞くと、教室は水を打ったように静まりかえった。三年生のクラスの生徒たちは、李白や杜甫なら知っていただろう。だが、元稹という名前は聞いたことがなかっただろうし、ましてやどんな詩を書いたかまでは、知らなくて当然だった。誰も口を開かないので、校長が不満げに女性教師を見やった。

すると、教室の隅のほうで、すっと手があがった。

「スー・ワン、答えなさい！」救いの手が差しのべられたことにほっとして、女性教師が嬉しそうな声を出した。

ひとりの少年が立ちあがった。谷秋莎はその横顔を見つめた。端整な顔立ちをした、繊細そうな雰囲気の少年だ。だが、見るからに貧しそうな身なりをしている。すぐに少年の声が聞こえてきた。

曾經滄海難爲水（曽《かつ》て滄海《そうかい》を経《へ》たれば　水《すい》難《かた》しと為《な》さず）
除卻巫山不是雲（巫山《ふざん》を除却すれば　是《こ》れ雲ならず）
取次花叢懶迴顧（取次《しゅじ》　花叢《かそう》に懶《ものう》く　迴顧《かいこ》するは）
半緣修道半緣君（半《なか》ば修道に縁《よ》り　半ば君に縁る）

澄みきってよく通る、子供らしい声が教室に響いた。少年は一字も洩らさず、最後までその詩を諳《そら》んじると、そのまま言葉を続けた。

「これは元稹の『離思五首《りしごしゅ》』にある四番目の詩で、妻の韋叢《いそう》を亡くしたあとにつくられたものです。韋叢と結婚した時、元稹は二十四歳で、一介の書記でした。韋叢は高貴な生まれでしたが、身分の低い元稹を下に見ることはなく、良き妻として家を切りもりしました。ふたりは幸せに暮らしていました。けれども、七年後、元稹が財務検査官に昇進した年に、妻は病気で死んでしまいます。元稹は妻を亡くした苦しみを多くの詩に詠みあげ、その詩は今でもよく知られています」

その説明はわかりやすく、まるで元稹の時代に生きていたかのようだった。谷秋莎《グー・チウシャー》は驚きのあまり言葉を失いそうになった。仮に「大事なお客さま」が来ると知らされていたとしても、小学三年生がこんな発表を自分ひとりで準備できるはずがない。実際、自分が学校を訪問すると知らせたのは、直前のことだったのだ。それに、少年の朗読には気持ちがこもっていて、意味もわからず、ただ丸暗記したとは思えなかった。

女性教師も少年がこれほどの知識を持っているとは思っていなかったようだ。滔々《とうとう》と語る少年の話しぶりに、ただ呆然《ぼうぜん》としている。口をもごもごさせ「よくできました」と言うのがやっとだった。

だが、少年はさらに話を続けた。

「でも、実を言うと、ぼくはあんまり元稹が好きではありません。というのも、この詩を書いた数カ月後に、元稹は江陵《こうりょう》で別の女性と暮らしはじめたからです。それから、成都《せいと》の町では、有名な芸妓《げいぎ》で十一も年上の薛濤《せっとう》と知り合い、その気を引こうといくつもの詩を贈っています。また、伝奇小説の『鶯鶯伝《おうおうでん》』――『会真記《かいしんき》』とも呼ばれていますが、これは元稹が自分の若気の過ちを正当化しようと書いたものだと言われています。ちなみにこの作品を下敷きにして、宋の時代には元曲の代表とされる『西廂記《せいそうき》』という劇が生まれています。《曽て滄海を経たれば》の詩に話を戻すと、これは元稹が貴族階級の女性と再婚するために、自分をよく見せようとして詠《うた》った詩だということです」

少年が話を終えると、再び、教室は静まりかえった。おそらく小学三年生の同級生たちにとっては、この「スー・ワン」という少年が言っていることは、さっぱり理解できなかっただろう。女性教師のほうも、もはや自分の手には負えないと感じているようだった。

だが、谷秋莎はちがった。少年が話しだしたとたんに、一瞬にして心を奪われ、夢中で耳を傾けてしまったのだ。けれども、そんな自分の気持ちに、この教室にいる全員が気づいているのではないかと思うと、恥ずかしくて顔をあげることができなかった。

「スー・ワン、座りなさい！　今、あなたが暗誦してくれた詩については、この次の授業で説明します」

そう言うと、女性教師はこの話題を早々に切りあげ、教科書から適当に選んだ詩を読みはじめた。教師にとっては幸いなことに、ちょうど終了のチャイムが鳴った。

「あの少年と話をすることはできますか？」

谷秋莎は校長の耳もとにささやいた。校長は女性教師のところに行くと、しばらく話をしていたが、戻ってくると、谷秋莎を促して、廊下に出た。やがて、女性教師が少年を連れてきた。

少年は痩《や》せていた。だが、手足のバランスのいい、すらりとした身体つきをしている。それに姿勢もよかった。「気をつけ！」の姿勢をとった兵士のように、背筋をピンと伸ばして立っている。この年頃の子供の多くが何時間もゲームをするせいで、猫背になっているのとは大ちがいだ。勉強ばかりする子のように、分厚い眼鏡もかけていない。「大事なお客さま」の前に出ても、怖気づいた様子もない。それどころか、生まれもった気高さを感じさせるほどだった。

少年に話しかけるために、谷秋莎《グー・チウシャー》は身体をかがめた。

「スー・ワン君と言ったわね。どういう字を書くの？」

少年は「司」に「望」だと説明した。

「あなたが暗誦した『離思五首』の詩ね。わたし、大好きなの。どこであの詩を知ったの？」

「読んだ本のなかにあったんです。それから、百度《バイドゥ》（中国の検索エンジン）でも検索しました」

「それじゃあ、『遺《い》悲《ひ》懐三首《かいさんしゅ》』も知っているの？　やはり、元稹が亡くなった妻のために書いたものだけど……」

「はい」

そう返事をすると、少年はまっすぐこちらを見つめかえした。谷秋莎は胸が高鳴るのを感じた。

「じゃあ、最初の一首を聞かせてくれるかしら？」半ば試してみるつもりで訊く。

すると、少年は詩を暗誦しはじめた。

謝公最小偏憐女（謝公の最小　偏《ひとえ》に　憐《あわ》れむの女《じょ》）
自嫁黔婁百事乖（自ら黔婁《けんろう》に嫁して　百事《ひゃくじ》　乖《たが》う）
顧我無衣捜藎篋（我に衣《ころも》無きを顧《かえり》みれば　藎篋《じんきょう》を捜《さぐ》り）
泥他沽酒抜金釵（他《かれ》に酒を沽《か》わんことを泥《ねだ》れば　金釵《きんさい》を抜く）
野蔬充膳甘長藿（野蔬《やそ》　膳《ぜん》に充《み》ちて　長藿《ちょうかく》を甘しとし）
落葉添薪仰古槐（落葉《らくよう》　薪《たきぎ》に添えんとして　古槐《こかい》を仰ぐ）
今日俸銭過十万（今日俸銭《こんにちほうせん》　十万を過ぎ）
与君営奠復営斎（君が与《ため》に奠《てん》を営み　復《ま》た斎を営む）

谷秋莎はびっくりした。まさか本当に暗誦できるとは思っていなかったのだ。その詩は唐代の詩のなかでは、自分が暗記している数少ない詩のひとつだった。

校長が思わず手を叩いた。それでも、少年はまったく動ずることなく、二首目の詩を口ずさみはじめた。

昔日戯言身後意（昔日　戯《たわむ》れに身後《しんご》の　意を言いしが）

「そのくらいにしなさい」

校長が注意したが、少年はすでに詩の続きを口にしはじめていた。

今朝皆到眼前来（今朝《こんちょう》　皆　眼前に到り来たる）
衣裳已施行看尽（衣裳《いしょう》は已《す》でに施して　行々《ゆくゆく》　尽くるを看《み》んも）
針線猶存未忍開（針線《しんせん》は猶《な》お存して　未《いま》だ開くに忍びず）
尚想旧情憐婢僕（尚《な》お旧情《きゅうじょう》を想って　婢僕を憐《あわ》れみ）
也曾因夢送銭財（也《ま》た曾《かつ》て夢に因《よ》って　銭財《せんざい》を送る）
誠知此恨人人有（誠に知る　此の恨み　人人《にんにん》に有り）
貧賤夫妻百事哀（貧賤《ひんせん》の夫妻は　百事哀し）

少年は三首目も続けて、暗誦した。

閒坐悲君亦自悲（閒坐《かんざ》　君を悲しみ亦《ま》た自らを悲しむ）
百年都是幾多時（百年　都《すべ》て是れ幾多《いくた》の時ぞ）
鄧攸無子尋知命（鄧攸《とうゆう》子無く　尋《つね》に命を知り）
潘岳悼亡猶費詞（潘岳《ばんがく》　亡きひとを悼《いた》んで　猶詞《なおことば》を費やす）

同穴窅冥何所望（同穴《どうけつ》の窅冥《ようめい》何の望む所ぞ）
他生縁会更難期（他生の縁会《えんかい》更に期し難《がた》し）
唯将終夜長開眼（唯《た》だ終夜長く開ける眼を将《も》って）
報答平生未展眉（平生未だ展《ひらかざる》眉に報答す）

少年の声に合わせて、谷秋莎《グー・チウシャー》は最後の二行を諳んじた。感動のあまり、背中に戦慄《せんりつ》が走った。

「あなたには、《同穴の窅冥何の望む所ぞ　他生の縁会更に期し難し》の句の意味がわかるの？」震える声で尋ねる。

「〈生きている間は仲よく暮らし、死んだら一緒にお墓に入ることも難しいというのに、来世でまた夫婦になるのはさらに難しい〉と言って、もう二度と妻に会えないことを嘆いているのだと思います」

少年は顔色ひとつ変えずにそう答えた。その表情は賢そうにも、冷酷そうにも見えた。こちらを見つめたまま、目をそらそうとしない。

谷秋莎は、思わず少年の蒼白い頬に触れようとした。だが、少年はすっと身体を引いた。

その瞬間、次の授業の始まりのチャイムが鳴りひびいた。行き場を失くした手で、谷秋莎は少年の鼻を軽くつついた。

「よくわかっているのね。さあ、急いで次の教室に行きなさい。授業が始まるわ」

それを聞くと、少年はさっと身をひるがえして、階段を駆けあがっていった。そのうしろ姿は普通の小学生と変わりなかった。

《一緒にお墓に入ることも難しいというのに、来世でまた夫婦になるのはさらに難しい》

婚約者だった申 明《シェン・ミン》の死を知ったとき、谷秋莎《グー・チウシャー》は、それまでに彼からもらった手紙を何度も読みかえした。その手紙のなかに、この元稹の詩を書きうつしたものがあった。

少年がいなくなると、谷秋莎は、まだその場に残っていた女性教師から、その少年――司《スー・》望《ワン》の話を聞いた。それによると、勉強はよくできるが、授業態度はおとなしく、普段は自分の意見を述べることなどないらしい。ほかの子供と比べて、特に目立ったりもしないということだった。

「では、教育熱心なご家庭なのかしら？　ご両親が大学の先生だとか？」

谷秋莎は重ねて尋ねた。

「いえ、父親は工場労働者だったのですが、二年前に失踪したまま行方が知れません。母親のほうは郵便局で働いています。ですから、家庭環境としては中流、いや、どちらかというと慎ましい家庭の部類でしょう。それに、ものすごくよくできるはずなのに、宿題を出すと、とんでもないまちがいをしてきたりするんですよ」

そう言うと、女性教師は持っていた司望の宿題のノートを見せてくれた。確かに、旁《つくり》や偏がまちがっている漢字がいくつか見受けられる。誤答もある。だが、それが本当の学力だとは思えなかった。

「ありがとう」そう女性教師に言うと、谷秋莎は校長のほうを向いた。「もう少しあの子について、調べてもらえるかしら？　何かわかったら教えてほしいの。あの子は特別な才能に恵まれている。そんな気がするのよ。だから、なんとかそれにふさわしい教育を受けさせてあげたいの。どうかしら？」

校長は大きくうなずくと、車の置いてある運動場のところまで送ってくれた。

数分後、谷秋莎を乗せたＢＭＷ７６０は、再び長寿通りを走っていた。正面のビルには爾雅学園グループの力を見せつけるように、大きな看板が掲げられている。テレビで話題になった天才少年が《成功の鍵は爾雅学園にあり》と宣伝している看板だ。

谷秋莎は三十五歳。かつては教育関係の書籍編集者だったが、今ではもうその仕事はしていなかった。中国にあまたある私学のなかでも十指に入る爾雅学園グループの総帥《そうすい》である。爾雅学園は、大学の学長をしていた父親の谷長龍《チャンロン》が創設した私立の学校で、父親は十数年前に学長の職を辞すると、それまでに貯《たくわ》えた資金を使って私学経営に乗りだし、いくつもの小学校や中学校を買収して、ついには巨大なグループをつくりあげたのだ。父親のかつての人脈も手伝い、創設からほどなくして、グループは急成長を遂げた。そこでは就学前の子供から社会人までを対象にした、さまざまな教育が行われ、語学留学を希望する生徒のためには、外国語の特別クラスも用意されていた。谷秋莎《グー・チウシャー》は、最初はグループの総帥である父親の仕事を手伝うだけだったが、つい最近、父親が引退を決意したのを機に、理事長の座を引きつぐことになったのだ。

車は一時間ほど郊外の道を走ると、ようやく屋敷にたどりついた。谷秋莎はすぐにハイヒールを脱ぎすて、ドレッサーの前で化粧を落とした。鏡に映った顔は、まぎれもない三十五歳の女の顔だった。もちろん、きちんと化粧をすれば、まだまだ魅力的に見せることはできるだろう。だが、それでもずいぶん月日が流れたことを、意識せずにはいられなかった。そう、あの時から……。谷秋莎は二十五歳の頃の自分を思い出した。申明《シェン・ミン》と結婚しようとしていた頃の自分を。

父親は会議のために海外に出かけて留守だった。理事長の職を辞したとはいえ、まだ名誉職として会長の座にとどまり、対外的な活動を行っているのだ。メイドが用意した夕食をひとりですませると、谷秋莎はフランスワインを一杯、口にした。それから、寝室で韓国ドラマを観ることにした。夫はまだ帰ってこない。だが、数分後、寝室に入ってくる人影が目に入った。夫だ。ただいまも言わずに、ゆっくりとジャケットを脱ぎ、ネクタイをはずしている。三十代だというのに、その頭は見事に禿《は》げあがっていた。額には生まれながらの青い痣があった。

　ふたりの間で親密な会話が交わされることは、もうないだろう。すでにこれがあたりまえの情景になっているのだ。着替えが終わると、夫は書斎に行って、パソコンでオンラインゲームをする。寝るのも書斎だ。

　夫のほうを見ると、谷秋莎は静かな声で言った。

「ろくでなし！」

　夫の名前は、路中岳《ルー・ジョンユエ》といった。

第二章

二〇〇四年十月十一日（月曜日）　深夜

ベッドにひとり横になると、谷秋莎《グー・チウシャー》は、申明《シェン・ミン》と初めて会った時のことを思い出した。

あれは一九九三年の秋——申明に話したことはなかったが、当時つきあっていた恋人と別れた直後だった。大学の同級生で、家柄もよければ、見た目もいい青年だった。相手もこちらのことを気に入っていた。そこで、卒業を控える頃には、ごく自然な成り行きで結婚の話が出るようになっていたのだが……。

しかし、秋莎には結婚をする前に相手に打ち明けなければならないことがあった。ある晩、秋莎は思い切って話をした。

「どうしても言っておかなければならないことがあるの。それでも、あなたの気持ちが変わらないといいけど……。実は、わたし、子供ができない身体なの。高校三年の時にお腹が急に痛くなって、婦人科の有名な女性の先生に診てもらったんだけど、子宮の病気だと言われて……。こればかりはもうどうすることもできないらしいの。でも、子供ができないと言っても、それ以外は普通と同じ。もちろん夫婦生活もできるし、養子を迎えれば……」

だが、その話を最後まですることはできなかった。途中で、恋人の表情がさっと曇ったのだ。子供ができないなら、結婚はできない。そう考えているのが、手にとるようにわかった。それはそうだろう。恋人はハンサムで背も高い。結婚して妻になりたいと思っている女性はたくさんいるはずだ。それなのに何も好きこのんで、子供のできない女と結婚して、養子を迎えようと思うだろうか？　そんなことは考えなくても当然だった。

秋莎にとっては初めての恋人だったが、ふたりの関係はそこで終わった。秋莎はひとしきり相手の胸で涙を流すと、その場から立ち去った。

申明に出会ったのは、次の日のことだ。恋人との別れが重く心にのしかかって、秋莎は家に帰るバスのなかでぼんやりしていた。すると、突然「スリだ！」という声が聞こえて、スリらしき男と若い男がバスを降りるのが見えた。その若い男が申明だったのだ。秋莎はとっさにバッグを見て、掏《す》られたのが自分の財布だと気づいた。それで、あわててバスを降りて、ふたりを追っていったのだが、歩道ではスリと申明が激しく揉《も》みあっていた。でも、最後には申明が財布を取りかえし、やってきた警察官にスリを引き渡してくれたのだ。かわいそうに、申明はスリと格闘したせいで怪我まで負っていた。秋莎はお礼を言おうと、申明の顔を見た。その瞬間、水晶のように澄んだ瞳と端整な顔立ちに、思わず目を奪われ、「たいしたことではない」と答える、謙虚な態度にも心を惹《ひ》かれていた。そうして、気がつくとその場で恋に落ちていたのだ。

後日、スリを捕まえてくれたお礼にと招待したレストランで、秋莎は申明が北京大学を卒業したあと、教師の職に就いていることを知った。有名進学校で母校でもある南明《ナンミン》高校で国語を教えているという。そこで、勤務先の出版社で自分がまとめた教育法の原稿を見てもらうことにしたのだが、申明《シェン・ミン》はたちまちその場でいくつかのまちがいを指摘してくれた。そういったことが何度か続き、ふたりはだんだん親しくなっていったのだが、話題はもっぱら仕事のことで、家族の話はお互いにしなかった。秋莎《チウシャー》にすれば、自分の父親が爾雅学園の理事長をしていることを知って、申明の態度が変わるのが怖かったのだ。ただ、申明のことは知りたかった。話を聞いていると、家族と一緒に暮らしているのではなく、どうやら高校の寮に住んでいるらしい。そのうちに、こちらがいろいろ尋ねたそうにしているのに気づいたのか、申明は自分から両親について話してくれた。穏やかな口調で、恐ろしい話を……。申明の母親は父親に毒を盛られて殺され、父親は死刑になって銃殺されたというのだ（中国の死刑執行方法は一九九七年までは銃殺だった。その後は注射による薬殺刑も用いられている）。その時、申明はまだ七歳で、そのあとは祖母のもとで育てられたという。祖母は今でも住み込みの家政婦をしているので、自分は高校の寮に住むしかないのだと言っていた。

その話を聞いて、秋莎は不思議に思っていた謎が解けたような気がした。というのも、これほど知識も学歴もある申明が、高校でしか教鞭《きょうべん》をとれないことに違和感を覚えていたからだ。だが、申明がそういう身の上であれば、父親が教育委員会の元理事で、大学の学長も務めて、今は私学を経営していることは、もう少し黙っていたほうがいいような気がした。少なくとも、自分の秘密を打ち明けるまでは……。さもないと、父親の地位に惹かれて、申明が本当の気持ちを伝えてくれない恐れがある。そう考えて、秋莎は自分が高校の時に罹《かか》った病気のせいで、子供ができない身体になったということを告げた。すると、申明はこう答えた。

「そうだね。いつか好きな女性と結婚して、かわいい赤ちゃんを授かることができたら、それは素晴らしいことだと思うけど、結婚というのは子供をつくるためだけにするものではないからね。ぼくは自分が選んだ女性なら、すべてを受け入れる。不妊は身体上の問題であって、その人の中身とは関係ないからね。背の高い人もいれば、低い人だっているよね？　それと一緒だ。いわば天の定めだよ。子供なら、養子を迎えることを考えたっていいんだから……」

それは秋莎が望んでいた言葉そのものだった。

翌日、秋莎は父親に申明を紹介した。もちろん申明も父の名前を聞いたことがあったはずだ。新聞などでもよく取りあげられていたからだ。父も申明のことを気に入ったようだった。娘の自分が席をはずしていても話が弾み、父は申明が語る大胆な教育改革のアイデアにも耳を傾けていた。

それが一九九四年の二月のことだ。そして、その年の夏、父は自分が理事長を務める爾雅学園で、三カ月間、申明に研修をさせることにした。直接的なきっかけは理事長の秘書が産休をとったので、その代わりということだったが、実際は未来の花婿の能力を判断することが目的だった。

そして、翌年の一九九五年の春、婚約式が執りおこなわれた。式の列席者には教育委員会の幹部もいた。もちろん、父親はその幹部たちに申 明《シェン・ミン》を紹介するのを忘れなかった。申明は結婚したら、南明高校を辞め、教育委員会の委員になることに決まっていたからだ。また、教育委員会の推薦で、すでに共青団のメンバーにもなっていた（中国共産主義青年団の略称。若手エリートを養成する共産党の青年組織）。さらに、その二年後には共青団の書記になるレールも敷かれていた。前途洋々とはまさにこのことだった。

だが、五月の末頃になると、自分たちの関係に影が差してきた。申明の様子が変わり、何やら思い悩むような顔をしていることが多くなったのだ。楽しみにしていた新居のリフォーム工事の間でさえ、ぼんやりとしていた。直接本人に尋ねてみたものの、大学入試が近づきストレスが増しているせいだという。けれども、秋莎《チウシャー》は納得できなかった。これにはもっと深い理由がある。そう考えて、申明が教えている高校に行ったところ、そこで思いもよらぬ噂を耳にした。申明が三年生の女子生徒と交際しているというのだ。さらに、自分が聞かされていた家族の話とはちがって、申明は実の父親に認知されていない、私生児だという。秋莎は自分の耳が信じられなかった。

自分たちはこれから結婚する。婚約式も終え、結婚式の招待状だって、とうに発送している。それなのに、今さらどうしろというのだろう？　「いったい、どうして？」と大声で叫びたい気持ちだった。そのいっぽうで、もちろん申明を信じたいという気持ちもあった。おそらく大学入試が近いので、毎晩遅くまで教室に残って、大勢の生徒たちの勉強を見ているのだろう。そのうちのひとりと、たまたま噂になっただけなのだ。週末に婚約者の自分と会えないのも、生徒たちの補講に熱心だからだ。しかし、そんなふうに思おうとすればするほど、疑いの気持ちが募るのをどうすることもできなかった。

そこで、とうとう秋莎は申明に事情を問いただした。あれはふたりで過ごした最後の晩のことだ。新居のマンションに寄ってから、アーノルド・シュワルツェネッガー主演の『トゥルーライズ』という映画を観にいったのだが、そのあとで申明にこう尋ねたのだ。

「映画の主人公はスパイであることを家族に隠して敵と戦っていたけれど、あなたも何か隠しているでしょう？　あなたはわたしにどんな嘘をついているの？」

すると、申明は即座に答えた。

「自分が私生児だということだ」

そうして、以前秋莎にした父親の話は義父の話で、実父の話ではなかったと説明した。つまり、七歳の時、母親を毒殺したのは義理の父親だったのだと。もっとも、その時はまだ自分には血のつながった本当の父親がいるとは知らず、その事実と本当の父親の名前を知ったのは、十歳の時に初めて居住証を見た時だったという。どうしてそのことを黙っていたのかと秋莎《チウシャー》が尋ねると、申明《シェン・ミン》は、「たとえ婚約者とその父親に対してであっても、自分が私生児であるということは隠しておきたかったからだ」と答えた。

いっぽう、女子生徒との噂のほうは、「そんなことは根も葉もないことだ」ときっぱり否定した。

秋莎は、その言葉を信じた。とはいえ、その晩は家に帰っても眠ることができなかった。自分のほうは子供ができない身体だということを正直に打ち明けたのに、いかに出生の秘密に関わることとはいえ、申明が大切なことを話してくれなかったのが淋しく、また割りきれない思いがしたのだ。しかも、この話は噂になって学校じゅうに知れわたっている。それなのに、婚約者の自分が知らなかったただなんて……。そう思うと許せない気持ちになって、しまいには女子生徒との噂も本当のことではないかと思えてきた。〈もう申明の言うことなんて信じられない〉秋莎は心のなかで何度もそうつぶやいた。そのうち、婚約式の前日に父親が「親として最後の忠告だ」と言って、口にした言葉がよみがえってきた。

「いいか、秋莎、誰のことも信じるんじゃないぞ。たとえ、いちばん愛している相手だとしてもだ」

あの時、父はすでに何かを感じていたのだろうか？

結局、その晩秋莎は眠れなかった。何度も寝返りを打つうちに、シーツがこすれて破けてしまうのではないかと思ったほどだ。

その二日後のこと、申明の高校の同級生、路中岳《ルー・ジョンユエ》が家に訪ねてきて、申明が困った状態に陥っていると教えてくれた。クラスの女子生徒、柳曼《リウ・マン》の遺体が見つかり、毒殺の可能性が持ちあがっているというのだ。なんと前日の晩にふたりが一緒にいる姿が目撃されたらしい。そのため、警察は申明の部屋を家宅捜索しているとの話だった。秋莎はどうすればいいかと考えた。父に話したら、関係者に手をまわしてすぐに釈放してもらえるかもしれない。

だが、秋莎は手にしていたカップを床に叩きつけた。申明に対して、急に怒りがわいてきたのだ。涙があふれて止まらなかった。申明を助けなければという気持ちにはなれなかった。それよりも、不信感のほうが強かった。申明が無実だと、心の底から信じることができなかったのだ。申明は〈関係のもつれ〉で、その女子生徒を本当に殺してしまったのではないか？　ふたりには交際していたという噂が流れていたのだから、その可能性だってあり得る。これは結婚前にはっきりさせておかなければならない問題だった。

その晩も、秋莎は寝つけなかった。申明との思い出が、まるで映画のシーンのように瞼《まぶた》の裏に浮かんでは消えていった。初めて出会ったバスでのこと、デートの約束、最初のディナー、そして初めてキスをした時のこと……。だが、その情景のひとつひとつは鮮明なのに、どの場面でも申明の顔が次第にぼやけていき、やがて恐ろしい顔が現れた。新しい申明の顔は、鼻が魔女のように意地悪く曲がり、目がギラギラしていた。

眠れないままに、何度も寝返りを打ちながら、秋莎は心のなかで申明に問いかけた。

〈申明《シェン・ミン》、あなたは本当にわたしのことを愛してくれているのかしら？　わたしに興味を持ったのは、父と知り合いになるためだったの？　だから、婚約したあとも女子生徒とつきあいつづけていたんでしょ？　それとも、相手はほかにいるの？〉

だが、その言葉は自分のほうにも向かった。

〈でも、わたしのほうはどうなのだろう？　どうして彼を好きになったの？　スリと勇敢に戦って、お財布を取り返してくれたから？　それとも、ほかの人には隠している《詩の才能》のせい？　この二年間、あの人はわたしのために詩をつくってくれて、それがとっても素敵だったから……。それとも、穏やかだけど毅然《きぜん》とした、あの性格のせい？　そうじゃなかったら、わたしに子供ができないことを受け入れて、養子を迎えてもいいと言ってくれたから？　わからない……。本当のところ、わたしは申明を愛しているのだろうか？〉

その翌日、秋莎《チウシャー》は申明の逮捕を聞いた。申明の部屋から、毒の残った小瓶が見つかったのだという。

こんな状態で仕事に行くのは無理だと思って、秋莎はその日は自宅で新しい知らせを待つことにした。だが、知らせは来ず、代わりに父が一通の手紙を手に血相を変えて、部屋に飛びこんできた。父は怒りに震えた手で、その手紙を差しだした。それは申明が大学時代の親友に宛てたものだった。親友は賀　年《ホー・ニエン》という名前で、賀年は卒業後一度は北京政府の要職に就いたものの、左遷されたという話を聞いたことがあった。

手紙のなかで、申明は近く結婚し、新妻の父親である谷長龍《グー・チャンロン》のうしろ盾を得て、二年後には共青団の書記に任命されると知らせていた。そういう手紙なら別に父親が怒る必要はないだろうと思ったが、その続きを読んで秋莎は冷や水を浴びせられたような気がした。秋莎とつきあいはじめたのは、スリを捕まえたことがきっかけだが、その時一緒のバスにいたのは偶然ではなく、日頃から秋莎のあとをつけて、知り合いになるチャンスをうかがっていたというのだ。そこでたまたま秋莎の財布がスリに盗まれたので、これ幸いと捕まえに走ったのだと。秋莎は驚きを抑えることができなかった。すると、申明はすべて計画的に事を進めていたの？　秋莎と結婚し、父親に近づいて、そのうしろ盾で出世をしようと……。そう思うと、怒りで身体が震えた。ただ、秋莎が子供を産めない身体であるという秘密は書かれておらず、それが唯一の救いだった。

いっぽう、父親は手紙の最後の部分に激怒していた。そこにはこう書いてあった。

《将来の義父についても書いておこう。あれは詐欺師だ。まあ、ぼくだって、あまり大きなことは言えないが、ぼくを詐欺師と言うなら、あれは詐欺師中の詐欺師だ。義父のしていることが白日のもとにさらされたら、たぶん大変なことになるだろう》

最後まで読みおえると、秋莎は父親に手紙を返した。父親は「手紙は金庫にしまっておく。このことは、決して誰にも言わないように」と秋莎に釘《くぎ》をさした。

いや、確かに父親は仕事の上で、人の道にもとるようなこともしている。申明もそれは知っている。でも、わざわざ友だちにそんなことを書きおくるだろうか？秋莎《チウシャー》は不思議に思った。だって、あの時、申明《シェン・ミン》は……。

封筒の消印は半年以上前のものだった。手紙は封筒とともに、それより大きな封筒に入れられて、父親に送られてきたのだ。その大きな封筒には差出人の名が書かれていなかった。いったい、誰がこの手紙を父親に送ってきたのだろう？　父親が部屋から出ていってから、秋莎は考えた。もし、これが本当に申明が書いたものなら、手紙を受け取った賀年《ホー・ニエン》自身が父親に転送してきたのだろう。そう考えるのがいちばん自然だ。

賀年といえば、仕事上の大きなミスがもとで北京を追われ、上海の教育委員会の事務所で働いていると聞く。つまり、申明が共青団の書記に任命されれば、今後は大学時代の同級生の下で働く可能性もあるわけだ。何のコネもなく、高校教師の職しかなかった申明に比べ、賀年は縁者にも恵まれ、初めから何の苦もなく北京での要職に就くことができた。それなのに、立場が逆転してしまったのだ。嫉妬にかられた賀年が、申明の立場を危うくするために、自分がもらった手紙を父親に送りつけてきたとしてもおかしくないだろう。

しかし、そう思ういっぽうで、秋莎には申明がこんな手紙を書くとは信じられない気持ちもあった。申明が出世目当てで自分に近づいてきたり、父親の悪事を暴露しようとするなんてあり得ない。この手紙は賀年自身が書いたものか、そうでなければ、誰か別の人物が書いた手紙を賀年が受け取って、申明を陥れたい一心で父親に転送したのではないか？　あるいは、〈壁が倒れそうになると、みんなが押し倒しにくる〉という諺《ことわざ》どおり、申明が逮捕されたのを知って、この機会に申明をひきずりおろそうと、誰か別の人間が書いて送ってきたのかもしれない。でも、手紙の筆跡は確かに申明のものだし、消印は半年前なので、逮捕を知って書かれたものではない。

やはり、これは申明が書いたものなのだ。

それに手紙の真偽はともかく、申明は今、学校で噂のあった女子生徒を殺害した容疑で逮捕されている。そのことは事実だ。こんなおかしな状況になった以上、申明との関係がこれまでと変わらないということはあり得ない。そう考えて、秋莎は新居になるはずだった部屋の鍵を取りかえた。そして、父親は結婚式の招待客に、式が中止になったことを急いで知らせたのだった。

あれからもう九年がたつ。申明が逮捕されたのは一九九五年の六月六日のことだった。その後、しばらくしてから、事件を担当する捜査官が二度ほど家にやってきた。捜査官の名は、黄海《ホアン・ハイ》といった。黄海の質問に、秋莎は何ひとつ隠しだてすることなく、二週間ほど前から申明の様子がおかしかったことも告げた。それを聞くと、黄海捜査官は訝《いぶか》しげな顔で、

「あなたはご自分の婚約者を信じていないのですか？」と尋ねてきた。

「わたしは誰のことも信じていません。それに、あの人はもうわたしの婚約者ではありません」と秋莎は冷ややかに答えた。その言葉を警察がどう受け取って、それが事件にどんな影

響を与えるのか、そんなことはどうでもよかった。

捜査官はそれ以上、何も訊かずに帰っていった。

この間に、父親のほうは自分が与えたものも含めて、申明《シェン・ミン》の地位を奪うべく画策していた。その結果、申明は一週間もしないうちに、高校教師の職を奪われ、共青団からも除名処分になることが決まった。

そして、拘留から十日後の六月十六日、再び路中岳《ルー・ジョンユエ》が家を訪ねてきた。申明が釈放されたので、温かく迎えてやってほしいとのことだった。だが、この知らせは秋莎《チウシャー》にとっても、父親の谷長龍《グー・チャンロン》にとっても都合の悪いものだった。秋莎は婚約を解消し、父親のほうは共青団から除名処分にしたばかりか、高校まで辞めさせたからだ。申明がこのことを知ったら、すぐに問いただしにくるだろう。そう考えると、自分と父親は、とりあえず上海の自宅を離れることにした。それも迅速《じんそく》に……。その夜のうちに理事長つきの運転手を呼びつけると、ふたりは空港に向かい、飛行機に乗って雲南省に逃げだした。帰ってきたのは、その地で一週間の休暇を過ごしたあとのことだった。その間に申明は死んでいた。

ああ、あの九年前の六月十九日の夜十時、自分はいったい何をしていたのだろう？　秋莎は記憶をたどった。たぶん、月明かりの下、雲南省にある麗江《れいこう》で美しい古城の夜景を眺めていたような気がする。その頃、上海では雷鳴が轟き、激しい雨が降るなか、廃墟になった工場の地下室で申明が冷たくなっていたというのに……。

いったい誰が申明を殺したのだろう？

事件から九年たった今でさえ、申明の死を思うと、秋莎は胸をえぐられるような気がした。もちろん、今は別の男の妻となった身だ。逮捕された時には申明の心が信じられなくなって、手を差しのべることもしなかった。だが、それでも昔の婚約者を忘れることができなかった。

その時、なぜかあの少年の顔が思い浮かんだ。昼間、小学校で出会った司望《スー・ワン》という少年だ。なんとしてでも、あの子にもう一度、会わなければならない。秋莎は居ても立ってもいられない気持ちになった。

第三章

二〇〇四年十月十二日（火曜日）　午後四時　長寿通り　第一小学校前

ＢＭＷ７６０の後部座席の窓をおろすと、秋莎《チウシャー》は学校から出てくる子供たちの様子を見つめた。通りにはエンジンをかけたままの車が何台も止まっている。その車内では、迎えに来た親たちが、自分の子供が現れるのを待っていた。しばらくすると、ようやく司望《スー・ワン》の姿が目に入った。男の子たちのグループのすぐうしろをひとりで歩いている。男の子たちは楽しそうにおしゃべりをしていたが、司望のことは気にもとめていない。司望は青い制服を着て、重そうにカバンを背負っていた。カバンは砂ぼこりにまみれ、首元の赤いスカーフはよれよれだった。

秋莎は車から出ると、司望の行く手をさえぎった。司望は顔をあげて、こちらをじっと見つめた。だが、別に戸惑った様子もなく、丁寧《ていねい》な言葉づかいでこう言った。

「あの、すみませんが、通していただけますか？」

「わたしのことを覚えていないかしら？　昨日、国語の授業を見学していたのだけど……」

「もちろん、覚えています」

そう答えると、司望は上着の裾をピンと引っぱった。大人の女性の前では衣服が乱れていてはいけないと思ったのだろうか？　司望がつけ加えた。

「確か、元稹の詩がお好きでしたね？」

「どこに住んでいるの？　家まで送るわ」秋莎は言った。

「大丈夫です。いつもひとりで歩いて帰っていますから。どうもありがとうございます」

級友たちは親が車で迎えに来るのに、司望は歩いて帰っているのだ。だが、その言葉を口にする司望の態度に卑屈さは感じられなかった。反対に傲慢《ごうまん》さも感じられない。車が嫌なら、歩いて送っていくのはどうだろう？　秋莎は思った。幸い、今日はハイヒールをはいていない。

「じゃあ、こうしない？　一緒に歩いていきましょう」

司望は断らなかった。ふたりは学校の裏手を流れる蘇州河のほとりを歩きはじめた。どうやら、この川べりの道が近道らしい。町を歩くなんて、ひさしぶりだ。秋莎は大きく息を吸いこんだ。川底から立ちのぼる、泥のような臭いが鼻先をかすめる。川面に目をやると、落ち葉がゆらゆらと浮かんでいる。もうすっかり秋だった。突然、エンジンの音とともに、川面にさざ波が立つのが見えた。少し向こうを激しいしぶきをあげながら、モーターボートが通っていく。その姿はまるで、この穏やかな夕暮れの風景を切り裂こうとしているかのように思えた。やがて、あたりにまた静けさが戻ると、雀《すずめ》のさえずりが聞こえてきた。工場の塀の上には、野良猫が寝そべっている。ふと足もとを見ると、地面には夕日を受けて、ふたつの影が伸びていた。短い影と長い影。男と女の影だ。

「ねえ、司望《スー・ワン》。訊いてもいいかしら？　あなたはどうして自分に能力があることを先生や同級生たちに隠しているの？」

司望は答えなかった。黙りこくったまま、歩みを止めようともしない。秋莎《チウシャー》は別の言い方で訊いてみた。

「あなたの宿題を見せてもらったけど、あれはわざとまちがえているでしょう？　正解とはちがう、とんでもないことを書いて、わかってないように見せかけている。字だって、わざと旁や偏をまちがえて、正しく書けないふりをしている」

「そうしないと、目立ってしまうから……」司望がぼそりと言い返した。

「やっと本当のことを言ってくれたのね。でも、どうしてなの？　担任の先生が友だちもいないようだと言っていたけど。みんなと一緒に遊んだりしないし、家に呼んだりもしないって……」

「うちのアパートは狭くてみすぼらしいから、誰にも知られたくないんです」

「だから、目立つのが嫌なの？　でも、昨日はわたしの前で、あんな素晴らしい発表をしてくれたじゃない？」

「それは先生が元稹《げんしん》の詩について質問したのに、誰も手を挙げなかったから……。このままだと、先生が校長先生に叱《しか》られるので、先生を助けなくっちゃと思ったんです。だって、先生はいつもぼくに優しくしてくれるし。いつもなら、誰かが答えてくれるんです。でも、元稹のことは誰も知らなくて、ぼくはよく知っていたので」

秋莎は司望の顔を眺めた。表情を見るかぎり、どうやら本当のことを言っているらしい。なんだか少しだけ、ほっとした気持ちになった。

「古典詩をよく知っているのね。小説は読むの？」

すると、司望が逆に質問してきた。

「あの、これは何かの調査なんですか？」

秋莎は少しかがむと、司望の頬に手を触れた。頬はすべすべしていた。

「わたしに呼びかけるときは、『あの』じゃなくて谷《グー》さんと呼んでちょうだい」

「はい、谷さん」

「じゃあ、もう一度、訊くわ。『ジェーン・エア』は読んだことある？」

そう言って、司望の様子をうかがう。『ジェーン・エア』は十九世紀のイギリスの作家、シャーロット・ブロンテが書いた、どちらかと言うと大人向けの小説だ。でも、司望がどれほどの知識を持っているのか、もう少し試してみたかった。

「はい、あります」

その返事を聞いて、秋莎はみずから小説の一部を英語で暗誦した。

Do you think because I am poor, obscure, plain, and little, I am soulless and heartless?

主人公のジェーン・エアが、自分を試すような態度をとるロチェスター卿に向かって言う台詞《せりふ》だ。意味はこうだ。《確かに、わたしは貧乏で、器量もよくはありません。なんの取り柄もない、ちっぽけな存在です。でも、だからと言って、魂や心まで持っていないとお思いですの？》もちろん、司望《スーワン》には何のことだかわからないに決まっている。この作品を中国語の翻訳で読んでいるだけでも奇跡のような話なのだから、原書など見たこともないはずだ。

You think wrong! I have as much soul as you, and full as much heart! And if God had gifted me with some beauty and much wealth……

司望の声が聞こえてきた。《もしそうお思いなら、それはまちがっています！　わたしにもあなたと同じように魂があります。もちろん心もあります！　もし、そこそこの美貌と十分な財産をもっていたなら……》。最初の台詞の続きを英語で暗誦しているのだ。秋莎《チウシャー》は驚きのあまり声を失った。

まっすぐ司望の顔を見ることができない。秋莎は目を伏せた。突然、十年近く前の記憶がよみがえった。申明《シェン・ミン》がこの本の一部を暗記しようと、何度も繰り返し、口に出していた時の記憶だ。父親がアメリカから持ちかえった『ジェーン・エア』の原書を申明にプレゼントした時のことだ。司望はなおも暗誦を続けていた。その声に申明の声が重なって聞こえた。

It is my spirit that addresses your spirit; just as if both had passed through the grave, and we stood at God's feet, equal, as we are!

《わたしの魂があなたの魂に話しかけているのです。ふたりが墓に葬られたあとは、神のもとで、わたしたちは平等になります。その時と同じように！》という意味の台詞——あの時、申明が暗記しようとしていたのは、ちょうどこの台詞で終わる一節だった。秋莎は、もう一度この台詞を、今度は中国語で暗誦した。

だが、司望は何も答えなかった。じっと下を向いている。長い睫毛《まつげ》に隠れて、どんな表情をしているのかはわからなかった。

「ごめんなさい。ぼくはこの本を英語で読んだので、英語でしか暗誦できないんです」

「じゃあ、この英語がわかるの？」

「はい、完全に」

「ジェーン・エアの時代を生きていたみたいに？」

その質問に、司望は首を横に振った。

「そこまでかはどうか……」

秋莎《チウシャー》は、それ以上何も言うことができなかった。ふたりは黙ったまま、川べりの道を歩きつづけた。

だが、それからしばらくたった時のことだ。道の隅っこに、ぼろぼろのジープが捨ててあるのが目に入った。秋莎は以前、このジープをどこかで見たことがあると思った。ジープはもう廃車同然で、フロント部分がひしゃげ、おそらく前のタイヤがふたつともパンクしているせいだろう、前につんのめったような姿をしていた。ナンバープレートはこのあたりのものではなかった。リアウィンドーは分厚い埃で覆われていて、その下の鋼鈑部分には何やら絵が描いてあった。爆弾の絵のような——いや、よく見ると、真ん中に赤い薔薇《ばら》があって、そのまわりをいくつもの白い髑髏《どくろ》が取り巻いている絵だ。この車種、このナンバープレート、そしてこの絵は……。確かに見覚えがある。なんだか嫌な予感がした。

「ああ、この車ですか?」秋莎がジープに見入っているのに気づいて、司望《スー・ワン》が言った。「二年前からこの場所にありますよ。ぼくがおじいさんに連れられて学校に来ていた頃なので、小学一年生の時からずっとこのままです」

秋莎はなおも車を見つめた。あまりに朽ちはてていて、もう車の亡霊と言ってもよかった。すると、どこからか自分の名前を呼ぶ声が聞こえた気がした。秋莎は思わず、あたりを見まわした。だが、誰もいない。まさか今の声は車から聞こえたのだろうか? そのままふらふらと車のほうに近づき、なかを確かめようとしたが、ドアはロックされていた。秋莎は耳を窓ガラスにつけてみた。心臓が早鐘のように打ちはじめた。もし、またさっきの声が聞こえてきたら？　秋莎は耳を澄ませた。だが、声はしなかった。背筋が寒くなって、秋莎はぐるっとまわりを見まわした。やはり、声は聞こえてこない。道をはさんで、蘇州河と対岸の工場の塀が見えるだけだ。

　行き交う人は誰もいない。自分のかたわらには夕暮れにたたずむ不思議な少年——司望がいるだけだ。

　時刻は五時になっていた。日はまさに落ちようとしている。秋莎は車内の様子を探ろうと、フロントガラス越しに覗きこんだ。車の座席は古新聞やら、即席麵の空き袋など、雑多なもので覆われていた。汚れた書類も散乱している。だが、それ以外にたいしたものは見あたらなかった。もしこの車が、以前見たことのある車だとしたら、その持ち主は……。

　その時、どこからか嫌な臭いが漂ってきた。鶏肉《とりにく》の腐ったような……この臭いは車からするのだろうか？　何の臭いだろう？　秋莎はまるで死因を探る検視官のように、ジープのまわりを歩いて確かめていった。

　臭いはどうやら後部のトランクルームからするようだった。後部扉の鍵はかかっていないようだったが、蝶番《ちょうつがい》の部分が錆びてしまって、扉を開けることができない。周囲を見まわすと、鉄の棒切れが見つかった。秋莎は、扉の隙間に棒切れの先を差しこみ、残りの部分に全体重をかけた。テコの原理で扉をこじあけようとしたのだ。だが、微動だにしなかった。

「何をしたいの？」

司望《スー・ワン》がいきなり声をかけてきた。これまではただ見ていただけだったが、自分も何かしないといけないと思ったのだろうか？　司望はそばまで来ると、近くに誰かが隠れているのではないかというように、あたりの様子をうかがった。それから、秋莎《チウシャー》と一緒に棒を力いっぱい押しさげた。

扉が開いた！

と同時に、すさまじい臭いが襲ってきた。ふたりは思わずうしろにのけぞったが、すぐに鼻をつまみ、トランクルームを覗きこんだ。すると、アブのように巨大なハエが飛びだしてきて、司望の身体のまわりを飛びまわった。

風が舞って、司望の赤いスカーフがふわりと持ちあがった。

トランクのなかには、ぐるぐるに巻かれた分厚い絨毯《じゅうたん》のようなものがあった。司望がその絨毯に目をやるのを見て、秋莎は心配になった。まさか絨毯を外に出そうと考えているのではないかと思ったのだ。だが、司望はまだ小学校三年生だ。そんな勇気があるはずがない。自分だって怖いのに！　と思った瞬間、司望が絨毯をつかんで、外にひきずりだした。

「やめなさい！」

秋莎は大声を出した。しかし、その時にはもう司望は絨毯を広げはじめていた。なかからは、死体のようなものが現れた。上着と靴からして、どうやら男性らしいが、それがなければ性別はわからなかっただろう。なにしろ、そうとう腐敗が進んでいたのだ。死体の表面にはびっしりとウジがわいていた。

気がつくと、秋莎はその場から逃げだしていた。そして、ようやく近くの木のうしろに隠れると、司望のほうをうかがった。だが、司望は顔色ひとつ変えていなかった。そのままそっと扉を閉めると、まるで本物の探偵がするように、指紋が残らないよう気をつけながら、周囲の状況を確認している。その仕草《しぐさ》はとても小学校三年生のものだとは思えなかった。

ああ、でも、この車が二年前から捨てられていたなら、この死体も二年間、放置されていたことになる。そして、もしこの死体が車の持ち主だったとすると……。

秋莎には、今やはっきりと、この死体が誰だかわかっていた。

第四章

二〇〇四年十月十九日（火曜日）

「司法解剖の結果、遺体の身元が判明しました。名前は賀年《ホー・ニエン》、二年前から行方不明になっていた男性です」

　オフィスを訪ねてきた捜査官が説明した。声はしわがれ、聞きとりにくかったが、いかにも警察の人間らしく、探るような目つきで部屋のなかを見まわしていた。秋莎《チウシャー》はこの捜査官の顔に見覚えがあった。黄海《ホアン・ハイ》捜査官だ。申明《シェン・ミン》が勾留されていた一九九五年の六月に二度ほど自分を訪ねてきたことがあった。

「やはり、そうだったんですね」秋莎は返事をした。「あのジープを目にした瞬間、すぐに賀年のことが思い浮かびました。ジープに乗っている人なんて、ほとんどいませんから……。ナンバープレートもこのあたりのものではありませんでしたし、後部扉に描かれた薔薇と髑髏の絵にも見覚えがありました。それで、賀年の車ではないかと思ったのです」

「もう少し詳しく、聞かせてもらえますか？　まずはどうしてあの場所を歩いていたかなんですが……。あなたは第一小学校の前にご自分の車を待たせたまま、あの少年と川べりの道を歩いていたんですね？」

秋莎は黄海捜査官の顔を見つめた。四十歳をいくつか過ぎたところだろうか。その顔には、あれから九年の歳月が刻まれていた。以前より浅黒い肌をしているものの、堂々とした振るまいはまったく変わっていなかった。

「少しあの子と話をしたかったのです。でも、あの子には申しわけないことをしました。あのジープに気持ちを惹かれて、ついやってしまったことですが、小学校三年生の子供に腐敗した死体を見せてしまうとは。トラウマにならなければいいのですが……」

そう言うと、秋莎はため息を洩らした。そう、あれから九年だ。この捜査官の顔に九年の歳月が刻まれているなら、自分の顔にも同じだけの歳月が刻まれているにちがいない。カラスの足跡になって……。

「司望《スー・ワン》は天才なんです」秋莎は言葉を続けた。「同い年の少年と比べて、驚くほど成熟した知能を持っています。あの子のなかに、どれほどの才能が眠っているのか想像もつきません」

「なるほど」捜査官はうなずいた。「それでは、今度は被害者についてお聞かせください。被害者とはどういうご関係で？」

「賀年は我々、爾雅《アルヤー》学園グループの事務局で働いていた人物です。上海の教育委員会で働いていたのを夫が引っぱってきたんです。教育委員会の前は北京で政府の要職に就いていたとか。その後、起業のためにグループを辞めると言って、突然姿を消したのですが、それまでの間はまずまずの働きをしてくれていたようです。夫の直属の部下だったので、わたし自身はよく知らないのですが……。少し変わったところもありましたが、敵をつくるようなタイプではなかったと思います」

「ありがとうございます。遺体の話に戻りますが、監察医によると二〇〇二年の十二月頃、死亡しているようです。つまり、賀年《ホー・ニエン》が行方不明になった時期とおおよそ一致します。遺体の腐敗が進んでいるため、はっきりとした死因は特定できませんが、ジャケットのうしろに穴があいていることから、おそらく背中を刺されたものと推測されます。犯人は絨毯で遺体を巻いてからトランクに押しこみ、そのまま放置したのでしょう。あのあたりはほとんど人気のない場所です。冬の間は寒さのため腐敗もそれほど進行せず、夏場になって臭気が漂いはじめた頃には、あたり一帯のゴミの臭いもひどくなるため、まさか車のトランクから臭っているとは誰も思わなかったのでしょう」

黄《ホアン・ハイ》海捜査官の説明にうなずくと、秋莎《チウシャー》は賀年が学園から姿を消した時の話をした。

「二年前、起業のためにグループを辞めると言ってきた時、こちらのほうではライバル学校に移籍するのだろうと推測していました。ところがその後、連絡がとれず、消息もまったくつかめなくなったので、新聞に尋ね人の広告を出しました。もちろん、警察にも知らせました。でも、まさかこんなことになっていたなんて……。亡くなったとは想像もしていませんでした」

秋莎は目を伏せた。あれから一週間たつのに、まだあの死体を発見した時の衝撃を覚えている。あの場所に行ったのは、何かに呼ばれたからだろうか？　そう思うと、恐ろしさに身体が震えた。賀年に呼ばれた？　でも、どうして？　あのジープに気づいたのは、たまたま司望《スー・ワン》を歩いて送っていこうとしたせいだし、司望がそばにいなければ、うしろの扉を開けることもなかった。じゃあ、司望がわたしをあの場所に連れていった？　まさか！　司望と賀年の間には、何の関係もないのに……。

「もうひとつ、お聞きしたいことがあるのですが……」

黄海捜査官の声を聞いて、秋莎は、はっと我に返った。

「賀年の書類を確認してみたのですが、一九九二年に北京大学を卒業していますね。以前、あなたが親しくされていた方と同じ年の卒業です。私が誰のことを言っているか、おわかりですね？」

そう言うと、黄海捜査官は鋭い視線を向けてきた。だが、秋莎は臆することなく答えた。

「申明《シェン・ミン》のことでしょう？」

「ええ。これは何かの偶然でしょうか？　一九九五年に申明さんの取り調べをしていた時、私はご本人から、近いうちに市の教育委員会に異動する予定だと聞きました。それから、二年後には共青団の書記に任命されることになっているとも。ですが、せっかく釈放されたのに、その数日後には申明さんは殺されてしまったのです。そして、申明さんが殺された一カ月後には、賀年さんが教育委員会に異動し、その二年後には共青団の書記に任命されているのです」

「何をおっしゃりたいんでしょう？　申明《シェン・ミン》と賀年《ホー・ニエン》の死には関係があるとでも？」

「可能性は十分あります」

その言葉で秋莎《チウシャー》はすぐに、あの手紙のことを思い浮かべた。申明から受け取ったと言って、賀年が父親に送りつけてきた手紙だ。賀年は申明を陥れる目的で、あの手紙を送ってきたにちがいない。つまり、自分の出世のために親友を裏切ったのだ。もしかしたら誰か申明に近い人間が、この裏切りに報復するために賀年を殺した？　でも、誰が？

「ご協力いただきありがとうございました。もし、何か捜査に関係するようなことを思い出された時には、どうぞご連絡ください」

突然、黄《ホアン・ハイ》海捜査官の声がして顔をあげると、捜査官は名刺を差しだしていた。それを受け取ろうと手を伸ばした時、秋莎は自分の手が汗ばんでいることに気づいた。手紙のことを話さなかったので、無意識に緊張してしまったのだろうか？　捜査官は自分が隠しごとをしていると、見抜いてしまっただろうか？　そうは言っても、あの手紙の話をしたところで、どうにかなるものでもない。手紙は父親の金庫に入っているので、自分が持ちだすことはできない。それに、あの手紙のことは決して外に洩らさないようにと、父親から固く口止めされているのだ。

捜査官が帰ったあとも、秋莎は落ち着かなかった。なんだか急に司望《スー・ワン》の顔が見たくなった。運転手を呼びだすと、秋莎は長寿通りの第一小学校に向かうように告げた。

ちょうど下校の時刻だったので、通りは大勢の子供たちと、迎えに来た親でいっぱいだった。司望は一週間前と同じようにひとりで歩いてきたが、こちらのＢＭＷに気づくと、まっすぐ近寄ってきた。

「谷《グー》さん、こんにちは。ぼくに何かご用ですか？」窓ごしに声をかけてくる。

「この間はごめんなさい。それをあやまりたくて来たのよ」

「死体を見つけたことですか？」

「ええ。あなたはまだ小学校三年生なのに、あんなひどいものを見せてしまって……。本当にごめんなさい」

そう言いながら、秋莎は車のドアを開けて、なかに入るよう司望を促した。

「乗って。そのほうが、ちゃんと話せるでしょう？」

だが、司望はあとずさりして頭《かぶり》を振った。

「やめておきます。車を汚してしまいそうだから……」

おそらく、こうした高級車に乗ったことは一度もないにちがいない。だが、高価なものであるのはわかっているので、それで臆しているのだ。秋莎は思わず笑い声をたてた。

「大丈夫よ。乗ったくらいで汚れはしないから。ほら、早く乗って！」

その言葉に、司望は困ったような顔をして、おそるおそる車に乗りこんできた。車内を見まわしながら言う。

「死体を見たことなら、心配しないでください。悪夢に襲われたりもしていませんから」

「本当に？　怖くはなかったの？」

「あれが初めてではないので……。去年、祖父が亡くなって、今年、祖母も亡くなりました。その時、ふたりの遺体を火葬場に送りだしたから」

大切な肉親を失った話をしているというのに、司望《スー・ワン》の口ぶりはごく普通の話をしているかのようだった。たぶん、悲しみは心のなかで嚙みころしているにちがいない。そう思うと、秋莎《チウシャー》は胸が熱くなって、思わず司望を抱きよせた。

「たくさん悲しい思いをしたのね」

すると、司望が突然、耳もとに口を寄せて言った。

「誰だっていつかは死ぬんです。人生の終わりとともに死が訪れる——その繰り返しです」

「あなたは哲学書も読むの？　古典詩や英語の原書だけじゃなくて」

だが、その問いには答えず、司望は逆に尋ねてきた。

「六道《ろくどう》という言葉を聞いたことはありますか？」

「聞いたことはあるけれど、でも、教えてちょうだい」

「六道というのは、《天道》、《人間道》、《修羅道》、《畜生道》、《餓鬼道《がきどう》》、《地獄道》の六つの世界のことです。人はこの六つの世界を輪廻転生していると言われています。たとえば、欲深く、けちな人間は《畜生道》に堕《お》ち、牛馬に姿を変えます。また悪いことをした者は《地獄道》に送られ、そこで罪を償わされます。反対に、生きている間に徳を積めば、また人間に生まれ変わったり、《天道》に住まう天人に転生することもあります。その六つの世界を超えて、最高位の《悟り》の世界に達したのが阿羅漢《あらかん》であり、菩薩《ぼさつ》であり、仏陀《ブッダ》なのです」

「仏教の教義ね。でも、わたしはクリスチャンなのよ」

そう言って、秋莎は首もとから十字架のペンダントをのぞかせた。それを見ると、司望はまばたきをして、何かが目にしみたように、ぎゅっと瞼を閉じた。

「クリスチャンということは、本当にイエスを信じているんですか？」

「どうして？　わたしが嘘をついているとでも？」

「それじゃあ、谷《グー》さんは、人の魂はその人が死んだあとでも、魂としてずっと生きつづけると信じているんですか？　神による最後の審判が下される時まで。そうして、現世で神を信じていた者は救われて天国に行き、そうでない者は地獄に堕ちると……」

「それは……」

司望の問いかけがあまりに思いがけないものだったので、秋莎はすぐに言葉を返すことができなかった。クリスチャンになったのは、申明《シェン・ミン》が死んでからのことだ。司望が言ったようなことをあまり深く考えたことはない。だが、結局はこう答えた。

「そうね。わたしは、そう信じているわ」

それを聞くと、司望《スー・ワン》が言葉を続けた。

「キリスト教の本を読むと、〈死はある世界から別の世界へと移動する、その途中の状態に過ぎない〉と書いてあるものもあります。つまり、現生から来世に移るまでの途中の状態です。人間は死ぬと、魂だけの状態になり、最後の審判を待ちます。そうして、その最後の審判の日に、神の裁きを受けるために肉体がよみがえるのですが、この時、現生にいる間、神を信じ、善行を積んだ者は永遠の命を与えられて、その肉体とともに天国に行きます。そうでない者はやはりその肉体とともに地獄に行き、そこで永遠に苦しみつづけることになるのです」

「すごい！　あなたは仏教やキリスト教の本も読んでいるのね」

だが、その言葉には答えず、司望は話を続けた。

「とはいえ、仏教もキリスト教も、人は死んだら別の世界に行くということでは共通しています。

ただ、道教はちがいます。道教を奉じる者にとって、もっとも大事なのは現世です。そのため、道教を信じる者たちは修行を通じて、不老不死を得て、仙人になることを望みます。また、霊界と現実の世界はつながっていて、鬼月と呼ばれる旧暦の七月には霊界の門が開いて、たくさんの霊が現実の世界にやってきます。谷《グー》さんは霊を見たことがありますか？」

秋莎《チウシャー》が何も答えないでいると、司望は何かに憑《つ》かれたような声で言った。

「ぼくはあります」

「わかったわ。あなたの勝ちよ。もう、この話はやめにしましょう。おうちまで送っていくわ」

司望はちょっと不満そうに口をとがらせると、運転手に行き先を告げた。運転手はギアを入れて、アクセルを踏みこんだ。

十分もすると、車は安食堂や怪《あや》しげな店が並ぶ、狭い裏通りに入っていた。道端には自転車やバイクが乱雑にとめられているし、建物の前では道路に椅子を出して、年寄りたちがひなたぼっこをしている。そのなかを車は縫うように走っていかなければならなかった。運転手はだいぶいらいらしているようで、さかんにクラクションを鳴らしていた。後部座席に自分と司望が乗っていなかったら、たちまち運転席から飛びだし、怒鳴《どな》りちらしていたことだろう。

「あそこで止めてください！」

しばらく行って、その通りを抜けたところで、司望が指を差した。そこには、黄色く葉が色づきはじめたエンジュの木があった。車はその場所で止まった。

「ありがとうございます」

そう言って、車から飛びおりると、司望はエンジュの木の向こうにある三階建ての建物に入っていった。ずいぶん老朽化した建物で、壁には油じみのような汚れが目立っている。

こんなあばら屋に人が住んでいるなんて……。秋莎《チウシャー》は言葉を失った。

第五章

二〇〇四年十一月下旬

その一カ月後、司望《スー・ワン》は爾雅《アルヤー》学園グループの広告塔となっていた。写真の撮影も行った。最初は嫌がっていたが、第一小学校の校長に説きふせられて、しぶしぶ応じたのだ。司望を無理やりカメラマンのもとに連れていくと、校長は、「うちの小学校の広報に使うから」と説明した。

だが、もちろん、その写真は秋莎が校長に依頼したもので、実際は小学校の広報のためではなく、爾雅学園の新たなキャンペーンに使うことを目的としていた。

このキャンペーンを推進するために、秋莎の部下たちは、司望の母親と連絡をとった。父親は二年前から失踪していたので、保護者は母親ひとりだったからだ。母親のもとを訪ねると、部下たちはその場で契約書にサインをさせた。それは十万元のボーナス契約を含む巨額の契約だった。

そういった事務的な手続きをすませると、秋莎は司望を自宅での晩餐《ばんさん》に招待した。司望はキャンペーン用の写真を撮った時の服を着て現れた。服は子供服メーカーに用意させたもので、撮影終了後に司望にプレゼントされたのだ。

おずおずと居間に入ってくると、司望《スー・ワン》はなかを見まわし、びっくりしたような顔をした。無理もない。居間と言っても、バスケットコートほどの広さがあるのだ。顔が上気しているところを見ると、緊張しているにちがいない。そんな司望を見て、秋莎《チウシャー》はたまらなく嬉しかった。司望の手を取り、テーブルにつかせると、家族を紹介する。

「父の谷　長龍《グー・チャンロン》よ。ずっと以前に大学の学長だったこともあるけれど、今は爾雅グループの会長よ」

父親は六十歳を超えている。だが、真っ黒に染めた髪は照明の光を受けて、つやつやと輝いていた。

「やあ、司望君。きみと話すのをずっと楽しみにしていたよ。きみは天才だ。我々のグループの広告塔を引き受けてくれて、とても嬉しいよ」

そう言って、父親が笑顔を向けると、司望は挨拶を返した。

「谷会長、このたびは大役を仰せつかって、光栄です。会長のご健康とご多幸をお祈りいたします」

その言葉に、父親は顔をほころばせた。秋莎は続いて夫を紹介した。

「夫の路　中岳《ルー・ジョンユエ》よ。グループの経営責任者をしてるわ」

「こんにちは路さん」

司望の言葉が終わると同時に、秋莎はタイミングよく口をはさんだ。

「夫は無口なの。以前は技術者だったのよ。だから、数学や物理や化学で聞きたいことがあったら、遠慮なく質問してちょうだい」

「すごいですね！　ぼくは数学や化学が苦手なんです。そのうち、お力を借りることになると思いますので、よろしくお願いします」

「それでは、グラスを！」父親の声が響いた。

乾杯の合図とともに、大人たちはワインのグラスに、司望はジュースのコップに口をつけた。テーブルの上にはおいしそうな料理が並んでいた。有名なレストランのシェフに出向いてもらい、特別に準備させたものだ。

晩餐は大成功だった。秋莎と父親は、歴史学や地理学、天文学から哲学まであらゆるジャンルの質問を司望に浴びせかけた。前もって知らせていたものなどひとつもなかったが、その質問に司望はすらすらと答えた。それに興味を持ったのか、しまいには夫も質問に参加し、第二次世界大戦で使用されたドイツ軍の戦車について、あまり知られていないことを尋ねた。だが、司望は軍事評論家のように見事に答えた。

一同は感心して、父親などは今後の経済状況の見通しについて、司望に意見を求めることまでした。司望はその質問にひるむことなく、堂々と自分の考えを述べた。

「そうですね。向こう三年間は、世界経済は順調だと思います。中国では不動産価格が二倍に跳ねあがります。もし投資に回せる財産をお持ちでしたら、いくつかアパートを購入するとよいでしょう」

父親は娘婿のほうを見ながら、ため息をついた。

「いや、こんなに何でも知っている子供がいるとは……。どんな質問をしても、答えが返ってくる。これでは大人なんていらないな」

それを聞くと、夫が青ざめた顔でうつむいた。

食事が終わると、司望《スー・ワン》がもぞもぞと落ちつかない素振りを見せた。

「そろそろ家に戻らないと……。母が帰りを待っているんです」

「あら、お母さん思いなのね」

司望がいとおしくてたまらなくなって、秋莎《チウシャー》はその頰にキスをすると運転手を呼んだ。

一緒に部屋を出て、屋敷の門まで見送りにいく。

車に乗りこむ司望の姿を見ながら、秋莎は自分の唇に指を当てた。この唇がさっき、司望の頰に触れたのだ。もちろん、それは初めてのことだったが、なぜだか司望の頰の感触をこの唇が覚えているような気がした。

司望がいなくなると、屋敷は再び静寂に包まれた。秋莎はひとり、居間に残った。父親も夫もさっさと自室にひきとっていた。ふたりが晩餐をともにしたのは自分が強く望んだからにすぎない。家族はもうずっと前に、一緒に食事をする習慣を失っていたのだ。

寝室に向かおうと廊下に出たところで、秋莎は夫に出くわした。夫は冷ややかな声で話しかけてきた。

「昼間、黄　海《ホアン・ハイ》という捜査官が訪ねてきたぞ。賀　年《ホー・ニエン》の死について、聞きたいことがあると言ってね」

「どうして？」

「あいつのせいさ」

秋莎にはそれが誰のことか、すぐにわかった。

「申　明《シェン・ミン》はあなたの高校の同級生だし、賀年は申明の大学の同級生でしょ。だから、そのあたりの交友関係について訊きたかったんじゃないの？　それに賀年はうちのグループで働いていたんだし。しかも、賀年の死体を見つけたのはわたしで、あなたはわたしの夫なんだから……」

「で、申明は九年前に殺され、賀年は二年前に殺された。そして、おれはそのふたりをよく知っている。だから、おれが怪しいとにらんだというわけか？」

「まさか。それだけの理由で、あなたが疑われるわけがないじゃない。心配しなくても、あの捜査官があなたにつきまとうようなことはないわ」

夫は納得できないといった顔で、そばを通りぬけようとした。秋莎はとっさにその腕をつかんで尋ねた。

「ねえ、どうしてあの子に冷たくしたの？」

「知らない子供だからな。それとも、あれはきみの子供なのかい？」

「そうなるかもしれない。わたしがあの子を養子にしたらね」

すると、夫はまったく理解できないというように、頭を横に振った。

「余計なことをするんじゃない。といっても、おれには関係ないことだがな」

そう言って、秋莎《チウシャー》の手をふりほどくと、書斎に入っていった。おそらく、これからひと晩じゅう、パソコンの前でオンラインゲームの『ワールド・オブ・ウォークラフト』をプレイして過ごすのだろう。

秋莎はひとり大きなベッドに横たわると、そっと自分の唇とうなじに触れた。部屋のなかに男性の匂いはまったくなかった。もう三年、夫とはベッドをともにしていない。

初めて夫と出会ったのは、自分と申明《シェン・ミン》の婚約式のパーティーの席だった。夫の路中岳《ルー・ジョンユエ》は、申明の大学の友人たちと一緒のテーブルにいた。だが、すでにそうとう飲んでいたのか、完全に酔っぱらっていて、お祝いの盃《さかずき》を交わしても、飲みほすことができなかった。それどころか、その場で戻してしまう始末だった。

そんなわけで、のちに路中岳と結婚することが決まった時、父親も娘婿になる人間のことは覚えていた。もっとも、父親は昔、路中岳の父親と軍隊で一緒だったことがあるし、教育委員会をしきっていた時には、路中岳の父親が国家審計署（会計検査院）の要職に就いていたので、仕事上のつきあいもあった。つまり、ふたつの家族にはもともと深いつながりがあったのだ。

文系だった申明とはちがい、路中岳は理系の学位を取得すると、卒業後は技術者として南《ナン》明《ミン》通りにある鉄工所で働いていた。だが、鉄工所は南明高校のすぐ近くにあったので、申明が南明高校に赴任してくると、ふたりは旧交を温め、一緒にスポーツ観戦をしたり、酒をくみかわすようになったらしい。友人の少ない申明にとっては大切な友だちだっただろう。そのうちに、南明通りの鉄工所の閉鎖が決まり、路中岳はいちばん若い技術者だったのに再就職もままならず、そのまま失業者になった。申明との婚約が決まったのは、そのあとのことだ。そして、その婚約式のパーティーで、秋莎は路中岳と初めて顔を合わせたのだ。路中岳は失業中で時間があったこともあって、いろいろと雑事を手伝ってくれた。新居の工事の際にはずいぶん世話になったものだ。そんな親友に申明は恩義を感じ、心から感謝していた。

申明が殺されたことを知らせてくれたのも路中岳だった。

あの日、父親と一緒に雲隠れしていた雲南省から屋敷に戻ると、門の前に路中岳が立っていた。路中岳は、ふたりを見ると、目に涙を浮かべながら、四日前に申明が死んだと告げた。

申明は高校の近くにある、廃墟になった工場の地下室で誰かに殺されたということだった。発見された時、その背中にはナイフで刺されたような傷があったという。だが、驚いたのはそれだけではなかった。高校から工場に行く途中の道路脇から、南明高校の教頭をしていた厳《イエン》厲《リー》の刺殺死体が発見されて、警察は申明が犯人だと断定しているというのだ。どうやら厳厲《イエン・リー》の背中に刺さった血まみれのナイフの柄から、申明《シェン・ミン》の指紋が検出されたらしい。

その話を聞くと、秋莎《チウシャー》は路中岳《ルー・ジョンユエ》の肩で泣いた。涙で相手のシャツが濡れてしまうほどに。

自分は申明を助けることもできたはずなのに、何もしなかった。父が申明から教育委員会の職を奪い、共青団から除名処分にして、高校教師まで辞めさせたのに、自分は止めることもしなかった。あの時、自分が父に反対していたら……。いや、せめて申明が警察に勾留されている時に、面会に行っていたら……。そう思うと、後悔で押しつぶされそうだったのだ。

でも、どうして申明は人を殺したのだろう？　それは、当時はもちろん、今も変わらず抱いている疑問だった。厳厲という、その教頭に、申明は何か恨みを抱いていたのだろうか？　教頭の姦計で、無実の罪に陥れられたとか……。しかし、申明は、そんな恨みで人を殺すような人間だっただろうか？　自分には申明という人がわからなくなった。

それに、そのくらいの恨みで人を殺すなら、自分たち親子は申明に対して、もっとひどいことをしたではないか？　恨まれてもしかたがないことを。だから、もし厳厲を殺したあと、申明が殺されていなかったとしたら、次の復讐の相手は自分たちだったのではないか？

そう考えると、後悔の気持ちは恐怖に変わった。

申明の死を知ってからしばらくの間、秋莎は体調を崩し、床に伏せった。そして、ようやく起きあがれるようになると、また後悔が頭をもたげてきた。秋莎は路中岳に会いにいった。路中岳もまた親友を亡くして、申明のために、何もできなかったと後悔の念を抱いていることを知ったからだ。同じ心の痛みを抱えて、路中岳はただこちらの気持ちに寄りそってくれた。悲しみはそう簡単に癒えることはないが、それでも人生は続いていくのだと言って……。ふたりはよく申明の思い出を語りあった。路中岳は折にふれて、申明がどれほど優れた人間であったか、自分がどれだけ申明に憧れていたかを口にした。実際、人並みはずれて優秀だった申明と比べて、自分は平凡な成績しかとれず、就職するにも父親の力を頼るほかなかったし、そうまでして得た仕事も満足にこなすことはできなかったと。

そして、申明が死んでから一年が過ぎた、夏の初めのこと——路中岳に誘われて、ホテルのバーで一緒に酒を飲んだことがあった。ふたりはビールに続き、ワインのグラスを傾け、ウィスキーに手を出す頃には完全に酔っぱらっていた。そのあと何があったのかは覚えていない。ふと目が覚めると、秋莎はホテルのベッドにいた。ベッドの端には路中岳が座っていて、思いつめたような表情をしていた。路中岳は、親友の婚約者だった女性に手を出してしまったことで自分を責めて、「とんでもないことをした。自分が情けない」と何度も口にしていた。それを見て、秋莎は路中岳を抱きしめて言った。「もう、あの人の話はやめにしましょう」と。

その翌年、ふたりは結婚した。父親は喜びを隠さなかった。路中岳の父親と戦友だったということもあったのだろうが、それ以上に、娘が婚約者の死という試練を乗りこえ、再び前に歩きはじめたのが嬉しかったにちがいない。そのためには、早く誰かと結婚するのがいちばんだと思っていたからだ。

けれども、いざ結婚が決まると、秋莎《チウシャー》は悩んだ。子供ができないという自分の秘密をまだ打ち明けていなかったからだ。

もし、この秘密を知ったら、路中岳《ルー・ジョンユエ》は自分とは結婚しないだろう。それはわかっていた。申明《シェン・ミン》とは考え方がちがうのだから、それはしかたがない。もう小娘ではないのだから、「ふたりの間に愛があれば、そんなことは何でもないはずよ」とは言えない。結局、秋莎は結婚後に時期を見はからって、事実を知らせることにした。

その時は結婚してから四年後に訪れた。いつまでたっても子供ができないことを心配して、夫が「病院に行って検査をしよう」と言いだしたのだ。秋莎はようやく真実を口にした。

話を聞いたとたん、夫は怒りを爆発させた。だが、離婚にはいたらなかった。理由はふたつあった。ひとつは二年前に夫の父親が収賄《しゅうわい》容疑で逮捕された時、谷《グー》家の力で要職から退くだけですむようにしていたからだ。そうでなければ禁固十年の刑に処せられていただろう。もうひとつは再就職していた工場が閉鎖になり、夫はまたもや無職の身になっていたからだ。その結果、父の創設した爾雅学園グループで、経営責任者になることが決まっていたのだ。

夫は父を尊敬していたようで、爾雅学園グループに入ると、父と同じように熱心に仕事をした。陰では「あれでは娘のヒモだ」と夫の悪口を言う者もいたが、仕事の面では問題がなかった。家庭生活のほうでは、子供のことで秋莎と溝ができてしまったが、ふたりは互いに干渉せず、表面上は仲のいい夫婦を演じることで、家族の体面を守ることにした。そうして、今の索漠とした関係ができあがったのだ。

もしあの時、申明が人を殺さず、申明自身も殺されていなかったら？　その前に、わたしが助けの手を差しのべていたら？　そう心のなかでつぶやいて、秋莎はまた自分が申明のことを考えていることに気づいた。眠れない夜は、いつもそこに思いが戻ってくるのだ。

第六章

二〇〇四年十二月

厳しい冷え込みを感じるようになった、ある週末のこと、秋莎《チウシャー》は司望《スー・ワン》の住む建物を訪ねた。エンジュの木はすっかり葉を落とし、冬の気配を漂わせている。裸になった枝ごしに見ると、ただでさえ老朽化した建物はいっそう、うら悲しく思えた。

運転手に通りで待つように告げると、秋莎はBMWからおり、そのまま建物の薄暗い入口に向かった。狭いエレベーターに乗ると、軍病院のポスターが三方に貼られていた。三階の廊下は料理のにおいで充満していた。どうやら、台所もトイレも共同らしい。質の悪い油のにおいに、秋莎は思わず息を止めた。

部屋の番号はあらかじめ部下たちから聞いていたのでわかっていた。ドアをノックすると、なかから三十代とおぼしき女性が顔をのぞかせた。自分よりもずっと若そうだ。漆黒《しっこく》の髪が美しく、その顔は台湾女優の王祖賢《ジョイ・ウォン》にも、香港女優の周慧敏《ビビアン・チョウ》にも似ていた。

「こちらは司望君の住まいですか？」

「ええ、わたしは司望の母親ですが、息子に何か？」

「ああ、では、あなたが何清影《ホー・チンイン》さんですね。わたしは谷《グー》秋莎。爾雅《アルヤー》学園グループの者です」

居丈高に聞こえないように注意しながら、秋莎は言った。今日はただでさえ、エルメスの高級コートに身を包んでいる。対照的に司望の母親は質素な身なりをしていた。手には編みかけのセーターを持っている。

「あなたが谷さんですね！　どうぞ、お入りください！」セーターを近くに置くと、司望の母親は部屋に目を走らせながら言った。「こんな状態でお迎えして申しわけありません。何かご用事でも？」

「いえ、特に用事というわけではないのですが、まだご挨拶ができていなかったので……。わたし自身がお母様にお目にかかって、直接、お話ししたかったのです。司望君が広告塔になってくれて、わたくしどもはとても喜んでいます。そこでお近づきのしるしに、クリスマスも近いことですし、ちょっとしたプレゼントをと思いまして……」

そう口にしながら、秋莎はバッグから包みを取り出した。シャネルの化粧品のセットだ。だが、それを見ると、司望の母親は首を横に振った。

「そんな高価なもの、いただくわけにはまいりませんわ」

その時、扉の開く音がして、声が聞こえてきた。

「谷さん……。どうして、ここにいらしたんですか？」

司望の声だ。秋莎は声のするほうに顔を向けた。窓からの光に照らされて、司望の姿が浮かびあがって見える。単調な風景が一瞬にして輝きだしたかのようだった。秋莎は思わず笑みを浮かべた。

「お母様にご挨拶しようと思って。それに、あなたに会いたかったから」

「挨拶だなんて、そんなことしなくてもよかったのに……」

おずおずとした口調でそうつぶやくと、司望《スー・ワン》は母親を手伝って、長椅子に散らばっていたものを片づけはじめた。そうして長椅子の上がきれいになると、秋莎《チウシャー》に席を勧めた。

「気にしないでちょうだい。すぐにお暇《いとま》するから」

秋莎は椅子に座って、部屋のなかを見まわした。と、窓の近くに小さなベッドがあるのに気づいた。その向こうには、建物の前にあったエンジュの木が見える。

「あれは司望君のベッドかしら?」

「ええ、寝室がひとつしかないもので、わたしがそちらで寝るものですから」司望の代わりに母親が答えた。

司望の母親は見事なほど若々しい体型を保っていた。これで九歳の子供がいるとは、とうてい思えない。顔もきれいで、これなら司望が美少年であることも納得がいった。契約書を交わした時に提出してもらった書類によると、年は確か自分と同い年のはずだ。そのことを思い出すと、秋莎は突然、激しい嫉妬に駆られた。

だが、そこで思ってもみなかったようなことが起こった。いきなり入口のドアが開いたかと思うと、チンピラのような恰好をした男がふたり、部屋のなかに押しいってきたのだ。男たちはこちらを気にする様子もなく、自分の家でくつろぐかのように、どっかりと椅子に腰をおろした。そのうちのひとりが司望の母親に話しかけた。

「お客さんのようだな」

母親の顔が青ざめるのがわかった。司望も不安そうな顔をしている。だが、母親が寝室のほうを示すと、黙ってそちらに向かっていった。それを見とどけると、母親のほうは話しかけてきた男に言った。

「すみませんが、三十分後にしてください」

すると、もうひとりの男がプレゼントの包みに気づいて、おどすような声を出した。

「シャネルの化粧品じゃねえか。自分のためにブランド品を買う金《かね》はあるのに、おれたちに返す金はねえって言うのか？」

「お金なら、この間、かなり返したでしょう。十万元も……」

「あれじゃあ、半分にもならねえんだよ。こんな化粧品を買うくらいなら、さっさと返さねえか」

「それはわたしのものではありません。そこにいる昔の同級生が、買ってきたものを見せてくれただけです」

そう言うと、母親は秋莎に化粧品の包みを手渡した。秋莎はその包みをバッグにしまうと、昂然《こうぜん》と頭をあげ、男たちに向かって言った。

「許しも得ずに人の家に入ってくるなんて、住居侵入の罪に問われてもしかたがないわよ。すぐに帰らないと、警察を呼びますからね」

その態度に気おされたのだろう、男たちは「また戻ってくるからな」と捨てゼリフを残して、帰っていった。

借金取りであることは疑いがない。男たちが出ていくと、司望《スー・ワン》の母親はすばやくドアを閉めた。

「本当にありがとうございました。こちらはただあわててしまって……」

その言葉をさえぎるように、秋莎《チウシャー》は名刺を差しだして言った。

「何か助けが必要でしたら、どうぞご遠慮なく、こちらにご連絡ください」

それからもう一度、バッグからシャネルの化粧品セットを取り出して、司望の母親に渡した。

「どうぞ、お受け取りになって。そんなにおきれいなのだから、これを使えばもっと素敵になれるわ」

母親は今度は素直に受け取ってくれた。秋莎は暇乞いの挨拶をして、部屋を出ようとした。すると、寝室のドアが開いて、司望が駆けよってきた。司望は「下まで送っていきます」と言うと、母親のほうを向いて、声をかけた。

「母さん、心配しないで。望君はすぐに戻ってくるから。もし、あいつらが戻ってきても、絶対に扉を開けないでよ！」

　母親を守っているつもりなのだろう、小学三年生の子供が口にする言葉とは思えなかった。そう思うと、切なくて、エレベーターのなかで、秋莎は司望の頬をなでてしまった。

「おうちでは自分のことを名前で呼んでいるのね。ぼくとかではなく……」

「母さんに対してだけですけど……」

　エレベーターから降りて、建物の玄関の外に出ると、秋莎は尋ねた。

「ねえ、わたしを見送ってくれたのは、何か言いたいことがあったからじゃないの？」

　司望はあたりを見まわし、誰も聞いていないのを確認すると言った。

「谷《グー》さん、お願いですから、ここには来ないでください。今日みたいなところを見られると、母さんが気にしますから」

「わかったわ。じゃあ、あなたがわたしの家に来てくれる？　運転手を迎えによこすわ」

「わかりました。約束します」

「あなたはお母さんが大好きなのね？」

「祖父母も亡くなって、身内は母ひとりですから」

「ひとりであなたを育てるなんて、お母さんはたくましいのね」

　そう言うと、秋莎はふと三階の窓に目をやった。司望の母親——何清影《ホー・チンイン》は、言葉づかいや物腰を見るかぎり、きちんとした家庭で育てられたようだった。それなのに、何かのはずみで自分にふさわしくない男と結婚したばかりに、こんな落ちぶれたところに暮らすことになったのだろう。これほど才能あふれる子供を授かったというのに。

「あなたの役に立ってあげたいわ」もう一度、司望《スー・ワン》の頬をなでながら言う。

そうして、天の定めに思いを馳《は》せた。世の中はなんと公平にできているのだろうか？　財産に恵まれ、すべてを持っているように見えても、自分には子供がいない。その反対に、財産はなくても素晴らしい子宝に恵まれた何清影《ホー・チンイン》のような女性もいる。でも、自分には財産があるのだから、それを利用すれば……。その考えにはっとして、秋莎《チウシャー》はあわてて、心に鍵をかけた。この思いを大きくしてしまってはだめ。種火のうちに消してしまわなくては……。秋莎はその考えを心の奥に押しこもうとした。

だが、司望の澄んだ瞳を見ると、その欲望にあらがうことはできなくなった。司望の顔の高さに合わせて膝をかがめると、秋莎は耳もとに口を寄せてささやいた。

「あなたがわたしの子供だったら、どんなにいいでしょう」

すると、その言葉にびっくりしたように、司望がうしろに飛びのいた。そうして、気がついた時にはもう建物のなかに姿を消していた。

第七章

二〇〇五年　春まだき

最近、父親の身体の調子が目に見えて悪くなってきた。ベッドに入ったあとも、毎晩、三回以上、トイレに向かう。このまま衰弱して死んでしまうのだろうか？　秋莎は心配になった。少し具合が悪くなったら、あっというまに衰えて、あの世に旅立ってしまう——人間というのは、そのくらい弱い動物なのかもしれない。そんなふうには思いたくないが、父親の様子を見ていると、穏やかな気持ちではいられなかった。

もちろん、父親自身は特に死を意識しているようには見えない。だが、いずれにせよ、父親の頭がまだはっきりしているうちに、話しておかなければならないことがある——司望を養子にすることだ。あれ以来、何度も考えたが、秋莎は結局、司望を自分の子供にしたいという欲望に勝てなかった。どうしてかはわからないが、自分にとってはそれが何よりも大切なことのように思えるのだ。

父親の書斎の扉を開けると、秋莎は声をかけた。

「パパ、話したいことがあるの」

「大事なことかい？」

「ええ。実は司望《スー・ワン》のことなんだけど……。わたし、司望を養子にしようと思っているの」

「それはまた突然だな。本気で言っているのか？」

「ええ、二カ月くらい前からずっと考えていたの。何度も何度もね。それでも、やっぱり気持ちは変わらなかった。あの子がかわいくてたまらないのよ」

父親はため息を洩らした。娘がいったんこれと決めたら、意見を変えようとしないことをよく知っているからだ。

「まったく、おまえはいつまでたっても同じだ。申　明《シェン・ミン》と結婚したいと言いだした時だって、そうだっただろう？　あとさき考えずに、大事なことを決めてしまうのだから。その結果はどうだ？」

「あの人の話はしないで！」

「それなら、別の話でもいい。婿とのことはどうだ？　あの男と結婚して、おまえは後悔していないのか？」

「もちろんよ。後悔なんか、していないわ」

だが、そう言いながら、秋莎《チウシャー》には父親が自分の言葉を信じていないことがわかった。なにしろ一緒の屋敷で暮らしているのだ。夫婦関係がうまくいっていないことなど、とっくにわかっているだろう。人前では仲のいい夫婦を演じていることも。

「相手はもう九歳だぞ。おまえを母親だと思うことは絶対にない。どうして二歳か三歳の子を養子にしようと思わないんだ。その年頃なら、母親の記憶もはっきりしていないから、本当の親だと思って育つだろう。そのほうがいいと思わないか？」

「九歳だろうが、十歳だろうが、そんなことはどうでもいいのよ」

秋莎は言い返した。司望のことになると、ついむきになって、自分を抑えることができなくなる。

「二歳か三歳の子を養子にとるのは簡単だけど、その子がどう育つかは誰にもわからないでしょう？　大きくなって、夫のようになったら、がっかりじゃないの。そうなるくらいなら、養子なんていらないわ。でも、司望はほかの子供たちとはちがう。あの子には天賦《てんぷ》の才能がある。磨けば価値のでる翡翠《ひすい》と同じよ。ＩＱもＥＱも人並みはずれて高いんだから」

するると、父親はあきらめたように口にした。

「わかったよ。おまえはもう大人だ。私がどうにか言って、決心が変わるものでもあるまい。それで、婿とは話がついているのか？」

「前に子供ができないとわかった時、養子をとりたいと言ったことがあるの。その時は別に反対しなかったわ」

秋莎は父親の背中にまわると、うしろから肩に手を置いた。

「パパ、わたしは子供が欲しくてたまらないの！」

「だが、あの子は私たちの血を引いているわけではない」

「でも、このままだと、パパの遺産は全部、夫が受け継ぐことになるわ。パパはそうしたいと思っているの？　パパの愛人にだって、子供はいないみたいだし。わたし、パパに愛人がいることは知っているのよ。せめて、その人に男の子でもいたらね。そうしたら、血を分けた弟ができて、わたしだって嬉しかったと思うわ」

「いい加減にしなさい！」まさか娘が愛人の存在を知っているとは思わなかったのだろう。父親は恥ずかしさと怒りがないまぜになったような声で言った。秋莎《チウシャー》は続けた。

「もしわたしが子供を持つとしたら、司望《スー・ワン》しかいないわ。不思議なんだけど、初めて会った時から、ずっと前から知っているような気がしたの。まるで、前世でいちばん愛していた男性に再びめぐりあえたような気持ちだった。あの子なしでは生きていけないわ。毎晩、あの子を抱きしめて眠りたいの」

それを聞くと、父親はソファから立ちあがって、部屋の中を行ったり来たりしはじめた。

「まったく、おまえはどうかしてる！　いずれにせよ、養子縁組というのはおまえの一存でどうにかできるものじゃない。相手のご両親はなんと言っているんだ？」

「ちょっと調べてみたのだけど、あの子の父親は司明遠《ミンユエン》といって、工場の労働者だったらしいの。でも、三年前にクビになって以来、行方不明になっている。居住証の登録も最近になって取り消されている。つまり、父親は法的には死亡したことになっているのよ。父方の祖父母も少し前に亡くなっているし、母方の祖父母は、あの子が生まれる前に亡くなっているわ。だから、身寄りは母親の何清影《ホー・チンイン》ひとりよ」

「だが、母親が自分の息子を手放すかい？」

「もちろん、簡単なことではないと思うわ。でも、最後にはきっと養子の話を受け入れてくれるはずよ。前に郵便局に勤めていた時には、月に二千元から三千元の収入があったみたいだけれど、最近、解雇されたからお金に困っているのよ。生活のために借金もしたみたいで、それが返せず、毎日のように借金取りが家にやってきているの。こちらがそれなりの額を提示すれば、息子のためを思って、承知してくれるはずよ」

「つまり、あの子には才能があるが、家庭環境からその才能を伸ばすだけの金がない。そういうことだな？　だが、もしそうなら反対にその金が欲しくて、あの子のほうからおまえに近づいてきたのではないのか？　おまえは利用されているだけなのでは？　秋莎、おまえは少し純粋すぎるぞ。申明《シェン・ミン》の時だってそうだったじゃないか」

「だから、あの人の話はしないでって、言ったでしょう？　ともかく、司望のことは、話を進めますからね」

　そう言うと、秋莎は少し不機嫌になって、父親の部屋を出た。申明の名前を聞くと、いまだに心がうずくのだ。

　バタンと扉を閉めて、娘が出ていくと、谷長龍《グー・チャンロン》はため息をついた。申明のことで苦しんでいるのは娘ばかりではない。自分もまたそうだった。娘には言っていないが、あの時、自分が申明《シェン・ミン》との婚約を娘に許したのには理由があったのだ。谷長龍《グー・チャンロン》はその当時のことを考えた。

だが、その瞬間、胸に息苦しさを覚えて、心臓が止まりそうになった。いつもの発作だ。急いで引き出しを開け、カプセル剤を取り出すと、水差しの水で薬を飲みこむ。それから、ソファに戻って、ようやくひと息ついた。発作は収まった、ストレスからだろうか、申明のことを考えると、発作が起きやすくなるのだ。いや、それだけではない。実を言うと、申明の悪夢にも悩まされている。申明が死んだ、あの一九九五年の夏からずっとだ。

ソファにもたれると、谷長龍はあらためて申明との婚約を娘に許した時のことを振り返った。自分がそうしたのは、まず何よりも娘が恋の痛手を受けて、傷ついていたからだ。申明の才能や人となりに感心したせいもある。父親が母親を毒殺するという不幸な生い立ちにもかかわらず、性格は素直で、問題を起こすような人物には思えなかった。だが、理由はほかにもあった。娘には秘密にしているが、ある出来事がもとで、申明に対しては心理的な借りがあったのだ。婚約を許したのには、その出来事も関係していた。

あれは一九九四年の夏のことだ。当時、自分は爾雅《アルヤー》学園グループを率いて、理事長として忙しく働いていたが、秘書が産休に入ったため、代わりに申明にその役目をさせたことがあった。申明は熱心な仕事ぶりを見せてくれた。スピーチ原稿を頼めば、そのレベルの高さは群を抜いていたし、英語も完璧で、外国から訪問者がある際には、アテンドから商談、トラブルの解決まですべてをこなした。その能力は誰もが認めるところだった。

そんなある日、谷長龍は本人には知らせないまま、人には言えないようなことを申明にさせた。それは爾雅学園の副理事長である銭《チェン》を罠《わな》にかけて、グループを辞めさせることだった。爾雅学園グループは自分が創設したものなので、谷長龍はグループを半ば私物化し、出入りの業者からの賄賂も平気で受け取っていた。だが、銭は生真面目な性格で、そういったことが許せず、学園の食堂を運営している業者から賄賂が送られていることに気づくと、当局に告発しようとした。そこで、谷長龍は銭を追い落とすことにして、そのために、何も知らない申明を利用することにしたのだ。

銭を罠にかけるための計略は単純なものだった。銭の家の玄関にある大きな壺にひそかに札束を入れ、銭が業者からもらった賄賂を隠していると言って、逆に当局に告発するのだ。この計略のなかで、申明が果たす役割は、札束を壺に入れてくることだった。

だが、そんなことを正直に話したら、申明だって引き受けてくれるはずがない。そこで、申明を欺《あざむ》くため、谷長龍はまず、厄除《やくよ》けの護符で名高い、仏教四大名山のひとつ、浙江《せっこう》省の普陀山《ふださん》の護符を手に入れて、護符を入れた包みのなかに米ドルの札束を隠した。それから、申明を呼ぶと、「最近、副理事長の銭が体調を崩して、仕事が滞っている。ついては厄除けのために、この護符の包みを銭に届けてほしいのだが、銭は昔、理科の教師をしていたので、護符など信じないだろう。だから、お見舞いの口実で銭の家に行き、この護符を玄関にある壺のなかに隠してほしい。そこなら風水的にいちばん効果があるからね」と言って、札束を入れた護符の包みを渡した。申明《シェン・ミン》はその言葉を疑う気配も見せず、さっそく銭《チエン》の家に行くと、任務を果たしてきた。

　数日後、銭は収賄容疑で逮捕された。匿名の電話を受けて、警察が自宅を捜索したところ、壺の底から二万ドルの札束が入った護符の包みが見つかったのだ。銭はもちろん潔白を主張したが、警察は信じなかった。身に覚えのない罪を着せられて、拘置所に入れられるという恥辱に耐えきれなかったのだろう。銭は独房のなかで、自分のズボンを窓にくくりつけ、首を吊った。

　おそらく申明は自分のしたことと、銭の自殺には関係があることにすぐに気づいたことだろう。だが、申明は何も言わなかった。恋人の父親だから慮《おもんばか》ったのか、それとも将来の取り引き材料にしようと思ったのか……。いずれにしろ、娘から申明と結婚したいと言われた時、自分には娘の希望を叶えてやりたいという気持ちとは別に、婚約を許したほうがいいと思う理由があったのだ。

　そして、おそらくは同じ理由で、申明が逮捕された時には、留置場から出してやろうとはしなかった。というのも、逮捕の当日、なんという偶然か、申明が友人に宛てた手紙が転送されてきたからだ。その友人とは北京大学で一緒だった賀年《ホー・ニエン》という男で、その手紙のなかに、申明はこう記していた。《将来の義父についても書いておこう。あれは詐欺師だ。義父のしていることが白日のもとにさらされたら、たぶん大変なことになるだろう》と。ということは、申明は銭の自殺は義父である自分のせいだと知っていて、将来、場合によっては告発するつもりでいたのだ。

その手紙を読んだ時、谷長龍《グー・チャンロン》は自分の持てる力をすべて使って、申明を潰すことにした。そして、実際、潰してよかったと思う。申明はその後、勤めていた高校の教頭を殺し、自分も何者かに殺害されたからだ。何もしていなかったら、谷家も巻き添えにされていたにちがいない。

そういった事情があったので、申明が死んだという知らせを聞いた時には、思わず安堵《あんど》の息が洩れた。その知らせは、娘と一緒に雲隠れをした雲南省から帰ってきた時に、今の婿の路中岳《ルー・ジョンユエ》から伝えられたのだが、これですべての問題が解決したと天に感謝を捧げたい気持ちでいっぱいになった。申明の死とともに、銭のことは永遠に葬り去られたのだ。もう誰にも知られる心配はない。

だが、それからしばらくして、夢のなかに申明が現れ、こちらを恨めしげな目つきで見るようになった。それが今でも続いているのだ。

二〇〇五年　早春

司望《スー・ワン》を養子にしたいと言いだしてから、娘の秋莎《チウシャー》はこれまで以上に司望を自宅に招くようになっていた。司望《スー・ワン》にテニスを教えるのだと言って、週末にはコートを貸切にし、司望専用のコーチまでつけているらしい。話を聞くと、司望はこのレッスンを喜び、自分が上手になっていくのが嬉しくてしかたがないようだった。また、テニスのあとは一緒に屋敷に戻ってきて、ごちそうを食べることになっていたので、それも楽しみにしているようだった。というわけで、週末は必ずこの屋敷に来て、夜になると、運転手が司望を家まで送っていくというのが、半ば習慣になっていた。

司望と一緒に戻ってきても、秋莎《チウシャー》は夕食の手配をしたり、時には仕事で部屋にこもったりすることがあったので、谷長龍《グー・チャンロン》は居間で司望とふたりきりになって過ごすことも多かった。そんな時、司望はこちらに寄ってきて、一緒に中国経済の先行きについて話したり、チェスをして遊んだりした。その姿を見ていると、そこに十年前の申明《シェン・ミン》の姿が重なることがあって、ドキリとすることがあった。居間の書架にずらりと並んだ古書に興味を示したのも申明と同じだった。書架の前に立つと、申明は明朝末期から清朝初期の文芸評論家、金聖嘆《きんせいたん》が書いた、元稹の『会真記《かいしんき》』についての評論を好んで手にとっていたが、司望もその本に興味を持ち、何度もページを開いていた。もちろん偶然だろうが、谷長龍は胸を衝かれた。その不思議な巡りあわせに、心が騒いだ。

だが、それはそれとして、司望はまだ九歳だ。長年、教育界で生きてきた自分にとって、幼くして才能のある子供は宝物のようなものだった。天才は大切に育てなければならない。

そういった思いから、谷長龍は『世界の天才　六人』という特別版の書籍を買ってきて、司望にも読ませた。つまらない常識にとらわれず、自由な発想で考える、そういったやり方を学んでほしかったからだ。

そんなある日のこと、谷長龍は司望とふたりきりで午後を過ごしていた。娘の秋莎と婿の路中岳《ルー・ジョンユエ》が用事で家をあけ、メイドも病気で休みをとっていたため、屋敷にいるのは自分たちだけだったのだ。

ふたりはチェスをしたり、一緒に新聞のクイズを解いたりしていたが、突然、谷長龍の具合が悪くなった。例の発作が起こったのだ。激しい胸の痛みに襲われるなか、谷長龍は震える手を伸ばして、ただ薬の入っている引き出しのほうを指さした。だが、そこで意識を失ってしまった。

気がつくと、司望がこちらに覆いかぶさって、心臓マッサージをしてくれているのが目に入った。意識を失う前に、引き出しを指さしていたのを見て、薬を飲ませてくれたのだと言う。それから、シャツのボタンをはずし、心臓マッサージを始めたらしい。そうでなければ、自分は死んでしまっていたかもしれない。

その後、谷長龍が養子縁組に積極的に賛成することになったのは言うまでもなかった。

第八章

二〇〇五年四月五日（火曜日）　清明節――死者を弔う日

今日は司望《スー・ワン》の母親、何清影《ホー・チンイン》が司望とともに、屋敷にやってくる日だ。司望の将来のことで大事な話があると言って、親子そろって来てもらうことにしたのだ。秋莎《チウシャー》は心の準備をした。父親もその気になってくれたので、ひそかに養子縁組の準備を進めてきたが、まだ何清影にも司望にも、そのことは話していない。今日はいきなり切りだして、一気に話を進めてしまうつもりだった。たとえ、今日は断られたとしても、なるべく早めに決着をつける気でいた。

居間に入ってくると、何清影は座席の部分がまだら模様の長椅子に腰をおろした。漆《うるし》を重ねて光沢を出した、犀皮《さいひ》塗りの長椅子だ。何清影は落ち着かなげな様子だったが、司望のほうは慣れたもので、まず母親を長椅子に座らせると、自分はあとからその隣に座った。もうこの家のことなら何でも知っているのだ。どこにトイレがあり、どこに照明のスイッチがあるかまで、すべて心得ている。

居間の戸口からその様子を見まもって、ふたりが長椅子に腰をおろすのを見ると、秋莎はおもむろに近づいていった。満面に笑みをたたえて、明るくはずんだような声で、出迎えの挨拶をする。それから、手にしたプレゼントを何清影に差しだした。

「今日はようこそいらっしゃいました。これはディオールの限定版の香水セットなんですけれど……。よかったらお使いください」

何清影は今日は遠慮することなく、素直に受け取ってくれた。秋莎はすばやく何清影の全身をチェックした。以前、アパートを訪ねた時とはちがって、今日はきちんとした服装をしている。髪も整え、化粧もしている。この姿で通りを歩けば、何人もの男たちがふり返ることだろう。だが、表情のほうは、あれからまだ数カ月しかたたないというのに、かなりやつれているように見えた。たぶん、あいかわらず借金取りに苦しめられているのだろう。

その時、居間に父親と夫の路中岳《ルー・ジョンユエ》が入ってきた。何清影は初めて会うふたりに緊張したのだろう。すっかりあわてた様子で、招待されたことのお礼をしどろもどろに口にした。

お茶や舶来ものの果物が出され、ひとしきり雑談を交わすと、秋莎はさっそく本題に入った。

「今日は司望君の将来に関わることで、こちらに来ていただきました。単刀直入にお話ししますね。司望君をわたしどもの養子にくださるおつもりはありませんか？」

それを聞くと、何清影の顔色が変わった。まさか養子縁組の話で呼ばれたとは想像もしていなかったのだろう。おそらく、学費を援助したいとか、そういうことだと思っていたにちがいない。司望のほうは、こちらの言葉が聞こえなかったのか、あるいは聞こえていて、わざと知らない顔をしているのか、何も言わずに目の前の果物を食べていた。

「どうして、またそんなことを……」狼狽《ろうばい》をあらわにしながら、何清影《ホー・チンイン》が言った。「わたしをからかっていらっしゃるんですか？」

「いいえ。真面目な話です。いきなり養子の話をもちかけられても、びっくりなさるのは当然です。司望《スー・ワン》君はあなたの血を分けたお子さんですし。女手ひとつで大変なご苦労をして、ここまでお育てになったことも存じています。ですから、そもそもこんな話をすること自体が失礼だとは思うのですが……。しかし、司望君の将来を考えると……。今の暮らしぶりを拝見するかぎり、司望君は大学に進学するのも難しいのではないでしょうか？　それでは司望君の才能の芽を摘んでしまいます。せっかく、これほど素晴らしい才能に恵まれているというのに。そんなことになったら、子供の幸せを願う母親として、お母様にとっても不本意ではありませんか？　わたしどもでしたら、その才能にふさわしい教育を司望君に与えることができます。それと、何ひとつ不自由のない、余裕のある暮らしを……ええ、司望君を養子に迎えることができたら」

司望の母親はしばらく黙っていた。それから、息子のほうを向いて、心配そうに尋ねた。

「望君、あなた、養子の話は知っていたの？　あなたは養子になりたいと思っているの？」

司望は頭《かぶり》を振った。

「今日、初めて聞いたよ。ぼくは養子になんかなりたくない。ぼくは母さんと離れたくないんだ」

　それを聞くと、何清影はほっとしたような表情を見せた。司望を両手で抱きよせると、秋《チウ》莎《シャー》に話しかける。

「申しわけございません。ご親切には感謝いたしますが、このお話はお断りします。せっかくご招待いただいたのですが、今日はこのまま帰らせていただきます。それと、今後は息子に会わないようにお願いします」

「何《ホー》さん、お待ちください」秋莎はもう少し粘ってみることにした。「司望君はこの屋敷に何度も遊びに来て、ここを気に入っています。ですから、司望君にとって大切な場所を奪わないでください。わたしどもは司望君をこの屋敷にひきとって、最高の教育を受けさせたいんです。もしそうさせていただけるなら、お礼の気持ちとして、百万元、お渡しします。それに、養子縁組をしたとしても、あなたから息子さんを奪うわけではありません。司望君は、これからもあなたのことを『お母さん』と呼びつづけるでしょうし、いつでも好きな時に、好きな場所で司望君とお会いになることができます。わたしとあなたはきっと友だちのようになれるでしょうし、あなたの仕事を見つけるお手伝いだってできると思います」

　だが、何清影はすでに司望の手をとって、立ちあがっていた。

「失礼します。もうそのお話は聞きたくありません。今日はありがとうございました」

　そして、司望を連れて、居間から出ていってしまった。

秋莎はすぐにそのあとを追おうとしたが、夫にひきとめられた。

「やめておけ！　だから、今度の話は無理だと言っただろう。自分の息子を売ろうとする母親がどこにいるんだ？　少しは頭を冷やしたらどうだ？」

「あなたは養子を迎えるのに反対ですものね」秋莎《チウシャー》は反論した。「でも、これ以上、反対するようなら、この家から出ていってちょうだい。爾雅《アルヤー》学園グループも辞めてね」

二〇〇五年四月十九日（火曜日）

それから二週間、秋莎は司望《スーワン》の顔を見ることなく過ごした。屋敷は火が消えたようになり、まるで家そのものが死んだかのように思われた。父親も司望が遊びにきてくれないのが淋しいのか、何度も秋莎に尋ねた。

「チェスの相手がいなくて困っているんだが……。司望はいつ戻ってくるんだね？」

秋莎は何も答えなかった。だが、この状態になったからと言って、司望を養子にすることをあきらめたわけではなかった。実を言うと、この二週間の間にいろいろと手を打って、あとは何清影《ホー・チンイン》から電話がかかってくるのを待っていたのだ。

そして、とうとう、その待っていた電話がかかってきた。

「谷《グー》さんのお宅でしょうか？　何です。先日は失礼いたしました。実は養子の件なのですが……。ひとつお尋ねしたいことがあります。もし、息子がお宅さまの養子になったとしたら、本当にかわいがっていただけるのでしょうか？　その……実の子供のように……」

「もちろんですとも！」喜びのあまり、思わず叫びたくなるのをこらえながら、秋莎は言った。「自分の息子だと思って、大切に育てます」

「それと、もうひとつお尋ねしたいのですが……。あの子にはいつでも会いたい時に会えるのでしょうか？」

「ええ。それはきちんとお約束します」

「では、息子を……。司望をお宅に託します」

その言葉とともに、受話器の向こうから何清影のしゃくりあげる声が聞こえた。秋莎はしばらくそれにつきあい、「大丈夫です。今生《こんじょう》の別れになるわけではないのですし。いつでもお会いになれます」と、慰めの言葉をかけた。だが、電話を切ると、すぐに公証人に連絡をして、養子縁組届書の準備を始めるよう命じた。

計画は大成功だった。秋莎は心のなかで快哉《かいさい》を叫んだ。ちょっと卑劣なやり方だったが、司望を養子にするためだったら、手段を選んではいられない。二週間前に司望の母親である何清影から養子縁組の話を断わられたあと、秋莎は思い切った作戦に出ていた。まずはその筋の仲介者を通じて、何清影のところにやってきていた借金取りのチンピラふたり組に連絡をつけた。そうして、そのチンピラたちに司望の通う小学校の門のところで待ち伏せさせると、〈ボディーガード〉と称して、門から出てきた司望を家まで送らせたのだ。何清影は毎日、息子がチンピラたちにつきそわれて家に帰ってくるのを見ることになった。これ以上の嫌がらせはない。そして、それが二週間続いたあと、ついに何清影《ホー・チンイン》は音をあげた。このままでは息子がチンピラたちから暴力をふるわれるかもしれない。いや、もしかしたら、どこかに連れ去られてしまうかもしれないと心配になったのだ。

おそらく何清影からしたら、息子を守るためには、谷《グー》家に養子にやるしかないと考えたのだろう。谷家の一員となれば、チンピラたちもつきまとったりはしないだろうと。それだけではなく、二週間前に秋莎《チウシャー》が説得したように、谷家にいるほうが生活の不自由もなく、将来も安心だと考えたにちがいない。だから、お金で息子を売り渡したなどという気持ちは微《み》塵《じん》もなかっただろう。そう思わせることが、秋莎の狙いだった。また、何清影は自分が司望《スー・ワン》の実の母親だということに自信を持ち、司望との絆はこれからも決して切れるはずがないと信じているのだろう。九歳の子供が母親の顔を忘れるはずはないし、養子に行ってからも、いつでも好きな時に会えるのだから、少し淋しくなるけれど、自分が我慢すれば今までと同じだ。自分はいつまでも司望の母親なのだと。

そう、もちろん、何清影はそんなふうに考えていることだろう。だが、秋莎はそれとは別の未来を思い描いていた。

三週間後、養子縁組届書の手続きが完了した。司望の居住証の住所は秋莎と同じものになった。そして名前も、戸籍上は司望から谷望になった。

第九章

二〇〇五年四月下旬

「望ちゃん、一緒にいらっしゃい。家庭教師の先生方が待っていらっしゃるわ」

屋敷の玄関で司望を出迎えると、秋莎は言った。今日は司望につける家庭教師たちとの初顔合わせの日だ。教師は三人いて、すでに谷家の居間に顔をそろえていた。司望は学校の授業があったので、少し遅れたのだ。

家庭教師たちはいずれも名の知れた大学教授で、爾雅《アルヤー》学園の元理事長である谷長龍《チャンロン》に天才児の教育をしてほしいと頼まれてやってきたのだ。

司望が姿を見せると、教授たちはまずは生徒になる子供の学力を見たいと言って、それぞれ用意してきた課題を司望に出した。司望は、最初に古典文学の教授の要請に応えて、唐の玄宗《げんそう》皇帝と楊貴妃《ようきひ》の恋愛を描いた、白居易の壮大な叙事詩、『長恨歌《ちょうごんか》』を暗誦すると、次に考古学の教授の求めに応じて、亀の甲羅に彫られた甲骨文字や、青銅器に刻まれた金文《きんぶん》など、古代文字で書かれた文章をたちどころに読みあげた。そして、最後に宗教学の教授の質問に答えて、一世紀に地中海世界で生まれたグノーシス主義と、三世紀にササン朝ペルシアで生まれ、唐代には中国にも広まったマニ教について、主にこのふたつの宗教の特徴である〈善と悪の二元論〉という観点から、その関連性について述べた。

こうして、司望《スー・ワン》の力を見るための、最初の講義が終わると、まず古典文学の教授が言った。

「古典文学の研究者として、この子は必ずや偉業を成しとげよう。この子がいれば、古典文学の研究に、再び日が当たる時代がやってくるにちがいない」

すると、今度は宗教学の教授が異論を唱えた。

「いやいや、私が思うに、この子は西洋宗教学の道に進むべきだ。私の指導のもと、博士論文の準備を進めるのがよかろう」

そして最後に考古学の教授が学問からは少し離れた意見を述べた。

「おふたりともまちがっていらっしゃる。この子は東洋の文化も西洋の文化もよく理解している。こういう子供は学問をさせて、いわば象牙の塔に閉じこめるより、もっと自由に自分の得た知識を社会のなかで生かす道を選ぶのがよろしかろう。まったく、お祖父様《じいさま》はなんと素晴らしいお孫さんをお持ちになったことか。これなら、毎日、顔を合わせるのが楽しかろう」

その教授は司望が養子であることも、まだ一緒に暮らしていないことも知らないようだった。

二〇〇五年五月

司望の引っ越しは五月に行われた。秋莎《チウシャー》は司望に専用の部屋を与えた。司望は自分の部屋を持つのは初めてだと言って喜んでいた。その部屋には十五万元もするジャグジー付きのバスルームまでついていた。

秋莎は司望が屋敷での生活に慣れてくれるかどうか心配だった。だが、以前から何度も遊びに来たことがあったせいか、その点では問題ないようだった。秋莎のことを〈ママ〉と呼んだり、父親のことを〈お祖父さん〉と呼んだりすることも別に抵抗はしなかった。ただ、夫に対してはあいかわらず〈路《ルー》〉さんと呼んで、〈パパ〉とは言わなかった。夫もそのほうがいいようで、〈パパ〉と呼ばれず、ほっとしているようだった。

名前について言えば、司望は〈谷《グー》〉という苗字にはなかなかなじめないように見えた。しばらくして、人から谷望と呼ばれた時には返事をするようになったものの、自分からそう名乗ることは決してなかった。

もうひとつ、秋莎が気がかりだったのは、司望が時おり、淋しそうな顔を見せることだった。しかし、それは無理もなかった。まだ小学校三年生なのに、突然、母親から離れて暮らすことになったのだ。母親のことを思い、その独《ひと》り住まいを心配するのは当然のことだっただろう。秋莎は司望の気持ちを引きたてるために、母親の何清影《ホー・チンイン》を何度か屋敷に呼んだ。自分と司望と何清影の三人で、南シナ海に浮かぶ海南島《かいなんとう》にバカンスに出かけたこともあった。そんなおりに、司望が何清影のことを「母さん」と呼んでも気にしないようにした。司望には自分のことを「ママ」と呼ばせている。自分もれっきとした母親なのだ。自分は司望の将来のために、最大限のことをしてやるのだ。何清影《ホー・チンイン》にはできないことを。それに、何清影の口座には養子縁組料として百万元を振りこんである。これだけあれば、借金をすっかり返して、毎日の生活にも困らないはずだ。司望《スー・ワン》は実の母親の暮らしぶりのことを心配しなくてもすむ。

というわけで、司望のことを考えて、秋莎《チウシャー》は、少なくとも最初のうちは、何清影を何度か屋敷に招いていたのだが、その時に夫の路中岳《ルー・ジョンユエ》が姿を見せることはなかった。たまに同席することがあっても、司望や何清影に対して、そっけない態度をとっていた。司望が気を遣って、科学や技術に関する質問をしても、横を向いて答えないのだ。その間、何清影は不安そうな顔で、夫をちらちらと見ていた。おそらく夫を恐れているのだろう。しまいには夫が部屋に入ってきただけで、身を硬くするのがわかった。

だが、秋莎は夫が司望に対して冷たい態度を示しても、仲に入ってその状態を改善しようとはしなかった。だいたい、夫と自分の関係はとっくの昔に冷えきっているのだ。司望との仲をとりもつなんてできるはずがない。父親に頼もうにも、夫は学園の業績について報告する以外、父親に対しても声をかけなくなっていた。

秋莎はすでに夫を見かぎっていた。夫としても学園の経営者としても。夫は爾雅学園グループに迎えられた最初の頃こそ、一生懸命働いていたものの、能力がないのは明らかだった。また、最近ではやる気も失せ、いいかげんな仕事をするようになっていた。そして――

私生活のほうでは愛人をつくっていた。

原因はおそらく、「子供ができない」と告げたことだ。夫の様子がおかしいので、気をつけて見ているうちに、女のにおいがしたのだ。ひそかに調べさせてみると、決定的な証拠はつかめなかったものの、どうやら特定の女の家に足繁く出入りしていることがわかった。だが、秋莎はとりたてて騒ごうとはしなかった。離婚もしようとは思わなかった。離婚ということになれば、爾雅学園グループの後継者としての体面が傷つくことになるし、夫が不貞行為をしていることが証明できなかった場合は、財産分与で資産の半分が夫のものになってしまうからだ。

とはいえ、夫が愛人をつくったことには腹が立つ。何よりも、その愛人に子供ができたらと思うと、耐えられなかった。

そこで、秋莎は、ある計画を思いついた。夫を不能にする計画だ。

実は、ちょうどその頃、父親が前立腺がんを心配していたので、秋莎は海外に出張に行った時、そのための薬を大量に持ちかえったことがあった。その薬とはLH－RHアゴニスト製剤で、前立腺がんの治療にはこの薬が用いられると、専門の病院で聞いたからだ。薬を手に入れるためには、裏のルートを使うことも厭《いと》わなかった。だが、幸いなことに父親はがんではなかったので、その薬は使われないまま手もとに残ることになった。そして……。ある時、この薬が夫の〈去勢〉に使えると気づいたのだ。

LH‐RHアゴニスト製剤とは脳下垂体に作用して、黄体形成ホルモンの分泌を抑えるものだ。黄体形成ホルモンは、睾丸《こうがん》から分泌されるテストステロンという男性ホルモンの生成を活発にする役目を果たしているので、前立腺がんの増殖を抑えることができるのだが、別の見方をすれば男性ホルモンの生成を止めることによって性的不能を引きおこすこともできる。したがって、この薬をひそかに夫の食事に混ぜれば、化学的な〈去勢〉が行えるというわけだ。

こうした化学物質による不能は、いったん陥ったら、元には戻らないと言われている。その結果、夫は完全に男性生殖機能を奪われることになった。

実際、薬を食事に混ぜるようにしてから、しばらくたったあとに、夫の銀行口座の支払いを調べてみると、夫は生殖医療専門の医者に次から次へとかかっていて、その額はかなりのものになっていた。そして、それは今でも続いていた。ということは、計画は成功したのだ。おそらく医師は原因がわからず、環境汚染やストレス、あるいは遺伝のせいにしているのだろう。現代では決して珍しくないと言って。

家でも夫は自信を喪失したように見えた。逆にいらいらして、攻撃的になることもあった。髭《ひげ》の生えてこなくなった顎をなでて、ため息をついていることもある。苦悩しているのは明らかだった。その姿を見ると、秋莎《チウシャー》はほくそえんだ。気持ちが晴れるような気がした。もちろん、夫には自分が何をしたのか、言うつもりはなかった。

そんなことをしたら、殺されるに決まっているからだ。

第十章

二〇〇五年六月五日（日曜日）　十年後

司望《スー・ワン》は地下鉄三号線に乗っていた。車内の画面には米ＡＢＣ放送のルポルタージュ番組が流れていた。《生まれ変わりはある！》という番組だ。そのことを実証するため、番組では第二次世界大戦中に戦死したパイロットの生まれ変わりだという少年に密着取材していた。その少年はジェームズ・ライニンガーといい、同じくジェームズという名のパイロット――ジェームズ・ヒューストンの記憶を持っていた。自分が乗っていた飛行機の名前やその飛行機が飛びたった空母の名前、自分がいつの戦闘で撃墜されたのか、その時に一緒に飛んでいた戦友は誰か、そういったことをすべて克明に覚えていたのだ。番組では、その少年が戦死したパイロットの姉の家を訪問した時のことを伝えていた。少年は初めて訪ねたその家で、壁にかかっている家族の写真を見て、それが誰だか言いあてた。もちろん、少年がその写真を見るのは初めてのことだった。

番組が終了すると、司望は地下鉄の窓ガラスに映る自分の顔にふと目をやった。自分が自分だとは思えなかった。そもそも、どうして自分が地下鉄に乗っているのか、どこに向かって何をしようとしているのかもわからなかった。

と、電車が虹口足球場《ホンコウスタジアム》駅に到着した。司望はなぜかここが目的の駅だと思い、電車を降りて地上に出た。街には台湾の人気歌手、周杰倫《ジェイ・チョウ》のヒット曲が流れていた。その曲を聴きながら、司望はいくつもの狭い路地を抜けていった。初めて来た場所なのに、不思議と迷いはしなかった。やがて、街路樹のある小道に出ると、その道を歩いていき、一軒の古い家の前で足を止めた。灰色の壁に赤い屋根瓦の家だ。扉の前で呼び鈴を鳴らすと、なかから男性が顔をのぞかせた。

六十代とおぼしき、背が高く瘦せた男だ。髪は白く、頰がげっそりとしている。前に一度、会った気がする。司望は思わず、頰をさすった。

「何のようだね？」男が訊いた。

「こちらは柳曼《リウ・マン》さんのお宅ですか？」

知らないうちに言葉が出ていた。男は怪訝《けげん》な顔をした。

「柳曼だって？　きみは柳曼に会いにきたのか？」

司望はたじろいだ。自分でも何をしにきたのか、わからなかったからだ。だが、考えるまもなく、また言葉が口から出ていた。

「いえ、ぼくの兄にこちらにうかがうように言われたんです。兄は高校時代、柳曼さんと同級生だったんです」

男はなおも訝るような目で、こちらを見つめた。これほど疑りぶかい顔は見たことがない。

司望《スー・ワン》は射すくめられるような気がした。

「お兄さんが柳曼《リウ・マン》と同級生だと？　もしそうなら、お兄さんが高校の頃、きみは生まれてもいなかっただろう」

「はい、兄とぼくは、父親は一緒なんですが、母親がちがうんです。それで、その年が離れていて……」

すると、男はようやく納得したような顔をした。

「わかった。私は柳曼の父親だ。なかに入りなさい」

柳曼の父親に促されて、司望は家にあがった。父親は司望を居間に案内すると、外に出ていった。司望は薄暗い部屋にひとり残された。家具はどれもマホガニーで重苦しい雰囲気がする。柳曼はこの家で育ったのだ。

司望は棚に飾られた白黒の写真を見た。それが柳曼だということは、言われなくてもわかった。高校生の時の写真で、遠足で訪れた動物園で撮られたものだろう、芝生に腰をおろして笑っている。知らないはずの出来事が記憶として頭によみがえってくる。柳曼は、この写真を撮ってからしばらくして――そう、十年前の今日と同じ六月五日の深夜に殺されて、翌朝、南明《ナンミン》高校の図書館の屋根で、死体として見つかったのだ。

やがて、柳曼の父親が、ソーダ水の入ったコップを手に居間へ戻ってきた。司望はコップを受け取ると、ひと息で飲みほし、それからよどみのない口調で言った。

「今日こちらにうかがって、柳曼さんのご位牌にお参りし、線香を三本あげてきてほしいと、兄に頼まれたんです」

「それはそれは……来てくれて、ありがとう。今日は娘の命日でね。娘が亡くなってから、もう十年もたつのに、まさかまだあの子のことを思ってくれる人がいるとは……」

そう言うと、柳曼の父親は最初とは打ってかわった表情で、目に涙を浮かべ、声を詰まらせた。それから仏壇の引き出しを開けて、線香を三本取り出すと、ろうそくで火をつけて司望に渡した。仏壇の前には線香を立てる香炉が置いてあって、その横には果物が供えられている。仏壇の脇には、やはり白黒の柳曼の写真が置かれていた。

その写真をじっと見つめると、司望はおごそかな気持ちで香炉に線香を立てた。その時、突然、写真のなかの柳曼が自分に意地の悪い視線を投げかけたような気がした。

司望は小声で柳曼の父親に尋ねた。

「柳曼さんが亡くなった事情は兄から聞いています。十年たって、捜査は進んだのですか？」

「いや、まったく」

柳曼の父親は力なく答えると、ため息を洩らしながら、椅子に腰をおろした。それから、アルバムを取り出すと、ページを繰りはじめた。白黒の写真がいっぱいに貼られたアルバムだ。司望は何も言わずに、その様子を見つめた。柳曼の父親はアルバムのなかから、若い夫婦と三歳くらいの女の子が写っている写真を取り出した。そうして、女の子を抱いている男のほうを指さして言った。

「これが私だ。抱いているのは柳曼《リウ・マン》。横にいるのが妻だ。ああ、どれほど私たちがあの子を愛していたことか。妻とはあの子が七歳の時に離婚して、それ以来、ずっと私が育ててきたのだが、妻のほうもあの子のことはずっと気にかけていた。だから、あの子が死んだという知らせを聞くと、ショックのあまり、うつ状態になり、何度も自殺をはかったくらいだった。今は特別な施設で暮らしているがね。もし私たちが離婚しなかったら、柳曼はあんなことにはならなかったのではないだろうか？　男手ひとつで育てたせいで、あの子には変わったところがあった。もしかしたら、それが原因であんなことに巻きこまれたのでは……」

そう言って、写真を元の場所に戻すと、柳曼の父親はまたアルバムをめくりだした。新しいページが開かれるたびに、柳曼は成長していく。小学生の柳曼。中学生の柳曼。そして、最後に高校生の柳曼。そのあとはない。それを見ると、アルバムをめくる父親の気持ちを思って、司望《スー・ワン》は深い同情を覚えた。この父親はこうやって、柳曼が亡くなってからの月日を過ごしてきたのだ。亡くなってから、十年もの月日を。

最後の写真は校庭で撮られたものらしかった。おそらく高校三年生の春の写真だろう。仲間たちと一緒の写真で、背景には植えこみが写っている。夾竹桃の植え込みだ。まさか、この植物の毒で殺されることになるとは、柳曼自身、この時には想像もしなかっただろう。

その写真には、柳曼の担任の教師も写っていた。司望はその教師の名前も知っていた。申　明《シェン・ミン》だ。

申明は、いちばん前の列の中央に立っていた。

身体つきはほっそりしていて、髪は教師としては長めの部類だ。校長や教頭から目をつむってもらえる、ぎりぎりの長さだろう。この写真を撮った時には、ひとつ大きな悩みを抱えていたはずだが、表情には現れていない。体面を気遣って、内心を見せないようにしていたのか？　写真からはわからなかった。

日付を見ると、その写真は柳曼が屋根の上で発見された数日前に撮影されたものだった。申明だって、この時には柳曼があんなことになるなんて、思ってはいなかったはずだ。それどころか、それから二週間後に、自分自身が《魔女区》と呼ばれる工場の廃墟で殺されることになろうとは。

あいかわらず、知らない出来事の記憶が次々とよみがえってくる。司望はそれに耐えた。

「坊やのお兄さんはどこにいるんだい？」

最後の写真を見ながら、柳曼の父親が尋ねた。司望はひとりの少年の顔を指さした。初めて見る顔だが、名前はわかる。馬力《マー・リー》だ。

「これです」

「おお、ハンサムな少年だな！　ぜひ、お兄さんに感謝の言葉を伝えておくれ。娘を思い出してくれてありがとうと。きみもお参りに来てくれてありがとう」

そう司望《スー・ワン》にお礼を言うと、柳曼《リウ・マン》の父親は言葉を続けた。

「娘が亡くなったときには、服毒自殺だという噂が出まわったが、私は信じておらんのだ。警察が言うには、誰かが無理やり娘の口に毒物を押しこんだらしい。実際、屋根裏部屋は外から鍵がかけてあった。娘は何とか助けを求めようと、天窓を開けて、屋根に出たのだろう。だが、そこで毒がまわって動けなくなった。そうして、叫ぶこともできないまま、仰向けに倒れると、天を見あげ、苦しみながら息をひきとった。検死医の話では、一時間は苦しんだはずだということだ。かわいそうに！　一時間だよ！　六十分も、娘は苦しんだのだ。天はそれを見ていたはずだ。どれほど娘が苦しみ、助けを求めて涙を流していたか、知っていたはずだ。それなのに……。いや、許しておくれ。まだ子供のきみにこんな話をしてしまって」

「いえ、ぼくのことは気にしないでください」

そう言うと、司望は柳曼の父親にティッシュを差しだした。柳曼の父親が最後は涙にくれていたからだ。だが、父親はその涙をぬぐおうともせず、胸にためた思いをぶちまけた。

「この十年というもの、頭にあるのはただひとつ――決して変わりはしない。娘を殺した相手をつかまえて、この手で息の根を止めることだけだ」

柳曼の父親の家を出ると、司望はようやくひと息ついた。死の匂いが立ちこめる場所にいるのは苦しかった。その時、携帯電話が鳴った。

谷《グー》さん、いや、ママからだった。

「望ちゃん、どこにいるの？」

「地下鉄に乗って、知らないところで降りたら迷子になっちゃったんだ。でも、大丈夫、もうわかったから……。今からすぐ帰るよ」

それは決して嘘ではなかった。

第十一章

二〇〇五年六月十九日（日曜日）午後十時　もうひとつの十年後

その晩、秋莎《チウシャー》は司望《スー・ワン》とふたりきりで屋敷にいた。父親は別荘に出かけていない。夫も友だちに会いに行くと言って、家を出ていた。だが、おそらくそれは嘘で、南明《ナンミン》通りの飲み屋で日頃の憂さ晴らしをしているのにちがいなかった。司望を寝かしつけたあと、自分の部屋のベッドに入ったものの、秋莎はなかなか寝つくことができなかった。

その時、寝室の窓の向こうに　黒い煙が立ちのぼるのが見えた。煙のなかには赤い火の粉が舞っているのも見える。

秋莎はすぐさまベッドから飛びおき、窓のそばに駆けよった。すると、庭の隅に小さな人影が見えた。司望だ。司望が庭にある専用の火鉢で、死者を弔うための冥銭《めいせん》を焚《た》いているのだ。

「望ちゃん、何をしてるの！」

急いで部屋から出て、階段を駆けおりると、秋莎は司望のもとに飛んでいった。司望を抱きよせると、その手から冥銭の束を取りあげる。

火鉢のなかでは、熾火《おきび》がくすぶりつづけていた。ひんやりとした夜気がそこだけ生ぬるい。

あたりには冥銭の燃えかすが舞っていて、そのうちのひとつが目に入って涙が出てきた。秋莎は散水用のホースを手に取ると、火鉢に向けて水をかけた。すぐに白い湯気が立ちのぼった。

司望の手を引いて、家に戻りながら、秋莎は、「どうして冥銭を焚いていたの？」と尋ねた。すると、司望は途方に暮れた顔をして、「ぼくにもよくわからない」と答えた。

その表情を見ると、本当はきつく叱ろうと思ったのに、いとおしさがこみあげてきて、秋莎は司望の頰に口づけをして、ただこう言うにとどめた。

「火で遊んじゃだめよ。火事になったら大変でしょ？」

するど、突然、司望が質問してきた。

「ママ、この世でいちばん好きな人っている？」

「どうして、そんなことを訊くの？　もちろん、いちばん愛しているのはあなたよ、望ちゃん」

「じゃあ、ぼく以外には？」

秋莎は少し考えてから答えた。

「そうね、パパかしら。それと亡くなっているけど、ママかしら……」

谷《グー》秋莎は少し間をおいてから答えた。

「じゃあ、お祖父さんとお祖母《ばあ》さん以外には？」

順番でいくなら、「夫」と答えるところだろう。だが、秋莎《チウシャー》は首を振りながら答えた。

「いないわ。ほかには誰も……」

「本当に？　誰もいないの？」

司望《スー・ワン》が重ねて訊いてきた。だが、秋莎はもう質問には答えず、司望に言った。

「ほら、こんなに汚れて。お風呂に入って、寝なさい。部屋まで一緒に行くから」

それから、もう一度、司望の手をとって歩きだしながら、心のなかで、ふと思った。司望はどうしてあんなことをしていたのだろう？　自分でもわからないまま、冥銭を焚くだなんて……。

二〇〇五年七月十五日（金曜日）

庭で冥銭を焚いてから、ほぼひと月後のこと、司望がまた奇妙な行動をとった。夕方、店で一緒に買い物をしている間に、姿を消してしまったのだ。外は土砂降りの雨だった。秋莎は車に戻ると、何清影《ホー・チンイン》のアパートに向かった。だが、そこにはいなかった。しかたなく屋敷に帰って、待つことにしたものの、いつまでたっても連絡がない。そのうちに、もしかしたら誘拐されたのだろうかという心配が頭をもたげてきた。服装から見て、金持ちの息子だということはすぐにわかるはずだからだ。

そうして、夜の十時になった時――もうこうなったら警察に連絡するしかないと思ったところで玄関のベルが鳴り、司望が家に戻ってきた。秋莎は司望を胸にかき抱くと、いったいどこに行っていたのかと詰問した。すると、司望は自分でもよくわからないと答えた。知らない間に店を出て、気がつくと、迷子になっていたのだという。そのあとは、お金も持っていないし、誰かに電話を借りることもできず、なんとか無賃で地下鉄に乗ったりしながら、家に戻ってきたらしい。秋莎はもう一度、司望を抱きしめて、お腹がすいていないか尋ねた。だが、司望はお腹はすいていないと言って、そのまま自分の部屋に行ってしまった。

二〇〇五年七月中旬

七月の初めに夏休みが始まると、秋莎は著名な経済評論家を家に招いて、司望のために授業をしてもらっていた。週に六時間の授業で、授業料は一時間あたり一万元、支払われた。授業内容は、企業幹部に向けた、《ＥＭＢＡ――エグゼクティブ・エム・ビー・エー》プログラムと言っていいようなもので、司望はこの評論家の講義を受け、あらゆる角度から経済について学び、財務についても詳しく勉強した。もちろん、日々変動する市場《マーケット》の動向についての授業も行われた。司望はここでも天才ぶりを発揮し、その経済評論家は「これほど才能に恵まれた子供はいない」と絶賛した。というのも、あるひとつの理論を自分のものにすると、いとも簡単に実践《じっせん》に応用することができるらしいのだ。実際に、その経済評論家がウォール・ストリートや香港の証券取引所の指標をもとにした〈取引〉の課題を与えると、司望《スー・ワン》はものの見事に利益を手にしてみせたという。

それを聞いて、秋莎《チウシャー》は喜んだ。父親が引退したあと、理事長として爾雅《アルヤー》学園グループを率いていたものの、経営の仕事はあまり好きではなかったからだ。毎日、いくつもの会議に出席し、経営に関する報告に耳を傾けるのはもううんざりだった。それよりも、好きな編集の仕事をして、残りの時間をトレーニングジムに行ったり、買い物に行ったり、時には旅行に出かけたりして楽しみたかった。経営の仕事を司望に任せられるなら、そうした望みは一気に叶うことになる。司望はそれだけの力をつけているのだ。実際、グループの経営に関していくつかの問題を司望に話したところ、司望はたちどころに進行中のプロジェクトの分析を行い、リスクを洗いだしてみせた。

これなら、大丈夫だ。そう思って、秋莎は司望に経営の仕事をさせたいと、父親に相談した。父親は賛成し、せっかく財務関係の勉強をしたのだから、そちらの仕事をさせてみたらどうだと言ってくれた。

最初の仕事は、グループの急成長にともなう資金不足の問題を解決することだった。秋莎から相談を受けると、司望はただちに解決策を示してきた。その問題を解決するなら、銀行とコネを持つ財務の専門家をヘッドハンティングして、資金の調達を任せたらどうかと提案してきたのだ。

そして、その専門家は自分自身がヘッドハンティングしてくると言った。

第十二章

二〇〇五年七月十五日（金曜日）午後八時

馬力《マー・リー》は車をとめると、二、三日前に受け取ったショートメールのメッセージに、もう一度、目を通した。

同窓生の皆さん、卒業十周年を祝う食事会のご案内です。七月十五日の晩、長寿通りの鍋料理店《呉記火鍋《ウージーフオグオ》》にて。会費は終了後に食事代を割り勘にします。ふるってご参加ください。

メッセージは、南明《ナンミン》高校時代のクラスメイトが送ってよこしたものだ。ここ数日、会社を辞めようかどうしようか悩んでいたこともあって、最初は返事を決めかねていた。だが、結局、顔を出すことにして、店の前までやってきたのだ。

扉を開けてなかに入ると、すぐ横の壁が鏡になっていた。それを見ながら、さっと髪を整えると、馬力は同級生たちのいる奥のテーブルに向かった。

少し時間に遅れたので、みんなはすでに食事を始めていた。十年ぶりの再会だが、変わっている者もいれば、変わっていない者もいる。なかには九十キロはありそうな、でっぷり太った男もいる。馬力《マー・リー》は顔をしかめた。〈この男、あの頃はこんなに太っていなかった。確か名前は……。寮のルームメイトだったことは覚えているが、名前が出てこない。いったい、どんな不摂生な生活をしたら、ここまで脂肪をたくわえることができるのだろう？〉馬力は自分を律することのできないタイプの人間が嫌いだった。

奥のテーブルに着くと、みんなは歓声をあげて迎えてくれた。女の子たちが一生懸命、席を詰めて、こちらが座れるスペースをつくってくれる。

「遅くなって、すまない。罰として、罰酒三杯《ファージューサンベイ》——駆けつけ三杯いくよ」

そう言うと、馬力はためらうことなく、たてつづけに三杯、酒を飲みほした。男らしい声と仕草に女の子たちから嬌声《きょうせい》があがった。こういうところは十年前と変わらなかった。

「清華大学に行ってから、すっかりご無沙汰だな。まあ、でも、今日は来てくれてありがとう」

おそらく今回の幹事をしてくれたのだろう、先ほどの太った同級生が言った。声が少しひがみっぽい。だが、馬力はそんなことは気にしなかった。

「今はどんな仕事をしているんだ？」

近くにいた誰かから声がかかった。少し迷ったが、馬力は名刺を取り出し、その同級生に渡した。

「やるなあ！　肩書からすると、経営陣じゃないか！」

「財務専門でね。三年前にちょっとした投資をしたら、その会社が大化けして、財務担当役員として迎えられたんだ」

そう言いながら、馬力は力なく微笑んだ。最近、ほかの役員とうまくいかず、退職を考えていたからだ。辞めたら、きっとほっとするだろう。だが、なかなかその踏ん切りがつかなかった。

同級生たちはそれぞれ自分の人生を語った。結婚指輪をしている者もいれば、堂々と禿げあがった頭をしているやつもいる。流行《はや》りの服に身を包んだ、美人で独身のグループもいた。だが何より驚いたのは、この年ですでに小学生になる子供を持つグループがいたことだ。でも、十年という年月を考えれば、それも不思議ではない。誰もがあの頃とはまったくちがう場所にいた。

「ところでさ、欧陽《オーヤン・シャオジー》小枝の姿がないんだけど、どうしているのかな？」不意に誰かが尋ねた。

「ああ、学年の途中に転校してきた子だろう？　そう言えば、うちのクラスだったたな」太った幹事が頭を掻きかき言った。

欧陽小枝については、少しだけつながりがあったので、馬力は口をはさんだ。

「師範大学に入学したって話は聞いたよ。だけど、そのあとのことはわからない」

その時、幹事がすっとんきょうな声を出した。

「あれえ！　やっぱり変だな。ほら、すぐそこのテーブルで子供がひとりで食事をしているだろう？　親が席をはずしているのかと思ったら、ずっとひとりみたいなんだ。おかしいとは思わないか？」

馬力《マー・リー》は幹事が顎で示したほうを向いた。確かにそこでは十歳くらいの男の子がひとりで食事をしている。撒尿牛丸《サアーニアオニウワン》（牛の肉団子）の鍋だ。鍋の湯気でぼんやり霞《かす》んでいるものの、男の子がきれいな顔立ちをしているのはすぐにわかった。着ているものも高級そうで、服にはミッキーのワッペンがついている。だが、子供らしい雰囲気はまったくない。

「ほんとだ。大人はいないようだな」

「でも、最近じゃ、珍しくないのかもしれないな。世の中、変わったから」

その言葉に馬力はうなずいた。男の子はこちらの視線などおかまいなしに、鍋のなかから肉団子をすくって食べていた。

誰かがまた大きな声を出した。

「柳曼《リウ・マン》のこと、覚えている人いる？」昔から噂好きの女の子だ。

その瞬間、おしゃべりが止まった。頭の隅に封印していた記憶を無理やり呼びもどされたような気がして、馬力は嫌な気持ちになった。みんなもあまり思い出したくなかったのか、誰もその女の子の問いには答えない。テーブルはしんと静まりかえって、鍋がぐつぐついう音しか聞こえなかった。地獄の釜《かま》というのは、こんな音をたてて、罪を犯した人をゆでるのだろうか？　馬力はふと思った。

女の子が続けた。

「柳曼を殺したのは、申　明《シエン・ミン》先生だと思う？」

その言葉に、逆にたがはずれたのか、今度は話に火がついた。誰もが口々にしゃべりだす。

「ぼくはそんな感じがするね。ほら、あのふたりは噂になっていただろう？　もちろん、誘ったのは柳曼だと思うけど。でも、申明先生は婚約していた。だから、先生が結婚するためには、柳曼を殺すしかなかったんだよ。で、先生は殺した。夾竹桃の毒を使ってさ。真夜中に、図書館で会う約束をしてね」

「それに、最初に柳曼の死体のところに行ったのも先生だ。屋根裏の書庫の窓から屋根に出て。それにはなんか理由があったんじゃないか？」

「あの事件のことはよく覚えているわ。本当に怖くて、一週間、悪夢にうなされたもの！」

「前の晩に、ふたりが教室で言いあいしている様子も目撃されていたんでしょ。毒の入った小瓶が先生の部屋から見つかったから、警察に逮捕されたのよね。でも、どうして釈放されることになったのかしら？」

「さあ、どうしてかな？　いずれにせよ、申明先生が逮捕されると、教頭先生がひとりで騒いでいた。申 明《シェン・ミン》先生は悪いことをしたから、この学校をクビになるって。まさか、申明先生が釈放されたあと、自分が殺されることになるとは知らずにね。でも、申明先生のほうも、その直後に誰かに殺されてしまった。しかも、あの《魔女区》でね」

この間、馬力《マー・リー》は嫌な気持ちをこらえて、じっと黙っていたが、とうとう耐えきれなくなって、声を荒らげた。

「やめろよ！　ぼくは申明先生が人殺しをするなんて信じられない。それに、亡くなった人のことをあれこれ言うもんじゃないよ。先生はぼくたちの担任だったじゃないか。みんなだって、先生のことが大好きだっただろう？　女の子たちは、ハンサムだっていつも騒いでいたじゃないか？　それに先生は誰に対しても心を開いて、一生懸命みんなのことを考えてくれていた。だから、みんな先生のことを尊敬していただろう？　一緒になってバスケもしてくれたし、文芸サークルの顧問もしてくれていた。先生としても優れていたよ。古典詩にも現代詩にも詳しくて……」

最後は少し、涙で声が詰まった。それを聞くと、みんなは急に静かになった。馬力がこれほど感情をあらわにするのを初めて見たからだ。近くのテーブルの男の子さえも、じっと馬力を見つめていた。

「じゃあ、まあ、この話はやめにしよう」太った幹事が口を開いた。「別にあの事件のことを話すために、ここに集まったわけじゃない。先生も亡くなってしまったんだし、もうすんだことだ」

　すると、幹事の前にいた同級生が遠慮がちに異を唱えた。

「それがさあ、本当にすんだとは言えないんだよ。知ってるかい？　二、三日前から、インターネット上に申明先生が現れるようになったんだ」

「やだ。それって、幽霊ってこと？」女の子がひとり、甲高い声をあげた。

　馬力は、最初に言った同級生に尋ねた。

「どういうことだ？　詳しく話してくれないか？」

　すると、その同級生ではなく、別の同級生が答えた。

「その話なら、ぼくも知っている。というか、ぼくは実際に見たんだ。申明先生が南明《ナンミン》高校のサイトにあるチャットに書き込みをしていたのを……。ほら、あのサイトには卒業学年ごとにチャットができるページがあるだろう？　そのページで見たんだ」

「誰だろう？　そんなことするやつは。申明先生が本当に書き込むはずはないし……。まったくタチの悪いいたずらだな」

　そう誰かが言うと、みんなはもう申明先生の話をしなくなった。やがて、お開きの時間が近くなって、席を立つ者もちらほらと出はじめた。帰る者は幹事に会費を支払うと、店から出ていった。

　時刻は九時だった。そろそろ店も閉まる時間だ。女の子たちはもう誰も残っていない。馬力はぼんやり天井を見つめながら、煙草を吸った。それから、少し伸びかけた顎の無精髭に手をやりながら、まわりを見まわすと、ちょうど脇のテーブルに近づいていく女性店員の姿が目に入った。あの男の子がいるテーブルだ。

「ねえ、坊や、お勘定はどうするの？　お父さんかお母さんから、お金はもらってきたの？」店員の声が聞こえた。

見ると、男の子はポケットに手をつっこんで、なかを探している。だがしばらくして、ようやくいくつかの小銭をテーブルの上に置いて言った。

「ごめんなさい。今、これだけしか持っていないんだけど……。ちょっと待ってくれたら、家に帰って、残りを取ってきます」

すると、店員は厨房《ちゅうぼう》のほうに声をかけた。

「店長、来てください」

すぐに、なかから店長が現れた。巨漢の男で、酷薄そうな目をしている。

「こら、坊主。そんなこと言って、食い逃げするつもりだろう？」

男の子は何も言わなかった。じっと下を向いて、今にも泣きだしそうな顔をしている。店長も一度は怒鳴りつけたものの、どうしたらいいのか、わからない様子だった。女性店員も困っている。馬力《マー・リー》はさっと立ちあがると、テーブルの上に二百元紙幣を置いた。

「あんたの子供かね？」店長が訊いた。

「いや、知らない子だ」馬力は答えた。「子供が困っているのを見るのは好きじゃないんでね」

「ありがとうございます。ありがとうございます」男の子は涙をぬぐいながら、何度もお礼を言った。

「そんなことはいいから、坊や、早くお家にお帰り」

そう言って、男の子を外まで送りだすと、馬力は自分たちのテーブルに戻って、幹事に声をかけた。

「ぼくも帰るよ。今日はよく飲んだ。ありがとう」そう言いながら、会費を払って、戸口に向かう。

外に出ると、土砂降りだった。夕方から降りだした激しい雨が、まだやんでいない。馬力は通りにとめた自分の車に向かって、一目散に駆けだした。車はフォルクスワーゲンの《ポロ》だ。ドアを開けて、急いでなかに乗りこむ。すると、外から窓を叩く音がした。目をあげると、そこにはさっきの男の子がいた。

「家まで送ってもらえませんか？」

「どうしてだい？」

「お金を返さなくちゃいけないから……」

馬力は軽く手を振って、その必要はないと答えた。

「でも、家までは遠いし……。それに、ぼくは傘も持っていなくて……」
見ると、男の子は雨に濡れて、震えている。馬力《マー・リー》は一瞬、迷ったものの、助手席のドアを開けた。男の子をなかに引きいれようと、手を伸ばすと、男の子がその手を握ってきた。ぞっとするほど冷たい手だった。まるで死人のように。その瞬間、頭のなかに、香港映画『チャイニーズ・ゴースト・ストーリー』のなかで主演した張國榮《レスリー・チャン》が歌う、あの切ない主題歌がよみがえってきた。そう言えば、高校時代、レスリー・チャンは自分にとって憧れの存在だった。ベッドの上の壁には、レスリー・チャンが主人公の殺し屋を演じた『楽園の瑕《きず》』のポスターが貼ってあった。主人公の名前は、欧陽 鋒《オーヤン・フォン》だった。

雨はあいかわらず降りつづいている。フロントガラスに激しく叩きつける音が聞こえる。男の子が自宅の住所を告げた。郊外にある高級住宅地だ。つまり、この子はお金持ちのお坊ちゃんというわけか、着ている服も高級そうだ。でも、それなら、どうして食事代を持っていなかったのだろう？

一瞬、疑問が頭をかすめたが、馬力はそのまま、男の子を送りとどけることにした。運転をしながら、時々男の子のほうに目をやる。男の子は窓のほうを向いていた。だが、その窓に映った目がこちらを見ていることに気づいて、馬力はあわてて目をそらした。

その時、男の子が小さな声でつぶやいた。
「今日は久々にみんなに会えて楽しかったよ」

いったい、この子は何を言っているのだろう？　馬力は困惑した。あらためて隣を見ると、男の子は何も言わなかったような顔で、前を見つめていた。

家はかなり遠くにあったが、高速道路を使ったおかげで、三十分ほどで着いた。思った以上に大きな屋敷だ。

「待っていてください。すぐにお金を持って、戻ってきますから」

そう言って車から降りると、男の子は屋敷の門に向かった。

だが、馬力はすぐに車を発進した。男の子はちらっとこちらをふりむいたが、そのまま屋敷のほうに走っていった。

一時間後、マンションの前に車を止めると、馬力は部屋に戻った。服を着替えて、洋服ダンスにしまう。着るものには興味があるので、洋服ダンスはきちんと整理している。だが、それ以外は雑然としていた。

床に散らばった本を踏まないようにしながら、パソコンの前に座ると、馬力はすぐに南明《ナンミン》高校のサイトをクリックした。サイトのチャットに申明先生が現れるという同級生の話が気になったのだ。チャットは卒業年次ごとに設置されている。馬力は一九九二年から一九九五年に在籍した同窓生のチャットルームを開いた。名簿を見ると、見覚えのある名前が並んでいたが、誰もがチャットをしているわけではない。ハンドルネームを使っている者もいるので、誰が書いたメッセージか、わからないものもあった。そのなかに、探していた名前が見つかった。

申明《シェン・ミン》　また戻ってくる《アイル・ビー・バック》

『ターミネーター』で、アーノルド・シュワルツェネッガーが口にした台詞だ。『ターミネーター』を見たことがある人なら、誰もが覚えているだろう。警察の窓口でこの台詞を言うと、シュワルツェネッガーはその言葉どおり、車で入口を壊しながら窓口に戻ってきて、そのまま警察署内で大暴れしたのだ。だが、もしこの書き込みが申明先生によるものなら、先生はどこから戻ってくるというのだ？　申明の名前の書き込みはそれだけで、そのあとにはハンドルネームを使った書き込みがいくつか続いていた。

孔子　申明先生って死んだはずだよね。

エスメラルダ　そうだよ。大学入試の直前で、大騒ぎになったじゃないか。誰だよ？　こんな恥知らずな書き込みをするやつは……。

それを読むと、馬力《マー・リー》はそのあとに本名でメッセージを入れた。

馬力　先生、本当に先生なんですか？　生きているんですか？

だが、申明を名乗る人間は、そのメッセージには返事をしてこなかった。ところが、その三日後、メッセンジャー・アプリの《テンセントQQ》を使って、夜中の一時半過ぎにメッセージが送られてきた。

申明　きみは馬力だね？　私のことを覚えていたのか？
馬力　申明先生のことは覚えていますが……。あなたはいったい誰なんです。
申明　申明だよ。だから、そう名乗っているじゃないか。
馬力　冗談はよしてください。こんな夜中に。申明先生は死んだんですよ。
申明　一時四十分か。確かに夜中だな。きみはまだ寝ないのか？
馬力　仕事があるんです。銀行に提出する財務報告書を書かなければいけないもので。明日は早朝から銀行に説明に行かなくてはならないので、たぶん徹夜になると思います。
申明　ずいぶん働き者だな。どうしてそんなに働くんだい？
馬力　やるからには徹底的にやる主義なんです。

そこまで書いて、馬力《マー・リー》はふと我に返った。どうして、自分はこんな頭のおかしな人間にプライベートなことまで書いているのだろう。申明《シェン・ミン》先生は確かに死んだのだ。それなのに、先生の名前を使って同級会のチャットに書き込みをするなんて、よほど悪趣味な人間か、さもなければ精神に問題のある人間にちがいない。

相手がまたメッセージを書きいれてきた。

申明　そう言えば、同級会では疲れた顔をしていたね。きみにはやっぱり、休息が必要なんじゃないか？

馬力は、はっとした。すると、あの会に来た人間が、申明先生の名前を騙《かた》っているわけか？

馬力　同級会にいた人間なのか？　呉《ウー》食堂に……。誰なんだ？

そう書くと、馬力はあの場にいた同級生の顔を思い出して、次々と書き込んでいった。だが、そのたびに、相手は「ちがう」と返事をしてきた。そういった、まるで謎々をしているようなやりとりが十分ほど続いたあと、相手が逆に質問してきた。

申明　馬力、どうやらきみは私が申明だとは思っていないようだね。だが、それならどうして、このチャットにつきあっているんだ？　申明先生を騙る人間が許せなくて、正体を突きとめようとしているのか？
馬力　わからない。でも、先生が十年前に死んだことだけは確かなんだ。
申明　いいや、私は死んでいない。
それを読むと、思わず身体が震えた。なぜだかわからないが、本当に先生かもしれないという気がしたのだ。
馬力　ぼくは先生の遺体を見ました。火葬場にも行ったので、まちがいありません。あの遺体は先生でした。
申明　私の死に顔はどんなだった？
馬力　ガラスの蓋を通して見たのですが、どことなく不自然な表情をしているように見えました。顔全体は恐怖でゆがんでいるのに、口もとは穏やかなような。誰かが話しているのを聞いて、その理由がわかりました。どうやら表情を整えないまま、死に化粧をしてしまったようなのです。

申明《シェン・ミン》　生徒たちはみんな来ていたのか？
馬力《マー・リー》　いいえ。南明《ナンミン》高校の人間はいませんでした。先生も生徒も。申明先生は教頭先生を殺したので、先生も生徒も葬儀に参列してはいけないと、校長先生が言ったからです。でも、ぼくはこっそり行きました。
申明　きみのほかには誰か？　いや、南明高校の人間以外にということだが。
馬力　年配の男性がひとり。葬儀の費用はどうやらその男性が支払ったようです。棺《ひつぎ》のそばにいて、ずっと泣いていました。心が切り裂かれたように。まるで、この世の悲しみをすべて背負っているかのようでした。
申明　そうか。馬力、教えてくれてありがとう。その時は死んでいたので、葬儀の様子はわからなかったんだ。きみは最後までいてくれたのか？
馬力　ええ。遺体が火葬炉に入って、また出てくるまで、ずっと。棺のそばで泣いていた男性は、灰のなかに残った遺骨を両手いっぱいに拾っていました。あいかわらず涙を流しながら。その姿を見ながら、ぼくも泣いていました。でも、どうして、ぼくは申明先生の葬儀の様子をあなたに報告しているのでしょう。あなたは申明先生ではないのに……。
申明　いや、私は申明だ。その証拠に私たちふたりしか知らない秘密の話をしよう。あれはきみが二年生の時だ。きみは試験があると、隣の席の男子生徒に、毎回十元で答案用紙を見せてやっていたね？　それが私にばれたと知ると、きみは真夜中に私の部屋を訪ねてきて、どうか見なかったことにしてほしいと、ひざまずいて懇願した。そうだろう？　私が申明でなければ、どうしてこのことを知ってるんだ。

馬力は背中がぞっとするのを感じた。確かに、それは先生と自分だけしか知らない秘密のはずだ。しかし……。

馬力　もしかしたら、申明先生が誰かに話したのでは？　つまり、あなたに。

申明　きみは私がそんな人間だったと思っているのか？　きみはあの晩、涙が涸れてしまうほど泣きつくした。そして、二度とこんな真似はしないと誓った。それを聞いて、私は口をつぐむと約束したんだ。そんな約束を簡単に破る男だったと思うのかい？　きみのことなら、もっと詳しいことまで知っている。なにしろ、私はきみの担任だったのだからね。家庭訪問もしている。きみのお父さんはアルコール依存症で、家でよく飲んでいた。家計はお母さんが屋台をやって支え、夏休みにはきみもその手伝いをしていた。そうだろう？　もちろん、私は教師だから、生徒の家庭の事情を人に話したりはしない。きみは自分から誰かに話したことがあるかい？

馬力　やめてくれ！　いえ、やめてください。

馬力《マー・リー》は当時のことを思い出した。家庭の事情がわかると、申明《シェン・ミン》先生は、家庭訪問にやってくるたびに、そっと五十元を渡してくれたのだ。お小遣いとして使ってくれと言って。自分の給料から出したお金だ。もちろん、最初は断ったけれど、「これは貸しているだけだから、将来、働くようになったら返してくれればいい」と言ってきかなかった。申明先生は、いちばん苦しかった頃に、自分を支えてくれた恩人なのだ。そのことは忘れていない。それに……。いや、それはともかく、今、チャットしている相手は誰なのだろう？　やはり申明先生なのだろうか？

また、相手がメッセージを送ってきた。

申明　きみと私のふたりしか知らないことなら、まだある。あれは三年生の六月に入ったばかりのことだった。ある晩、きみが血相を変えて、寮の私の部屋に飛びこんできた。大切なノートを図書館の資料室に忘れてきたので、鍵を開けてほしいと言ってね。資料室には貴重な文献が保管してあったので、夜の間は鍵をかけることになっている。その鍵を私が管理していると、きみは知っていたからだ。それで、ふたりで資料室に入って、ノートを探したのだが、私がどんなノートかと訊くと、張鳴松《チャン・ミンソン》先生に見てもらう数学のノートだけれど、なかに大切な封書がはさんであると、きみは答えた。そうだったね？　ノートはすぐに見つかったが、資料室に鍵をかけたところで、上から物音が聞こえてきた。その晩は風が強かったので、そのせいで屋根裏の書庫の扉が開いたらしい。おそらく、錠を差していなかったのだ。それでも、誰か人がいるのか、もしかしたら幽霊かもと、怖いもの見たさの好奇心に駆られて、私たちは屋根裏にのぼっていった。扉は開いていた。もちろん、風のせいだ。幽霊のせいなんかじゃない。書庫には埃をかぶった本が山のようにあった。そのなかに、ヴィクトル・ユゴーの『レ・ミゼラブル』の訳書があるのを見つけると、きみは「ちょっとこれを読んでみようかな」と言って、そのまま持ちだした。天窓からは月の光が差しこんでいて、その窓からこちらを覗きこむ黒猫の姿が見えた。それに気づくと、きみは言った。「あの猫はいつもああして覗きこんでいるんです。きっと悪魔の手先ですよ。そのうちに、ここで誰かが死にますよ」と。

どうして、あんなことを言ったのだろう？　確かに自分はそう言った。今、書かれた言葉どおりのことを。そして、その数日後には、柳曼《リウ・マン》がそこで死ぬことになったのだ。

申明　そう言えば、あの本はどうしたね？　『レ・ミゼラブル』は。

馬力　あの本には不吉ないたずら書きがされていたので、誰の目にも触れないように、ぼくの部屋の戸棚に隠していたんですが、申明《シェン・ミン》先生が亡くなった翌日に焼いてしまいました。

申明　《ワーテルローの戦い》の銅版画の挿絵があった隣のページだね。そこにはこう書いてあった。《この書き込みを目にした者は、誰であれ、尖ったもので命を落とすことになるだろう。ナイフであれ、注射の針であれ……》と。

馬力《マー・リー》　先生は——いや、あなたが先生だとしたらですが、あの本を読んだのですか？　戸棚の奥に隠していたのに。

申明　あのあと、きみが人に見られたくない様子であの本を読んでいるのを見て、なんだか気になってね。それで、一緒に書庫に入ってから数日後にきみの部屋に忍びこんで、戸棚に入っている本を見つけたんだ。だが、不吉だと言っても、所詮《しょせん》はただのいたずら書きだろうに。どうして、そんなに大げさに考えたんだ。

馬力　なんだか嫌な予感がした。それだけです。でも、その予感はあたりました。もし申明先生があの書き込みを読んだのだとしたら、そのとおりになったわけですから。それからしばらくして、先生は殺されたんです。あの《魔女区》で。

申明　ナイフで背中を刺されてね。

馬力　だから、ぼくはあの本を焼きすてたんです。先生が亡くなった次の日に。もう誰もあの不吉な書き込みのとおりにならないように。といっても、ぼく自身はあの書き込みを読んでいるので、そうならないとはかぎりません。だから、あれ以来、ぼくは尖ったものが怖くてしかたがないのです。「針」という言葉を聞いただけでも吐きそうになります。熱が出ても、注射をされたり、点滴を受けるよう言われるんじゃないかと思うと、病院で診察を受ける気にもならないんです。

申明　そうか。ところで、結婚はしているのか？

馬力　いいえ。つきあった女の子はたくさんいます。裕福な家庭の子から結婚してほしいと言われたこともあります。けれども、実際に結婚まではいたりませんでした。

だが、どうしてこんなことまで書いているのだろう？　馬力は自分が馬鹿みたいに思えた。それとも、今、チャットをしている相手が申明先生だと、どこかで思いはじめているのだろうか？

馬力　あなたはまちがいなく死んだのですよね？

申明　そうだ。だって、きみは火葬場で私の遺体を見たのだろう？

馬力　はい。でも、もしそうなら、灰になったあなたがどうしてここでチャットをしているんです？　《テンセントＱＱ》を使って。

申明　それは実際にこの世にいるからだ。

それを聞くと、馬力《マー・リー》は頭が朦朧《もうろう》としてきた。いつもの発作だ。手が勝手に文字を打ちはじめていた。

馬力　先生が実際にこの世にいる？　いや、そうじゃない！　時々、こういうことが起きるんだ。突然幻覚が現れて、死んだはずの人間が出てくる。特に夜中にひとりでいると。そうだ。これはいつもの幻覚だ。確か薬をもらっていたはずだ。精神安定剤を……。そうすれば、こんな幻覚など消える。

申明《シェン・ミン》　馬力、落ち着きなさい。私は幻覚ではない。きみとチャットをしているだけだ。きみだって、実際に画面にメッセージを打ちこんでいるじゃないか？

馬力は少し落ち着いた。

馬力　そうですね。少なくとも、今、チャットをしているのは現実のようです。チャットをしていること自体が悪夢でなければ。わかりました。ともかく、薬を飲んできます。悪夢なら、そこで覚めるでしょうし、現実なら気持ちが落ち着きます。

申明　私は確かに死んだ。それは事実だ。でも、今きみとこうしてチャットをしている。

それも事実だ。そして、これはホラー映画のなかの出来事ではない。現実の出来事だ。
馬力　やはり薬を飲んできます。
申明　なんという薬だ？
馬力　あなたが本当にこの世に存在するなら、お教えしましょう。
申明　わかった。それなら、実際に会うことにしよう。
馬力は相手のペースに乗せられている気がした。最初は申明先生の名前を騙る、誰かのいたずらだと思っていたのに、実際に会う方向で話が進んでしまっているのだ。
馬力　でも、あなたが本当に申明先生なのかどうか、ぼくには信じられません。
申明　またふりだしに戻るのか？　私はきみの秘密を知っていた。私ときみしか知らない秘密を……。それだけでは十分ではないのか？
馬力　わかりました。明日の午後四時、《未来の夢プラザ》前で、待ち合わせをしましょう。目印はいりませんね。あなたが本物なら、ぼくを見つけられるはずです。
申明　わかった。必ず行くよ！
その書き込みを最後に、申明の名はチャットの画面から消えた。墓場から幽霊が消えたあとのように、画面は静かになった。先ほどまで踊っていた文字が嘘のように消え、ただ黒い闇が広がっている。

外からは激しい雨の音が聞こえる。そうだ。申明《シェン・ミン》先生が亡くなった、あの一九九五年の六月十九日の晩も激しい雨が降っていた。

その音を聞きながら、パソコンの画面を見つめているうちに、馬力《マー・リー》は画面の暗闇にひきずりこまれていくような気がした。どこからか、葬送曲が聞こえてくる。ここは火葬場だ。申明先生がガラスの蓋のついた棺に横たわっている。ほっそりとした身体つきは生きていた時と変わらない。だが、死に化粧は施されているものの、顔色はずっと青ざめている気がする。馬力はおそるおそる手を伸ばし、ガラスの蓋の上から申明先生に触れようとした。と、そのとたん、蓋がずれて、先生の顔に直接、触れてしまった。先生はかっと両目を開くと、指に嚙みついてきた。

馬力はあわてて、うしろに飛び去り、その瞬間、身体をうしろに引いた姿勢で目を覚ました。身体じゅう、汗でびっしょりだった。窓を見ると、外が明るくなりはじめている。やはり働きすぎなのかもしれない。馬力は辞表を書くことにした。

二〇〇五年七月十九日（火曜日）

銀行に提出する財務報告書を急いで完成させ、午前中は銀行での説明、午後は辞表を出して、残務整理をすると、馬力は午後四時前に待ち合わせの場所に向かった。だが、いきなり《未来の夢プラザ》の前には行かず、しばらくの間は、少し離れたところから、その場所にどんな人間がやってくるのか、見張ることにした。

《未来の夢プラザ》の前は大勢の人が行きかっていた。だが、そこで立ちどまって、誰かを待っているような人はいない。と、急に上着の裾が下に引っぱられているような気がして、馬力はうしろをふりかえった。誰もいない。そう思って、視線を落とした瞬間、子供の顔が見えた。同級会の時に、食事代を代わりに払ってやった男の子だ。

「やあ、馬力」男の子が声をかけてきた。子供とはとうてい思えないような大人びた口調だ。この口調は誰かのものに似ている。

「ということは、きみがその……。昨日チャットした……」馬力は思わず口ごもった。

「午後四時に、《未来の夢プラザ》の前で。きみはそう書いていただろう？　少し離れた場所にいたが、私にはすぐにきみだとわかった」

「いや、ちょっと待て。先生がいるとしても、もちろん、きみが先生であるわけがない。先生はどこに隠れているんだい？　きみはただのお使いなんだろう？」

「午後四時に、《未来の夢プラザ》の前で、そう言ったよね？」

馬力は男の子から目を離すと、人ごみに紛れているかもしれない先生の姿を探した。すると、男の子が言った。

「そんなことをしても、時間の無駄だ。私が申明《シェン・ミン》なのだから」

そして、馬力《マー・リー》がびっくりした顔をしていると、表情ひとつ変えずにこう尋ねた。

「さて、きみはなんという薬を飲んでいるんだ？　私が本当にこの世に存在するなら、教えてくれるはずだろう？」

馬力は自分の耳を疑った。昨日のチャットの言葉が繰り返されたからではない。男の子の口調が誰のものに似ているのか、思い出したからだ。この口調は申明先生のものだ。イントネーションもまったく同じだった。

「まだ、信じられないのか？　昨夜、私はきみとチャットをした」男の子が言った。「その証拠に、そうだな、『レ・ミゼラブル』のなかにあった、いたずら書きの言葉を繰り返してみようか。《この書き込みを目にした者は、誰であれ、尖ったもので命を落とすことになるだろう。ナイフであれ、注射の針であれ……》どうだね？」

「もういい！　ついてくるんだ」

馬力は男の子の手を引っぱって、いちばん近くのスターバックスに入った。そして、男の子のためにホットレモネードを注文すると、自分はコーヒーを頼み、質問を始めた。

「誰かに言われてやっているんだろう？　何を言うか、暗記させられて。いったい、誰の指示なんだ」

「指示だって？　まあ、指示だと言えば、そう言えるかもしれないな。申明の指示だ」

「きみの名前は？」

「スー・ワンだ」

馬力は言葉を失った。死亡《スーワン》という漢字が頭に浮かんできたからだ。その様子を見て、男の子が説明した。「司《スー》」という字と「望《ワン》」という字で、司望だと……。

「ちょっと変わった名前だな。いくつなんだい？」

「九歳だ。夏休みが終わると、四年生になる」

「それじゃあ、申先生が亡くなったとき、きみはまだ生まれていなかったんだね」

そう言われても、男の子はまったく動じなかった。

「そのとおりだ。私が死んだ時、この子はまだ生まれていなかった。私が死んで、半年後に生まれてきたんだ」

「いったい、どういうことだ？　先生ときみの間にどんな関係があるというんだ」

「むしろ、私とこの子の間にだ。知りたいかい？」

「早く言ってくれ！　こちらをじらすような真似はやめてくれ！」馬力は思わず声を荒らげた。

店のなかは大勢の客でにぎわっていた。男の子はこちらに身を乗りだすと、人に聞かれるのを恐れるように耳もとでささやいた。

「私の魂はこの子に引き継がれたのだ。申明の魂は」

馬力《マー・リー》は頭がおかしくなりそうだった。男の子の言葉を払いのけるかのように、何度も頭を横に振ると、大声で叫んだ。

「からかうのはやめてくれ！」

「からかっているわけではない」男の子が話を続けた。「馬力、きみは私が担任するクラスの生徒だった。授業の時に、魯迅《ろじん》が書いた『劉和珍《リウ・ホーチェン》君を記念して』の文章を取りあげたことは覚えているかい？　そうだ。一九二六年三月十八日に北京で反帝国主義デモが開かれた時に、政府の弾圧により、デモに参加した多くの学生が虐殺された。そのなかには魯迅の教え子で、北京女子師範大学の学生だった劉和珍もいて、その劉和珍の死を悼むために書かれた文章だ。あの時、私はきみに質問した。『馬力、魯迅がどうしてこの追悼文を書くにいたったか、その歴史的な背景を説明してくれないか』と。きみとは昼休みも一緒に過ごしたな。『馬力、一緒にバスケをしよう』そう誘うと、きみは喜んでコートについてきた。図書館でも会って、よく声をかけたね。『馬力、昨日の宿題の答えを見つけにきたのか？』と。なぜ勉強をするのか、きみに話したこともあった。『馬力、なぜ我々は学ぶのか？　それはもちろん、我が中国の名誉のためだ！』と。そうそうきみとは〈死せる詩人の会《デッド・ポエッツ・ソサエティ》〉でも一緒だったね。アメリカの映画にちなんで私が立ちあげた詩を読む会だ。そうだろう？　馬力」

男の子が口を開くたびに、馬力は申　明《シェン・ミン》先生がそれを言った時のまわりの光景までまざまざと思い出した。それほど男の子の口調は、その時の申明先生の口調とそっくりだったのだ。

いや、そっくりどころか、そのものと言っていい。

「申明先生、お願いです。もうやめてください」馬力は両手で耳をふさぎ、叫んでいた。胸が苦しかった。

それでも男の子は話を続けた。

「馬力、私は別にきみを苦しめようと思っているわけではない。ただ、私が申明だと信じてもらいたいだけだ。きみたちは私の大切な生徒だった。だから、死んでも、きみたちのことは忘れていない」

「いったい、何があったんです？　先生は誰に殺されたんです？」

「わからない。だが、こうして魂が引き継がれた以上、犯人を突きとめたいと思っている」

馬力はコーヒーを飲んで、気持ちを落ち着けようとした。

「先ほどから、『魂が引き継がれた』とおっしゃっていますが、それはいったい何のことです？」

「私は殺されたあと、南明《ナンミン》通りを出てさまよっていた。だが、数年前のこと、ひとりの小学生と出会った。その瞬間、この子の身体を借りたいと思って、背中に飛びのったんだ。魂とはいえ、重かったんだろうね。私が乗っかっているせいで、この子の背中は丸まってしまったよ」

そう言うと、男の子は前かがみになって、苦しそうに顔を歪めてみせた。

「それじゃ、あなたは幽霊になって、この子に取り憑いたということですか？」

すると、男の子は笑いながら肩をすくめた。

「悪かった、馬力《マー・リー》。今のは冗談だ。背中も丸まっていない。本当はこの子に生まれ変わったんだ。この子が胎児の時に、私の魂が入りこむというかたちでね」

それを聞くと、目の前の男の子が申　明《シェン・ミン》先生そのものになったような気がした。実際、男の子は口もとに謎めいた笑みを浮かべながら、大人のような眼差《まなざ》しで、こちらを見つめている。在りし日の申明先生のように。馬力はふと気づいて尋ねた。

「では、普段は子供の振りをしているんですか？」

「そうする時もあれば、そうしない時もある。生まれ変わったといっても、前世の記憶――つまり、申明だった時の記憶ははっきりしている時と、ほとんど薄れている時があってね。記憶が薄れている時は、自分が申明だったことは覚えていない。また、申明だった時の記憶がはっきりした時に、自分がしたことも覚えていない」

「では、この間、同級会で会った時は？　食事代を代わりに支払って、家まで送っていった時のことですが……。あの時はどちらだったんです？」

「想像に任せるよ。考えればわかることだと思うけれどね」

「その子の身体から離れることはないんですか？」

「ない」男の子はきっぱりと言った。「だって、生まれ変わったのだからね。この子の身体から離れるのは、また死んで、身体から魂が出る時だけだ。記憶喪失になって、前世の記憶をすっぽり失うというなら、話は別だが」

「あの、余計なことかもしれませんが……」馬力は先ほどから気になっていたことを口にした。「あなたを見ていると、申明先生のように見えることもあれば、九歳という年齢にふさわしい子供のように見えることもあります。子供の時のあなたの表情は少し苦しそうなのですが……」

「この子もずいぶん大きくなってきたからね。私が申明として行動していることに――というより、自分が前世の記憶によって、申明として行動していることに、おぼろげながら気づいてきたんだ。それで今は戸惑っているところだ。だが、そのうちに、この子が――司望《スー・ワン》がこの十年間、司望として生きてきた記憶と、前世の記憶――申明として生きた記憶がひとつになる。そうしたら、この子は申明としての前世の記憶を抱えたまま、司望として生きていくことになる。おそらく、それは苦しいことだ。その苦しみがすでに始まっているのだろう。だが、それはしかたがない。私たちは決して離れればなれになることはできないのだ……」

はたして、この子の言っているのは本当のことなのだろうか？　馬力にはわからなかった。これまで〈生まれ変わり〉など考えたこともなかったが、それが本当なら、この子が自分と申明先生しか知らない秘密を知っていたとしても不思議はない。もしそうなら、目の前にいるのは、十年前に殺された申明先生なのだ。馬力は言った。

「先生が亡くなってから、犯人は誰だろうと思って、探してみました。でも、最終的には手がかりひとつ、つかめませんでした」

「そうか。犯人を探してくれたのか。感謝するよ」そう言うと、男の子は申《シェン》　明《ミン》先生そのままの表情で尋ねた。「ところで、きみは今、何の仕事をしているんだい？」

「ある会社で財務関係の仕事をしていたのですが、ちょうど今朝、辞表を出してきたところです。最近、仕事のストレスがたまっていて……」

すると、男の子がテーブルをポンと叩きながら言った。

「次の仕事のあてはあるのか？」

「いえ。これからどうしようかと、ちょっと不安になっているところです」馬力《マー・リー》は額に浮かぶ汗をティッシュでぬぐいながら答えた。それから、はっと気づいて尋ねた。「あなたはぼくに仕事を紹介してくれるつもりですか？」

「そうだ」

「まさか、あなたの家庭教師をしろと言うのではないでしょうね？」

「もちろん、そんなことは言わない。爾雅《アルヤー》学園グループは知っているね？　中国でも最大手と言われる、私学の学園グループだ。そこで財務担当の役員を探している。理事長補佐として、年収六十万元でどうだろう？」

「冗談はよしてください！」

「では、これが冗談ではないことを証明しよう。私は今、きみをヘッドハンティングしたんだ。一緒に学園に行こう」

その三十分後、一台の車が迎えにやってきた。男の子に促されて、馬力はＢＭＷの後部座席に乗りこんだ。ふたりがシートに腰を沈めると、すぐに車は走りだした。

夕暮れ時で、街は人々でごったがえしていた。誰もが足早に通りすぎていく。一歩一歩、死に向かって歩いているのだとも知らず……。死んで、何に生まれ変わるのかも、そもそも何から生まれ変わってきたのかも知らずに……。このうち、どれほどの人々が前世の記憶を持っているのだろう？　馬力はそう思った。

第十三章

二〇〇五年　秋から冬にかけて

新学期が始まったら、秋莎《チウシャー》は司望《スー・ワン》を転校させようと考えていた。司望が経営に関して特別な才能を持っていることがわかったので、早期教育によって将来の企業経営者を育成することを目指す、爾雅《アルヤー》学園系列のエリート小学校に入れるつもりでいたのだ。これまでのように長寿通りにある第一小学校で進級したとしても、司望の才能が磨かれるわけではない。また、司望は同級生たちには距離を置いているので、別れたくない友人がいるわけでもない。

それなのに、司望は第一小学校に残りたいと言って、きかなかった。ふたりはずいぶん言い争いをしたが、結局、最後は秋莎が折れることになった。話し合いで結論が出なかった時、司望が実家に戻ると言いだすのではないかと、それが不安だったからだ。

その結果、司望はこれまでどおり運転手つきの車で、長寿通りの第一小学校に通い、特別授業を受けることになった。学校の部屋をひとつ借りきって、経済の専門家たちによる講義が次から次へと行われるのだ。その間、司望は講師以外の誰とも顔を合わせることはなかった。勉強の邪魔になるという理由で、教師だろうが児童だろうが、第一小学校の人間はその部屋に入ることを許されていなかったからだ。たとえ同級生でも、司望に自由に話しかけることはできなかった。

　というわけで、司望は学校では以前にもまして、ひとりで過ごすことになった。家でもたまに秋莎や祖父の谷長龍《グー・チャンロン》、それから最近、妙に司望に馴《な》れなれしくなった夫の路中岳《ルー・ジョンユエ》と話をしたり、一緒にテレビを見たりするくらいで、そのほかは自室にひきこもっていた。だが、司望自身はひとりでいるのが好きなようで、もっぱら絵を描いて過ごしていた。それを見ると、秋莎は屋敷の一室をアトリエに改装し、デッサン用の石膏像《せっこうぞう》や絵の具を買いそろえてやった。司望は喜んでそのアトリエにこもり、クロッキーの練習をしたり、油絵を描いていたりしていた。それを見たかぎりでは、絵のほうにもかなりの才能があるようだった。

　そんなある晩、入浴をすませて、アトリエの前を通りかかると、秋莎はドアの下から明かりが洩れているのに気づいた。まだ寝ていないのかと思って、静かにドアを開けて、なかを覗きこむと、司望のうしろ姿が目に入った。司望はイーゼルの前に立って、何かに取り憑かれたように、激しく鉛筆を動かしていた。

　秋莎はイーゼルに架かったデッサンに目をやった。十九世紀の銅版画を思わせるような細かい描写で、薄暗い室内が描かれている。背景の壁には蜘蛛《くも》の巣が張り、むきだしの下水管が何本も通っている。絵の下のほうには、床に横たわる男の姿が描かれていて、首の近くをネズミが何匹か駆けまわっていた。そして、男の背中にはナイフが突きたてられていた。

　秋莎は息をのんだ。ナイフのせいではない。男のシャツの袖口に描かれた小さなロゴに見覚えがあったからだ。まちがいない。そのシャツは、十年前に婚約者の誕生日にプレゼントしたものとまったく同じものだった。申 明《シェン・ミン》にプレゼントしたものと。

そして、あとから遺品として見せられた申明のシャツも、それとまったく同じものだった。

司望《スー・ワン》が鉛筆を動かす手を止めた。苦しそうに肩で息をしている。秋莎《チウシャー》はあわてて部屋に飛びこむと、司望をイーゼルの前から引きはなした。

「望ちゃん、どうしたの？　大丈夫？」そう言いながら、司望の目を覗きこむ。

司望の顔は真っ白だった。額には玉のような汗が浮かんでいる。

「わからない。夢で見たんだ。だから、それを思い出しながら描いていたら、手が勝手に動くような気がして……」

「夢って？　この絵を夢で見たの？」

「そう」

この絵が申明が殺された時の状況を描いているのはまちがいない。ひとつひとつ確かめてみると、申明の死後、警察から話を訊かれた時、あの黄 海《ホアン・ハイ》という捜査官が言っていた事件現場の状況にぴったりとあてはまるからだ。この絵とはちがうが、秋莎自身、婚約者がナイフで殺されて、床に横たわっている場面を夢に見て、恐怖で目を覚ますことが何度もあった。だが、司望はどうして、そんな場面を夢に見たのだろう？　しかも、これほど詳細に、夢で見た光景を再現できるなんて……。

そう言えば、最近また黄海捜査官がこちらのまわりをうろついているようだ。どうやら、あのジープのなかから見つかった賀年《ホー・ニエン》の遺体と、十年前に起きた申明や柳曼《リウ・マン》とかいう女子生徒の殺人が関係あるのではないかという考えに固執し、学園にまでやってきて職員たちにいろいろ尋ねているらしい。だが、その結果、何か判明したというわけでもなさそうだった。

翌日、秋莎は申明の殺人現場を描いた絵をイーゼルからはずして焼きすてた。司望は別に何も言わなかった。

秋莎は不安な気持ちを抑えることができなかった。夫の路中岳《ルー・ジョンユエ》は、以前とは人が変わったように、司望と親しくなり、自分から司望に話しかけたり、時にはNBAやセリエAの試合をテレビで一緒に見ていたりする。その点では状況が好転したようにも思えるのだが、肝心の司望の様子が変わってきているのだ。あるいは変わったのは自分のほうなのだろうか？

実際、あの絵を見て以来、司望の姿にかつての婚約者の姿が重なるようになった。司望の顔からかわいらしさが消え、その代わりに、暗く沈んだ、悲しげな表情が浮かぶようになったのだ。それどころか、司望がふとこちらを見た時に、瞳の奥に憎しみが湛《たた》えられているような気がして、ぞっとすることもあった。

それでも秋莎はこれまでのように、司望と一緒のベッドで眠ることもあったのだが、ある晩、真夜中に目を覚まして、隣で眠る司望を見て、思わず叫び声をあげた。司望の顔が申明に見えたのだ。叫び声で目を覚まして、「どうしたの？」と尋ねる司望に、秋莎はちょっと怖い夢を見たのだと答えるしかなかった。

やがて、冬になる頃には、司望《スー・ワン》の眼差しから子供らしさがすっかり消えていた。夜、一緒に眠る時も、ぴったりと身体を寄せ、首に手をまわして、優しく頬や耳に口づけしてくる。ちょうど申　明《シェン・ミン》がしたように……。その熱い吐息を感じると、秋莎《チウシャー》は乾いた心が潤うような気がした。そして、一緒にいるのが九歳の男の子ではなく、二十五歳の男性のように思えた。

ふと気づくと、秋莎は昔、申明を愛していたように、司望を愛していた。

ところが、ある晩、まったく思いがけないことが起こった。隣で眠っていた司望が突然、苦しそうに顔を歪め、うわごとを言いはじめたのだが、そのなかに知らない女性の名前があったのだ。

「嫌だ……。私は……死にたくない。ああ、シャオジー……」

シャオジー？　誰なの、それは？　暗闇のなかで、秋莎はつぶやいた。

第十四章

二〇〇五年　初秋

「いったい、おまえは何者なんだ？」

路中岳《ルー・ジョンユエ》は、目の前の男に尋ねた。男の名前は馬力《マー・リー》――二カ月前、爾雅《アルヤー》学園グループに、財務担当の理事長補佐としてヘッドハンティングされてきた男だ。

時刻はもう夜中の一時を過ぎている。家でオンラインゲームをしていたら、突然、携帯に電話がかかってきて、この店に呼びだされたのだ。来てみると、馬力は窓ぎわの薄暗い席に、店のなかのほうを向いて座っていた。路中岳はほっとした。この暗さで窓を向いて座れば、店内のほかの客にも、そして目の前の相手にも、額の痣を見られなくてすむからだ。席につくと、窓の下には静安寺《ジンアンスー》の屋根が見えた。

「答えてくれ。何者なんだ？」

吸っていた煙草を灰皿で揉み消し、ブラックコーヒーをひと口すすると、路中岳はもう一度、尋ねた。灰皿は吸い殻でいっぱいだった。目の奥が痛むような気がした。

「あなたと同じ側の人間です」馬力が答えた。

目鼻立ちの整った男だ。美男子と言っていいだろう。その証拠に、ウェイトレスが果物の盛り合わせを運んでくると、去りぎわに、もう一度、馬力《マー・リー》の顔に目をやった。路中岳《ルー・ジョンユエ》は、社内の噂を思い出した。馬力がヘッドハンティングされたのは、理事長の谷秋莎《グー・チウシャー》がその美男子ぶりに惚《ほ》れこんだせいだという噂だ。その噂には尾ひれがつき、馬力は理事長の夜の相手をしていると言いはる者までいた。だが、実際に仕事をさせてみると、馬力は驚くべき実力を発揮した。入社してひと月もたたないうちに、いくつかの銀行と巧みに交渉して、グループの懸案であった資金不足の問題を解決してしまったのだ。その結果、社内的な評価もあがり、今では人事にまで口を出すようになっている。

男のやっかみだろうか、そういったいくつかのことが重なって、路中岳は馬力を遠ざけ、学園で姿を見かけても、自分から声をかけることはなかった。馬力と比べると、男としても、また仕事の面でも自分が劣っているような気がしてしかたがなかったからだ。

馬力を煙たく思う理由はもうひとつあった。馬力は自分と同じく南明《ナンミン》高校の出身で、申《シェン》明《ミン》が担任していたクラスの生徒だった。そのせいで、馬力の姿を見たり、名前を見たりすると、申明のことを思い出してしまうのだ。

申明は高校時代の友人だった。寮の部屋も同じで、三つある二段ベッドのうち、真ん中の上段を申明が、下段を自分が使っていた。申明は朝起きると、朝寝坊の自分が朝食を食べそこなわないようにと、いつも起こしてくれた。スポーツではいつもコンビを組んで、自分が攻撃を担当し、申明が防御を担当するというスタイルをとった。ふたりが組めば、負け知らずだった。

　だが、それ以外では申明に頭があがらなかった。自分が《闘蟋《とうしつ》》——雄のコオロギを闘わせて、虫王《チャンピオン》を決める競技に夢中になった時にも、ベッドの下にコオロギを入れた箱を置くので、ほかのルームメイトからは嫌な顔をされたが、申明だけは応援してくれた。一緒にコオロギを捕まえに行ってくれて、その時に見つけたコオロギがチャンピオンになったこともある。そのコオロギが冬を越せず、死んでしまった時にも、大泣きする自分を慰めてくれた。学業でも世話になった。自分はからっきし勉強ができなかったので、申明にはおおいに助けてもらった。卒業試験の時に申明がカンニングをさせてくれなかったら、留年していたことだろう。

　南明高校で初めて申明に出会ってから、もう二十年になる。それから十年後に申明が死ぬまで、自分たちの間にはいろいろなことがあった。そのことを思うと、もう申明のことは忘れてしまいたい。それなのに、どうして申明と関わりあいを持っていた人間が自分の前に現れるのだろう？

　そこで、ふと顔をあげると、馬力がじっとこちらを見ているのに気づいた。路中岳は、あらためて馬力を見て、問いかけた。

「こんな夜中におれを呼びだして、いったいなんの話をするつもりなんだ？」

「路副理事長、副理事長は香港に会社を設立なさいましたね？　爾雅《アルヤー》学園グループとはまったく関係のない会社を……。その会社にグループの資金がつぎこまれているのではありませんか？　いえ、これはまだ奥さまの谷《グー》理事長も、お父上の谷会長もご存じないことですが」

「どうして、そんなことを？」

そう言うと、路 中岳《ルー・ジョンユエ》は思わず髭をなでるように、顎に手をやった。びっくりした時に髭をなでるのは長年の癖だが、そこに髭はない。数年前からまったく髭が生えなくなっていたのだ。あの状態になってしまったのと同時に……。

「いえ、ご心配なく」馬力《マー・リー》が続けた。「今も申しあげたように、谷理事長は財務のことはまったくおわかりになりませんし、お父上のほうもずいぶん高齢です。このことについては、おふたりとも何ひとつ気づいていないと思いますよ」

「そうか。おれをゆする気だな」路中岳は言った。「いくら出せばいい？」

「ゆする気などは、まったくありません。最初に言ったように、ぼくは副理事長と同じ側の人間ですから。ぼくも外国で自分の会社を立ちあげようと思っています。副理事長が香港に会社を設立したように。そのために、爾雅《アルヤー》学園グループの金が必要なのです。副理事長は谷親子との縁を切ることになっても、気になさいませんね。爾雅学園グループを離れて、谷秋《チウ》莎《シャー》理事長と離婚することになっても」

「いったい何を言っているんだ」

「会長に対しても、奥さまである理事長に対しても、あまりよい感情はお持ちではありませんね？」

　路中岳は声を出すこともできなかった。すると、一瞬、間《ま》を置いて、馬力が言った。

「実は私もそうなのです。あの親子にはあまりよい感情を抱いていません」

　ようやく口にすべき言葉が見つかって、路中岳は言った。

「どうしてだ？」

「個人的なことなので、理由は申しあげられません。でも、そうなのです」

　そう言うと、馬力は謎めいた笑みを浮かべた。相手の立場がわかったところで、路中岳は少しだけ落ち着いた気持ちになった。

「わかった。馬力、財務や税務に関して、爾雅学園グループには、表に出せない秘密がたくさんある。おまえは理事長補佐として、財務や税務を監督しているうちに、その秘密を知ったというわけだな。そして、今度はその秘密を利用して、自分の利益に結びつけようとしている。あるいは、谷親子に復讐しようと……。おまえは爾雅学園グループを潰すことまで考えているのか？」

「副理事長のおっしゃる〈秘密〉が表に出たら、爾雅学園グループは終わりですからね。何もぼくが潰すまでのことはありません」

　路中岳は煙草に火をつけた。

「ぼくと手を組みませんか？」馬力が続けた。「ひとつ計画があるんです」

それから十分後、馬力《マー・リー》からその計画を聞きおわると、路中岳《ルー・ジョンユエ》は箱からあらたに煙草を抜きとり、ライターで火をつけた。計画は冷酷で、谷《グー》親子にも、爾雅《アルヤー》学園グループにも、手加減というものがまったく加えられていなかった。路中岳は感心すると同時に、恐ろしくなった。背中に冷たいものが走って、震えが止まらなかった。

「よくもここまで残酷になれたものだ」思わず口にする。

「それはお褒めの言葉と受け取るべきでしょうね」馬力が答えた。「ですが、この計画を考えたのは、ぼくではありません。司望《スー・ワン》君です」

「司望だと？　もしそうなら、この計画には乗れない。裏で何を企んでいるか、わかったもんじゃないからな」

「ずいぶんな言いようですね。司望君はあなたがたの養子でしょう？　あなたと理事長の」

「まあ、そうだが……」路中岳はシャツのボタンをはずして、襟もとをゆるめると言った。それから、まわりの席に誰もいないことを確認して続けた。「だが、おれはあの子が苦手でな。あの子が近くにやってきて、じっとこちらを見つめるたびに嫌な気がするんだ。こいつはおれを殺したいと思っているんじゃないかって……。なあ、もしかしたら、この計画の裏にはあの子の実の母親が絡んでいるんじゃないのか？　こんなことを小学生が考えつくとは思えないし……。子供をとられた恨みで、あの母親が谷家に復讐し、ついでにおれも失脚させようとしているのでは……。あの子は母親の言いなりになって……」

「まさか。そんなことはあり得ません。それにあなたが標的だということもありません。計画はさっきお話ししたとおりで、なんの裏もありません。だから、どうぞ司望君には優しくしてあげてください。そのほうがあなたのためにもなります」

そう言われても、まだ半分信じられない気持ちで、路中岳は尋ねた。

「おまえはあの子の手先なのか？」

「ちがいます。ぼくは自分の利益のために動いているのです」

その言葉には説得力があった。

「わかった。おまえの言葉を信じよう」

「ありがとうございます」馬力は言った。

それから、突然テーブルの上に薬の瓶を置くと、尋ねた。

「ところで、副理事長、この薬をご存じですか？」

「いや。外国の薬だな。ラベルを見ても、言葉がわからないんだが……」

「ドイツの薬です。裏にドイツ語で説明が書いてありますから、誰かに訳してもらうといいでしょう。ただ、この薬の効能についてだけ言っておくと——要は男性ホルモンができなくなるようにする薬です。男性ホルモンは黄体形成ホルモンの働きによってさかんに生成されます。ところが、この薬を飲むと、黄体形成ホルモンの分泌が抑えられてしまうのです」

それだけ説明すると、馬力《マー・リー》は先ほどのウェイトレスに声をかけた。テーブルで会計をすませ、そのまま立ちあがろうとする。

路中岳《ルー・ジョンユエ》は馬力の手をつかんで、ひきとめた。

「ちょっと待ってくれ。どうしておれにこの薬の話をしたんだ？」

「家でお食事をなさる時には気をつけてください。特に奥様が運んできたお料理には……。そういうことです」

そう言うと、馬力はうしろをふりかえりもせず、店から出ていった。

第十五章

二〇〇五年十二月二十四日（土曜日）　クリスマス・イブ

冷たい風がコートやスカーフの隙間から入りこんでくる。谷《グー》家の門の前で、凍てつくような寒さに震えながら、何清影《ホー・チンイン》は、庭に飾られた大きなクリスマスツリーを見つめていた。ツリーを彩る赤や緑や青の電球が暗闇のなかで点滅を繰り返している。おそらく屋敷のなかにも同じようなツリーが飾られ、谷家の人々に囲まれながら、司望《スー・ワン》はイブの夜を過ごしているのだろう。だが、そのイブの集まりに実の母親である自分は招かれていない。今週の月曜日――十二月十九日は司望の誕生日だったが、そのパーティーにも招かれることはなかった。ひとりで過ごした息子の誕生日のやるせなさに、せめてクリスマス・イブは、一緒にいることができなくても近くで過ごそうと考え、ここまでやってきたのだが、木々の向こうに浮かぶ、明るい窓を見るにつけ、かえって侘《わび》しさが募った。

司望は今、あの窓の向こうにいる。それはまちがいなかった。二時間ほど前、同じようにこの門の前に立っていると、司望を乗せたBMWが通りのほうからやってきて、この門のなかに入っていったのだ。隣には谷秋莎《チウシャー》が座っていた。おそらく、クリスマスのミサに出かけていたのだろう。それからしばらくして、あの窓に明かりがついたのだ。司望は自分に気づいただろうか？　それはわからない。車がやってきた時、自分はあわてて門の蔭《かげ》に身を潜めたからだ。窓の明かりを見ながら、何　清影《ホー・チンイン》は、司望《スー・ワン》が生まれた時から、今までのことを思い返していた。

司望が生まれたのは、今から十年前、一九九五年十二月十九日のことだ。生まれた場所は蘇州河の北側、かつて閘北区《こうほくく》と呼ばれた地域にある病院だ。かなりの難産で、激しい痛みに気を失いそうになったくらいだったので、ようやく赤ん坊の泣き声が聞こえて、看護師さんから「男の子ですよ」と優しく言われた時には、思わず涙がこぼれたのを覚えている。

看護師さんの腕のなかで、赤ん坊は苦しそうな顔をしながら、激しく泣きつづけていた。それを見ながら、自分は思った。〈この子はいったい何を考えているのだろう？　それに、どうしてこんなに苦しそうに泣きつづけるのだろう？　もしかしたら、赤ん坊なりに、その苦しい理由をなんとか自分に伝えようとしているのだろうか？〉と……。

赤ん坊は予定日より早く生まれてきたものの、幸い、保育器にいる期間も短く、看護師さんも「とても丈夫な子だから、安心するように」と言ってくれた。

初めての子供だということもあって、夫の司明遠《ミンユエン》は心から喜んでくれた。夫の両親も孫ができたことが嬉しかったらしく、まるで天国にいるような気持ちだと、何度も繰り返した。望という名前は自分がつけた。赤ん坊が遠くから自分を見て、呼びかけてきたような気がしたからだ。それが妊娠に気づいたきっかけだった。「遠くを見る」という意味で、「望」。この子にはその名前がふさわしいと思った。

そう、あの頃は比較的平穏だった。妊娠中はいろいろと心配なことが多く、悪い夢を見ることもあったが、出産後はなんとか落ち着いた日々を送れるようになっていた。それでも、辛いことはあったけれど……。病院を退院したあとは、夫の両親の家でしばらく暮らし、四カ月の産休が終わると、自分が両親から受け継いだ今の家に戻って、郵便局の預金係の仕事にも復帰した。

生活は豊かだったと言える。共働きだったので、お金に不自由することはなかったのだ。部屋にはカラーテレビも日本製のビデオデッキもあったし、洋服や化粧品にもお金をかけることができた。大好きな張愛玲《アイリーン・チャン》の小説や清朝中期に書かれた、貴公子と十二人の美女や美少女との交流を描いた物語『紅楼夢《こうろうむ》』を本棚にそろえることもできた。

夫も真面目に働いていた。朝は七時頃に家を出て、南明《ナンミン》通りにある工場に行き、夜遅くまで残業をして帰ってくる。お酒だって、仕事が終わったあとに工場の仲間と一杯ひっかけてくるくらいだ。煙草はひと箱。数元で買える《牡丹》しか吸わない。趣味と言えば、休日の前夜に徹夜で麻雀《マージャン》をするくらいだ。司望のことをかわいがって、自分にも優しい、よい夫だった。

司望はたいした病気をせずに、元気に成長した。幼稚園にも嫌がらずに行き、先生からは手のかからない子供だと言われた。確かに、小さい頃から、少しほかの子供とはちがってい て、子供向けのおもちゃやアニメにはあまり興味を示さなかった。それよりも、『スラムダンク』とか、玉皇大帝《ぎょくこうたいてい》（道教の最高神）が支配する天宮を舞台にした『天書奇譚《てんしょきたん》』など、もう少し年齢層の高い子供が見るアニメを好んだ。とりわけ、『天書奇譚』は繰り返し見て、玉皇大帝に内緒で民衆に知識を与えようとした天宮の大臣、袁公《えんこう》がその罪を問われ、大帝の配下の者に連れられて裁きの場に導かれるラストの場面では必ず涙を流していた。それを見ても、司望《スー・ワン》が特別な子だということはわかっていた。だが、それでもよいと思っていた。自分がそんな子を持つというのは、これはこれで巡りあわせというものなのだ。

そう考えれば、いろいろ心騒ぐことはあったけれど、少なくとも日々の生活は平穏に過ぎていった。部屋の窓から見えるエンジュの樹は春になると、緑の葉を茂らせ、夜が明けると、枝にとまった小鳥のさえずりが聞こえてくる。朝はいつもそのさえずりで目を覚ました。

けれども、そんな日々は長くは続かなかった。二〇〇〇年、司望が四歳の時に、おまけに、夫の勤める工場が閉鎖になり、夫は職を失ったのだ。解雇手当はわずか一万元だった。周囲に口さがない人たちがいたせいで夫が荒れて、夫婦の間に溝ができ、夫は毎晩、夜中の二時、三時まで麻雀をして帰ってくるようになった。一家の生活は夫の両親の家の分まで含めて、自分が支えるようになった。義父が体調を崩して、働けなくなっていたのだ。それでも、夫は司望の面倒だけはよく見てくれて、中山《ジョンシャン》公園にふたりで遊びにいったり、チェスをしたりしていた。

しかし、二〇〇二年の春節の前日、司望がまだ六歳の時に最悪の出来事が起きた。夫が家を出ていったのだ。しばらくして、警察に届けを出したが、夫の行方は杳《よう》として知れなかった。心労のため、義父の髪は真っ白になり、体調をさらに悪化させて、病院に入院した。だが、悪いことはそれで終わりではなかった。郵便局の仕事が終わったあとに、義父の見舞いなどでくたびれて帰ってくると、チンピラみたいな男たちが家の前で待っていたのだ。どうやら夫が麻雀でつくった借金を取り立てに来たらしい。借金があることは知っていたが、額を聞いて、びっくりした。とうてい返せるような額ではなかったからだ。夫は麻雀で負けた金を麻雀で取り返そうとして、さらに借金を増やし、それで失踪したのだ。

その年の九月、司望は小学校に入学した。その日のことはよく覚えている。雨のなか、司望の手をしっかり握りながら、この子の手だけは離すまいと心に誓ったのだ。

司望は勉強もよくできて、その点では心配はなかった。けれども、自分からすれば、不安の種は尽きなかった。入学したての頃には、小学校一年生なら見向きもしないようなものに興味を示したこともある。ある時、ふと司望のランドセルを開けてみると、なかから五代十国時代の詞（楽曲に合わせて書かれた言葉。歌詞）を書いた紙きれが出てきたのだ。調べてみると、南唐、最後の国主で、のちに李後主《りごしゅ》と呼ばれることになる李煜《りいく》の詞で、詞牌《しはい》（楽曲の種類）は男女の別れを歌った〈烏夜啼《うやてい》〉であるが、逆に男女の出会いを詠んだ〈相見歓《そうけんかん》〉ではないかとも言われていることがわかった。

無言獨上西樓（言《げん》無く　独り西楼《せいろう》に上れば）
月如鈎（月　鈎《かぎ》の如し）
寂寞梧桐深院　鎖清秋（寂寞たり　梧桐《ごとう》の深き院　清秋を鎖《とざ》す）
剪不斷（剪《き》りとも断てず）
理還亂（理《ととの》えても還《ま》た乱るるは）
是離愁（是れ離愁《りしゅう》）
別是一般滋味　在心頭（別に是れ一般の滋味の　心頭に在り）

紙切れに書かれた鉛筆の文字に、誤りはひとつもなかった。でも、どうしてこんな詞を写したのだろう？　どこでこの詞を覚えたのだろう？　そう思って、司望《スー・ワン》に尋ねてみると、この紙が道に落ちていたので拾ったのだと答えた。とても美しい詞だったので、詞を書く時のお手本にするためにとっておいたのだと。だが、その文字は司望の筆跡にまちがいなかった。そう言えば、この子は、三歳の頃、本棚から『宋詞選』を抜き出し、ページを破いて、遊んでいたことがあった。アニメだって、歴史物に興味を示す。そのつながりに納得するいっぽう、なんだか怖くもあった。

この二〇〇二年と言えば、確かＳＡＲＳが猛威を振るった年だった。司望に絵の才能があることに気づいて、菲菲《フェイフェイ》芸術学校で行われるデッサン教室に通わせたのは、年が明け、夏になってＳＡＲＳが収まりかけた頃だ。その教室の講師は髪の長い、いかにも芸術家といったタイプの男だったが、すぐに司望に特別な才能があることを見抜いたらしく、デッサンだけでなく水彩画やクロッキーの指導もしてくれた。

この頃から、司望はほかの子供たちとはちがう、並みはずれた能力を示すようになった。学校の成績もさらによくなり、二年生に進級した頃には、中国少年先鋒隊の隊員に選ばれ、模範生のあかしとして赤いスカーフを巻けることになった。そして、そのご褒美《ほうび》として、ウィンドウズＸＰのパソコンを与えると、あっというまにキーボードやマウスの操作を覚え、いくつものソフトを扱えるようになった。もちろん、インターネットにも夢中になった。

でも、そんなある日のこと、司望が祖父母と出かけて家にいない時に、こっそりパソコンの履歴を調べてみると、啞然《あぜん》とするようなものを見た。

一九九五年　南明《ナンミン》通り　殺人
一九九五年　南明高校　殺人
一九九五年　南明通り　遺体
一九九五年　申明《シェン・ミン》　殺害

検索の日付は何日にもわたっていた。検索回数もかなりの数にのぼっていた。どうして、司望《スー・ワン》はこの事件に興味を持ったのだろう？　もう十年前の事件だ。最近、起きたばかりで、誰もが話題にしている事件ではない。ならば、自分から興味を持ったということか？　では、なぜ？　普通に考えたら、小学生が興味を持つような事件では決してない。そう思うと、嫌な予感がした。

その後も気になって、またこっそりとパソコンを調べてみたが、設定が変えられ、履歴は確認できなかった。最初に見た履歴も完全に削除されていた。

義父が死んだのは、そのすぐあとのことだった。義母は昔からの習わしに従い、その亡骸《なきがら》を自宅に連れてかえると、ベッドに横たえて、家族が最後の別れを惜しむことができるように、数日間そのままにしておいた。その枕もとで、司望は毎晩、夜を明かしていた。ベッドの脇に置いた椅子に座って、ひと晩じゅう祖父の遺体を眺めていたのだ。顔色ひとつ変えずに……。それを見た時に、背筋が寒くなったのを覚えている。結局、夫は葬式にも戻ってこなかった。

その翌年――つまり、昨年には義母も亡くなり、それをきっかけに、夫の親戚とは縁を切ることになった。夫の失踪後も義父母の面倒を見てきた自分に対して、親戚たちは感謝するどころか文句をつけてきたからだ。そんな親戚たちに向かって、司望は大人のような口調で、

「あなたたちは恥というものを知らないのですか？」と断固とした口調で切り返していた。あの光景はまだ脳裡《のうり》に焼きついている。

　それからだろうか？　司望が、ことあるごとに母親を守ろうとしはじめたのは……。それは嬉しいことだったが、反対に困った事態も引きよせた。そう、あれはまだ郵便局に勤めていた時のことだ。自分は三十四歳で、男たちから誘われることも一度や二度ではなかった。司望はよその男が母親に近づくのが嫌でたまらないらしく、そんな機会を目にすると、いつも怒っているような顔をしていたが、ある時、郵便局の上司が自分にちょっかいを出してきたのを知ると（その上司は、「ひとりで子供を育てるのは大変だろう。借金もまだ残っているのだろう」と親切ごかしに言って関係を持とうとしてきたのだ）、とうとう行動を起こし、ひとりで郵便局に行って、その上司をそろばんで殴ってきたのだ。こちらの知らない間に……。血が出るまで激しく……。

　帰ってきた司望は、そのことには何も触れず、

「母さん、安心して。何が起きても、ぼくがちゃんとお金を稼ぐから。何の心配もいらないよ」とだけ言った。

　その翌日、局の同僚から何があったか知らされた時、家に帰ると、自分は司望を厳しく叱り、だが、そのあとで強く抱きしめた。

「望君、母さんのことが大好きなのはわかるけど、でも、二度とこんなことをしちゃだめ

よ」

しかし、当然、郵便局はくびになった。わずかながらも返済していた夫の借金も、まったく返せなくなり、貯金を取りくずす生活が始まった。やがて、借金取りが毎日、家に現れるようになった。そんな時に谷秋莎《グー・チウシャー》が家に来て、養子の話を持ちかけてきたのだ。最初は絶対に嫌だったが、あのままでは利子がたまって、借金はふくらむばかりだった。借金取りは司望《スー・ワン》の学校にまで姿を現していた。司望の身の安全や将来のことを思うなら、養子縁組の話を受けるしかない。そう考えて、自分は谷秋莎の申し出を承知した。司望は連れていかれてしまった。

いったい、どうしてこんなことになってしまったのだろう？　司望を谷秋莎のところに養子に出すと決めてから、何清影《ホー・チンイン》は何度も考えた。この世の出来事はすべてつながっている。ふと、〈因果応報〉という言葉が頭に浮かんだ。

時計を見ると、午後十一時だった。ということは、もう四時間も谷家の屋敷の前に立ちつくしていたのだ。司望を乗せた車が門のなかに入っていってからでも二時間になる。すでに、足には何の感覚もなかった。頬も氷のように冷たい。

その時、二階の窓のカーテンが開いて、隙間から男の子の顔が見えた。明かりが反射するせいか、全体にぼんやりして蒼白く見える。まるで幽霊のようだ。何清影はぞくっとした。

確かに司望だが、別の少年にも見える。その瞬間、後悔と追憶、愛情と悲しみが一気に押しよせてきて、いたたまれない気持ちになった。

気がつくと、何清影はその場から立ち去っていた。身体が冷たく、地面を踏みしめる感覚もない。自分のほうが幽霊になったようだ。墓場に戻る幽霊のような足取りで、何清影は家に帰った。

第十六章

二〇〇五年十二月末

あれは司望《スー・ワン》がこの屋敷に来て、まもないころだった。秋莎《チウシャー》は何回か、司望を風呂に入れたことがあった。浴槽は子供が泳げるくらいの大きさがあって、司望は浴槽のなかでうつぶせになって、お湯に浮かんで遊んでいたが、その時にふと司望の背中に赤い痕《あと》があるのに気がついた。ちょうど背中の左の上あたりで、最初は傷痕だと思ってこすってみたが、結局、生まれながらの痣のようなものだとわかった。だが、それにしては奇妙な形の痣だった。長さは二センチあまりで、ナイフで刺された傷口のような形をしている……。まるで誰かに背中から心臓をナイフでひと刺しされた痕のように見えた。

それを見て、秋莎は子供の頃に聞いた話を思い出した。生まれながらの痣は、前世で致命傷となった傷痕の名残りだという話だ。すると突然、胸が締めつけられるような気がして、気がつくと、秋莎は浴槽に飛びこみ、司望を抱きおこしていた。司望が死んで湯船に浮かんでいるように思えたのだ。だが、司望の胸に耳を当てると、そこからはトクトクと、早足で駆けるような心臓の音が聞こえてきた。

この突然の出来事に、司望はびっくりしたような顔をしていたが、着衣のまま湯船のなかで取り乱している秋莎に向かって言った。

「ママ、どうかしたの？」

「あなたが無事でよかった」

そう言うと、秋莎は司望を抱きしめていた。そして、不思議なことに、目の前にいるのが司望ではなく、十年前に死んだ婚約者の申明《シェン・ミン》であるような気がした。場所も屋敷の浴室ではなく、あのマンションの浴室のような……。ふたりが決して暮らすことのなかった、あの浴室のような気がした。一種のトランス状態のなかで、秋莎は十年前の出来事を思い出していた。一九九五年五月の夜のことを……。

その日、自分はリフォームが終わりに近づいた新居のマンションで、申明と一緒に風呂に入っていた。あらたな給湯設備を試すために、入浴剤を入れて、泡風呂にしたのだ。あの時は幸せだった。このまま時間が止まればいいとさえ思った。

不意に申明が言った。

「秋莎、きみにとって、絶望とはなんだ？」

この幸せのさなかに、絶望について尋ねるとは……。秋莎は申明の顎についた泡を手で取りながら言った。

「絶望って？　どうしてそんなことを訊くの。わたしたちの未来は、むしろ希望に満ちあふれているでしょう？」

すると、申明《シェン・ミン》はこう答えた。

「昨日の晩、なんだか悪いことが起きそうな嫌な夢を見たんだ」

秋莎《チウシャー》は申明に口づけをしながら、ささやいた。

「いちばんの絶望は愛しているひとがいなくなることよ。わたしにとっては、あなたがいなくなることだわ」

二〇〇六年一月

冷たい風が吹きつける朝だった。秋莎は突然、階下から響いてきた音楽に目を覚ました。吹きつける風そのままに、悲しくむせび泣くような音楽だった。

音は居間から聞こえてくる。きっと司望《スー・ワン》が居間で音楽のＤＶＤを見ているのだろうと思い、秋莎はパジャマ姿のまま、下に降りていった。居間の扉を開けると、思ったとおり、そこには司望がいて、椅子に座ってテレビの画面をじっと見つめていた。その目はどことなく悲しげだった。

画面には一枚の風景が映しだされていた。湖面にそびえたつ奇岩の島。その中央には灰色の空に向かってそそりたつ糸杉の木立ちが見える。手前には、島に向かう一艘《そう》の小舟。そのなかには白装束に身を包んだ、誰ともわからないような漕ぎ手の姿があった。

「望ちゃん！　こんなに早くから大きな音を出して……。今、何時だと思っているの？　まだ六時半よ」

　そう言うと、秋莎は司望の前にまわり、肩に手を置いた。だが、司望は何も答えなかった。あいかわらず、悲しげな目で画面を見つめている。

「何の曲を聴いているの？」秋莎はいったん話題を変えて尋ねた。

「『死の島』だよ。ラフマニノフの交響詩だ。ラフマニノフはスイスの画家、アルノルト・ベックリンの《死の島》という連作に惹かれて、この曲をつくった。画面に映っているのは、そのベックリンの絵だ」

「そうなの。でも、こんなに早い時間だから、もう少し音を小さくしたほうがいいわ。それに、そんな恰好じゃ、寒いでしょう？　風邪をひくわ」

　秋莎は音を小さくしようとして、リモコンを探した。だが、テーブルの上にも床の上にも、見あたらない。鼓膜をナイフでつつかれるような音にだんだんいらいらしてきた。

「あの舟の漕ぎ手は死を表しているんだ」司望が言った。

「早く音を消して！」

　秋莎は思わず叫んだ。すると、司望はまるで人が変わったかのように、大人びた声で言った。

「秋莎、きみは冥界の河、《憎悪《ステュクス》》とその支流の《悲嘆《アケロン》》のことは知っているかい？　ギリシャ神話に出てくる河だ」

「いったい、何の話をしてるの？　それに、秋莎《チウシャー》だなんて、どうしてそんな呼び方をするの？」

秋莎は面くらった。それに寒くなってきた。身体が震える。でも、それは寒さのせいなのか、不安のせいなのか、わからなかった。

司望《スー・ワン》が続けた。

「死者の世界に向かうには、河を越えなければならない。その時、冥界の河の渡し守に支払う銅貨を持っていない者は、渡し守であるカロンの手で、容赦なく河のなかへ突きおとされる」

「だから、何の話を……。ああ、それよりも、音を消してよ！」

「何の話？　あの絵の話だよ。あの画面に映っている絵の小舟のなかに立っているのが、渡し守のカロンなんだ。実はこの絵はさまざまな比喩《ひゆ》に満ちていてね。渡し守のカロンは男性の象徴だ。ほら、すくっとまっすぐに立っているだろう？　小舟が浮かぶ、小さな湾は女性の象徴で、そのなかをカロンの小舟が突きすすんでいくわけだ。湖は子宮で、湖水は羊水を表している。つまりこちら側はいわば生の世界だ。だが、島は死の世界で、死んだ者たちは皆、そこに渡される。中央にそびえる糸杉が十字架をつくるのに使われることは知っているね？　この絵の作者のアルノルト・ベックリンは、一八八〇年から一八八六年にかけて、この《死の島》をテーマにした連作を五枚描いている。ベックリンは死を描くことに取り憑かれていたんだね」

「望ちゃん、あなたはまだ子供だわ。死だなんて、まだまだ遠い先の話でしょう？　どうしてそんなことばかり話すの？」

実際、秋莎には何がなんだか、さっぱりわからなかった。ただ、司望が急に別の人間になってしまったみたいで淋しかった。いや、でも、今はこの音量のほうが問題だ。頭が割れるように痛くなってきた。

「その連作に着想を得たのがロシア人作曲家のラフマニノフだ。ラフマニノフは『死の島』という同じタイトルの交響詩をつくった。それがいま聞いている曲だよ」

秋莎はもうこれ以上、耐えられなくなった。あいかわらずリモコンは見つからない。そうだ。電源だ。テレビのうしろにまわると、秋莎はコンセントからプラグを抜いた。


二時間後、秋莎は、爾雅《アルヤー》学園グループの理事長室に出かけた。だが、寝不足のせいか、なんとなく体調が優れなかった。そこで、主治医に連絡しようと受話器をとりあげた瞬間、理事長室に数名の警察官がなだれこんできた。贈賄など不正取引の件で、家宅捜索に来たのだという。捜索はあっというまに行われ、すべての帳簿が持ち去られた。

翌朝、新聞やテレビで、爾雅学園グループに警察の捜査が入ったことがいっせいに報じられた。その結果、取引銀行が手を引き、グループの経営はたちまち立ちゆかなくなった。

そして一週間後、爾雅《アルヤー》学園は倒産した。

谷《グー》家の財産は銀行の担保としてすべて差しおさえられることになった。夫の路中岳《ルー・ジョンユエ》から離婚を切りだされると、秋莎《チウシャー》は顔色ひとつ変えずにサインをした。その離婚直後、夫が二カ月前にグループの資金を香港に設立した会社の口座に送金していたことが判明した。その額は五千万元に及んだ。


二〇〇六年一月二十八日（土曜日）　春節の前日　午後四時

谷長龍《チャンロン》は、荷物を手に屋敷の門を出ようとする路中岳の肩をつかんだ。門の前に立ちはだかるようにして言う。

「この詐欺師が！　おまえの正体を見抜けなかったとは、私の目はよほど節穴だったにちがいない」

「おまえ呼ばわりはやめてほしいね。谷会長、あんたはもうおれの義理の父親じゃないんだからな」

学園の倒産以来、めっきり老けこんではいたが、それでも谷長龍は、残った力をふりしぼって、路中岳の横っ面をひっぱたいた。

だが、路中岳は頰に手をやると、冷たく言った。

「こうなったのは、あんたのせいだ。どんな出来事にも原因はある。まあ、因果応報ってもんだ。でも、心配はご無用。おれもそれほど礼儀に欠けた人間ってわけじゃない。あんたの葬式には行ってやるよ」

それから、谷長龍を乱暴に押しのけると、最新モデルのメルセデスに乗りこみ、去っていった。

押された勢いで、谷長龍は地面に倒れた。そこに娘の秋莎がやってきた。

雪の積もる地面に父親が倒れているのを見ると、秋莎はあわててそばに駆けよった。雪がちらちら舞って、まるで冥銭を焚いた燃えかすのように見える。〈何を不吉な……〉秋莎は急いでその想像を頭からふり払うと、父親の身体を抱きおこした。警察の家宅捜索が行われた時から、父親は髪を染めていない。白い髪が風に吹かれて乱れている。顔にはしわが増え、ぼんやりとあけた目は血走っていた。その姿を前に、秋莎はどうしてあげたらよいのか、まったく思いつかなかった。慰めようにも、すべてをなくした老人にかける言葉はない。ただ、手にしたコートを父親の肩にかけるよりほかなかった。

今となっては、もうどうすることもできない。すでにお手伝いと運転手には暇を出し、家財の整理も終えていた。とにかく売れるものはなんでも売却した。あとは身の回りの荷物をまとめるだけだ。明日にはこの屋敷から出ていかなければならないのだ。

その時、背中に小さな鞄《かばん》をしょった司望《スー・ワン》の姿が目に入った。門から出ようとしている。

「望《ワン》ちゃん！　どこに行くの？　お引越しは明日よ」秋莎《チウシャー》は声をかけた。

「家に帰るんです」司《スー》望は答えた。寒いのか、ダウンジャケットのなかに首をすくめるようにしている。

「待ちなさい。家に帰るって……」

「母さんのところに戻るんです」

「望ちゃん、何を言ってるの。あなたの母親はわたしでしょう。あなたに母さんはいない。いるのはママよ」

そう言うと、秋莎は雪のなかに父親を残したまま、司望のもとに駆けよった。司望を抱きよせ、なんとか思いとどまらせようとする。だが、司望はその手を振りほどいた。

「そうじゃないことはよくわかっているだろう？　秋莎、悪いけれど、ぼくは行くよ」

司望から「秋莎」と呼ばれるのは、二回目だ。秋莎はわけがわからなくなった。

「どうしてそんなふうに呼ぶの？」

しかし、それには答えず、司望は言った。

「もうすぐ夜になってしまう。最終バスに乗るために、急がなくちゃいけないんだ」それから、暗くなりはじめた空を見あげると、こう続けた。「ぼくのほうから連絡するよ。たぶん二日以内に。じゃあ」

「望ちゃん！　行かないで！」秋莎は叫んだ。

すぐにあとを追おうと思ったが、足が動かない。司望のうしろ姿がどんどん小さくなっていった。涙があふれて、顔にふりかかった雪のかけらを溶かしていく。やがて、司望の姿が見えなくなった。どうして司望は出ていったのだろう？　いや、それよりも前に——どうしてわたしを秋莎と呼んだのだろう？

第十七章

二〇〇六年三月三十一日（金曜日）

知らせを受けると、秋莎《チウシャー》はとるものもとりあえず、その建物に駆けつけた。化粧はしていないが、別にそれはかまわない。もう二カ月以上、化粧はしていないのだ。鏡を覗く気にもならない。きっとひどい顔をしているだろうが、それさえ気にならなかった。

もう三月も末だというのに、凍えるほど寒い朝だった。建物の前まで来ると、早朝にもかかわらず、入口付近には人だかりができていた。今にも崩れそうな古い建物だ。エレベーターは使えたが、教えられたとおり、五階で降りると、フロア全体がすでに警察によって封鎖されていた。部屋のなかにも入れない。秋莎は、「谷《グー》です。知らせを受けてきました。父はどこです？　なかに入れてください」と叫んだ。

すると、その声を聞いて、制服を着た捜査官がひとり、近づいてきた。一年半前に賀年《ホー・ニエン》の遺体を車のなかで発見した時に聞き込みにやってきた警察官、黄海《ホアン・ハイ》捜査官だ。この捜査官は申明《シェン・ミン》の事件の担当でもあった。

「すみませんが、谷さん、まだ実況見分が終わっていません。検視官がご遺体を調べているところです。なので、お入りいただくことはできません」

「どこなの？　どこにいるの？」

それでも秋莎は叫びつづけ、警察官が立っているドアを見つけると、そこに無理やり入ろうとした。だが、すぐに黄海に肩をつかまれ、ひきもどされた。こうなったら、おとなしく部屋の前で待つしかない。

しばらくして、ようやく部屋のドアが開いて、担架が出てきた。顔に白い布をかぶせられているが、たぶん父親だろう。肩をつかんでいた黄海の手から自由になると、秋莎は担架のそばに駆けよった。白い布がはずされ、父親の顔が現れた。

秋莎は思わず息を呑《の》んだ。そこにはぞっとするような苦悶の表情が浮かんでいた。いや、それだけではない。死ぬ瞬間に父が感じたであろう怒りや驚き、絶望、そして人生の最後に感じていたはずの恥辱や後悔までもが表れていたからだ。

おそらくナイフで刺されたのだろう。左の胸には深く鋭い傷痕があって、まわりには血がこびりついていた。

それを見ているうちにふっと意識が遠のいて、秋莎は倒れそうになった。すぐに誰かに抱きとめられる。しばらくして、意識が戻ってからも、自分はその誰かの胸に頭をもたせかけていた。その誰かが黄海捜査官だとわかった時、秋莎は急いで身体を離し、姿勢を正すと、黄海の顔に平手打ちを食わせた。だが、黄海は何事もなかったように、背中をまっすぐにして、ただ「ご愁傷さまでした」とお悔やみの言葉を口にした。

「いったい誰の仕業なの？　もう犯人は捕まえたの？」

秋莎《チウシャー》は責めるように尋ねた。だが、声を出すと同時に、涙があふれてきたので、顔はあげなかった。弱々しい姿をさらすことが許せなかったのだ。と、黄海《ホアン・ハイ》の声が耳に入ってきた。

「この部屋が誰の部屋なのか、ご存じないのですね？」

「どういうこと？　何をおっしゃりたいの？」

「路中岳《ルー・ジョンユエ》の部屋なのです。あなたの夫の」

「元夫よ！」

話をさえぎられたのに、黄海は不愉快そうな顔ひとつ見せずに、言葉を続けた。

「ええ、ここは路中岳の部屋なのです。といっても、こうなった以上、もう戻ってはこないでしょうけど……」

「結局はこんなところに住むなんて。因果応報ね」

そう言いながら、秋莎はまた足元がふらつくのを感じた。だが、黄海は今度は手を差しのべなかった。その代わりに、路中岳について調べたことを教えてくれた。どうやら、黄海は、路中岳が香港に行ってからも、その足跡を追っていたらしい。その理由を秋莎は推測することができた。おそらく黄海は申明《シェン・ミン》や賀年《ホー・ニエン》の事件に、路中岳が関連していた可能性を疑って、目を離さないでいようと思ったのだろう。

いや、それはともかく、黄海の話によると、爾雅《アルヤー》学園が倒産したあと、元夫が香港で優雅な暮らしを楽しんでいたのは、ほんの一カ月程度のことだったらしい。匿名の告発があり、香港に設立した会社が不正取引をしていたことが判明したからだ。会社は倒産し、路中岳の前には大勢の債権者が現れ、買ったばかりの高級マンションも、最新モデルのメルセデスも、すべて差しおさえられてしまった。その結果、たちまち困窮状態に陥り、上海に戻って、この貧しい人々が暮らす地域に部屋を借りたというのだ。

「因果応報ね」秋莎はあらためて言った。

その時、部屋から白い作業服を着た警察官が現れた。手には証拠品を入れたビニール袋を持っている。続いて、黒い重そうなバッグをかついだ警察官が部屋から出てきた。その警察官は黄海捜査官の前まで来ると、耳もとでささやいた。

「凶器を発見しました」

その声は秋莎の耳にも届いた。

黄海捜査官はバッグをかついだ警察官に、しばらくここで待つようにと言うと、煙草に火をつけて、秋莎に説明を始めた。

「おそらく犯人は路中岳でまちがいないでしょう。監視カメラのレコーダーに、あなたのお父様が本日の午前一時頃、この建物に入ってきて、この部屋の扉を叩くところが記録されています。けれども、それから一時間後に扉が開くと、ここの監視カメラに映っていたのはお父様ではなく、路中岳の姿でした。路中岳は、リュックを背負い、何やら動転した様子で、この部屋をあとにしています」

「つまり、あの人は義理の父親を殺したということ？　あ、いえ……」

秋莎《チウシャー》はあわてて口をつぐんだ。先ほど自分が言ったように、路中岳《ルー・ジョンユエ》はもはや夫ではない。ということは、父親にとっても、義理の息子ではない。だが、そもそも、元夫が父のことを義理の父親だと思ったことがあるのだろうか？

黄海《ホアン・ハイ》捜査官が説明を続けた。

「録画を見ると、昨日の夜から朝までの間に、お父様のほかにこの部屋に入った者はいません。隣の住人の通報を受けて、我々がこの部屋に入った時も、お父様のご遺体しかありませんでした。隣の住人は昨夜、この部屋がうるさくて眠れなかったと、朝いちばんで派出所に苦情を述べにきたのです。激しい口調で言いあらそう声がして、どうやら殴りあいの喧嘩もしていたようだと。そこで、苦情を受けた警察官が監視カメラの映像を確認し、事情聴取をしようと、部屋のドアを開けたところ……。ええ、お父様のご遺体が見つかったというわけです」

「でも、どうして、父はそんな夜中にここにやってきたのでしょう？　もし、父がここにやってくるとしたら」そこでいったん言葉を切ると、バッグをかついだ警察官のほうを向いて、秋莎は尋ねた。「その凶器を見せていただくことはできますか？」

黄海捜査官がうなずくのを見ると、警察官は黒いバッグを開けて、なかからナイフを取り出した。スイス製の大きなミリタリー・ナイフで、刃の部分にも、持ち手の部分にもべっとりと血がついている。秋莎は言った。

「このナイフなら知っています。昨年、スイスで休暇を過ごした時に、わたしが父のために購入したものです。限定版のモデルで、中国では手に入らないものです」

「路中岳が勝手に持ちだしていたのでは？　お屋敷を出る前に、くすねていったとか……」

「いいえ。このナイフはずっと父が持っていました。だって、おととい、父がこのナイフを手に、窓辺に立っている姿を見ましたから……。父はこのナイフを固く握り、思いつめたような顔で、窓の外を見つめていました。その時に、ふと、何かおかしなことをしなければいけないと思ったのですが……。ああ、やっぱり、あの時に父に問いただしておくべきでした」

「わかりました。とすると、本日の午前一時頃、お父様はこのナイフを手にここにやってきた。路中岳を殺すつもりだったのか、あるいは路中岳と話をして、喧嘩になった時に護身用にするためか……。だが、いずれにせよ、お父様は路中岳にナイフを奪われ、殺されてしまった。まあ、このナイフが実際に殺人に使われたものかどうかは鑑識で調べてもらう必要がありますがね」

「父は六十五歳です。健康状態もかんばしくなく、薬のおかげでようやく永らえているような状態でした。そんな父が殺人を犯そうなどと、そんなことを考えるものでしょうか？」

「不思議なことではありません。路中岳《ルー・ジョンユエ》に対する恨みが強ければね。爾雅《アルヤー》学園の倒産が内部の裏切りによるものなら、つまり幹部の誰かが不正取引を暴く資料をもとに内部告発したとしたら、それを行ったのは路中岳なのではありませんか？　それに気づいたお父様は路中岳のことが許せなかった。なにしろ、婿として家に迎えて、グループの要職につけてやった人間ですからね。その人間のせいですべてを失ったとしたら、復讐したいという気持ちになるのも当然でしょう。ところが、いざナイフを向けたところ、反対にナイフを奪われて、心臓をひと突きされた。あるいは、乱闘になって揉みあっているうちに、胸にナイフが刺さってしまったのかもしれません」

「たぶん、そうなのでしょう。ああ、こんなことなら、あの人をこの手で殺してしまえばよかった。屋敷から出ていく時に……」

秋莎《チウシャー》は思わず後悔の言葉を口にした。すると、黄海《ホアン・ハイ》捜査官が言った。

「路中岳は私が捕まえます。街には非常線を張っていますし、空港や鉄道、バスターミナルでも警戒態勢をとっています。そうなると、路中岳はこの街のどこかに身を潜めるしかないのですが、あの男が身を寄せそうな場所をご存じありませんか？」

「さあ、結婚していた時から、あまり話をしなくなっていたものですから……。あの人にどんな交友関係があったのかも、わかりません。ただ、父を殺してしまった以上、あの人は自暴自棄になっているでしょう。その意味ではとても危険です。次はわたしが狙われるかもしれません。何かあると、すぐに逆恨みをするような人間ですから……」

「大丈夫ですよ」黄海捜査官の力強い声が響いた。「さっきも言ったように、路中岳は、必ず私が捕まえてみせます」

秋莎はうなずいた。だが、頭のなかでは別のことを考えていた。急に司望《スー・ワン》のことを思い出して、悲しくなったのだ。秋莎は昨日、司望との養子縁組を解消する書類にサインをしたばかりだった。これでもう戸籍上でも自分の息子ではなくなってしまった。谷《グー》望という人間は、もうこの世には存在しない。

望ちゃんは、正真正銘、司望に戻ってしまったのだ。

第十八章

二〇〇六年四月四日（火曜日）　清明節――死者を弔う日の前日

葬儀の列席者はほとんどいなかった。生前、父親が力を持っていた頃には、あれほどご機嫌うかがいにやってきた者たちも、ひとりとして姿を見せていない。親類縁者でさえ、自分の身に火の粉が降りかかるのを恐れて、別れにやってこなかった。新聞やテレビの報道によって、谷《グー・》長龍《チャンロン》自身が殺人を犯そうとしたあげく、反対に殺されたという話が広まっていたからだろう。犯人と目される路《ルー・》中岳《ジョンユエ》もまだ逃走中で、人々はなるべくこの事件に関わりたくなかったのだ。

父の棺の前にひとりで座りながら、秋莎《チウシャー》は苦い思いを嚙みしめていた。実を言うと、父親が路中岳のところに行った日の晩、激しい言い争いをして、父親をひどく傷つけてしまったのだ。

発端は父親が愚痴をこぼしはじめたことだ。

「まったく、路中岳という男は……。どうして、おまえはあんな男と結婚してしまったんだ。おまえがあの男と結婚さえしなければ……」

それがあまりにしつこく繰り返されるので、秋莎はついこう言い返した。

「だったら、申明《シェン・ミン》を助けて、結婚させてくれればよかったじゃない」

するとと、父親は怒りを爆発させた。

「おまえは、まだあいつに未練があるのか？」

「そうよ。あの時、パパが申明を助けてくれていたら……すべてを奪ったりせずに、もう一度チャンスを与えてくれていたら、すべては変わっていたのよ。申明は殺人をすることも、冷たい地下室で殺されることもなく、わたしと結婚していたでしょう。そうしたら、爾雅《アルヤー》学園グループを盛りたててくれて、路中岳なんかにつけいる隙を与えなかったはずよ」

「黙れ！　あの男はおまえの思っているような人間じゃない。あの申明という男は……。おまえは知らないだろうが、平気でひどいことをできる人間だったのだ」

「知ってるわよ」父親の言葉に、思わず自分は答えていた。「副理事長だった銭《チエン》さんを失脚させた時のことでしょ？　パパにはもちろん黙っていたけれど、わたしはとうの昔にそのことを知っていたの。一九九五年の婚約式の前のことよ。申明は、『結婚前にきみに話しておきたいことがある』と言って、そのことを教えてくれたの。『きみのお父さんにも関わることだし、爾雅学園のためにも決して口外はしないけれど、ぼくは谷理事長に頼まれて、ひとりの人間に罪を着せ、自殺に追いやってしまったのだ』って。あの人、とっても傷ついていたわ。悩んでもいた。〈因果応報〉という言葉を口にして、あんなことをしたからには、自分にも天罰が下るはずだと言っていた。ねえ、パパ、申明にあんなことをさせておきながら、いざという時に、まるで野良犬のように追い払ったのはパパのほうよ。だから、パパがこうなったのだって、因果応報じゃない。まあ、それを言うなら、わたしだってそうだけど……。女子高生との噂があったから、あの人を信じられなくて……」

父親はしばらく黙っていたが、やがてぽつんとこう言った。

「そうか。おまえは知っていたのか。おまえにだけは知られたくなかったが……。娘にそんな姿を知られるようでは、私は父親として失格だな」

そう、あの時の父親は、心の底から傷ついていた。秋莎《チウシャー》は思った。だから、絶望のあまり自暴自棄になって、路中岳《ルー・ジョンユエ》を殺しにいこうとしたのだろうか？　恨みや憎しみに、絶望が加わって……。もしそうなら、それはわたしのせいだ。わたしがパパを殺してしまったのだ。だが、絶望のあまり自暴自棄になって人を殺すというのは、どうも腑《ふ》に落ちない。それは父親らしくなかった。と、その時、秋莎はまた別のことを思い出した。あのあと、傷ついたような顔で下を向いていた父親が、突然顔をあげると、こう言ったのだ。

「さっきの話だが、申明《シェン・ミン》はこのことを決して口外するつもりはないと言ったんだな？　私のために、それから学園のために……」

そして、「そうよ」と答えると、こう続けた。

「ということは、賀年《ホー・ニエン》が送ってきた申明の手紙は？　あれはどういうことだ。私のことを詐欺師だと言って、罵詈雑言を並べていた申明の手紙は……。あれは申明が書いたものではないのか」そこまで言うと、父親は考え、こうつけ加えた。「だとすると……」

それから、黙って、居間から出ていったのだ。ジャケットの下にスイス製のアーミーナイフを隠し持って。

でも、どうしてパパは路中岳のところに行く前に、あんなことを言ったのだろう？　そう考えて、秋莎ははたと気づいた。そうだ。賀年が送ってきた手紙が申明が書いたものではなく、誰が書いたかに気づいたからだ。銭《チェン》副理事長のことは決して口外しないと申明が言っていたと、わたしが伝えたせいで。

だとしたら、パパを殺したのは、やっぱりわたしだということになる。パパはわたしのせいで死んでしまったのだ。

父親の遺体が茶毘《だび》に付され、灰になっても、その思いは胸の奥でくすぶりつづけた。それでも秋莎は涙をこぼさなかった。涙を見せるのは、弱みを見せることになるからだ。


葬儀を終えると、出口にたたずむ黄《ホアン・ハイ》海捜査官の姿が目に入った。そのいかつい顔立ちは、無骨な表情をした日本人の俳優――高倉健《たかくらけん》を思わせた。

「谷《グー》さん、鑑識の結果によると、あのナイフはお父様を殺害した凶器だと判明しました。犯人は路中岳です。持ち手の部分から、路中岳の指紋が検出されていますので、まちがいありません」

「でも、路中岳《ルー・ジョンユエ》はまだ逮捕されていないのでしょう？　犯人だとわかっても、捕まらないのでは話になりませんわ。その話の続きは、本人が逮捕されてからうかがいましょう」

冷たい口調で秋莎《チウシャー》は言った。警察がなかなか路中岳を捕まえられないことに、少し腹を立てていたのだ。だが、黄海《ホアン・ハイ》捜査官は、こちらの態度はまったく意に介さない様子で、話を続けた。

「おそらく路中岳は、もうこの街から出ているでしょう。どうやら巧みに非常線を突破してしまったようで……。ですが、全国に指名手配されていますので、捕まるのは時間の問題です。それよりも、あなたにもう少し詳しく、お話をうかがいたいのですが。いえ、今回の事件のことだけではなく」

「つまり、今回の事件は単独で起こったことではないと、お考えなのですね？」

「ええ」秋莎の質問に黄海捜査官はうなずいた。「あなたはとっくにお気づきだと思いますが、賀年《ホー・ニエン》の遺体が発見されて以来、私は爾雅《アルヤー》学園グループ、そしてあなたの周辺を調べつづけてきました」

「はい、あなたがこそこそと何か嗅ぎまわっていることには気づいていました」秋莎はわざと皮肉を込めた言い方で答えた。「確かに、申明《シェン・ミン》が殺された一九九五年の時点で、私と父、賀年と路中岳にはつきあいがありました。だけど、それが何か？」

「申明と賀年が知り合いで、そのふたりが殺されたとなったら、警察としてはこのふたつの事件に何かつながりがあるのではないかと疑うのが当然です。そして、このふたりの共通の友人が路中岳で、路中岳はあなたの元夫。そして、申明はあなたの元婚約者。そういう状態で、今度はあなたのお父様が路中岳に殺されたのです。これは一連の事件だと考えるのが自然でしょう。そこで、あなたなら、もう少し詳しい事情をご存じなのではないかと……。たとえば、申明とつきあいがあった人々、つまりあなたとお父様、賀年、路中岳に何か共通点があったとか……」

「さあ……。共通点と言ったら、申明が無実の罪で警察に逮捕された時に、誰も救いの手を差しのべなかったことかしら……。申明とは親しい間柄だったのに」そう自嘲気味に言うと、秋莎はつけ加えた。「その四人のうち、ふたりは非業の死をとげ、ひとりは殺人犯として指名手配されている。これは申明の復讐なのかしら？　申明が幽霊になって出てきて、わたしたちに復讐している？　だとしたら、わたしも危ないわね」

それを聞くと、黄海捜査官は複雑な表情をした。だしぬけに幽霊の話が出てきたので、困惑しているのだろう。けれども、秋莎はかまわず言った。

「もし、あなたが本気で捜査を進めたいと思うのなら、あの子を当たるといいわ。第一小学校の四年生の……司望《スー・ワン》よ」

「あなたが養子にしていらした子ですか？」

「そうよ」

だが、その先をどう続けたらよいものか……。秋莎《チウシャー》は迷った。司望《スーワン》と申明《シェンミン》につながりがあることは、これまでなんとなく感じてきたものの、誰かに説明しようとすると、何と言ってよいものやら、わからなかったのだ。それでも、秋莎は話を続けた。

「あの子は申明が亡くなったあとに生まれているけれど、申明のことを知っていると思うの」

「おっしゃる意味がわかりませんが……」

「わたしにもわからないのよ！　あの子と出会ったのは、偶然だったのかしら？　わたしがあの子に興味を持ったのは……。今から思うと、あの子はわざと、わたしの気を惹こうとしたような気もする。でも、それなら、なぜわたしのもとから離れていったの？」

「わかりました。ともかく、その子に会ってみましょう。司望に」黄《ホアン・ハイ》海捜査官が言った。

「あの子の背中には痣があるの」秋莎は唐突に言った。「ナイフで刺された傷痕のような痣が……」

「なんのことです？」黄海捜査官が尋ねた。

だが、秋莎は答えなかった。司望が申明の生まれ変わりかもしれないと言おうとしたのだが、そんなことはとうてい信じてもらえないだろうと思ったからだ。自分だって、心から信じているわけではないのだ。

黄海捜査官に簡単な別れの挨拶をして、斎場の前に停車していたタクシーに乗りこむと、秋莎はアパートの住所を告げた。葬儀の出席者がほとんどいなかったため、父を偲《しの》んで一緒に食事をとることもない。あとは家に戻るだけだ。タクシーの後部座席に座ると、秋莎は窓外の景色をながめた。心のなかと同様、景色は寒々しかった。

この三カ月で、秋莎はあらゆるものを失った。会社、財産、権力、屋敷、夫、父親、そして何よりもかけがえのない宝——司望を……。

はたして、十年前の申明も、今のこの自分と同じ気持ちだったのだろうか？　不当に勾留されている間に、婚約者を失い、将来を失い、職まで奪われてしまった申明も……。この十年間、自分はあの時の申明の気持ちを想像しようとしたことすらなかった。まさに因果応報——天罰だ。

いや、これは天罰などではなく、誰かの意図が働いているのだろうか？　たとえば、申明の……。

申明が誰かに生まれ変わって、わたしたちに復讐をしているのではないか？　そう思うと、またあの考えが浮かんでくる。もしかしたら、申明が司望に生まれ変わって……。

ふと、昨年のことが思い出された。夜の遅い時間に、司望が庭で冥銭を焚いていた時のことが。あれは確か六月十九日。申明の十回目の命日だ。ということは？

やはり、司望が？　申明は司望に生まれ変わって、自分に近づき、自分から何もかも奪っていったのか？　爾雅《アルヤー》学園を倒産させ、自分や父親を不幸のどん底に陥れ、最後にみずから離れていったのか？　わたしが司望《スー・ワン》をいとしく思っていることを知っていて……。あの時の復讐のために……。

爾雅学園を倒産させたのは、司望の差し金にちがいない。司望には財務の仕事をさせていたので、グループの内情をよく知っている。不正取引や贈賄の証拠を見つけて、内部告発するのは難しくない。あるいは、誰かに内部告発させるのは……。実際、司望は去年の夏、財務担当の理事長補佐として、馬力《マー・リー》という男をヘッドハンティングしてきている。履歴書には清華大学卒業としか書いていなかったが、あとから調べてみると、馬力は南明《ナンミン》高校の出身で、申明《シェン・ミン》が担任をしていたクラスの生徒だった。

司望―馬力―申明

これは決して偶然ではない。秋莎《チウシャー》はタクシーの運転手に行き先の変更を告げた。向かうのはもちろん、建物の前に大きなエンジュの木があるアパート。司望の住むアパートだ。

小道に入ると、エンジュの木が芽吹いていた。もう春がやってきていた。

タクシーを降りると秋莎は建物の三階に目をやった。窓のあたりには、女物と子供の洗濯物が干してある。おそらく司望が戻ったあとも、あの親子は引っ越したりはせず、まだこのアパートに住んでいるのだろう。念のため、玄関の郵便受けを確かめると、司望の母親の

何　清影《ホー・チンイン》宛ての手紙が何通か入っていた。ほとんどはダイレクトメールだったが、この状態からすれば、引っ越していないことはまちがいない。

だが、いきなり司望と母親を訪ねて、自分はいったい何をしようというのだろう？　司望に向かって、「あなたは申明の生まれ変わりなの？」と問いただすつもりか？　いや、ここはもっと慎重にならなければならない。司望の秘密を暴くためには、相手に知られずに調べる必要があった。そう考えて、秋莎はエレベーターのボタンを押そうとした指を止めた。

しかたがない。今日のところは家に戻ろう。こんな状態で司望に会ってもしかたがない。それに実を言うと、最近、司望のことが怖くなっていた。確かに司望は身長は一メートル四十センチ足らず、体重も三十キロもない、まだ小さな子供だ。けれども、申明の生まれ変わりで、自分たちに復讐に来たのではないかと思うと、父親を殺したあの路　中岳《ルー・ジョンユエ》より恐ろしいと感じられた。

秋莎は踵《きびす》を返して、建物を出た。すると、誰かに声をかけられた。

「あら、谷《グー》さん、おひさしぶりです」

顔をあげると、そこには何清影がいた。あいかわらず、若々しく、すらりとした体型をしている。買い物から帰ってきたようで、手にした袋のなかに司望の大好きな魚が入っている。

「こんにちは、こちらのほうに寄るついでがあったものですから……」

そう言うと、秋莎はすぐに目をそらした。一年前なら、相手を遠慮なく眺めて、値踏みしていただろう。だが、今はすっかり状況が変わってしまった。相手は若く、美しく、金銭的な問題もなくなり、愛する息子と一緒に暮らしている。それにひきかえ、自分は……。どちらが幸せかは一目瞭然だった。ふたりのうち、自分だけが何年も余計に年を重ねてしまったような気がした。

こちらの喪服姿に気づいたのか、何清影《ホー・チンイン》が尋ねてきた。

「ご不幸ですか？」

秋莎《チウシャー》は力なく笑みを浮かべた。

「ええ。わたしにはもう誰もいなくなりました」

「失礼ですが、どなたがお亡くなりに？」

「ご存じでしょう」秋莎は少しむっとして答えた。「新聞やテレビであれほど騒がれたのですから。父の葬儀をすませてきたところです」

「それは思いいたりませんで……。失礼いたしました」

その言葉とともに、何清影が少しあとずさりしたように見えた。秋莎は皮肉を込めて言った。

「そう、そう。わたしには近づかないほうがいいと思いますよ。死の臭いがぷんぷんしているでしょう？」

「いいえ。ちょっとびっくりしてしまっただけです。その……このたびはご愁傷様でした。

以前、おふたりに手を差しのべていただいたことは決して忘れておりません。あなたとお父様に助けていただいたことは……。心から感謝しています」そう言うと、何清影は建物の三階を見て、こうつけ加えた。「せっかくいらしたんですから、少し寄っていらっしゃいますか？」

「いいえ、結構です」思わず強い口調で、秋莎は答えていた。「望《ワン》ちゃん……。いいえ、司望《スー》の邪魔をしたくありませんから」

「あの子はまだ学校だと思いますけど……。それとも帰ってきたのかしら」何清影が言った。

それを聞いているうちに、秋莎はだんだん腹が立ってきた。何清影が母親づらをしているのを見ると、本当に自分が何もかもを失ったような気がする。そう思うと、まだ確信はないが、司望の秘密を知らせて、この女の気持ちをめちゃくちゃにしてやりたくなった。

「何さん、実は今日、ここにやってきたのは、少しお話ししたいことがあったからです。司望に素晴らしい才能があることはまちがいありませんが、それとは別に、司望が普通の子供とはちがうと思ったことはありませんか？」

「確かに、あの子は一般的な子供と比べて高い知能を持っていると思います。ですが、ただそれだけです」戸惑ったような声で、何清影が答えた。「別に、ほかの子供たちと変わりません。ごく普通の男の子です。寒ければ厚着もするし、病気になれば病院で診察も受けます。母親の手料理が大好きで……ほかにどう言えばいいのでしょう？　だいたい、どうしてそんなことをお尋ねになるんです？」

この人は何かを隠している！　直感的に秋莎《チウシャー》は思った。少なくとも、司望《スー・ワン》がほかの子供とはちがうことに気づいている。秋莎はかまをかけてみることにした。

「あなたは死者がよみがえると信じていますか？」

「谷《グー》さん、いったい何のお話ですか？」

「赤ん坊は、前世の記憶を持ったまま生まれてくると聞きます。その前世が短ろうが、長かろうが、辛かろうが、幸せだろうが、すべて等しく覚えているそうです。そうした思い出が赤ん坊の頭の中で複雑に絡みあったまま、この世に誕生する。ですから、生まれる瞬間、あんなに大きな声で泣くのだと言います。ですが、その記憶は徐々に薄れて、いずれ何ひとつ思い出せなくなります。赤ん坊が歩きだす頃には、頭のなかの記憶はすっかり空っぽになっているんです」

そう言いながら、秋莎は三階の窓の奥をじっと見つめた。実はここに来た時からずっと、窓の向こうで動く影を見て、部屋のなかに司望がいることに気づいていたのだ。だが、その影は確かに司望なのに、別の男の影のようにも見えた。自分がよく知っていた男の影のようにも……。目の前の何清影《ホー・チンイン》のほうに視線を戻すと、秋莎は話を続けた。

「そう。赤ん坊は生まれてしばらくすると、前世の記憶をすべて失ってしまいます。けれども、大人になってから、街で知らない人とすれちがった時、この人と前に会ったことがあるという気がすることがあります。それは前世で実際に知り合いだったからなんです」

　はたして、何清影は司望が前世の記憶を持っていると知っているのか？　十年前に殺された申明《シェン・ミン》という高校教師の記憶を持っていることを……。秋莎は何清影の態度や表情を観察した。だが、何も読みとれなかった。

「でも、おっしゃったように、生まれてしばらくしたら、ほとんど忘れてしまうんですよね？」何清影が言った。「今の人生を生きるためには、前に起きたことは忘れるべきだと思います。忘れるのは大切なことです。そうは思いませんか？」

　その問いには答えず、秋莎は別の質問をした。

「シャオジーという名前の人物に心当たりはありませんか？」

　司望がうわごとで呼んでいた名前だ。

　だが、何清影は即座に首を横に振って、「いいえ」と答えた。やはり、司望の秘密にまったく気づいていないのだろうか？　もしそうなら、それでもかまわない。自分は何清影の心に毒を盛るだけだ。

「あなたはどうやら司望の秘密をご存じないようね。それなら、ひとつ忠告しておくわ。あの子には用心したほうがいい。あの子は呪われた力を持っている。まわりにいるすべての人に不幸をもたらす力を……。あの子がわたしの家族に不幸をもたらしたんです。あなたのご主人が行方不明になったのも、あの子のせいかもしれない。だから、このままでは、あなたにだって何か悪いことがあるかもしれません」

「いい加減にしてください！」とうとう何清影《ホー・チンイン》が怒りの声をあげた。「ご自分がわけのわからないことを言っているのに気づいていないんですか？」

今日はこれで十分だ。秋莎《チウシャー》はおとなしくひきさがることにした。

「ごめんなさい。母親のあなたにこんな不愉快なことを言って。でも、わたしは別にあなたに嫌な思いをさせたくて、こんなことを言ったんじゃないの。これは忠告なの。今、わたしが言ったことを覚えておいて！　さもないと……。さようなら」

そう言って、そのまま通りに出ると、秋莎はタクシーをつかまえ、アパートの住所を告げた。家に着いた頃には、とっぷりと日が暮れていた。アパートの家賃は五千元で、これまでの屋敷とは比べものにならないが、住み心地は悪くなかった。収入はとだえていたが、宝石を売ったおかげで、ここしばらくは快適な暮らしができる。

部屋に入ると、秋莎はまず居間に向かった。着替える前に、ひと休みしようと思ったのだ。と、うしろで何か物音が聞こえ、ふりかえるまもなく、背中に鋭い痛みを感じた。そのあとはもがくことも、叫ぶこともできなかった。心臓をナイフでひと突きされて、秋莎は床に倒れて、死んでいた。

わずか三十六年の人生だった。床に倒れるまでの短い間に、壁に掛かった写真が見えた。

司望《スー・ワン》と一緒に写った写真……。そう、この世で最後に目にしたのは、司望の横でにこやかに微笑む自分の姿だった。頭のなかで誰かの台詞が聞こえた。

リュック・ベッソン監督の『レオン』という映画の台詞だ。あの映画は申明《シェン・ミン》と一緒にベッドに寝そべりながら、ビデオで見たのだ。

《人を殺す前と殺したあとでは、すべてが変わる。殺したあとは、残りの人生を恐怖とともに過ごすことになる》

あれは一九九五年の五月のことだ。申明が死んだのは、その一カ月後だった。

第三部 奈《な》何《か》橋《きょう》

ぼくは向こう岸に行きたい

川の流れは　空の色を塗りかえ
ぼくのことも塗りかえてくれるだろう
けれども　ぼくは流れのなかで見る
雷に打たれて焦げた木のような
対岸に立つ自分の影を

ぼくは向こう岸に行きたい

けれども　対岸の木立ちにも孤独な鳩《はと》がいて
ぼくに驚いて
こちらに飛んでくるだろう

(北島《ペイタオ》「境界」)

第一章

二〇〇六年四月　清明節明けのある日

警察の車を運転しながら、黄海《ホアン・ハイ》捜査官はラジオから流れる、ある哲学者の話を聞いていた。

《皆さんは、輪廻転生を信じていますか？

人には魂があり、その魂がある生命から別の生命へと転生する――これが輪廻転生の考え方です。魂は呼吸と密接な関係を持っています。眠っている間、魂は呼吸に合わせて、肉体から出たり入ったりしています。そして、死んで呼吸が止まると、永遠に肉体から離れていきます。しかし、それで終わりではありません。肉体を離れた魂は、時を置いて、別の肉体に宿って、生まれ変わるのです。ちなみに、魂は動物や植物にもあるとされています。

死後に生まれ変わる、あるいは生き返るという考え方は、洋の東西を問わず、見受けられます。たとえば、古代エジプトで死後も肉体を保存していたのは、復活が信じられていたからでした。ギリシャの哲学者プラトンは、著書『国家』の中で輪廻転生の存在を認めていますし、ピタゴラスは輪廻転生の概念を研究した最初の哲学者だと考えられています。また、ユダヤ教も魂の復活を信じています。さらに『新約聖書』によると、イエスは十字架上で殺された三日後に復活しました。そもそも、キリスト教にとっては、そこが信仰の大切な基盤でありましょう。

中国では、宋代に書かれた『太平広記』に、前世と前々世の記憶を持つ劉三復《りゅうさんふく》という人物が出てきます。劉三復は前世は馬だったそうで、蹄《ひづめ》を痛めて辛かったことを、現世で人間になっても覚えていました。そのため、馬に乗っていて足場の悪い道を通る時は、馬をゆっくりと歩かせるようにし、道に石があれば取りのぞくようにしていたそうです。

仏教の輪廻転生の考え方についても紹介しておきましょう。仏教の唯識論では、人間の心が八つの識からできていると考えています。すなわち、表層に位置する眼識《げんしき》、耳識《にしき》、鼻識《びしき》、舌識《ぜつしき》、身識《しんしき》、意識の六識――それに深層の意識である末那識《まなしき》と阿頼耶識《あらやしき》を加えた八識です。この二つの深層意識のうち、末那識というのは意識よりもっと深いところにある〈根源的な自我意識〉です。阿頼耶識というのは、さらに深層にあって、ほかの七識を生みだす〈根本識〉であり、死によって分断されることのない〈根源的な生命〉であります。それはまた原初の時から何世にもわたって、自分が行ってきたあらゆる業《ごう》が納められた蔵《くら》であり、またこれから何世も続く、未来の自分のあらゆる可能性が詰まった種子でもあります。まあ、輪廻転生における〈自分の素《もと》〉のようなものなのです。

さて、人が死ぬと、この第八識である阿頼耶識は、ほかの七識の力を潜在化し、その力を内に秘めたまま、肉体を離れます。そして、また次の肉体に入ったところで、七識の力を顕在化するのですが、肉体に入るのは胎児が三カ月くらいになった頃です。ちなみに、阿頼耶識が肉体を離れた瞬間を〈死有《しう》〉と言い、次の肉体に入るまでを〈中有《ちゅうう》〉と言います。次の肉体に入って、生まれた瞬間は〈生有《しょうう》〉と言い、生きている間は〈本有《ほんぬ》〉と言います。これはまとめて〈四有《しう》〉と言いますが、この四有を繰り返すことが、輪廻転生——生まれ変わりになるわけです。

ということで、人は死んで肉体を離れると、〈中有〉の期間に入るわけですが、その間だけは不思議な力が備わっていて、人間の目では見られない世界を見ることができると言われています。この〈中有〉の状態は四十九日間続き、その後、生前の行いを吟味されて、《天道》、《人間道》、《修羅道》、《畜生道》、《餓鬼道》、《地獄道》の六つの世界——六道《ろくどう》のうち、どこに生まれ変わるかが決められます。行いがよければ《天道》や《人間道》に生まれ変わることができますが、行いが悪ければ《畜生道》や《修羅道》、《餓鬼道》、《地獄道》に堕ちることもあります。そこで、少しでもよい世界に生まれ変わることができるよう、中国では死後四十九日目に故人を供養するのです。生まれ変わった人の中には、前世の記憶を持ちつづけている人もいるそうです。普通、〈死有〉から〈中有〉の状態になった時に、前世のことはすべて忘れてしまうものなのですが……。

ところで、この〈中有〉の間、人はすでに次に生まれ変わる時の姿をしていると言います。

この時には色も決まっていて、《地獄道》に生まれる者は焼けぼっくいの色、《餓鬼道》に生まれる者は水色、《畜生道》に生まれる者は煙色、《人間道》と《天道》に生まれる者は金色です。また、仏教では世界を〈欲界《よくかい》〉〈色界《しきかい》〉〈無色界《むしきかい》〉の三つの世界に分けていますが、〈色界〉に生まれる者は白い色をしています。〈無色界〉は物質のない精神的な世界なので、そもそも〈中有〉がありません。

そうそう、人間に生まれ変わる者は、〈中有〉の間、子供の姿をとるとも言われています。その子供はまだ現世に生まれてきてはいないのですが、あるいは幽霊のようなものとして、この世に現れているかもしれません。子供たちのなかに、そんな〈中有〉の状態の人間がいる可能性も否定できません」

「馬鹿ばかしい！　そんなこと、私は信じないぞ！」

黄 海《ホアン・ハイ》はすぐにラジオの選局ボタンを押して、番組を変えた。

長寿通りにある第一小学校の正面に車を止めると、黄海は、校庭に向かった。南明《ナンミン》高校で起きた一連の事件の捜査を担当してから、もう十年になる。最初に柳曼《リウ・マン》という名の女子生徒が殺され、黄海は、その高校の国語教師である申 明《シエン・ミン》という男を取り調べたが、証拠不十分で釈放した。ところが、釈放後に、その申明が同じ高校の教頭である厳 厲《イエン・リー》という男を殺し、そのすぐあとで何者かに殺されるという事件が起こった。そのあとも申明とつながりのあった人々が殺されたり、また人を殺したりして、犯人が誰だかわからないまま――あるいはわかっても、捕まえることができないまま捜査を続けるうちに、気がつくと、十年の月日が流れていたのだ。その間に、自分のこめかみにも白いものが目立ちはじめていた。

だが、この事件はどうしても自分の手で解決しなければならない。黄海は思った。とりわけ、最新の事件は……。谷秋莎《グー・チウシャー》を殺した犯人を突きとめなければならないし、谷長龍《チャンロン》を殺した犯人――路中岳《ルー・ジョンユエ》も捕まえなくてはならない。

そんなことを考えながら歩いていると、校庭の片隅で十歳くらいの子供が砂場で何かしているのが見えた。そばに寄ってみると、どうやら死んだ雀を埋めているらしい。黄海はその子供に声をかけた。

「坊や、司望君《スー・ワン》という子を知らないか？　この学校の四年生だと思うのだが……」

「司望なら、ぼくですけど。何かあったんですか？　おまわりさん」

紺の制服を見て、警察官だとわかったのか、子供はそう言うと、手についた泥を払い、地面を足で踏みかためながら立ちあがった。ずいぶん大人びた表情だ。鼻の頭に砂がついていなかったら、子供の顔とは思えない。

「ちょっと話を聞きたいのだが……。二年前、ジープにあった死体を見つけたのは、きみだよね？」

「はい。でもどうして、今頃そんなことを？　それにぼくひとりで見つけたわけではありませんけど……」

「知っているよ。きみのお母さんだった谷《グー・》秋莎《チウシャー》さんと一緒にいた時だね」

「はい。その時はまだお母さんではありませんでしたが……。今もちがいますけど……。あのジープは死体を見つける二年前から、あの場所にあったんです。ぼくは谷さんと一緒にその場を通りかかって……。トランクルームを開けたのも谷さんです。だから、死体については、谷さんに訊いてください。ぼくはよく知りません」

「その谷秋莎さんだが、少し前に亡くなってね」

それを聞くと、司望《スー・ワン》は眉をひそめていたが、しばらくして尋ねた。

「何があったんですか？」

「殺されたんだ。自宅でね。父親の葬儀をした晩に。犯人はまだ捕まっていない」

「それなら、早く犯人を捕まえてください」

その言い方がお座なりだったので、黄 海《ホアン・ハイ》は気になった。

「お母さんが殺されたというのに、あまりショックではなさそうだね」

だが、それには答えず、司望は地面に置いてあった鞄を拾いあげると、校門のほうへ歩きだした。

「おまわりさん、ぼく、帰らなくちゃ」

黄海はそのあとを追った。校門を出ると、司望はそれがいつもの帰り道なのか、蘇州河のほうに向かった。あるいは、わざとその道を通ろうとしたのか……。黄海は声をかけた。

「司望君、こちらの道は通らないようにしたほうがいい。人通りが少ないし、危ない連中がいるところだからね」

「でも、おまわりさんの仕事は、その危ない連中を捕まえることでしょう？」

「もちろん、そうだ。いつも捕まえているよ」

「本当に？」

そう言われて、黄海は言葉に詰まった。一九九五年から続く五つの事件のことが頭をよぎったからだ。柳曼《リウ・マン》、申明《シェン・ミン》、賀年《ホー・ニエン》、そして谷長龍《チャンロン》と谷秋莎。五人の人間が殺されているのに、犯人は捕まっていない。かろうじて、谷長龍を殺したのが路中岳《ルー・ジョンユエ》だとわかっているだけだ。

「本当だ。少なくとも、捕まえることに命を懸けている」かろうじてそう言うと、黄海は司望の鞄を預かった。「重いだろう？　私が持ってあげるよ」

「ありがとうございます。でも、どうしておまわりさんは、ぼくと一緒に来るんです？　ジープの死体の話はよく知らないと言ったのに……」

「亡くなった谷秋莎がきみに会うように言っていたからだよ。きみには不思議な力があって、いろいろなことを知っているはずだと」

「そんなことはありません。ぼくはみんなと同じ、普通の小学校四年生です。それで……おまわりさん……」

「黄 海《ホアン・ハイ》捜査官だ」

「黄海捜査官、ほくは中国少年先鋒隊のメンバーなんです。だから、きっと捜査に協力できると思います」

それを聞いて、黄海はびっくりした。谷 秋莎《グー・チウシャー》に言われて話を聞きにきたが、こんな言葉が出てくるとは予想もしていなかったからだ。

やがて、ふたりは賀 年《ホー・ニエン》の死体が見つかった場所まで来た。黄海は立ちどまって、「ここだね」と、その場所を指で差した。ジープは片づけられていて、今は事件の痕跡はまったくない。ジープのあった場所にはゴミがたまっていた。

黄海はその場所に近づいていった。だが、司望《スー・ワン》は少し離れたところで、その様子を見まもっていた。死体のあったところに、あまり近寄りたくない様子だ。

「黄海捜査官、この世に幽霊っていると思いますか？」突然、司望が尋ねた。

「いや、まったく思わないね。学校でもそんなことは習わないだろう？　幽霊がいるだなんて……」煙草に火をつけながら、そう答えると、黄海は断固とした口調で続けた。「幽霊など存在しない」

すると、司望が意外なことを言った。

「実はぼく、トランクにいた死体に呼ばれたんです」

「馬鹿なことを言うんじゃない！」

黄海は司望の腕をつかんで、その場を離れた。

十分後、ふたりは司望の家の前に着いていた。

「ここです。でも、家まであがってこないでください。ぼくが警察の人と一緒に帰ってきたら、母さんが心配しますから」

そこで司望に鞄を返すと、黄海は名刺を渡して言った。

「何か思いついたことがあったら、すぐに私に電話をしてほしい」

司望は名刺を受け取ると、建物のなかに消えていった。夕霧のなか、その様子をエンジュの木に寄りかかって見まもりながら、黄海は谷秋莎の遺体のことを考えていた。

遺体は死後、三日たってから発見された。下に住む女性が「上の階から水が洩れてくる」と建物の管理会社に連絡し、それを受けた係の人間が強制的に鍵を開けて、部屋に立ち入ったところ、浴槽にうつぶせになって浸かっている谷秋莎の死体を見つけたのだ。死体は両腕を広げ、背中には刃物で刺された傷が残っていた。傷は心臓にまで達するものだった。凶器は室内から見つかっておらず、犯人が持ち去ったものと思われた。動機については、現金や貴金属類がそのまま残っていて、性的暴行も加えられていないことから、恨みという線がいちばん強かった。

犯人は、注意深く指紋も頭髪も残さないように気をつけていたらしく、男なのか女なのかもわかっていない。ただひとつ確かなことは、谷秋莎《グー・チウシャー》が父親の葬儀の日に殺されたということだ。犯人はこの日であれば谷秋莎が留守だとわかっていて、待ち伏せしていたものと思われる。ドアのうしろに隠れ、谷秋莎がなかに入ったところで、背中から刺し殺したのだ。

自分はわずかその数時間前には、葬儀の式場で谷秋莎と話をしていたのに……。その時のことを思い出して、黄海《ホアン・ハイ》は唇を嚙んだ。確か、谷秋莎はこう言っていた。「これは申明《シェン・ミン》の復讐なのかしら？　申明が幽霊になって出てきて、わたしたちに復讐している？　だとしたら、わたしも危ないわね」と。申明の事件、賀年《ホー・ニエン》の事件、谷長龍《チャンロン》の事件にはつながりがあると、自分が言ったからだ。そんなことをほのめかすより、本当は慰めの言葉をかけるべきだったのではないだろうか？　なにしろ、あの時は父親の葬儀が終わったところで、谷秋莎は何より悲しい思いをしていたはずなのだ。いや、そうではない。「わたしも危ないわね」といった言葉をもっと真剣に受け取るべきだったのだ。

その言葉どおり、彼女は殺されてしまった。ベテラン警察官にとって、恥ずべきことだ。だが、申明の復讐とは？　申明が幽霊になって、谷一家に復讐している？　それはとうてい信じられなかった。けれども、その話をしたあと、谷秋莎は司望《スー・ワン》の名前を出して、「本気で捜査を進めたいと思うのなら、あの子を当たるといいわ」と言ったのだ。「あの子は申明が亡くなったあとに生まれているけれど、申明のことを知っていると思うの」とつけ加えて。

翌日も、黄海は学校の前で司望が出てくるのを待った。

「家まで送るよ」

「ちゃんとひとりで帰れます」

「いや、司望君。きみの元お母さんと元お祖父さんは殺されたんだ。だとしたら、きみも危険な目にあうかもしれない。そう考えると、心配なんだ」

そう言うと、黄海はなかば強引に司望の鞄をとりあげ、手をとって歩きだした。その様子が司望を連行しているように見えたのだろう、すれちがう子供たちがこちらを見て何かささやきあっている。司望が首に巻いた赤いスカーフをゆるめながら言った。

「手を放してください。これじゃ、悪い事をして、捕まえられたみたいじゃないですか。友だちになんて言われるか……」

「好きなように言わせておけばいいさ。きみは悪い事はしていないんだ」

黄海は手を放すと、司望の先に立って、歩きはじめた。司望がうしろから声をかけてきた。

「谷さんを殺した犯人は見つかったんですか？　谷秋莎さんを殺した犯人という意味ですけど」

その言葉に振りむくと、黄海は司望の目を見ながら、言った。

「まだだ。だが、犯人は必ず見つけてみせる。きみの元お祖父さんを殺した犯人も捕まえてみせる」

やがて、長寿通りから常徳通りに入り、しばらく行ったところで、モスクの前に出た。そこには羊の串焼きを売る店がある。司望《スー・ワン》が食べたそうな顔をしたので、黄海《ホアン・ハイ》は十本買って、そのうち四本だけ渡した。食べすぎてお腹を壊したらいけないと思ったのだ。

ふたりで串焼きを食べていると、司望はリラックスしてきたようだった。だが、黄海はふと心配になった。

「今、ここで食べてしまったら、あとで夕食を食べられないかもしれない。そしたら、お母さんが心配するんじゃないか？」

すると、司望はおいしそうに串焼きをほおばりながら、こう答えた。

「大丈夫です。今夜は母さんの帰りが遅くなるので、冷蔵庫の中に入っているものを電子レンジで温めて食べることになっているんです」

「お父さんは？」

一応、かたちだけ尋ねてみたが、黄海はもうその答えは知っていた。司望の家族のことは、とっくに調べていたからだ。

「父さんですか？　四年前から行方不明です」あまり感情を出さないようにしているからなのか、まだ小さかったので父親がいなくなったことはあまり覚えていないからなのか、司望の口調は淡々としていた。

「なるほど。じゃあ、家に帰っても、待っている人がいるわけじゃないんだな。それなら、私の家に来ないか？　何か夕食をつくるよ」

「いえ、ぼくは帰ります」

「まあ、ついてきなさい」

そう命令口調で言うと、黄海は先に立って歩きだした。司望はそのあとをついてきた。

黄海のアパートは、モスクのそばの建物のなかにある。警察署の近くなので便利は便利だったが、古すぎた。部屋もろくに片づけていないので、ドアを開けると、すえた臭いがした。黄海は思わず顔を赤くした。

「すまん、掃除をしていなかった」

部屋は自分で見てもひどい状態だった。床にはインスタント麵の包みが散乱して、灰皿からは吸い殻があふれている。どう見ても、妻も子供もいない男の部屋だ。

窓を開けてこもった空気を外に出し、散らばっているものを片づけて、どうにか司望の座れる場所をつくると、黄海は牛乳をコップに注いで、司望に渡した。司望はお礼を言うと、行儀よくコップに口をつけた。テレビをつけると、ちょうど日本のアニメ『名探偵コナン』をやっていたので、チャンネルはそのままにした。子供が好きなアニメなので、これなら料理をつくっている間、退屈しないだろう。

そう考えて台所に向かうと、黄海は戸棚や冷蔵庫をひっかきまわして、ようやくインスタント麵ひとパックと冷凍の牛肉を見つけた。とりあえず、司望の夕食が作れればいい。

「牛肉そばでいいかい？」

訊くだけ訊いて、返事を待たずにつくりはじめる。料理といったら、インスタント麵くらいしかできないのだ。材料もそれしかない。十分後、ちょうどコナンが毛利《もうり》小《こ》五《ご》郎《ろう》を眠らせたタイミングで、熱々の麵ができあがった。

司望《スー・ワン》はおいしそうに麵や肉を口に運ぶと、スープまで飲みほしてくれた。黄海《ホアン・ハイ》はほっとした。

「どうだ？　お腹いっぱいになったか？」

「はい。さっき、羊の串焼きもいただきましたし……。黄海さんは食べないんですか？」

「腹がすいていなくてね。ほら、さっき、きみよりもたくさん串焼きを食べただろう？」

司望は小首をかしげて、その言葉を聞いていたが、突然、子供っぽい口調で尋ねてきた。

「おまわりさんは必ず犯人を捕まえるの？」

「もちろんだよ」

「本当に？」

黄海は火をつけようとしていた煙草を箱に戻すと、苦笑しながら答えた。

「まあ、例外はあるがね」

「ジープで殺された人のことだね。元お母さんを殺した犯人もわからないし、元お祖父さんを殺した犯人も捕まっていない」

「これは手厳しいね」

「ジープの事件と元お母さんや元お祖父さんの事件は関係があるの？」

「どうだろう？　きみはまだ小学生なんだから、そんなことは考えなくていい」

司望がいきなり捜査の核心をついてきたので、黄海ははぐらかした。すると、司望は鞄に手を伸ばして、帰る素振りを見せた。

「待ちなさい」

「もうすぐ暗くなるので、帰ります。本当はここに来ちゃいけなかったんです。知らない人の家に行ってはいけないって、母さんにも言われてますし……」

「あと少しだけ、話を聞かせてくれ。きみは何年何月の生まれだ？」

「一九九五年十二月十九日です」

「さっきの話だが……。つまり、まだ犯人が捕まっていない事件のことだが、きみが生まれる前に起きた事件がふたつ、未解決のままになっている」

「一九九五年に起きた事件ということですか？　それとも、もっと前？」

「一九九五年に起きた事件だ」

自分はどうしてこんな話を始めたのだろう？　黄海は思った。司望が自分の生まれる前に起きた事件を知っているはずがないのに。だが、司望は落ち着いた声でこう答えた。

「南明《ナンミン》通りの殺人事件ですね。それから、その前に南明高校で起きた女子生徒の殺害事件」

それを聞くと、黄海《ホアン・ハイ》は思わず司望《スー・ワン》の肩に手をかけた。

「どうしてそんなことを知っている？」

「放してください」司望は身をよじりながら大声を出した。

黄海はもう一度、訊いた。

「どうしてだ？」

「インターネットで見たんです」

黄海は司望の肩から手を放した。

「悪かった」

「昔、南明高校の先生がふたりと生徒がひとり、殺されて死んだって、ネットの記事に書いてあったんです」

「いきなり肩をつかんだりして、本当にすまなかった。家まで送るよ」

十分後、建物の前のエンジュの木のところまで来た時、司望が袖をつかんできた。

「お願いがあるんです」

「何だね？」

「父さんを探してくれませんか？　父さんは二〇〇二年の春節の日に家を出ていったきり、行方がわからなくなりました。名前は司明遠《ミンユエン》です。警察署に行方不明の届け出はしてあります」

「わかった。できるかぎりのことをしてみるよ」

その日以来、黄海は週に何度か学校の前で司望を待ち、時にはモスクの前で串焼きを食べたり、また時には家での夕食に誘ったりするようになった。司望もだいぶ打ちとけてきた様子で、個人的な質問もしてくるようになった。黄海はなるべく正直に答えるようにしていたが、結婚したことがあるのかとか、子供はいるのかといった質問には口をつぐんで、話をそらしていた。

二〇〇六年四月の終わり

谷秋莎《グー・チウシャー》が殺されてから一カ月がたったが、新しい手がかりはまったくつかめなかった。それまでの状況や殺人の手口から見て、おそらく犯人は父親の谷長龍《チャンロン》を殺した路中岳《ルー・ジョンユエ》だと思われたが、物的な証拠はひとつもなかった。その路中岳は、全国的に指名手配をしているにもかかわらず、いっこうに捜査の網にひっかからなかった。

司望から頼まれた司明遠の捜索も全国各地の警察に問い合わせを行っていたが、はかばかしい成果は得られていなかった。迷った末に黄海は一度、司望の家を訪ねて、母親から直接、失踪当時の状況を聞いてみる決心をした。ただし、母親を驚かせてはいけないので、制服ではなく、私服でいくことにした。

建物の三階にあがって、ドアをノックすると、司望《スー・ワン》が出てきた。

「黄 海《ホアン・ハイ》さん……。どうして、ここに来たんですか？」

「来たらまずいことでもしていたのかい？」

そう言うと、黄海は部屋のなかに入りこんだ。司望はＤＶＤを見ていたらしい。日本のホラー映画、『呪怨《じゅおん》』だ。

「今はひとりか？」黄海は尋ねた。

「いいえ、母さんがいます」

「お母さんは、私のことを知っているかい？」

司望は首を横に振った。それはそうだろう。警察官の家にしょっちゅう遊びにいっているなんて、小学校四年生の子供が母親に言えるはずがない。警察官はなんだかんだ言っても危険な仕事なのだから、母親だってそれを望まないだろう。

やはり、このまま帰ったほうがいいだろうか？　――そう考えているうちに、部屋から母親が現れた。名前はすでに調べてある、何清影《ホー・チンイン》だ。きちんとしたワンピースを着ていて、髪も整えられている。

「どちらさまですか？」

「えっと、私は……」

黄海は戸惑った。普段はならず者ばかりを相手にしているので、こんなきれいな女性と話す機会はない。何をどんなふうに言えばよいのか、まったく見当がつかなかったのだ。

「黄海捜査官さんだよ」

司望が助け舟を出してくれた。だが、母親のほうは「捜査官」と聞いて、表情を変えた。

「望君、あなた、いったい何をしたの？」

「いえ、勘ちがいしないでください」黄海はあわてて説明した。「今日、突然お邪魔しましたのは、司望君のお父様、つまりあなたのご主人のことで、息子さんから頼まれ事をしていたからです。ええ、行方不明になったお父様を探してほしいと……。そこで、上海の警察署にある記録はもちろん、全国の警察に問い合わせをしてみたのですが……」

それを聞くと、何清影の瞼が震えた。

「ありがとうございます」

「ですが、残念ながら、今のところ有力な手がかりが見つかっていません。ホテルの宿泊名簿を見ても、電車や飛行機の購入記録を見ても、どこにもお名前が残っていないのです。そこで、失踪当時の様子でもうかがえたらと思いまして……」

「さあ、借金のことで口喧嘩をしたと思ったら、そのままぷいと外に出て、それっきり姿を消してしまったものですから……」

「そうですか。では、我々のほうでも捜索のための努力は続けますので、奥様のほうも何か思い出したら、教えてください」

そう言って、黄海《ホアン・ハイ》は帰ろうしたが、母親にひきとめられた。母親は熱いお茶を入れると、司望《スー・ワン》のことを話しはじめた。

「この子はとても賢い子で、谷秋莎《グー・チウシャー》さんのところで英才教育を受けていた時には成績もぐんぐん伸びて、天才児と言われていたのですが、今はもう普通に優秀な成績に戻ってしまいました。この子が世界を広げる機会を与えてくださって、谷さんのおうちには感謝していますけど……」

自分の成績の話が出たのが嫌だったのか、母親が話を始めると、司望は自分の部屋に逃げていってしまった。

その機会を利用して、黄海は何清影《ホー・チンイン》に尋ねてみることにした。

「谷秋莎さんが亡くなったことはご存じですね？」

「いいえ。亡くなったのはお父様のほうでは？」

「いいえ。娘さんもです。お父様同様、背中を刺されて。現在、懸命になって犯人を探しているところです」

「そうですか……」

「養子縁組を解消なさってからは、あまりお会いになっていなかったようですね。最後に谷秋莎さんにお会いになったのはいつですか？」

「春節の前です。まさに、その養子縁組を解消する時のことで……。わたしたちは一緒に警察署へ行って、居住証の変更をしたんです」

「それ以来、会っていませんか？」

「はい、会っていません」

「わかりました。ご協力、ありがとうございます。ご主人のことでは、また何かありましたら、ご報告にあがります」

そう言うと、黄海は暇乞いをして、司望と何清影が住むアパートを出た。だが、玄関を出て、エンジュの木のところまで来た時、思わずふりかえって、三階の窓を見あげずにはいられなかった。何清影の顔が目に焼きついている。

彼女は本当のことを言っていたのだろうか？

第二章

二〇〇六年四月の終わり

晩春のある夕暮れ時のこと……。

警備会社に勤める二虎《アル・フー》は、一年前からある屋敷の警備を担当していた。その建物を管理する不動産会社からの依頼で、不審な者が屋敷に入ってこようとしないか、門の脇に立って監視するのだ。だが、なかには屋敷には入ろうとせず、外からじっと屋敷を眺めている者もいる。去年のクリスマス・イブの日もそうだった。三十代半ばの美しい女性がひとり、門の前に立って、じっと建物のほうを見つめていた。あれはどういう経緯《いきさつ》があったのだろう。その女性があまりにも悲しそうな顔をしていたので、二虎は声をかけることもせず、その様子を見まもっていた。女性は凍るような寒さのなか、四時間もそうしていたが、やがて踵を返して、立ち去った。

いったい、あの女性はこの屋敷の前の持ち主だった谷《グー》家と、どんな関係があったのだろう？　見たところ、あまり裕福そうではなかったので、谷家に金の無心にでも来たのかもしれない。だが、その谷家の人々も、もうここには住んでいない。爾雅《アルヤー》学園グループという私立学園を経営していたらしいが、その学園が汚職がらみのスキャンダルで倒産し、この屋敷から出ていくことになったのだ。あれは一月の末、春節の日のことだ。肩を落とした老人が娘に手を引かれて出ていった姿を覚えている。あんなに権勢を誇った一家がそんなことになるとは。しかも、親娘《おやこ》はふたりとも最近、死んでしまったらしい。老人のほうは娘婿だった路《ルー・》中岳《ジョンユエ》という男に殺されて、娘のほうも何者かに殺害されたという。

それならば、あの子はどうしているのだろう？　二虎は思った。一家には十歳くらいのきれいな顔をした男の子がいて、よく庭を散歩したり、二階の窓から外を見ていた。夜間の警備の時に、ふと建物を見あげると、必ずその子が窓辺に立っていて、その姿を見ると、二虎はぞっとしたものだった。おそらく色が透きとおるように白かったせいだろう。その子は幽霊にしか見えなかったのだ。いや、本当に幽霊だったのかもしれない。あるいは魂を死んだ人にとられていたのか……。

蒼白い顔で夜の窓辺に立つのは、死んだ人に魂を奪われた人間だ――故郷の村にはそんな言い伝えがあった。

谷一家が屋敷を出ていくと、その子の姿は見えなくなった。ということは、幽霊ではなかったのかもしれない。けれども、二虎は時おり夢のなかでその子を見ることがあって、そんな時には大声で叫んで、自分の叫び声で目を覚ました。

西の空が赤く染まっている。二虎は身体をねじって、建物を見あげた。屋敷は売りに出され、今は新しい所有者のために改装工事が入っている。不動産会社の依頼で、その間も二虎《アル・フー》はこの屋敷の警備を務めているのだ。

その時、黄昏《たそがれ》のなか、女性がひとり、屋敷のほうに近づいてくるのが見えた。女性は卒業式で着るような質素で黒っぽい服装をしており、ポニーテールにした髪には白い花が挿してある。まるで喪に服しているようだ。きれいな顔立ち、輝く白い肌、そして慎ましやかなまなざしは、古い美人画を彷彿《ほうふつ》とさせる。

二虎はすでにこの女性を何度も見ていた。この屋敷の前の持ち主、谷《グー》家の婿養子、路中《ルー・ジョン》岳《ユエ》の従妹《いとこ》だ。春節のあとで——つまり谷家の人々が屋敷を出ていったあとで、門のあたりを行ったり来たりしていたので声をかけたところ、自分は路中岳の従妹で、どうしても路中岳に会わなければならない用事があると言っていた。二虎がこの屋敷の人々は、みんな出ていったと伝えると、女性はありがとうと言って去っていった。

だが、その後も女性は何度も屋敷に現れ、もしかしたら路中岳が立ち寄らなかったかと、尋ねてきた。二虎が首を横に振ると、女性は礼を言って帰っていった。女性が去ったあとには、いつもその長い髪が放つ、芳香が残された。

今日もまた路中岳がここに来たかどうか、確かめに来たのだろうか？　路中岳は谷老人を殺して行方不明になっているが、もしかしたら、この屋敷に潜伏している可能性もある——そこに一縷《いちる》の望みを託して……。

そう思いながら見ていると、道の反対側から別の人たちがやってきた。おそらく母子《おやこ》なのだろう。時代遅れのパーマをかけた三十代くらいの女性と十歳か十一歳くらいの男の子のふたり連れだ。それぞれ旅行鞄を持ち、遠くからやってきたのか、疲れはてた様子をしている。この母子はここに何をしにきたのだろう。路中岳の従妹だという女性と知り合いなのだろうか？　黙って成り行きを見守っていると、母親が従妹に声をかけた。

「あの、ここは路中岳の家ですか？」

「いいえ、路中岳は少し前から行方不明になっています。何かご用ですか？」

それを聞くと、母親は絶望した様子で、崩れおちそうになった。男の子が必死で支えた。

「あの……。つかぬことを訊きますが、あなたは路中岳のお知り合いですか？」気を取りなおして、母親が尋ねた。

「はい。従妹です」

すると、母親はほんの少しだけ安心したような顔になり、すがりつくように言った。

「お会いできてよかった。どうか、助けていただけませんか？」

その言葉に、今度は従妹が母親に尋ねた。

「あなたは？　あなたは従兄《いとこ》とはどういうご関係なんですか？」

母親は子供を自分の前に出して答えた。

「この子は路中岳の息子です」

「どういうことですか？　従兄に子供はいないはずですが……」

「十年前、わたしは路中岳《ルー・ジョンユエ》とつきあっていました。そして、この子を妊娠したのです。でも、路中岳は、『おまえと結婚するつもりはないから、子供を堕ろせ』と言って、わたしに五千元差しだしたのです。わたしは怒って、結婚しないとはどういうことか？　と問い詰めました。すると、路中岳は、『おれはほかの女と結婚する。おれに地位と財産を約束してくれる女とな』とうそぶきました。しかたなく、わたしはこの子を産んで、ひとりで育てることにしました。堕ろすつもりなんて、まったくありませんでした。幸い、両親が助けてくれたので、ここまで育てることができたのですが……」

「従兄はそのことを知らないのですか？　つまり、あなたがお子さんを産んだことを」

「ええ、あの男には伝えませんでしたから。だって、ほかの女と結婚するために、中絶費用をよこして、わたしを捨てたんです。もうつながりを持ちたくなかったんですよ。でも、この子があの男の子供だということはまちがいありません」

そう言うと、母親は男の子の額を指さした。

「見てください。この額の痣は、あなたの従兄と同じものです。どちらも生まれつきなんです。だから、この子はまちがいなく路中岳の子供です。もしお疑いなら、ＤＮＡ鑑定をしてくださってもけっこうです。どうぞ採血してください」

「まあ、そんなふうにおっしゃらないでください。あなたの言葉を疑ったりはしません。でも、今まで従兄とつながりを持ちたくなかったのに、今日はどうして？」

「去年、わたしの両親が亡くなりまして、もうほとんどお金がない状態なのです。働きにいくには誰かに子供を預かってもらわなければなりませんが、そのためのお金もなくて……。それで、路中岳が〈自分は地位と財産を約束してくれる女と結婚する〉と言っていたことを思い出したんです。私立学校の経営者として、羽振りをきかせているという噂も聞きましたし……。たとえ、この子を認知するつもりがなくても、面倒を見る義務はあるはずです」

そこまで話すと、母親は涙をぬぐった。それから、子供の肩に手を置くと言った。

「ほら、自分の名前を言いなさい」

子供はとてもいい子で、それまでずっと黙っていたが、素直に答えた。

「路継宗《ジーゾン》といいます」

子供の顔を見ると、路中岳の従妹は同情したように言った。

「お気持ちはわかりますが、あなたがたのご希望には添えないと思います。たぶん、ご存じなかったのだと思うけれど、路中岳は今、殺人事件の容疑者として警察から指名手配されているのです。わたしも従兄を探しているのだけれど、そうしたわけで会えていないのです」

「なんてことなの！」母親は叫んだ。「あの男が指名手配されるのは、自業自得でしょうけれど、でも、わたしたちはいったいどうしたらいいの？」

それを聞くと、路中岳の従妹は財布を出して、三千元を母親に差しだした。

「失礼ですが、これを……。家に戻る旅費くらいにはなると思います」

「そんな……いただけませんわ」

「いえ、お受け取りください。わたしは路《ルー・ジョンユエ》中岳の従妹なんですから……。従兄の問題は、わたしの問題でもあるんです。従兄は過ちを犯した。だから、わたしがそれを償わなければならないんです。もちろん、従兄の居場所がわかったら、あなたにもご連絡して、直接、従兄に償わせます。でも、今はそれができません。よかったら、携帯の番号を交換しましょう。何かわかったら知らせます」

「わかりました。ありがとう」

そう言って、ふたりは携帯の番号を交換した。路中岳の従妹が言った。

「あなたも何かわかったら、すぐにわたしに教えてください」

「必ずそうします。ありがとう」

母親はもう一度、礼を言うと、子供とともに来た道を帰っていった。

その間、路中岳の従妹は母子の背中をじっと見まもっていた。その姿を見て、二虎《アル・フー》は息を吞んだ。これほど美しい女性は見たことがない。

残照を浴びて、屋敷の門の前に立つその姿は、凍った炎のようだった。

どこかで夾竹桃の花の香りがした。

二虎は知らなかったが、その女性の名は欧陽《オーヤン・シャオジー》小枝といった。

第三章

二〇〇六年十二月二十四日（日曜日）　クリスマス・イブ

黄海《ホアン・ハイ》は、部屋でくつろぐ司望《スー・ワン》の姿を眺めた。長寿通りの第一小学校で司望に話しかけてから、もう八カ月になる。その間に、黄海は司望とかなり親しくなった。そこで、今日はクリスマスのお祝いをしようと、家に呼んだのだ。といっても、料理はインスタント麺しかつくることができないので、惣菜屋でおいしそうなものを見つくろい、自分には紹興酒を二本、司望のためにはスプライトのペットボトルを買ってきた。

あらためて司望を見ると、この八カ月でずいぶんと大人びてきたように見える。それもそうだろう。先週の十九日に誕生日を迎えたばかりで、もう十一歳なのだ。あと二年もすれば、思春期を迎えることになる。

窓の外には冷たい雨が降っていた。

だが、部屋のなかは暖かく、穏やかな雰囲気に満ちている。紹興酒の盃を重ねているうちに、黄海はつい気持ちがゆるみ、今まで決して触れることのなかった家族の話を口にした。

「こうしていると、之亮《ジーリアン》のことを思い出すよ。あれが死んで二年になる。まったく夢のようだ」

「之亮《ジーリアン》って誰？」

おそらく酒のせいだろう、黄海《ホアン・ハイ》は引き出しから額に入った写真を一枚、取り出した。色とりどりの風船で飾られた人民公園の花壇の前で撮ったもので、自分と息子の之亮が写っている。風船には〈六月一日〉と書かれている。国際児童節（国際こどもの日）に一緒に出かけた時の写真だ。

「息子だ。生きていれば、きみよりひとつ年上になる。四年前、白血病だということがわかってね。私は骨髄移植の提供者を求めて国じゅうを駆けまわったが、適合するドナーを見つけることはできなかった。結局、之亮は死ぬまでの一年間、病院で暮らすことになった。化学療法の影響で、髪が全部抜けてしまってね。最後は私の腕のなかで息をひきとったんだ」

「悲しかったでしょう？」

「毎日、泣いて暮らしたよ。それがずっと続いていた。今年の春、きみに会うまでね」

そう言って、黄海は司望《スー・ワン》を抱きしめた。まるで息子だというように……。

「之亮のお母さんは？」

「その頃にはもう離婚していたので、一緒にいなかった。金持ちの男と暮らすために、オーストラリアに行ってしまったんだ。之亮がいた頃は、二、三度、訪ねてきたことがあるが、死んでしまってからは一度も帰ってきていない。私が適合するドナーを見つけていたら、すべてはちがったのに」

それを聞くと、司望が手を伸ばしてきて、頬のあたりをなでながら言った。

「しかたがないよ。黄海さんのせいじゃない。よかったら、ぼくのことを之亮って呼んでもいいよ」

「之亮は死んだんだ。もう帰ってこない」

あらためて息子の死を受け入れるかのように、黄海は言った。すると、司望がびっくりするような言葉を口にした。

「死は夢にしかすぎない。生も同じだ」

「きみときたら……。子供なのか大人なのか、わかりゃしない」

そう言いながら、黄海は盃ではなく、コップに酒を注ぎ、一気に飲みほした。

「もうそのくらいにしておきなよ。泥酔しちゃうよ」

司望が袖口を引っぱりながら止めた。だが、その手をふり払うと、黄海はさらに酒をあおった。そうして、結局、司望に手伝ってもらいながら、長椅子に横になった。司望がそばを離れる時、「待て、之亮。之亮、行かないでくれ」と言った気がする。だが、そこで記憶が途だえた。

それから、どのくらいたっただろうか？　黄海は気持ちが悪くて、目が覚めた。四つん這いになってトイレまで行き、胃のなかにあったものを吐く。いくらなんでも飲みすぎだ。どうして今夜はこんなことになってしまったんだろう？　そう思うと、恥ずかしくなった。だが、トイレから戻る途中で、廊下の突きあたりにある小部屋の扉がわずかに開いていることに気がついた。あわてて服のポケットを探したが、肌身はなさず持っているはずの鍵が見あたらない。

その小部屋にはある事件に関係するものが集められていて、司望《スー・ワン》にも見せないようにしていた。だが、それだけに、司望にとっては謎めいていて、どうしても覗いてみたい気持ちになったのだろう。それで、こちらが泥酔したすきを狙って、鍵を抜きとったのだ。黄海《ホアン・ハイ》は急いで小部屋に行った。静かに扉を開ける。すると、閉めきった部屋特有のカビくさい臭いが満ちるなか、司望が壁に向かって、銅像のように立ちつくしている姿が目に入った。

黄海は戸惑った。その壁には、十一年前に、南明《ナンミン》高校の国語教師だった申　明《シェン・ミン》が殺された現場の写真が何百枚と貼ってあったからだ。南明高校の生徒たちが《魔女区》と呼んでいた場所の写真だ。廃墟になった工場の敷地や建物。崩れた壁、生い茂る雑草、さびついた機械、煙を吐かなくなった煙突。建物に入って地下に降りる階段。階段の下には丸いハンドルがついた上げ蓋があって、そこから梯子で地下室に降りるようになっていた。その上げ蓋の写真もある。

それから、殺害現場の写真。申明は当時二十五歳。髪は乱れ、婚約者にもらったシャツは汚れている。腕に巻かれた喪章は血で汚れ、顔は泥水に浸かっていた。写真は警察が現場に駆けつけて、すぐに撮られたもので、まだ照明の準備ができていなかったのか、懐中電灯の光が当てられていた。背景は黒く、光が汚い水に反射していて、吐き気を催させる光景だった。一九九五年の六月のことなので、一緒に写っている警察官は今のように紺ではなく、まだ緑の制服を着ている。

ほかの写真では、死体が仰向けにされ、この時にはもう照明の準備ができたのだろう、白い強烈な照明が遺体に当てられ、申明の蒼白い顔をいっそう白く見せていた。といっても、二日以上、地下室の水たまりのなかに放置されていたため、腐敗が進み、もはや申明だとは見分けがつかなかったが……。

その写真を司望は食いいるように見つめていたのだ。

黄海は司望の背中に立つと、うしろから両手を回して、司望の目をふさいだ。

「こんな恐ろしいものを見るんじゃない。夢でうなされるぞ」

だが、司望はその手をふり払って、また別の写真を注視しはじめた。申明の命を奪った背中の刺し傷の写真だ。

その様子を見て、黄海は谷 秋 莎《グー・チウシャー》の言葉を思い出した。

「あの子は申明が亡くなったあとに生まれているけれど、申明のことを知っていると思うの」

あれはどういうことだったのだろう？　谷秋莎《グー・チウシャー》はこうも言っていた。

「あの子の背中には痣があるの。ナイフで刺された傷痕のような痣が……」

司望《スー・ワン》と仲よくなってから、妙にその言葉が思い出されたので、ある時、黄海は司望と一緒に公衆浴場に行き、背中に痣があるか確かめてみたことがあった。はたして、谷秋莎が言ったとおり、司望の背中にはまちがいなくナイフで刺された傷痕のような痣があった。この写真の傷にそっくりな痣が。

これはいったい、どういうことだろう？　〈生まれながらの痣は、前世で致命傷となった傷痕の名残だ〉という話は聞いたことがあるが、もしそうなら……。いや、そんなのはただの迷信にすぎない。

いずれにしろ、凶器となったナイフは見つかっていなかった。警察は地下室にたまっていた水を汲みあげ、徹底的な捜査を行ったが、証拠となるものは何ひとつ見つからなかった。ただ、壁の一面に数字や古代文字のような模様を刻んだ魔法陣のようなものが描かれていて、ここで何かの儀式が行われたようにも見えた。だが、もちろん、魔女が生贄《いけにえ》にした人間の骨が出てきたわけではない。そのあたりが《魔女区》と呼ばれているからと言って、本当に魔女がいるはずがない。

黄海は司望の手から鍵を取りかえすと、小部屋のなかを見まわしながら言った。

「この部屋には、十一年前に起こった事件に関するものがすべて集められている。そうだ。

きみもネットで調べたという南明《ナンミン》通りの殺人事件だ。被害者は申明《シェン・ミン》という南明高校の国語の先生で、高校の近くの工場の廃墟で、ナイフで刺されて死んでいるのを発見されたのだ。そう、きみが見ていたさっきの写真にうつっていたのが申明だ」

「でも、犯人は捕まっていない。それで、この部屋がそのままになっているんだね？」司望が言った。

「そのとおりだ。その前には、これもきみがネットで調べたとおり、南明高校の女子生徒の殺害事件だ。発端は女子生徒の殺害事件だ。一九九五年六月六日の早朝に、柳曼《リウ・マン》という女子生徒が図書館の屋根の上で毒を盛られて死んでいるのを発見されたのだ。女子生徒は三年生で、二週間後には大学入試を受ける予定だった。その子の担任だったのが、申明だ。その女子生徒と、ある噂が立っていたことから、私は申明が殺したのではないかと疑い、すぐに逮捕した。だが、証拠がなかったので釈放した。

ところが、その二週間後、大学入試の前日に、南明通りを歩いていた労働者が道端に死体がころがっているのを発見した。被害者は南明高校の教頭の厳厲《イエン・リー》だ。死体にはナイフが背中に突きささっていた。警察はすぐに捜査を行い、申明の姿が見えないことに気づいた。調べてみると、学校の守衛が、裏門から出ていく厳厲と、そのあとを追う申明の姿を目撃していた。ということで、警察は厳厲を殺したのは申明だと考え、その行方を追ったのだ。

しかし、その後、二日たっても申明は見つからず、警察が手をこまねいていたところに、ある女子生徒からの通報があった。その女子生徒は、六月十九日の夜、申明《シェン・ミン》が《魔女区》と呼ばれている工場の廃墟に入っていくのを見たという。そこで、《魔女区》を徹底的に捜索したところ、六月二十二日の午前十時に、工場の地下室の水たまりのなかに申明が倒れているのを発見したというわけだ。地下室に水たまりができていたのは、その夜は激しい雨が降っていたためにどこからか水が洩れて、床にたまっていたせいだ。申明を殺したナイフは見つからなかった。厳厲を殺したナイフのほうは遺体に刺さって、残っていたのだが……。ほら、このナイフがそうだ」

そう言うと、黄海《ホアン・ハイ》は証拠品を入れてある箱からアーミーナイフを取り出した。外国製のナイフで、当時は禁制品だったから、普通の人には手に入れることができないものだ。

ナイフをまた箱に戻して、ふと司望《スー・ワン》を見ると、司望は別の壁面に貼ってある、事件の関係者の相関図を描いた紙を眺めていた。中央には申明の写真と名前があって、そこから赤い線が四方に伸びて、やはり写真と名前のある八人の人物につながっている。その赤い線はまるで血管のようで、それを見るたびに、黄海は自分の血が流れているかのように感じた。事件が解決されるまで、この血管のなかを熱い血が巡りつづけるのだ。

八人の名前は、柳曼《リウ・マン》、厳厲《イエン・リー》、賀年《ホー・ニエン》、路中岳《ルー・ジョンユエ》、谷秋莎《グー・チウシャー》、谷長龍《チャンロン》、張鳴松《チャン・ミンソン》、欧陽小枝《オーヤン・シャオジー》。

そのうち、五人の名前は二重線で消されている。柳曼、厳厲、賀年、谷秋莎、谷長龍の五人だ。中央の申明の名前から伸びた赤い線と、この五人の名前を消した二重線を見ると、申明がこの五人を呪い、復讐しているように思えた。

あとの三人、路中岳と張鳴松、欧陽小枝は生きている。

路中岳は逃亡中で、どこかに身を潜めていると思われる。だが、黄海は必ず見つけだして、刑場に送りだすつもりでいた。やつに幸せな最後はあり得ない。

その時、司望が、二枚の写真を指さしながら言った。

「張鳴松と欧陽小枝の名前はネットには載っていなかった。ネットの記事でぼくが知っている名前は、申明と柳曼と厳厲だけだ」

「張鳴松は南明高校の数学の教師だ。欧陽小枝は南明高校の女子生徒で、当時は三年生だった。申明が行方不明になって三日後に、《魔女区》を探すようにと警察に言ってきたのは、その子なのだ」

「この図は最初からこうなっていたの？」

「いや、路中岳と賀年はあとからつけ加えた。路中岳は事件から二年後の一九九七年にね。その理由は、親友だった申明の婚約者と結婚したからだ。調べてみると、路中岳は申明の高校時代からの友人で、事件があった晩は、現場から二百メートルほど離れた店で酒を飲んでいた。いや、その近くには閉鎖になった鉄工所があってね、路中岳はその鉄工所に勤めていたので、鉄工所が閉鎖になったあともそのあたりの店に通っていたらしい。客の出入りが激しかったので、殺害時刻ちょうどのアリバイを証明する人物はいなかった。だが、それだけではどうすることもできない。そこで、とりあえず相関図に入れて、監視しつづけることにしたんだ。もっとも、路　中岳《ルー・ジョンユエ》は最近、義父であった谷　長龍《グー・チャンロン》を殺しているので、この図に入れておいたのは、あながち見当はずれではなかったことになる。賀　年《ホー・ニエン》は申　明《シェン・ミン》の大学の友人であり、爾雅《アルヤー》学園グループにも勤めていたので、一九九五年の事件に関係があるのではないかと考えたんだ」

「でも、どうしてこの部屋に鍵をかけて、誰も入れないようにしていたの？　自分だけの事件にしたかったから？　それとも解決できないのが恥ずかしかったから？」

「馬鹿なことを言うもんじゃない。それより、きみはどうしてこの事件に興味を持つんだ？　まだ生まれる前のことだろう？」

「さあ、どうしてだろう？　よくわからないけれど、黄海さんのためであるかもしれないね」

「まったく、人を不安にさせる子供だな」

そう言うと、黄　海《ホアン・ハイ》は司望《スー・ワン》を部屋から連れだした。

その時、玄関のチャイムが鳴った。司望がまるでこの家の子供であるかのように、玄関に走っていく。黄海は慎重に小部屋に鍵をかけて、その鍵をポケットにしまった。

耳をすますと、玄関から司望と来客のやりとりが聞こえてくる。

「黄海捜査官のお宅だね？」

「はい」

「お邪魔して悪いけど、お父さんはいる？」

客はどうやら司望をこの家の子供だと思ったらしい。状況から言ったら、無理はない。司望も否定しなかった。

「はい、います」

黄海は洗面所に行って、酔い覚ましに頭から水をかぶり、タオルで頭を拭きながら出ていった。訪問者は五十代後半の男性で、髪には白髪が交じり、顔はやつれて、深いしわが刻まれている。少々、腰も曲がっている。黄海はこの男をよく知っていた。検事の申援朝《ユエンチャオ》――申明の実の父親だ。申明が生きていた間は親子であることを隠していたのだが、死んでからは償いの気持ちからか、そのことを公言し、息子を殺した犯人を捕まえてほしいと言ってくる。いや、それだけならまだしも、陰謀説にもとづいて犯人を推定し、早く逮捕しろとせっついては、警察を困らせていた。あまり会いたい相手ではない。

「これは申援朝検事。自宅にまでは来ないでほしいと、言ったじゃないですか！」黄海はいきなり不快の念を示した。

「申しわけない。電話をかけたんだが、誰も出てくれなかったもので……。それで、つい来てしまったんだ。とても大事なことだから……。また新しい証拠を見つけたんだ。あの男が――張　鳴松《チャン・ミンソン》が犯人だという証拠を……」

「そうですか……。まあ、聞くだけ、聞きましょう」

「昨日の晩、私はあの男が本屋で一冊の本を買うのを見たんだ。それが何の本だと思う？　なんと『ダ・ヴィンチ・コード』なのだ。二年前に発売されてから、私は何度も読んだがね。話の発端は、ある時、ルーヴル美術館の館長が殺されて、キリスト教の聖杯伝説に関する、ある謎を残す。その謎をハーバード大学の宗教象徴学の教授と、殺された館長の孫娘が解いていくんだが、《シオン修道会》、《テンプル騎士団》など、宗教的な秘密結社が出てくるんだ。私は張　鳴松《チャン・ミンソン》なら、この本に興味を持つはずだと考えていたのだが、まさか私の目の前でその本を買うとはね。まあ、これまで読んでいないのが不思議だったが……。だが、これでまちがいない。あの男は何かの結社に属している。《シオン修道会》か、《テンプル騎士団》か、あるいは《薔薇十字団》か、《フリーメイソン》か。知ってのとおり、ああいう秘密結社は神秘的な儀式をして……」

「いや、ちょっと待ってください」黄　海《ホアン・ハイ》は検事の言葉をさえぎって言った。「どんな証拠かと思ったら、またその話ですか。張鳴松さんが秘密結社に属して、怪しげな生贄の儀式をしている。息子さんはその犠牲になったというのでしょう？　でも、張さんは南明《ナンミン》高校の数学の先生なんですよ」

だが、検事はすぐに反論を始めた。

「あの男はただの数学教師ではない。あいつは……」

そこで司望《スー・ワン》が横から口をはさんだ。

「ねえ、検事さんになかに入ってもらったら？　もっとじっくり話を聞こうよ」

その言葉にしたがって、黄海は申援朝《シェン・ユエンチャオ》検事を居間に通した。しかし、司望にはこう言った。

「これは子供には関係のない話だ。話がすむまで、台所に行ってなさい」

司望は黙ってうなずくと、台所に向かった。だが、きっとドアに耳をつけて、なんとか話を聞こうとするにちがいない。そう考えながら、お茶の支度をして検事に勧めると、黄海は検事のよた話を聞く覚悟を決めた。すると、こちらから話を向けるまでもなく、検事がしゃべりはじめた。

「あの男は『ダ・ヴィンチ・コード』を買うと、すぐに地下鉄に乗って、本を読みはじめた。メモをとったり、十字架や、わけのわからない記号、それから数字をページの余白に書きこみながらね。いや、まちがいない。なにしろ、私はあの男のあとをつけて、近くで見ていたんだ。あれはきっと、あいつの属している秘密結社が使っている暗号だと思う」

「そんなことをして、張鳴松さんに気づかれなかったんですか？　確か、検事さんのことは知っているはずでしょう？」

「それは大丈夫だ。マスクをして、深く帽子をかぶって、顔を隠していたからな」

黄海は煙草に火をつけた。

「勘弁してくださいよ。張《チャン》さんがあなたにつけられていると知って、私の上司にクレームをつけたら、とんでもないことになりますよ。ことに、あなたの行動を私が知っていたと、上司にわかったら……。私はこっぴどく叱られます。なにしろ上司の娘が来年、大学受験でしてね。張先生の個人授業を受けているんです」

それを聞くと、申 援 朝《シェン・ユエンチャオ》検事の顔色が変わった。

「なんて危険なことを！　すぐにその上司に電話して、個人授業をやめさせなさい。若い娘なんて、やつの恰好の餌食じゃないか！　《シオン修道会》は性的な儀式をすることで有名だ。ほら、『ダ・ヴィンチ・コード』にもそういう場面があっただろう？　これまでの検事としての経験から、私は断言する。あの男はただの数学教師ではない！」

「ええ、ただの数学教師ではありません」黄 海《ホアン・ハイ》は答えた。「素晴らしい数学教師です。《特級教師》の称号を得ているほどですから」

検事は激しくかぶりを振った。ますます興奮してきたようだ。

「あいつの目には昏《くら》い光がある。いかに教師として優れていようが、それは人格まで保証するものではない。あいつは異常だ。何か邪悪なものを内に秘めている。それに読んでいる本だって……。前に図書館であの男に会ったことがあるが、あいつが何を読んでいたと思う？　いや、私は検事だという身分を明かして、きちんと自己紹介したうえで、『張鳴松《ミンソン》先生ですね。今日は何をお借りになったのですか？　数学書ですか？　それとも教育書でも？』と尋ねたのだが、あの男は気まずそうな顔で、持っていた本をあわてて鞄にしまうと、そそくさと行ってしまったんだ。それで、私は検事だと名乗って、今の男が借りた本の記録を知りたいと言ったら、どんな答えが返ってきたと思う。中世の秘密結社や錬金術、エジプトの秘儀や、生贄の儀式に関する本が片っ端から並んでいるじゃないか。『そして誰もいなくなった』や『メソポタミアの殺人』のようなミステリーもあったな。たぶん、殺人の手口とか、偽のアリバイをつくる研究をするためだろう」

「中検事、ちょっとよろしいですか……」

検事の話が完全に暴走してきたので、黄海は口をはさんだ。だが、検事は変わらぬ勢いでまくしたてた。

「最後まで話させてほしい。私の息子を殺した時、張鳴松は三十代初めだった。ということは、今は四十代だろう。それなのに、結婚をしていない。不思議だと思わないかね？《特級教師》の称号を得ているくらいなんだから、結婚相手はすぐに見つかっただろう。それがいまだに独身だということは……。つまり、あの男は異常なんだ」

「検事！　いい加減にしてください！」

「それだけじゃない。あの男の家系を調べたところ、祖父が《オプス・デイ》に所属する司祭と一緒に働いていたんだ。《オプス・デイ》っていうのも、『ダ・ヴィンチ・コード』に出てくる宗教組織だ。それから、あいつの父親も二十年前に奇妙な方法で自殺をしている。石造りの小屋にこもって、焼身自殺をしたんだ。あれはきっと、みずからを生贄にする儀式だったんだと思う。祖父や父親がそんな人間なら、あいつだって」

「残念ですが、申《シェン》検事。そういったものは何の証拠にもなりません。あなたも検事なら、誰かを告発するのに物証が必要なことくらい、よくわかっているでしょう？　けれども、あなたときたら、秘密結社だの、生贄の儀式だの、そんなことばかり言ってきて……。それも事件が起きた直後の十一年前からですよ。職場にはしょっちゅう電話をかけてくるし、今日は自宅にまでやってくる」

「それは、昨日の晩、あいつが『ダ・ヴィンチ・コード』を買ったのを目撃したからだ。あの本を買ったということは、あいつが秘密結社に属しているという、何よりの証拠ではないか！」

「どうかおひきとりください」黄海《ホアン・ハイ》は言った。「もし張鳴松《チャン・ミンソン》さんから、あなたにつきまとわれていると訴えがあったら、私はあなたを逮捕しなければならなくなります」

「しかし……」

「いいえ。だいたい、十一年前に、張さんが犯人ではないかと、あなたから聞いた時、私はアリバイまで確認したんですよ。一九九五年六月十九日のアリバイを……。そうしたら、張さんは、教育関係の会議に出席していて、ある島のホテルに宿泊していました。ええ、会議に参加していた人や、ホテルの従業員など、少なくとも四十人の証人がいます。おまけに、この夜は嵐だったので、船はすべて欠航になっていました。つまり、会議に出席した人々は、全員が島に閉じこめられていたというわけです。部屋はふたりで一室で、張さんは、会議の主宰者と同室でした。こんな状況の中で、どうやったら申明《ミン》さんを殺すことができるのか、私にはさっぱりわかりません」

「だから、やつはミステリーを読んで、研究していると言っただろう？　図書館でやつがミステリーを借りていると知ったあと、私もずいぶん読んだがね。一見、強固なアリバイが実はトリックだったなんていう例はいくらでもあるんだ。きみみたいに優秀な捜査官なら、やつのアリバイなど、簡単に崩せるはずだがね。あるいは、もうひとつの殺人事件のほうからやつの化けの皮をはがすという方法もある。やつは柳曼《リウ・マン》という女子生徒も殺しているにちがいないんだ」

「いいえ。その事件についても、張さんにはアリバイがあります。その日は夜中の二時まで、ふたりの生徒に補習授業をしていたのです。それから、検事さんはさっき、張さんが結婚していないので異常だとおっしゃっていましたが、それは別に不思議なことではありません。おそらく、この人こそが生涯の伴侶《はんりょ》だという人に出会わなかったのでしょう。それで今まで独身でいるんです。そういう人はいるものなんですよ」

すると、申援朝《ユエンチャオ》検事が震える声で言った。

「あれから十一年、私はずっと息子のことを考えてきた。あの時、息子は私に助けを求めにきた。それなのに、私は手を差しのべなかった。そう思うと、後悔の気持ちに苛《さいな》まれる……。あの子が死んだ年に、私には娘が生まれたが、その娘に私はほとんど同じ発音の申敏《シェン・ミン》という名前をつけた。あの子を忘れないためだ。ああ、申明《ミン》……。あんなふうに殺されたんだから、あの子の魂はきっと輪廻転生できずに、この世をさまよっているはずだ。私はそれを感じるんだ。嘘じゃない！　昨晩、私はあの子の夢を見た。あの子は川岸に立って、手にはスープの入った椀を持っていた。あの河は忘川水《ぼうせんすい》だ。スープは孟婆《もうば》湯《とう》だ。あの子は前世で起きたことを忘れるつもりがなくて、私に復讐してほしいと思っているんだ。自分を殺した犯人を捕まえてほしいと……。そして、犯人は申明と同僚だった数学教師、あの張鳴松《チャン・ミンソン》にちがいない。あの男はおかしい。何か異常なところがある。十一年間、あの男を追ってきたから、私にはわかるんだ。あなたも優秀な捜査官だからわかるだろう？　こういった勘は当たるものだと……。証拠だってある。『ダ・ヴィンチ・コード』を買ったことが、何よりの証拠だ」

「申援朝《ユエンチャオ》検事！」黄海《ホアン・ハイ》は、少し強い口調で言った。「お願いですから、帰って休んでください。今日はクリスマス・イブです。娘さんが待っているんでしょう。字はちがうけれど、申明さんと同じほとんど発音の申敏さんという娘さんが……。犯人は必ず、私が逮捕します。私は生きているかぎり、犯人を探しつづけるつもりです」

　その言葉に、申援朝検事は玄関に向かった。だが、ドアを開けて、外に出る前にふり返って言った。

「それでは張鳴松の部屋を捜索してくれ。住所は知っているだろう？　やつは一階に住んでいて、部屋の前には小さな庭がある。その庭を掘りおこしてくれないか？　ちょっと掘っただけで、骸骨がわんさか出てくるはずだ」

検事が出ていくと、黄海はドアに鍵をかけた。そして、ようやくほっとしたところで、うしろをふり向くと、そこには司望《スー・ワン》がいた。

「話を聞いていたな？」

すると、司望は無邪気な口調でこう尋ねた。

「今の人は？」

検事に対する腹立ちを抑えながら、静かな声で黄海は答えた。

「話を聞いていたのなら、わかっているだろう。申明の父親の申援朝検事だ。私とは古くからの知り合いでね」

第四章

二〇〇六年十二月二十五日（月曜日）　クリスマス

時計を見ると、真夜中の十二時を過ぎていた。もうクリスマスだ。父親は朝、出かけたきり、まだ帰ってこない。まだ検察にいるのだろうか？　クリスマスなのに容疑者を尋問しているとか？　外には冷たい雨が降っている。申　敏《シェン・ミン》は心配になった。

ベッドの上にはクラスメイトたちが送ってくれたクリスマスカードが散らばっている。家政婦につくってもらった食事をすませたあと、自分の部屋でベッドの背板に寄りかかって、ひとつひとつ眺めていたのだ。そのなかのひとつに、男の子が送ってきたものがあって、そこには《かわいい申敏、きみの黒髪、きみのアーモンド形の目が大好きだ。友だちになってくれないか？》と書いてあったので、そのカードだけはベッドの下に放りなげてしまった。それから、羽根布団のなかにもぐりこんだのだけれど……。

その時、ようやく玄関で鍵を回す音がした。申敏はパジャマのまま、ガウンもはおらずに玄関に飛んでいった。冷たい空気とともに、父親が入ってきた。下を向いて、疲れた様子をしている。ただでさえ、祖父に見られてしまうような年齢なのだ。だが、顔をあげて、こちらを見たとたん、表情が一変した。

「おや、おちびちゃん。まだ起きていたのか？　早く寝なきゃ。明日は学校があるんだろう？」

「パパ、どこに行ってたの？」中敏は尋ねた。

「古くからの知り合いのところだよ」

そう答えると、父親は寝室まで一緒に来てくれて、ベッドに入ったのを確かめると、明かりを消した。

「おやすみ」

「おやすみなさい、パパ」

二〇〇六年十二月二十六日（火曜日）

翌日、長寿通りの第一小学校から、いつものようにバスを使って帰ってくると、中敏は家の前で近所の女の子たちとバドミントンをして遊んだ。マンションの入っている六階建ての建物の前がちょっとした広場になっているのだ。空気は冷たいが、身体を動かしていると、じきに温まってくる。中敏は飛んできたシャトルを思い切り打ちかえした。

だが、シャトルは狙いをはずれて、広場を取りまく灌木《かんぼく》の繁みに飛びこんでしまった。奥のほうなので、女の子には手が届かない場所だ。困っていると、近くを通りかかった男の子がひょいと手を伸ばして、シャトルを取ってくれた。

申敏《シェン・ミン》はその男の子のことをよく知っていた。同じ五年生でクラスが一緒になったことはないけれど、しょっちゅう顔は見ていたのだ。悲しげな瞳が印象的で、よく女の子たちの噂になっていた。成績も優秀らしいが、先生たちがことさらに注目して、目をかけているわけではないようだった。友だちはいないらしく、いつもひとりでいた。

なんていう名前だっけ？　申敏は思い出そうとした。でも、確かに知っているはずなのに頭に浮かんでこない。でも、それはどうでもよかった。シャトルを取ってくれたことが嬉しかったのだ。

ついていた葉っぱを払うと、男の子は申敏の手のひらにシャトルを置いてくれた。申敏はお礼を言った。

「ありがとう。二組の子だよね？　なんていう名前？」

「司望《スー・ワン》だよ。きみは？」

「申敏よ」

すると、男の子がびっくりしたような顔をした。

「申なんて珍しい苗字だね」

「そうね。クラスにはひとりしかいないよ」申敏は答えた。「ねえ、司望はこの近くに住んでいるの？」

「いや、たまたま通りがかっただけだ」

「ふうん、そうなの。ねえ、一緒に遊ばない？」

そう言って、申敏は司望にラケットを渡した。その時、司望の手の甲に傷があるのを見つけた。

「シャトルを取ってくれた時に、枝で怪我しちゃったんだね。ごめんなさい。わたしのせいで」

「たいしたことないよ」

そう答えると、司望は、もう片方の手で傷を隠した。

「だめよ。消毒しなくちゃ」

申敏は初め、司望を家に連れていこうとした。でも、いきなり男の子を連れて帰ったら、父親が嫌な顔をするかもしれない。そう考えて、薬を取りにいくことにした。

「ちょっと待ってて！　すぐに戻ってくるから……」

申敏は急いで建物に入り、エレベーターで四階まであがると、部屋に行き、救急箱を手に戻ってきた。まず傷口を消毒し、赤チンを塗ってから、アルコール・ガーゼで覆って、包帯をする。

まわりにいた女の子たちは、それを見てくすくす笑っていた。それが恥ずかしかったのか、司望は手当てが終わると、走って帰ってしまった。

それが司望と親しくなった、きっかけだった。

二〇〇七年五月　卒業間近

上海の小学校は五年制なので、五年生の児童たちは後期の間に中学入学試験の準備をする。申敏《シェン・ミン》は音楽が得意なので、音楽関係の学校に進学を希望していた。音楽のレッスンの時には、ピアノの先生に伴奏してもらって、「みんなで舟を漕ごう」を歌った（一九五五年の子供映画『祖国の花』の主題歌で、中国ではほとんどの人が知っている）。

あれ以来、司望《スー・ワン》とは親しくなって、司望はよく自分やほかの女の子たちに交じって、石蹴りをしたり、バドミントンをしたり、かくれんぼをしたりして遊ぶようになった。それまではやっぱり友だちがいなかったようで、友だちができたのはこれが初めてらしい。その様子を見て、男の子たちはからかっていたが、司望はいっこうに気にしていない様子だった。

でも、司望が特別女の子に興味があるのかと言うと、どうもそうではないらしい。というのも、司望のいる五年二組に、毎日、自家用車で通っているお金持ちの女の子がいて、司望を見るたびに、「家まで送ってあげるから、車に乗りなよ」と誘っていたが、司望はいつも断っていたからだ。でも、その女の子は結構しつこくて、いつでも司望につきまとっていた。

そんなある日のこと、申敏が校庭にいると、校門の近くで司望がその女の子と話しているのが見えた。しばらくして、女の子が何か封筒のようなものを差しだした時、司望は両手を振って女の子のそばを離れ、こちらに走ってきた。そして、近くまで来ると、「『ハリー・ポッター』の映画に誘われたけれど、断っちゃったよ」と言った。それから、魔法のマントで身を隠す仕草をしたので、ふたりは大笑いした。

笑いが収まると、司望が言った。

「実は、ぼくには本当に魔法の力があるんだ」

申敏は目を丸くした。

「嘘よ。そんなの信じられない」

「本当さ」真面目な口調で司望は答えた。「たとえば、ぼくはきみのお父さんの名前を当てられるよ。申援《ユエン》朝《チャオ》だろう？」

「そうだけど……。でも、そんなことは調べれば、簡単にわかるじゃない」

「じゃあ、これはどうかな？　きみにはお兄さんがいた」

「ほら、まちがった。お兄さんなんていないよ。いたら、わたしが知らないはずないもの」

「お父さんに聞いてごらんよ。教えてくれるから」

「まさか、そんな……」申敏は首を横に振った。

だが、突然思い出した。そう言えば、居間にあるママの写真の隣には、若い男の人の写真がかけてある。パパは一度も話してくれたことがなかったけれど……。

申敏が戸惑っていると、その人について、司望が話題を変えるように尋ねた。

「じゃあ、お母さんは？」

「ママは死んだの」申　敏《シェン・ミン》は簡潔に答えた。

「そうなんだ。ごめん」

「いいの。わたしがお腹にいた時、ママは四十歳を過ぎていて、その年齢で子供を産むのは危険だと言われたらしいんだけど、でも、ママはどうしても子供が欲しかったんだって……。それで、わたしを産んだんだけど、数時間後に出血が原因で死んでしまったの」申敏は言った。

話しているうちに、涙が出てきて、止まらなくなった。

「だから……。だから、ママが死んだのはわたしのせいなの」

すると、司望《スー・ワン》がまた別のことを尋ねてきた。

「誕生日はいつ？」

「一九九五年十二月二十日よ」

「じゃあ、ぼくの一日あとだ。ぼくは一九九五年の十二月十九日生まれだから。ぼくのことを兄さんて呼んでいいよ」

「呼ばないよ。兄さんだなんて……」

「それなら、それでいいけど。ぼくはきみのお兄さんがいつ死んだのかも知っている」

「お兄さんなんて、いなかったと思うけど……。でも、いたとしたら、いつ死んだの？　司望は知ってるの？」

「一九九五年六月十九日だ。その日、きみのお兄さんはこの世を去ったんだ。きみが生まれてくるのを待たずに……。きみみたいな妹ができるとわかっていたら、きっと死ななかっただろうに……」

申敏は狐《きつね》につままれたような気持ちで司望を見つめた。司望は下を向いて、涙を流している。ますます、わけがわからなくなった。

「どうして、あなたがそんなことで泣くの？」

「泣いてなんていない。風で砂が目に入ったんだ」

「大変！　動かないで！　目を大きく開けて、待ってて！」

そう言うと、申敏は校庭の手洗い場でハンカチを濡らしてきて、司望の目を拭いた。

「泣いていいのは女の子だけよ。パパがそう言っていたもの」

「そのとおりだ」

「まだ泣きそう？」

「いや、もう泣かないよ」

そう答えると、司望は目をこすった。それから、言った。

「ぼくはもう、帰らなくては……。またね」

二〇〇七年六月　卒業

学校年度が終わった。新年度が始まれば、児童たちはそれぞれちがう中学校に行き、もう会うことはない。

時々、申　敏《シェン・ミン》は司望《スー・ワン》と一緒に長　風《チャンファン》公園の池でボートに乗っているところを想像した。それは決まって黄昏時《たそがれどき》で、どういうわけか司望は淋しそうな様子をしている。その背中では、いつも太陽が山の端《は》に沈もうとしていた。

第五章

二〇〇七年八月下旬　夏休みの終わり

自宅で司望とチェスをしながら、黄 海《ホアン・ハイ》は言った。

「司望、去年のクリスマス・イブに、私が酔っ払った時に、ポケットから鍵を抜きとって、あの小部屋に入っただろう？　ほら、申明《ミン》の父親の申 援 朝《ユエンチャオ》検事が入ってきて、張 鳴松《チャン・ミンソン》が犯人だとまくしたてる前だ。きみは検事の話も盗み聞きしていた。あらためて訊くが、どうして興味を示すんだ？　きみはあの事件に何か関わりがあるのか？　そうでなければ、何か知っているのか？」

「知っていることもあるし、知らないこともある」司望は大人びた口調で答えた。「いずれにせよ、ぼくはあの事件の真相を知りたいと思っている。誰が申明を殺したのかを……。その意味では、ぼくたちは共通の目標を持っていると言えるかもしれないね。ぼくと黄海さんは」

「よし、それならこうしないか？」黄海は提案した。「私はきみに警察が持っている情報を教える。きみは谷《グー》家にいた八カ月の間に、何か特別なことがなかったか、私に教えてくれないか？　なにしろ、あの家には谷秋 莎《チウシャー》と谷 長 龍《チャンロン》、路 中 岳《ルー・ジョンユエ》――つまり、申明に関係した三人が住んでいたんだからな。しかも、谷秋莎《グー・チウシャー》と谷長龍《チャンロン》は殺されて、路中岳《ルー・ジョンユエ》は谷長龍を殺した容疑で指名手配されている。何か家のなかにいた者しか知らない秘密があったはずだ」

すると、司望《スー・ワン》がクイーンをうしろにさげた。チェックだ。黄海《ホアン・ハイ》はキングを移動して、チェックを逃れた。司望が顔をあげて言った。

「じゃあ、秋莎さんと路中岳の秘密を話すよ。秋莎さんの部屋には薬棚があってね。扉は鍵で閉めるようになっていたんだ。で、ある時、ぼくはその鍵をくすねて、なかを見たことがあるんだけど、LH－RHアゴニスト製剤というのがあってね。わかる？」

黄海は首を横に振った。司望が話を続けた。

「脳下垂体に作用して、黄体形成ホルモンの分泌を抑えるものなんだ。その薬を摂取すると、精巣でつくられるテストステロンというホルモンの分泌が阻害される。これでわかった？」

「わかるわけないだろ」そう言って、黄海は司望を見た。

「じゃあ、わかりやすく言うと……」司望はちょっともったいをつけて言った。「つまり、この薬を飲むと、性的に不能になるんだ」

「なるほど、それならわかる」

「で、秋莎さんは、この薬をこっそり食事に混ぜて、路中岳に飲ませていたというわけ……」

「なんてひどい！」

「秋莎さんは、この食事は夫のための特別食だから食べちゃいけないって、ぼくに言ってた」

「そうか。これではっきりしてきたぞ。もし路中岳が妻のしたことを知って、自分が不能になる薬を飲ませているとわかったら、さぞかし妻を憎んだことだろう。きっと、妻を殺したいと思ったにちがいない」

「たぶんね。もしそうなら、秋莎さんを殺した犯人は、こちらも路中岳だということなる」

「そう考えて、まちがいないだろう。たぶん、そうだと当たりをつけていたが、これで確信が持てた。でも、路中岳は薬のことを誰から聞いたのだろう？」

「ねえ、黄海さん」突然、司望が不安そうな声で尋ねた。「路中岳はぼくのことも殺そうと思っているんじゃないだろうか？　もともと子供ができないところに、ぼくという養子が入ったんだから、ぼくのこと、恨んでいたんじゃないかな？　あの人が家にやってこないかと、ぼくは心配で……」

黄海は司望の頭をなでて言った。

「大丈夫だ。きみとお母さんのことは、私が必ず守るから。心配するな」

「本当に？」司望はほっとしたような声を出した。それから、ビショップを移動させると、力強い声で言った。

「チェックメイト！」

黄海《ホアン・ハイ》は頭をかいた。

「まったく、きみみたいな息子を持っていたら、幸せだったと思う。さあ、もう遅い時間だ。そろそろ帰りなさい。お母さんが心配して電話をしてきてしまうぞ」

司望《スー・ワン》が帰って、ひとりになると、黄海は秘密の小部屋に入った。煙草に火をつけて、壁の貼紙《はりがみ》の中央に書かれた申明《シェン・ミン》の文字を見つめる。すると、十二年前のある光景が頭に浮かんできた。一九九五年六月十二日、申明が殺される一週間前のことだ。

当時、南明《ナンミン》高校には、申明に関する噂がふたつ流れていた。申明と柳曼《リウ・マン》が恋愛関係にあったという噂と、申明の父親が本当の父親ではないという噂だ。その噂について、申明に問いただしたところ、申明は柳曼との関係は否定したものの、もうひとつの噂については、それが真実だと認めたのだ。

「私は柳曼を殺していません。柳曼と恋愛関係にあったというのは、根拠のない噂にすぎません。でも、もうひとつの噂については本当です。私の父親は妻を毒殺して、死刑に処されたことになっていますが、それは本当の父親ではありません。あなたは殺人犯の息子だから、殺人を犯しても不思議ではないと考えているのでしょう？　でも、それはちがいます。非嫡出子ではありますが、私はもっと立派な人物の息子なんです。あなたと同じように、尊敬される職業についている人のね。社会的地位が高いせいで世間には秘密にしていますが……。

だいたい、母を毒殺して、死刑になったあの男――あの男の苗字は申ではありません」

「では、誰なんです？　あなたと同じ申という苗字を持って、尊敬される職業についている人物とは？」

「それは言えません。私はただ、自分が殺人犯の息子ではないと言いたかっただけです」

「それでは説得力がありませんね。その人物が今度の事件にまったく関わっていないのであれば、私も秘密を守りましょう。だから、その人物の名前を明かしてください」

それを聞くと、申明はしばらくためらっていたが、やがてこう答えた。

「本当に秘密を守ってくださるんですね。その人には、『この秘密は決して洩らさない』と約束したので……。だから、今日まで黙っていたんです。それだけはお願いしますよ」

そう言って、申明は申援《ユエンチャオ》朝検事の名前を口にしたのだ。

「私が申の苗字を名乗るようになったのは、七歳の時からです。それまでは、あの男の苗字でした。母を毒殺した男の……。けれども、あいつが捕まって、死刑になった時、祖母が役所に行って、申の苗字にしたのです。苗字が変わったあと、申援朝検事は何度か家を訪ねてきましたが、一度だけ人民公園に連れていってくれたことがありました。メリーゴーラウンドに乗って、検事に手を振ったことを覚えています。でも、検事と一緒に住むことはありませんでした。検事には世間体があったからです。またそのあとで検事が結婚したせいもあったかもしれません。

そうしたわけで、私は祖母に育てられました。祖母は学歴もなく、住み込みの家政婦として働いていましたが、立派な人でした。ただ、家は貧しく、私たちは安息通りにある建物の半地下で、ネズミに囲まれながら暮らしていました。時おり、検事が援助の手を差しのべてくれなかったら、食べるものにも事欠く生活だったでしょう。勉強のほうは検事が本を送ってくれたので、本代には困りませんでした。検事は学費も出してくれました。それから、祖母の雇い主で、私たちの住んでいた建物の一階で暮らしていたおじいさんが、いろいろな本をくれました。蒲松齢《ほしょうれい》の『聊斎志異《りょうさいしい》』をくれた時のことは、今でもはっきり覚えています。清代に書かれた怪異小説集です。まあ、そういったわけでたくさん本を読んだので、勉強だけはできました。近所の子たちにはいじめられましたが……」

「わかりました。ともかく、あなたの実の父親が申《シェン・》援朝《ユエンチャオ》検事だということについては、あなたの話を信用することにしましょう。だからと言って、あなたが柳曼《リウ・マン》を殺していないという証明にはならない」

「私はただ、自分の出自は確かなものだと、それを言いたかっただけです。殺人犯の息子と検事の息子では、人の見る目も変わるでしょう。黄《ホアン・》海《ハイ》捜査官、あなただって、私の本当の父親が検事だと知っていたら、ちがった対応をしていたのでは？」

「いや、私は捜査官として、そういった予断は持たないようにしています」

すると突然、申明《ミン》の様子が変わった。申明は急に発作に襲われたように苦しそうな表情を浮かべ、それまでの冷静な態度をかなぐり捨てて、こう言ったのだ。

「あの男と実の父親じゃ、まったくちがう！　あの男は母がいないと、私を殴ったんだ。三歳の私を……。それだけじゃない。死んだ今も私を恨んで、時々夢に現れる。『おれがおまえのおふくろを毒殺したことを警察に通報したな』と言って……。ああ、夢は夢じゃない。そこには真実が含まれるんだ。昨日だって……」

そこで、いったん言葉を区切ると、申明は鉄格子の間から手を伸ばし、こちらの袖をつかんで続けた。

「黄海捜査官、昨日、私は自分が死んでいる夢を見たんです。水のたまった暗い地下室で、私は背中をナイフで刺されて死んでいた。あれは夢じゃない。前世で起きたことか、それとも未来に起きることか……。私は背中をナイフで刺されて死ぬ。そして、子供に生まれ変わるんだ……」


その言葉を思い出した時、黄海は背中に戦慄が走るのを覚えた。そう、今まで忘れていたが、あの時、申明は確かにそう言ったのだ。夢のなかで、自分は背中をナイフで刺されて死に、子供に生まれ変わると……。ということは？　まさか、だが……。

黒いマジックをとると、黄海は壁に貼った紙の余白に司望《スー・ワン》の名前を書いた。そして、今度は赤いマジックを手にして、中央の申明の名前と、今、書いたばかりの司望の名前を結んだ。

第六章

二〇〇七年九月

司望《スー・ワン》は長寿通りにある五一中学の一年生になった（五一は五月一日の労働節のこと）。校舎は馬蹄型《ばていがた》に配置され、その両側には、夾竹桃に囲まれた小さな庭があった。運動場の反対側の端には、そこだけ孤島のようになった建物があり、その建物には医務室と音楽室があった。

司望が中学生になった日、何 清影《ホー・チンイン》は一抹《いちまつ》の淋しさを覚えた。中学生ともなれば、もう子供ではない。司望が急に遠くに行ってしまったように思えた。それでも、司望が居間のソファで昼寝をしているのを見ると、背中の痣のあたりをそっとなでた。背中のちょうど心臓の裏あたりに痣があることは、司望が生まれてからすぐに気づいていた。生まれながらの痣は前世で致命傷となった傷痕の名残りだというので、最初のうちは恐ろしくてしかたがなかった。でも、今はこの痣を見ると、憐憫《れんびん》や愛情など、さまざまな感情がこみあげてきて、ついなでたくなるのだ。

いっぽう、司望はそんな時は寝たふりをして、母親が背中をなでるのに任せていた。司望は母親が大好きだった。このままずっと母親になでられていたい。母親の胸に抱かれていたい。そう思うと、大人になりたくなかった。司望はよく母親の顔を眺めることがあった。母親は三十七歳になるが、母親より四歳年下で中国じゅうの男性を虜《とりこ》にしている、モデルの林《リン・》志玲《チーリン》より魅力的だった。

司望が中学校に入学するのを機に、何清影は小さな書店を開くことを考えていた。書店ならば、本好きの司望がちょっと退屈した時に店にやってくるだろう。そうしたら、親子で触れあう機会も少なくならずにすむ――そう思ったのだ。資金は司望が谷《グー・》秋莎《チウシャー》と養子縁組をした時に谷家からもらったお金の残りだ。夫の借金を返したあと、まだ十万元ほど口座に残っていたのだ。何清影は五一中学校の前に手頃な物件を見つけると、黄《ホアン・》海《ハイ》に手伝ってもらって、開店の準備を進めた。店の名前は、司望につけてもらって、《荒《ホアン・》村《ツン》書店》にした。

品ぞろえのほうは、夏休みの間に司望と一緒に本の卸《おろし》のマーケットに行き、中学生に必要な歴史や文学の本を中心にした。司望は古典文学が大好きだったので、あれも入れなくてはこれも入れなくてはと夢中になって本を選んでいた。そのいっぽうで、勉強にはあまり関係ない本も仕入れた。人気作家である郭敬明《グオ・ジンミン》の『悲しみは逆流して河になる』や韓《ハン・》寒《ハン》の『ある街』、それにティーンエイジャーが大好きなミステリーなどだ。

店は新学期が始まる日に、オープンした。黄海が、けっこうな人数の同僚警察官をオープニング・セレモニーに招待したので、事情を知らない人は、この店で殺人事件でも起こったのかと思ったかもしれない。司望は母親が書店を経営するのが嬉しかったようで、学校でも

「教科書なら、学校で買うより、うちの店で買うほうが安いよ」と宣伝してくれているようだった。

二〇〇八年十二月十九日（金曜日）　司望《スー・ワン》　満十三歳の誕生日

五一中学校の前に本屋を開いてから、一年三カ月。司望は二年生になっていた。その間、世間では、人気俳優の陳冠希《エディソン・チャン》が撮った猥褻《わいせつ》写真がインターネットに出回って、騒ぎになったりしていた。陳はつきあっていた女優やモデルとベッドにいるところを写真に撮って、パソコンに保存していたが、パソコンを修理に出した時に、その写真が流失してしまったのだ。だが、世間で何が起きようと、司望と何清影《ホー・チンイン》の生活に変わりはなかった。

本屋の商売は、うまくいっていた。司望もよく手伝ってくれていたが、何よりも黄海《ホアン・ハイ》の協力が大きかった。黄海は面倒くさい役所の手続きが簡単にすむように、裏でいろいろ手を回してくれたのだ。そういったこともあって、何清影と黄海は互いに相手との距離を縮めるようになっていた。

そんななか、この年の十二月十九日、司望は満十三歳の誕生日を迎えた。

これまで何清影は司望の誕生日に誰かを招いたことはなかった。だが、今年は司望がきっと喜ぶだろうと思って、司望には内緒で黄海に声をかけていた。黄海は約束の時間より少し前に来ると、ハムや塩漬けの魚など、誕生祝いにはまったくふさわしくないプレゼントを持ってきて、何清影を驚かせた。それから、慣れない手つきで料理を手伝おうとして、調味料の入れ物をひっくり返しては、しきりにあやまっていた。何清影はその様子を好感を持って眺めた。だが、そこでふと司望に目をやると、司望が仏頂面をしているのに気づいた。

お祝いのケーキを食べる頃になっても、司望は不機嫌な顔をして、それを行動にも表した。ろうそくの火を吹き消そうした時、黄海が、「誓いを立てるから待ってくれ」と言ったのに、その言葉を無視して消してしまったのだ。何清影は司望の気持ちを慮ったが、それと同時に、黄海がどんな誓いを立てようとしたのかも気になった。

ケーキを食べおわったあともそうだ。黄海から「みんなで散歩に行こう」と誘われたので、何清影はうなずいた。だが、司望は自分は行かないと言って、部屋にひきこもってしまったのだ。黄海と家の前で別れて帰ってくると、司望は頭から毛布をかぶってホラー映画を見ていた。何清影が「ただいま」と声をかけても、返事は来なかった。

二〇〇八年十二月二十一日（日曜日）　新暦の冬至

この日、何清影は、司望をお墓の掃除に連れていった。墓地に行くバスは、途中、南明通《ナンミン》りを抜けていく。事件のことがあったので、何清影はあまりこの道を通りたくなかった。だが、それしか経路がないのでしかたがない。司望を見ると、何を思っているのか、バスが南明通りを抜ける間、目をつむっていた。その顔は司望ではなく、別の少年の顔に見えた。

墓地に着くと、ふたりはまず司《スー》家の墓に参った。墓石には司望《ワン》の祖父や祖母の名前が刻まれている。父親の司明遠《ミンユエン》の名前もあったが、これはまだ生死がわからないため、生きていることを示す赤い文字で刻まれていた。ふたりは供物として持ってきた食べ物を墓の前に置き、ひざまずいた。そして先祖の魂の安寧を願って、三本の線香に火をつけた。

それから次に、ふたりは何《ホー》家の墓参りをした。乱雑に立ちならぶ墓石のなかに、年とった夫婦の写真がはめこまれている墓石を見つけると、何清影《チンイン》は「これがわたしの父さんと母さんよ。とっても優しい人たちだったわ」と司望に言った。ふたりは額を三度、地面につけてお参りをしてから、花を供え、冥銭を燃やした。

「ねえ、父さんはどこに行ってしまったんだろうね？」唐突に司望が言った。「小さい頃、よく中山《ジョンシャン》公園に遊びに連れていってくれたよね？　母さんは父さんに戻ってきてほしくないの？」

「さあ……。いなくなってから、もう六年以上たつから……」

何清影はそっけなく答えた。すると、司望は悲しそうな顔をした。

二〇〇九年一月下旬　春節

司望を通じて、母親の何清影と知り合ってから、もう二年半以上になる。その間に、黄《ホアン・》海《ハイ》のなかで、何清影の存在は無視できないほど大きくなっていた。特に五一中学校の前に何清影が書店を開いてからは、何かと会うことが多くなり、それにともない、気持ちはどんどん傾いていった。何清影も、普段は司望とふたりでがんばっているものの、何かあった時には必ず相談し、頼りにしてくれているようだった。

そこで春節の間に、黄海は思い切って、何清影を映画に誘ってみた。もちろん、断られるのは覚悟の上だったが、彼女は承知してくれた。ふたりはポップコーンを食べながら、並んで映画を観て、川べりを散歩しながら一緒に帰った。黄海はおそるおそる手をつないでみたが、彼女はその手をひっこめなかった。黄海は何も言わず、その手の感触を確かめながら、彼女を家まで送っていった。彼女も何も言わなかった。

そして、春節が終わったあと、車で司望を家に送る途中、黄海は道端に車を止めると、司望に話しかけた。

「ちょっと話があるんだが……」

「何、例の事件のこと？」

「そうじゃない。お父さんのことだ。きみのお父さんはもう帰ってくるかどうかわからない。それで、私がきみのお父さんになるのはどうかと思うのだが……」

それを聞くと、司望は車のドアを開け、外に飛びだした。そして、そのまま走っていってしまった。

黄海の恋は終わった。黄海は、これからは二度と何清影とふたりで会わないと決心した。

第七章

二〇〇七年九月から二〇〇八年六月　五一中学校　尹　玉《イー・ユー》との出会い

司望《スー・ワン》がその女子生徒と知り合いになったのは、五一中学に入学してまもなくのことだ。

ある日、司望が校庭にたたずんでいたら、その女子生徒が校庭を突っ切って、校門のほうに向かっていくのが見えた。その女子生徒はいつも制服の白いブラウスの下に青いトレーニングウェアのズボンをはいて、決してスカートをはかなかった。きれいな色の服を着たり、かわいらしいアクセサリーをつけることもしない。髪はショートカットで、くしでとかしたりしないのか、ぼさぼさのこともあった。身長は百七十センチもあり、およそ女の子らしいところはなかった。友だちはいないらしく、いつもひとりだった。レズビアンだという噂もあったが、同性の友だちといるところは見たことがない。かといって、男の子と話しているのを見たこともなかった。学校の成績は優秀で、期末テストではいつも一番をとっていた。歴史にも詳しく、書道や芸術にも秀でていて、校長がその女子生徒の書いた書を部屋に飾っているほどだった。その書が昔の字で書かれていたので、司望は前から、その女子生徒に興味を持ち、名前も覚えていた。その女子生徒は尹玉といった。

今、尹玉は校庭の真ん中を大股で歩いていく。気がつくと、司望はそのあとを追っていた。

校門を出ると、尹玉はすぐに近くの路地に入った。その姿を見失わないよう、司望も急いで路地に入った。すると、目の前に数人の男たちが立ちはだかった。五一中学のそばには歓楽街があるので、素性の怪しげな人間も大勢いる。昼間でも、ちょっと薄暗い路地に入れば、そういった連中にカツアゲをされたりする。目の前の男たちもそういった類のやつらだろう。司望は路地の壁に押しつけられた。

その時、路地の向こう側から誰かが走ってきて、男たちにまわし蹴りを食らわし、何発かパンチをお見舞いして、たちどころに追い払ってしまった。尹玉だった。尹玉が助けに戻ってきてくれたのだ。

「悪かったな」関節の具合を確かめるように、指を鳴らしながら、尹玉が言った。きれいな声だが、口調は男っぽい。「おまえがつけてきたのはわかっていたので、路地に入って様子を見てやろうと思ったんだが、このあたりの路地はならず者のたまり場になっていたことを忘れていたよ。怪我はなかったか？」

「はい、大丈夫です」

丁寧な口調で、司望は答えた。相手は中学四年で、学年が三つも上だし、助けてもらったので、敬意を払うのは当然だ。だが、なぜかそれ以上に礼を失してはいけない人間のような気がしたのだ。

「しかし、どうしてわたしのあとをつけてきたのだ？」尹玉が尋ねた。

「前から気になっていたんです。校長室に飾ってある書を見た時から。あれは昔の字で書かれていますね？」

「そのほうが書きやすいからな。いけないか？」

「いえ、中学校の女子生徒があんなふうに書くことは珍しいので……」

「きみは変わっているな」

「もし、よかったら、ぼくと友だちになってくれませんか？」少しためらった末に、司望《スー・ワン》は言った。

「それはかまわないが……。でも、どうして？」

「あなたはぼくと似ている気がするんです。この世のなかでひとりぼっちで……」

すると、尹玉《イー・ユー》はしばらく考えてから答えた。

「かまわないよ。友だちになろう」

「ぼくは司望といいます」

「わたしは尹玉だ。尹玉と呼んでくれ。堅苦しい敬語はなしだ。今日から、わたしの弟分にしてやろう」

それが始まりだった。

この日から、司望は学校のなかでも外でも尹玉と多くの時を過ごすことになった。尹玉はあらゆる意味で、司望の庇護者《ひごしゃ》だった。中学のまわりには柄の悪い男たちがたくさんいたが、尹玉と一緒にいれば、まったく心配はいらなかった。武道は独学で習得したということだったが、その腕は並たいていのものではなく、中学校に教えにきている武道の先生によれば、清朝末期に上海で活躍した武道家で、あの秘宗拳《ひそうけん》を広めた霍元甲《かくげんこう》の生まれ変わりだと言っても信じてしまうくらいの腕前だということだった。

　また、尹玉は世界じゅうの文学に詳しく、その知識は文学好きの司望が舌を巻くほどだった。尹玉の鞄にはいつもドストエフスキーの『罪と罰』、それからトルコ人作家オルハン・パムクの『わたしの名は紅』が入っていて、尹玉は、ほかの生徒が受験のための勉強をしている間も、その二冊の本を読みかえしていた。

　司望は尹玉とよく世界の文学について語りあった。ユゴーの『レ・ミゼラブル』、スタンダールの『赤と黒』、エセル・リリアン・ヴォイニッチの『あぶ』、トルストイの『アンナ・カレーニナ』。ボルヘスや村上春樹《むらかみはるき》についても論じあった。尹玉は今年のノーベル文学賞は莫言《モー・イエン》がとると予言していた（莫言は『赤い高粱《こうりゃん》』の作者。二〇一二年にノーベル文学賞を受賞している）。

　尹玉は世界各国の言葉にも通じていた。ふたりで一緒にプーシキンの銅像の前を歩いていた時に、いきなりロシア語でプーシキンの詩を暗誦して、司望をびっくりさせたこともあった。

「『もし人生がきみを裏切っても』という詩だ。反乱に失敗した革命家たちに捧げた詩だよ」

「尹玉、どこでロシア語を習ったの？」

「それは秘密だ」

それを聞くと、司望《スー・ワン》はつい言ってみたくなった。

「ぼくにも秘密があるよ。よかったら、打ち明けあわない？」

「いや、今はやめておこう。そのうちな」

だが、司望は尹玉《イー・ユー》の秘密とは何か、自分にはわかっている気がした。それを確かめるために、ある時、上海生まれの女性作家、張愛玲《アイリーン・チャン》が住んでいた常徳公寓《チャン・ドー・マンション》の建物の前まで来た時、わざとこう尋ねたことがある。

「ここが張愛玲が暮らしていた建物だね。この建物のどこかの部屋で、一九四五年頃、胡蘭《こらん》成《せい》と結婚生活を送っていたんだ。知ってたかい？」

そのとたん、尹玉は、地面に唾を吐いて、建物の上階を睨みつけた。

「胡蘭成だと？　あのろくでなしが！」

司望は思わず尋ねた。

「そんなにひどい男だったの？」

すると尹玉は、《常徳公寓》と書かれているアール・デコ・スタイルの建物の壁をなでながらこう言った。

「わたしは昔、よくここに来たよ。その頃は、《エディントン・ハウス》という名前だったがね」

そして司望の腕をつかんで建物のなかに入り、まっすぐ六階に行くと、迷うことなく、ある部屋の前で立ちどまった。

「張愛玲はこの部屋で暮らしていたんだ。部屋のなかは、中国語や外国語の本であふれていた。西洋絵画の画集もあったな。長椅子はぼろぼろだった。籐製の肘掛け椅子もあまり上等とは言えなかった。ほら、愛玲が座っている有名な写真があっただろう。あの籐椅子だ。部屋のなかは整理されていたな。なにしろ、『傾城の恋』を書いて本が売れた頃だからね。家政婦を雇っていたんだよ。もっと知りたいかい？」

ちょうどその時、向かいの部屋のドアが開いて、「うるさい！　廊下で話すんじゃない！」と怒鳴られたので、ふたりは急いで下まで降りた。だが、司望は自分の考えにまちがいはないと確信した。そして、

「尹玉、きみは本当に普通の女の子じゃない」と言った。

また、ある時にはこんなこともあった。ドリンクスタンドで一緒にミルクティーを飲んでいた時、尹玉が突然、詩を暗誦しはじめた。一九二〇年代の後半から三〇年代の前半にかけて上海に在住していた郁達夫《いくたっぷ》の詩だ。

酒を飲まずは身を厭《いと》うからにあらず　酔いをまことに成さずためなり
かつて酔《え》い乱れて　名馬に鞭《むち》を打ち、親しき人に累《るい》及ぼしことを思えば

南東の地に厄運来たりて災いを成す　鶏《とり》騒ぎ　風雨激しく　海は波立つ
悲嘆慟哭《どうこく》　何にせむ　秦王に武器をとる義士にあらねば

「郁達夫の詩だね。もしかして、尹玉《イー・ユー》は郁達夫に会ったことがあるの？」司望《スー・ワン》は尋ねた。

それを聞くと、尹玉は男のように豪快に笑った。そして、こう言ったのだ。

「あるなんてものじゃない。わたしはあいつと酒を飲んだり、喧嘩をしたり、一緒に女のあとを追いかけた。だが、そう言ったら、信じてくれるかな？」

司望はうなずいた。


尹玉と知り合ったことで、司望は初めて親友に巡りあえたような気がした。一年間はまたたくまに過ぎていった。そして、北京オリンピックが始まる前の六月、中学四年だった尹玉は高校入試を受けた（上海の中学校は四年制）。司望から見ると、遊んでばかりで、受験勉強はしていないようだったが、結果が発表されると、尹玉の名前はリストのトップに載っていた。ということは、難関校である南明《ナンミン》高校に入学することになる。

別れの時、司望は尹玉に言った。

「また会えるね？」

「もちろんだ。同じ上海にいるんだからな」男っぽい口調で、尹玉は答えた。

第八章

二〇〇九年九月三日（木曜日）　中元節

欧陽《オーヤン・シャオジー》小枝は地下鉄の駅に向かっていた。白のワンピースの裾から覗く足首が細い。黒《こく》玉《ぎょく》のようにつややかな髪を肩まで垂らした美しい女性だ。女優のように美しいと言っても、誰もが納得するだろう。

今日は旧暦の七月十五日――中元節だ。旧暦の七月は、祀《まつ》られることのない死者の魂が冥界から出て、この世をさまよい歩くので、供物を捧げるならわしがある。小枝は十四年前に亡くなった大切な人のために冥銭を焚きにいく途中だった。服装は白でまとめ、化粧はファンデーションを薄く塗って、口紅を少しつけただけだ。

長寿通りのショッピングモール《亜新生活広場》まで来ると、長寿路駅に向かう。エスカレーターで降りている時、吹きあげてきた風に黒髪がなびき、反対側のエスカレーターに乗っていた少年の鼻先をかすめた。その少年の顔を見て、小枝は思わず、小さな声をあげた。「先生だ！」。少年は十四、五歳だったので、もちろん年齢からいったら先生のはずはないが、でもそんな気がした。

うしろをふり返ると、少年のほうもふり返って、こちらを見ている。だが、すれちがったのが、エスカレーターのちょうど真ん中くらいだったので、どうすることもできない。しかたなく小枝《シャオジー》は改札を通り、七号線のホームに立った。そして、やってきた電車に乗って、扉が閉まった瞬間、さっきの少年が扉の前に立って何か言うのが見えた。声は聞こえなかったが、口の形から「欧陽《オーヤン》小枝」と叫んでいるように思えた。まちがいない。先生だ。小枝は確信した。

今日は中元節なので、先生の霊が冥界からさまよいでてきたのだろうか？ そうかもしれないし、そうではないかもしれない。小枝はとりあえず、そう思うことにした。先生のために冥銭を焚きに来た日に出会ったのだから……。

地下鉄を降りて外に出ると、小枝はバスに乗った。目指す南明《ナンミン》通りまでは、バスで十分くらいだ。いよいよだと思うと、小枝は先生に思いを馳せた。申 明《シェン・ミン》先生に……。

南明通りに降りたつと、あたりはすっかり変わっていた。バス停は同じ場所にあったが、屋根のついた、きれいな待合所ができていて、ガラス張りの側面には公開中の映画『トワイライト　～初恋～』のポスターがはさみこまれていた。高校のまわりも、以前は工場や雑草の生えた空き地だったのに、今ではビルが建ちならび、《プランタン》や《カルフール》の巨大な看板が設置されていた。ぽつんぽつんとあった小さな商店もビルのなかに入ったり、おしゃれな建物になっていた。また、旧式のトラックや自転車しか走っていなかった通りには、ゴルフやマツダ、ＢＭＷなど、外国の車が行き交っていた。

小枝は高校の入口の前に立って、門やその奥の校舎を眺めた。門は昔のままで、生徒たちの様子も変わらない。南明高校は全寮制なので下校風景といったものは見られないが、放課後にデートに行くのだろう、男子生徒と女子生徒のカップルが楽しげにおしゃべりをしながら門から出てきた。今はこんなふうに楽しそうにしていても、いつか別れることになったら、どちらかが泣くのだろう。小枝はふと思った。別れはどんなかたちでやってくるかわからない。かつての自分のように……。

その時、門からひとり知っている人が出てくるのに気づいた。数学の張鳴松《チャン・ミンソン》先生だ。卒業してから十四年になるが、それだけ時がたっても見た目は変わっていない。優秀な教師だったが、小枝は当時、この先生の目に潜在的な殺意というか、何か邪悪なものを感じて、恐ろしく思っていた。

あの頃は三十代初めだったから、今は四十代半ばだろう。髪はきれいにくしでとかし、顎髭は完璧に切りそろえられている。自他ともに認める優れた教師として、歩き方にも自信があふれていた。すれちがう生徒たちは、みんな姿勢を正して、丁寧にお辞儀をしていた。張先生の特別授業を受ければ、受験の数学はまちがいない。昔からすでにそういった評判が立っていたので、今はさらに人気になっているだろう。特別授業を受けたいと言ってくる生徒は二倍にも三倍にもなっているはずだ。授業料は十倍にもなっているにちがいない。見るともなく、その姿を追っていると、張鳴松先生は校門の近くにとめてあった日産のブルーバード・シルフィに乗り、駅のほうに向かっていった。かつて、工場の廃墟があった方面だ。小枝《シャオジー》はここに来た目的を思い出し、自分もそちらの方角に向かった。

　廃墟になった工場の跡地には、すでに新しいビルが建っていた。だが、注意して見ると、ビルの奥にまだ工場の煙突が見える。もしかしたら、ビルが建っているのは道路に面した部分だけで、その奥にはまだ工場の敷地や建物が残っているのではないか？　そう考えて小枝はそのあたりを数百メートル歩きまわり、塀に囲まれた一画を発見した。それに沿って、歩いていくと、一箇所だけ、塀が途切れた場所があり、そこからは雑草の茂った敷地や工場の建物が見えた。小枝は建物のそばまで行くと、老朽化したレンガの壁をなでた。レンガは生ぬるく、死んだばかりの死体に触っているような気がした。この建物も含めて、かつてこのあたりは生徒たちから《魔女区》と呼ばれていた。今でもそうなのだろうか？　それはわからない。小枝は建物の扉を開けると、なかに入り、地下に続く階段を降りていった。階段の下の床には上げ蓋があって、それが地下室の入口になっている。地下室にはそこから梯子で降りていくのだ。上げ蓋は外側に丸いハンドルがついていて、それを回すと、ロックがかかるようになっていた。

　だが今、暗がりで見ると、どうやら上げ蓋は開いているように思える。誰かが地下室にいるのだろうか？　あるいは、なかにいた人が上げ蓋を閉めずに出ていったのか。上げ蓋の前で、小枝は深呼吸をした。

この地下室に入るのは初めてではなかった。ここには、いい思い出はない。最初に入ったのは二十一年前、まだ十一歳の時だ。生活が苦しくて、小枝はいつもお腹をすかせていた。そんなある日、工場の近くの空き地で、高校生の男の子たちが弁当を食べていた。そのおかずの骨つきの鶏肉がとってもおいしそうだったので、小枝は我慢できず、つい悪いことをしてしまった。そっと男の子たちのそばに寄ると、すばやく鶏肉をつかんで逃げたのだ。ところが、この工場の廃墟まで来たところで捕まってしまい、食べかけの鶏肉は取りあげられた。鶏肉を取りあげた高校生は、それを地面に捨てた。そして、小枝を抱いて建物のなかに連れていくと、地下室の上げ蓋をあげ、下に突きおとしたのだ。その高校生には、額に痣があった。

地下室の下で身を起こすと、小枝は上げ蓋のところまで梯子をのぼっていき、下から押しあげようとした。だが、蓋は固くロックされていて、びくともしなかった。小枝はあらんかぎりの声で助けを求めた。だが、答える者は誰もいなかった。高校生たちは自分を置き去りにして、どこかに行ってしまったのだ。

それから、どのくらいたっただろう？　一日か、二日か。地下室のなかは真っ暗なので、時間の感覚がなかった。ただ、お腹がすいて死にそうなのと、喉がからからで焼けつくようだったことを覚えている。

そして、地下室の床にころがって、意識がもうろうとしていた時のことだ。突然、上げ蓋が開く音が聞こえ、光が差しこんできた。高校生の男の子が梯子をおりてきて、髪を優しくなでてくれた。自分をここに閉じこめた男の子ではなかった。

まだ高校生だった申《シエン・ミン》　明先生だ。

自分を背負って梯子をのぼると、申明先生は言った。

「友だちがきみを地下室に閉じこめたと言ったんでね。もう出してやったのかと訊いたら、まだだって言うじゃないか。かわいそうに、こんな小さな女の子を……。あいつらは馬鹿なのか。ぼくがこうして助けにこなかったら、自分たちが殺人犯になるところだったじゃないか」

外は夜で、空には星がちりばめられていた。申明先生はまだ明かりのついている家を見つけると、「この子に水と食べ物をあげてください」と頼んでくれた。そうして、高校の寮に戻っていった……。

あれから、何度か小枝《シャオジー》はこの地下室に降りる上げ蓋の前に来たが、なかに降りる時は、いつも勇気がいった。あらためて、開いたままの上げ蓋を見つめる。誰かいるのだろうか？念のため、懐中電灯でなかを照らし、様子を見る。だが、何も見えない。耳をすましてみるが、音も聞こえない。小枝はうしろ向きになり、身をかがめて梯子の段に足をおろすと、一段ずつそっと降りていった。けれども、真ん中くらいまで来た時、突然、誰かに足首をつかまれた。がっしりした男の手だ。その手は小枝の足を思い切り、下にひっぱった。小枝は尻から下に落ち、頭に床をぶつけて意識を失っていた。

気がつくと、小枝はまず上を見あげて、懐中電灯で上げ蓋を照らした。よかった！　上げ蓋は閉まっていない。男は蓋を閉めずに、あわててここから逃げていったのだろう。そうでなければ、また閉じこめられるところだった。コンクリートの床にぶつかった衝撃で、後頭部が痛い。腰と肩もずきずきした。

あれは誰だったのだろう？　申明先生の幽霊だろうか？　でも、あの男にはしっかりとした肉体があった。小枝はポケットにしまってあった懐中電灯を取り出すと、あたりを照らしてみた。地下室は二十メートル四方の広さがあり、床のところどころには水がたまっている。先生の死体はここに浸かっていたのだろうか？　それも二日以上も……。そう考えると、いたたまれない気持ちになって、小枝は冥銭を取り出して、缶に入れて焚いた。

帰りぎわ、懐中電灯で床を照らしてみると、まだ新しい煙草の吸殻がいくつも散らばっていた。壁には話題のミステリー小説『失われた殺人を求めて』の主人公、田　小麦《ティエン・シャオマイ》の名前を書いた落書きがある。この地下室には、ほかにも内緒で訪れる人がいるのか、その落書きの隣には、古代文字のような印と数式のようなものを書いた落書きがあった。

また、ここにやってこなければ……。今度は先生の命日に！　小枝は思った。

南明通りに出ると、太陽は沈みかけていた。深呼吸すると、生き返ったような気がした。ふり返ると、ビルの間からひびの入った工場の煙突が見えた。過去はまだ消えていない。現在に、しっかりとその爪痕を残しているのだ。

それにしても、あの地下室にいた男は誰なのだろう？

第九章

二〇〇九年十二月二十四日（木曜日）　クリスマス・イブ

黒いコートに身を包み、申援朝《シェン・ユエンチャオ》は古い建物を見あげた。ここには三年前のクリスマス・イブにも来たことがある。黄海《ホアン・ハイ》捜査官のアパートが入っている建物だ。黄海は最近、電話をしてもまったく出てくれなくなった。そこで、しかたなく訪ねてきたのだが、会ってもらえるだろうか……。

そんなことを考えていると、うしろから声をかけられた。

「申援朝検事さんですね」

ふり返ると、そこには黄海の息子が立っていた。あれから三年、ずいぶん背が伸びて、顔つきも大人びてきている。なかなかハンサムな少年だ。

「黄海捜査官の息子さんだね」

「はい、そうです。父に会いに来たんですか？」

「電話をしたのだが、つながらなくてね」

「じゃあ、一緒に来てください」

そう言うと、少年は先に立って、建物の玄関に入っていった。そして、一緒に上まであがると、ドアの鍵を開けて言った。

「お客さんを連れてきたよ。申援朝《シェン・ユエンチャオ》検事さんだ」

すると、黄海《ホアン・ハイ》が出てきて、まず息子を抱きしめると、こちらの顔を見て、不機嫌そうな声を出した。

「ああ、申援朝検事、何をしにいらしたんですか?」

「いや、息子を殺した事件の捜査がどうなっているかと思ってね」

そう言いながら、申援朝は部屋のなかを見まわして、サイドボードの上に『ダ・ヴィンチ・コード』が置かれているのに気づいた。

「『ダ・ヴィンチ・コード』を読んでくれたんだね。もしそうなら、張鳴松《チャン・ミンソン》が犯人だという私の説が正しいとわかったはずだ。世界には神秘主義的な思想に傾倒して、秘密結社に入り、殺人を犯す連中がごまんといるんだよ。私は学生の頃、魯迅《ろじん》や茅盾《ぼうじゅん》、巴金《はきん》など中国文学を読むだけで――まあ、外国のものだと、『アンナ・カレーニナ』などは読んだがね――神秘主義的なものやオカルト的なものには興味がなかった。しかし、『ダ・ヴィンチ・コード』を読んで、そういった世界があることを知り、またあの本があれだけ売れたということを知って、はっきりとわかったよ。この世界にはああいったものに影響されて、殺人を犯す人々がいるんだ! 張鳴松もそのひとりであることはまちがいない。張鳴松は儀式のために生贄を捧げる目的で息子を殺したのだ。いずれにせよ、犯人を捕まえるためには、そいつの知識や心理を完全に理解しなければならない。きみがその本を読んだというのは素晴らしいことだ」

それを聞くと、黄海は答えた。

「確かに世の中には異常な人間が一定の割合でいますがね。張さんが、そのために息子さんを殺したとはどうしても思えませんね。ええ、その本を読んでも……」

「まあ、そう言わずに……。黄海捜査官、わかっていただきたいのですが、私はきみにいつも感謝しているのだ。なにしろ、もう十五年近く、息子を殺した犯人を探してくれているんだからね。息子も草葉の陰で感謝していることだろう。今日はそのお礼もあってきたんだ。息子に代わって、ちょっとした贈り物をしようと思ってね」

そう言うと、申援朝は包みをひとつ差しだした。

「メリー・クリスマス、というのもなんだがね。私は昔ながらの共産党員なので、クリスマスに贈り物をするのは初めてなんだが、まあ、日頃のお礼と思って……」

すると、黄海が迷ったような顔をしている間に、息子のほうが手を伸ばして、さっさと包みを破いた。

「ありがとうございます。あ、本ですね。『老人と海』だ……」

「おいおい、何をしているんだ」黄海があわてて言った。

「いただいたほうがいいよ。これはとってもいい本だから……」

その言葉に少し安心して、申援朝《シェン・ユエンチャオ》は言った。

「すまないね、こんなもので。贈り物といっても、何を選んだらよいか、わからなかったものでで……。ただ、最近、この本を読んだら、私の気持ちを代弁してくれているように感じたんだ。老人は何があっても、それが運命だとあきらめることはない。いくら望みのない戦いでも、最後まで全力を尽くすのだ。それが私と同じように思えてね」

「そうですか。それではいただいておきます」黄海《ホアン・ハイ》はそう言うと、サイドボードの上に『ダ・ヴィンチ・コード』と並べて、『老人と海』を置いた。それから、こう続けた。「申検事、信じてください。私は必ず殺人犯を見つけます。私が命を落とさないかぎりは……。だから、馬鹿な真似はしないように」

「ありがとう」申援朝は礼を言って、暇乞いをした。「では、もう遅いので、私は失礼する。捜査のことはよろしく頼むよ」

帰りぎわに、ふとうしろをふり向くと、黄海の息子がじっとこちらを見つめていた。その目には強い光があって、何かメッセージを送ってくれているように思えた。

家に戻ると、娘がひとりで待っていた。四日前の十二月二十日に誕生日を迎えたので、十四歳になったばかりだ。娘にとって、その誕生日は母親の命日でもあった。妻は娘が生まれた日に、代わりに天に召されたのだ。

申援朝が妻の妊娠を知ったのは、一九九五年の六月十七日のことだった。申明《ミン》が殺される二日前のことで、その日、申明は苦境に立たされて、自分を頼ってきたのだ。妻はそんな申明のために心づくしの料理をつくってもてなしてくれた。自分が産んだ子供でもないのに、嫌な顔ひとつせず。それなのに、自分はせっかく頼ってきてくれた息子をすげなく追い返したのだ。検事という立場上、非嫡出子がいると世間に知られたら、困るのではないか、キャリアに傷がつくのではないかと恐れて。

ああ、だが、そんなことはどうでもよいことだった。人生には世間体とか、キャリアとか、そんなものよりずっと大切なことがある。それを自分は捨てたのだ。申援朝は、そのことをずっと後悔していた。どうして、自分は息子を助けてやらなかったのだろう？　たったひとりの大切な息子を……。別れぎわに、抱きしめるのが精いっぱいだったなんて。あれが今生の別れになるとは思ってもみなかった。もしわかっていたら、そうならないように、八方に手を尽くしただろう。

妻の妊娠を知ったのは、申明と別れて、部屋に戻った時のことだ。扉を開けて、元気なく入ってきた自分を見て、妻はこう言ったのだ。

「ねえ、わたし、妊娠していると思うの」

あの時は突然のことで、どんな反応をしたらいいのかわからなかった。結婚して十年たった時、病院で検査を受けて、妻は子供のできない身体だと、産婦人科の医師に言われたからだ。それなのに、実の息子の頼みを聞かず、無情な仕打ちをしたあとで、そんなことを聞かされるとは。妻はもちろん産みたがった。高齢出産になるので危険だと言って、医師はやめることを勧めたが、妻は耳を貸さなかった。どうしても産むと言いはって、譲らなかったのだ。

そして、妻の妊娠を知ってから五日後のこと、申援朝《シェン・ユエンチャオ》は、急に訪ねてきた黄海《ホアン・ハイ》捜査官から、申明《ミン》が死んだことを聞かされた。息子の死を告げると、黄海捜査官は「これは申明さんから直接、聞いたことですが、検事は申明さんの実の父親なんですね？」と尋ねてきた。

自分はうなずいた。そして、これからはそのことはもう隠すまいと決心した。

息子を失ったかわりに、新しい子供ができる。そんな複雑な状況のなかで、申援朝は心を平静にし、何事もなかったかのように仕事を続けた。だが、夜に書斎でひとりになると、ひざまずいて泣きくずれ、息子を殺した犯人に対する復讐を誓った。

だが、その六カ月後には、さらに過酷な仕打ちが待っていた。娘を出産したものの、出血が止まらず、妻が亡くなったのだ。

妻の亡骸を腕に抱きながら、申援朝はどうして運命はこんなに残酷なのだろうと思った。だが、そこで負けるわけにはいかない。

以来、申援朝は、人生でふたつの目的を持つことになった。娘を立派に育てること。息子を殺した犯人を見つけることだ。

娘は申敏《ミン》と名付けた。ほとんど発音が同じなので、娘の名前を呼ぶたびに、申明のことを思い出すためだ。

申明には本当に悪いことをした。もともと生まれた時に、申明の母親と結婚し、きちんと自分の子供にしてやれば、こんなことにはならなかったのだ。だが、申明の母親の小倩《シャオチエン》はろくに学校にも通えず、路上の屋台で働いているような娘だった。検察官を目指す自分が結婚できる相手ではなかった。

最初に小倩に会ったのは二十歳の時、一九六九年のことだ。その頃、申援朝は毎朝その屋台で蘇飯糕《ツーファンガオ》（揚げおにぎり）を買っていたが、油のなかでもち米のおにぎりに揚げ色がつく間、それを揚げている小倩の顔に見とれていた。小倩は、それほど美しかったのだ。まばたきをして、大きな瞳の上で長い睫毛が揺れるのを見ると、それだけで心臓がドキドキした。

そうやって毎朝、顔を合わせるので、そのうちに親しく言葉を交わすようになり、申援朝は大光明シアターに映画を観にいこうとか、蘇州河に釣りに行かないかとか、小倩をデートに誘うようになった。やがて、ふたりは人民公園でキスをするようになり……。

そうして、小倩は申明を身ごもったのだ。

けれども、ちょうど文化大革命の最中《さなか》だったので、申明が生まれる数カ月前、申援朝は都市部の《知識青年》として同年代の若者たちとともに農村に行き、みずからを再教育しなければならなくなった（いわゆる上山下郷運動）。しかも、申援朝の行った先はシベリアの国境地帯だったので、手紙を受け取ることもできず、子供が生まれた時も写真を見ることすらできなかった。したがって、申援朝《シェン・ユエンチャオ》が息子の申明《ミン》の顔を見たのは、翌年シベリアから一時的に帰る許可がおりた時だ。

申援朝は息子を抱き、父親である実感を味わったが、小倩《シャオチエン》と結婚することもなく、子供を認知することもしなかった。屋台で働く娘と恋仲になり、正式な結婚をする前に子供ができたとあっては、模範的な共産党員とは見なされない。将来の道は閉ざされてしまう。そこで、申援朝は再び列車に乗りこみ、北へ向かった。自分の息子と、その母親を捨てて……。あの時に、たとえ出世の道を捨てても小倩と一緒になり、一緒に息子を育てていれば、今こんな気持ちにはならずにすんだのに！　自分はなんと臆病だったのだろう！　なんと卑劣だったのだろう！

それから七年後の一九七七年、文化大革命が終わって、申援朝は共産党のエリートとなって上海に戻り、検事補に任命された。

帰ってきて最初にしたことは、小倩と息子の消息を確かめることだった。シベリアにいる間、ずっと気になっていたのだ。もちろん結婚はできないが、困っていたら援助の手を差しのべるつもりだった。だが、その時にはもう遅かった。小倩は死んでいたのだ。子供と生きていくために、ろくでもない男と結婚し、ついにはその男に毒殺されてしまったという。どうやら、子供が警察に通報し、その男は死刑に処されたらしい。シベリアから戻ってくる直前の出来事だった。

　申援朝《シェン・ユエンチャオ》はひそかに子供に会いにいった。七年前に捨てた自分の子供に。子供は小倩の母親である雲《ユン》という苗字の女性がひきとっていた。住み込みで家政婦をしている女性だ。七歳になった息子は自分によく似ていた。申援朝は、息子を認知するとともに、祖母である雲おばさんに頼んで、申明の名前で警察署に登録してもらった。ただし、自分と申明が父子関係にあるということは、絶対に口外しないと約束させた。さもなければ、せっかく得た検事補の職を失ってしまう恐れがあったからだ。それでも息子の行く末は気になっていたので、毎月、給料の一部を雲おばさんに届けることにした。それは長年続き、勉強のための本を送ったり、学費の面倒も見た。妻と結婚する前には、一度だけ、息子を人民公園に連れていったこともある。五月の労働節の休みの時のことだ。メリーゴーラウンドに乗って、息子は楽しそうに笑っていた。だが、それが何になるのだろう？　自分は申明に対して、卑劣な態度をとりつづけたのだ。

　妻と結婚したのは、人民検察官に任命された時だ。妻は家柄のよい女性だった。申援朝は買収されない検事になることを誓い、実際にそうなった。

　申明を認知していたことが妻に知られたのは、結婚してから一年後のことだ。妻は少し泣いたが責めることはせず、子供ができないとわかってからは、申明と一緒に住んだらどうかとまで言ってくれた。それを聞いて心は動いたが、妻の気持ちを考えて、その話はきっぱりと断った。

その妻の妊娠がわかった日に申 明《シェン・ミン》が訪ねてきて、それが今生の別れとなった。その時、妻のお腹にいた子供は十四歳だ。まさか、申敏《ミン》が申明の生まれ変わりだということがあるだろうか？　前世の魂はお腹のなかにいる時に宿るというから、それは不可能ではない。

それとも、申明は別のところで生まれ変わっているのだろうか？　忘却の河を渡る前に、孟婆のスープを飲まなければ、前世の記憶は残るという。もし申明がそのスープを飲んでいなかったら、自分が父親だと覚えてくれているだろうか？

第十章

二〇一〇年九月十八日（土曜日）

中学四年生の新学期が始まって、二週間ほどした週末、尹玉《イー・ユー》が訪ねてきた。ふたりのつきあいは、尹玉が南明《ナンミン》高校に入学してからも続いていたが、今日はひさしぶりだった。だが、尹玉の服装はあいかわらずで、高校に入ってからも青のトレーニングウェアで通していた。髪もショートカットのままだ。

「司望《スー・ワン》、ずいぶん大きくなったじゃないか？　もう、わたしより大きいな。おい、髭も生えているじゃないか！」

そう言うと、尹玉は胸にパンチをお見舞いしてきた。だが、司望はうまく衝撃をやわらげるかたちで、そのパンチを受けた。落ち着いた口調で尋ねる。

「高校生活はどう？　あいかわらず一番の成績なんでしょう？　先生たちからも注目されているんじゃない？」

「いや、テストは一番だが、教師からは別に評価されているわけじゃない。どこに行っても変わり者だからね、わたしは……。まあ、教師のほうにも変わり者はいて、数学の張 鳴松《チャン・ミンソン》などは、その最たるものだがね。一度、部屋に呼ばれて行ったことがあるが、数学の教師のくせに、神秘主義思想やミステリーなどで書棚がいっぱいなんだ。まあ、誰が何を読もうが自由だがね。わたしも本は好きだし。高校では図書館が唯一の居場所になっているくらいだ。そうだ。この間、ちょっと思いついて、図書館の屋根裏部屋に忍びこんでみたよ。そこは書庫になっていてね、ずいぶんと古い本が棚にしまわれていたよ。その屋根裏部屋には言い伝えがあって、そこで女子生徒がひとり、夾竹桃から抽出された毒物で殺されたらしい。犯人はまだ捕まっていないということだが」

司望《スーワン》はしばらくの間、黙って尹玉《イーユー》の話を聞いていたが、急に口を差しはさんだ。

「ねえ、ぼくは今、路中岳《ルー・ジョンユエ》という男を探しているんだけど、どこかで聞いたことはないかな？　ぼくが前に養子に行っていた家の養父で、その家の当主の谷長龍《グー・チャンロン》さんを殺して、指名手配されている。警察は路中岳が自分の妻で、ぼくの養母だった谷秋莎《チウシャー》さんも殺しているのではないかと疑っているんだ」

すると、尹玉は興味を持ったようで、「もう少し詳しく話してくれないか」と言った。そこで、司望はこれまでの経緯を説明し、路中岳の写真も見せた。

「なるほど、この男が妻と義父のふたりを殺して、逃げているというわけか」尹玉はじっと写真を眺め、やがて自信ありげにうなずいた。「この男なら知っているよ。たぶん、今どこにいるかも知っていると思う」

司望はびっくりした。だが、尹玉はにやりと笑って、こう提案した。

「なあ、そのことを話す前に、ちょっとつきあってほしい場所があるのだが……」

尹玉は自転車に乗ってきていたので、司望も自転車に乗り、ふたりは出発した。


一時間後、ふたりは大通りに面したレンガの塀の前に立っていた。塀に沿っていくと、黒い鉄門があり、その向こうには異国ふうの家が見える。左のほうには竹林があった。尹玉が呼び鈴を押すと、鉄門は自動的に開いた。ふたりは自転車を門の脇に置き、なかに入った。

玄関まで続く道の両側にはいろいろな植物が生い茂っていた。まだ落葉の季節には早いが、色づきはじめた葉が何枚か地面に落ちている。家は少し傷みかけているが、玄関のポーチに飾られている彫刻を見ると、かつては裕福な暮らしをしていたのではないかと思われた。

「誰の家なの？」司望は尹玉の袖をひっぱりながら尋ねた。「ここに路中岳がひそんでいるの？」

だが、尹玉は黙って首を横にふった。そこが誰の家なのかも答えなかった。ただ、玄関の扉を開けてなかに入っていく。

玄関ホールは冷たく、湿っていた。床はモザイクで覆われている。壁紙の一部がはがれていたが、埃やクモの巣などは見当たらなかった。どこからかドライオレンジの香りが漂ってくる。その香りのする方向を目指して、尹玉は薄暗い廊下を進んでいった。司望は遠くのほうに、半分開いたドアから明かりが洩れているのに気づいた。そこまで来ると、尹玉は声をかけることもなく、部屋のなかに入っていった。ドライオレンジの香りが強くなった。匂いのもとはここだったようだ。司望《スー・ワン》は部屋のなかを見まわした。壁には三段の棚があり、床から天井まで、昔ふうの立派な本が並べられている。

その時、奥の扉が開いて、白髪の女性が現れた。

厚いショールにくるまっていて、少し蒼白い顔にはしわが刻まれている。目は落ちくぼみ、頬はこけ、歯はあまり残っていないように見える。

おそらく九十歳にはなっているのではないか？

尹玉《イー・ユー》は明らかにここになじんでいる様子で、くつろいだ顔をしている。白髪の女性も尹玉を特にお客さま扱いしていない。ただ、司望に向けた目にはいぶかしげな色が浮かんでいた。

「さあ、座って。司望もね」尹玉が言った。

そうして、女性のうしろに回ると、肩を揉みはじめた。そのまま続ける。

「この子はわたしの友だちなんだ。わたしが卒業するまで一年間、同じ中学校に通っていてね」

そのタイミングを捉えて、司望は自己紹介した。

「こんにちは、司望と言います。中学四年生です」

「司望というの？　素敵な名前ね。わたしのことは、マドモワゼル曹《ツァオ》と呼んでちょうだい」

『マドモワゼル曹』は上海語ではなく、完璧な標準語を話した。だが、歯がないために発音が難しいようで、声もかすれていた。口にするたびに井戸の底から言葉を見つけてくるような、ゆっくりとした口調だ。

「わかりました。マドモワゼル曹ですね」

「こんなお婆《ばあ》さんがマドモワゼルというのはおかしいかもしれないけれど、それでいいのよ」そう言うと、マドモワゼル曹はうしろをふり向いて続けた。

「ねえ、あなた、長い年月をへて、ようやく友だちを見つけることができたのね。嬉しいわ」

それを聞くと、尹玉はあいかわらず肩を揉みながら言った。

「なかなか頭のよい子だよ。きみが気に入ってくれるといいが……」

尹玉がマドモワゼル曹のことを「きみ」と呼んだので、司望はびっくりした。だが、すぐに納得した。

マドモワゼル曹はショールの下から枯れ枝のように細い腕を出すと、肩を揉んでいる尹玉の手に、自分の震える手を重ねた。ふたつの手はまるで何年も前からそうなるのがあたりまえだというように、ひとつに溶けあって見えた。

「司望、何かわたしにお話ししてくれない？」マドモワゼル曹が言った。

「お話って……。お話しして面白いようなことは、ぼくには何もありませんけど……」

「それは不思議ね。わたしは九十歳になるけれど、この人が連れてくる人で、何も話すことがないという人には会ったことがないわ」

「いい加減にしないか。いきなり、そんなこと言われたら、司望《スー・ワン》がかわいそうじゃないか」

そうたしなめるように言うと、尹玉《イー・ユー》は窓辺に行き、かなり価値のありそうな木製のくしを手に戻ってきた。それから、マドモワゼル曹《ツァオ》の雪のように白い髪をとかしながら、流暢《りゅうちょう》なフランス語でおしゃべりを始めた。マドモワゼル曹のほうも、くしの感触を味わうように、気持ちよさそうに目を閉じながら、やはり流暢なフランス語で答えていた。それは仲のよい曾祖母とひ孫のようでもあり、昔からの恋人のようでもあった。

「こうやって、髪をとかしてもらうようになってから、どのくらいたつかしら？　もう何年も前から、あなたは毎週、毎週、わたしの髪をとかしてくれている。でも、わたしが死んだら、それはもうおしまい。あなたはほかの女《ひと》の髪をとかしてね」

「まあ、そんなことにはならないよ」口もとに微笑みを浮かべながら、尹玉は答えた。「きみはまだ二十年は生きるからね。その頃にはわたしもずいぶん年をとっている。誰かの髪をとかすなんて、考えもしないさ」

すると、マドモワゼル曹がこちらを向いて言った。

「ねえ、司望。この人は口は悪いけれど、心根はまっすぐな人なの。だから、あなたが本当にこの人を友だちだと思うなら、信頼なさい。困ったことがあった時には、必ず助けになってくれるわ」

「わかりました。誰も知らない尹玉の秘密を教えてくれてありがとう」

それを聞くと、マドモワゼル曹は静かに笑いながら答えた。

「わたしくらい生きるとわかるわ。この世に秘密なんてないのよ。わかろうとするか、しないかだけ……」

その言葉に司望は、自分がまだ何も知らない子供だと感じた。マドモワゼル曹の生きた年月に比べたら、自分の知っている歳月など、半分にも満たない。

その時、尹玉がマドモワゼル曹のそばを離れた。

「さあ、そろそろ食事にしようか。その前に薬だ」

そう言って、くしをまた窓辺に戻すと、尹玉は引き出しから薬を出し、テーブルの上に置いた。それから、奥の部屋に行くと、湯をわかしはじめた。奥はダイニング・キッチンになっているようで、開いた扉からガスコンロが見えた。尹玉は持ってきた袋から野菜を出し、まな板の上で小さく刻むと、料理をつくりはじめた。マドモワゼル曹が食べやすいように、野菜中心にしているらしい。

「できたよ。こっちに来て」尹玉がキッチンから叫んだ。

司望はマドモワゼル曹の手をとって、ダイニング・キッチンに行った。三人はまるでレストランに来ている家族のように、一緒にテーブルについた。

マドモワゼル曹が、箸を取りながら言う。

「もう歯がなくて、残念だわ。栄順館の八宝辣醬《パーパァオラージャン》（五目甘辛味噌炒め）が懐かしいわ」

やがて、食事が終わると、尹玉《イー・ユー》が立ちあがりながら言った。

「もう行かなくては。くれぐれも身体に気をつけてな」

「心配しないで。ひとりでは死なないから」

「あたりまえだ」

そう言うと、尹玉は絶対に離れたくないというように、いつまでもマドモワゼル曹の手を握っていた。

「さあ、行って。いくら楽しく川で水と戯れても、その水はほかの水と混じりあい、戯れた水とはちがうものになってしまう。あなたが教えてくれたことよ」

不思議な笑みを浮かべながら、マドモワゼル曹《ツァオ》が言った。それを見ると、尹玉も静かな笑みを返しながら、握っていた手を放した。

外に出ると、細かい雨が降っていた。ふたりは門を出て、自転車を引くと、近くの木陰で雨宿りした。家のほうを見ながら、司望《スー・ワン》はそっと尋ねた。

「尹玉、きみは男だったんだね。マドモワゼル曹はきみの奥さんだったの？」

「いや。だが、わたしにとっては大切な女性だった。わたしが最後に、そして心から愛した女性だった」

そう口にすると、尹玉はゆっくりと言葉を継いだ。

「きみの言うとおり、わたしは前世では男だった。長い人生だったよ。ちょっとうんざりするくらいだった。死が訪れた時は、ほっとしたものだ。まあ、マドモワゼル曹と別れるのは淋しかったがね。前世でわたしはたくさんの女たちと知り合ったが、みんなわたしから離れていった。最後まで一緒にいてくれたのは彼女だけだった」

「じゃあ、どうして結婚しなかったの？」

「最初はそのほうがいいと思っていた。それから、結婚したいと思った。でも、その時にはもう遅かった。そういうことはあるんだよ。いくら愛しあっていても、時が合わなければどうすることもできない。わたしは五十歳の時から二十七年間、政治犯としてチベットのツァイダム盆地に送られていた。帰ってきた時には年を取り、歩くこともままならなくなっていた」

「確かに、時が合わなければどうすることもできない。でも、きみは幸運だよ。生まれ変わったら、まだマドモワゼル曹が生きていて、会うことができたんだから……」

「さあ、それは幸運と言えるんだろうか？」

「じゃあ、悲劇？」

「すべての人生は悲劇だよ」そう言うと、尹玉は手を伸ばして、雨が降っているかどうか、確かめた。「どうやら、やんだようだ。行こう」

自転車を引いたまま、ふたりは木陰から出て歩きだした。しばらく行って、通りの名前が書いてある表示板を見ると、司望《スー・ワン》は思わず叫んだ。

「安息通りじゃないか！」どうりで見覚えがあると思った。尹玉《イー・ユー》はこの通りを知っているの？」

「もちろんだ。人生で最後の十五年を過ごした場所だからな」

「マドモワゼル曹《ツァオ》と一緒に？」

「いや、ここは安息通りの東の端だ。わたしが住んでいたのはこの通りの西の端だ。今からその場所に行こう。きみが知りたがっていた路　中岳《ルー・ジョンユエ》のことについても、そこで話してやろう」

　それから、自転車に乗って四百メートルほど走ると、ふたりは三階建ての大きな建物に到着した。窓にいくつもの明かりがともっているところを見ると、借家人は多いようだ。建物には半地下があって、道路と同じ高さに採光窓が見えた。

　あたりはもう薄暗くなっていた。また細かい雨が降ってきた。どこかの窓から湖南放送でやっている連続テレビドラマのテーマ音楽が聞こえてくる。司望は半地下の採光窓をじっと見つめた。

「前世で家族だった人が、今どうしているかは知っているの？」尹玉に尋ねる。

「いや、生きているかどうかもわからない」

　それを聞くと、司望は詩を暗誦した。

「山を超え、川を渡り、万里の長城、楡関《ゆかん》を目指す。

深き夜に兵の掲ぐ千帳の松明《たいまつ》連なる。

風さらに強く、雪さらに激しければ、故郷を夢見る気持ちも打ち砕かれる。

ふるさとには強き風もなければ、激しき雪もなければ」

「おい、司望。どうして、納蘭性徳《のうらんせいとく》の『長相思』を暗誦したりするんだ？」

司望は答えなかった。

と、尹玉が通りの反対側の家を指差して言った。

「ちょっとこっちの家を見てくれ」

ふり返ると、薄暗がりのなか、そこには不気味な家が見えた。屋根の瓦は落ち、壁の塗装ははがれて、玄関の割れた石段から雑草が伸びている。壁には「十九」と書いた表示板がある。つまり、安息通り十九番地ということだ。

「路中岳はこの家に関係があるんだ。実はここは〈殺人の家〉と言われていてね。もう二十五年以上も前に、ここで殺人事件が起こったんだ。それ以来、誰も借りたがらなくて、こんなふうに廃墟同然になってしまったんだ」

司望は何も言わなかった。目は石段に釘づけになっていた。

「事件が起きたのは、ちょうどわたしがここに住みはじめて六年目くらいかな。一九八三年のことだ。今日みたいな秋の夜でね、雨が降っていた。いや、この家には何かの障りがあるようで、七〇年代の最初にはこの家の借主だった男が首を吊って自殺しているらしい。話によると、有名な翻訳家だったということだがね。それから、一九八二年にはその次にこの家に住んでいた家族の主婦が蘇州河に身を投げて死んでいる。なんでも夫の浮気を苦にしたそうだ。そして、その翌年の一九八三年には自殺した主婦の夫が、ガラスの破片で喉を切られて、殺されている。これがさっき言った殺人事件だ。殺された男は文化大革命の時に文革派の急進的な組織のリーダーとして、暴虐のかぎりを尽くしたから、その恨みではないかと言われた。現場には窓から入ってきた形跡があったからね。だが、警察は結局、犯人を捕まえることができず、しまいには自殺した翻訳家の幽霊がこの一家に祟ったのではないかと言う者さえ出はじめた」

「でも、それが路中岳《ルー・ジョンユエ》と、どんな関係があるの？」

「殺された男は、路竟南《ジンナン》といってね。路中岳の叔父《おじ》にあたる人間だったんだ。路中岳は時々、叔父のところに遊びに来ていたよ。どうやら路竟南の娘、つまり自分の従妹が目当てだったらしい。その子は見事な黒髪をしていて、将来、女優にでもなれそうな美しい子だったからね。路中岳は両親の旅行中に二カ月くらい、この家で世話になったんだが、しょっちゅうこの従妹にちょっかいを出して、嫌な顔をされていたよ。うん、あの頃から額に痣があったな」

それを聞くと、司望《スー・ワン》は通りを渡って、玄関の石段をのぼり、玄関の脇にあった郵便受けを確かめた。そこには確かに〈路竟南〉の文字があった。

その瞬間、なぜだかわからないが、急に恐怖がこみあげてきた。司望は自転車に飛びのり、夢中でペダルをこいでいた。ようやく我に返ったのは、家の前まで戻った時だ。エンジュの木のところで自転車を降りると、あとを追ってきたのだろう、尹玉《イー・ユー》が近づいてきた。

「どうしたんだい？」

司望は首を横にふった。尹玉が言った。

「途中でいなくなるから、びっくりしたよ。そうだ、まだ路中岳の居場所について話していなかったな。あの男は南明《ナンミン》通りにいる。新しくできた商業エリアに小さなＤＶＤショップがあるんだが、そこの店主をしていると思う。目深に帽子をかぶっていたんで、額の痣は見ていないが、さっき、きみが見せてくれた写真でわかったよ。あれは路中岳にまちがいない。置いてあるＤＶＤは八〇年代のロシアやヨーロッパ映画の吹き替え版だし、今みたいにネットで音楽が聴けたり、映画が観られたりする時代に、こんな店がやっていけるのかと思ったが……。わたしは『モスクワ大攻防戦』を買ったんだが、店主はろくにこちらの顔も見なかったな。カウンターには灰皿があって、吸い殻が山のようになっていた」

司望はくしゃみをした。小雨のなか自転車を飛ばしたので、身体が冷えてしまったのだ。

尹玉が続けた。

「そうそう、わたしはあの男のあとをつけたこともある。土砂降りの雨の日でね、レインコートを着て南明《ナンミン》通りを歩いていたら、ＤＶＤショップから大きな傘をさした男が出てくるのに気づいた。最初は客かと思ったのだが、見るとショップの店主でね。通りを渡って、高校の側に来ると、ビルの間の路地に入っていった。そう、《魔女区》と呼ばれる、工場の廃墟に続く路地だ。そんなところに何をしにいくんだろうと、わたしは興味を持って、あとをつけていった。もちろん、気づかれなかったよ。雨音で足音は消されていたし、わたしは黒いレインコートを着ていたから……。あの男は迷うことなく、塀の途切れた場所から工場の敷地に入っていき、建物のなかに消えていった。わたしはそれから一時間くらい、外から監視していたがね。結局、あの男は出てこなかった。そこで、あきらめて寮に戻ったんだが……」

「路中岳《ルー・ジョンユエ》は工場の地下室に行ったんだろうか？」司望《スー・ワン》は尋ねた。

「それはわからない。わたしの知っていることはそれだけだ」そう言うと、尹玉《イー・ユー》は自転車にまたがった。「わたしはこれで帰るよ。身体が冷えるから、きみもそろそろ家のなかに入ったほうがいい。じゃあな」

そうして、自転車のペダルをこぐと、あっというまに去っていった。

第十一章

二〇一〇年九月十九日（日曜日）

南明通りに車を止めると、黄　海《ホアン・ハイ》は助手席にいる司望を見た。

「ここに来れば路中岳が見つかるだなんて、誰に聞いたんだ？」

「それは内緒だよ。ぼくには秘密の情報提供者がいるんだ」

外には細かい雨が降っている。フロントガラスを行き来するワイパーの音が聞こえる。このあたりはずいぶん変わった。南明高校こそ昔のままだが、通りにはビルが建ちならび、十五年前にこのあたりで殺人事件があったなど、想像するのも難しい。

「でも、ここにいるのはまちがいないんだな？」黄海は尋ねた。

「うん、まちがいない」

最近起きた事件の捜査をしていて、黄海は夜明け近くに帰ってきた。ところが、ベッドに横になって三時間もしないうちに、司望に起こされたのだ。「路中岳の居場所がわかった」と言われて。

司望は、「詳しいことは言えないが、この情報にまちがいない。もちろん、自分も一緒に行く。ただ、母親には言わないでほしい。母親は自分が殺人事件なんかに関わるのを恐れているから」と、手際よく自分の言いたいことを告げると、黄海《ホアン・ハイ》をせかした。そうして、ふたりは警察の覆面パトカーに乗って、ここまでやってきたのだ。

雨を通して、黄海は目の前のDVDショップを見つめた。そのショップはビルの一角にあって、理容室とマッサージ店にはさまれていた。入口には張國榮《レスリー・チャン》の『ブエノスアイレス』のポスターが貼られている。

車のドアを開けると、黄海は司望《スー・ワン》に言った。

「いいか。きみはここでじっとしていろ。出てくるんじゃないぞ」

相手を警戒させないよう、今日は私服だが、上着の内側にはもちろん、拳銃がしまってある。その感触を確かめながら、黄海は店の扉を開けた。だがその瞬間、思わず咳《せ》きこんだ。店のなかは煙草の煙で充満していたのだ。ようやく息を整えて、店内を見まわすと、カウンターの奥に男がひとり立っているのが見えた。ひと目見ただけで、誰だかわかった。

「路中岳《ルー・ジョンユエ》だな？」

そう言うと、カウンターに向かって突進する。だが、路中岳はさっと身をひるがえすと、うしろのドアから外に飛び出ていった。上着の内側から九二式拳銃を取り出すと、黄海はすぐにあとを追った。

カウンターのうしろのドアは、ビルの横にある路地に通じていた。路地の奥を見ると、必死に逃げていく路中岳の背中が目に入った。雨はいつのまにか大降りになり、鉛色の空から滝のように落ちてきている。

「警察だ！　止まれ！」

黄海は拳銃の引き金に指をかけた。だが、撃つことはためらわれた。

路地の奥には建設中のビルが二棟あって、路中岳はそのうちのひとつの建物に入った。あとを追ってそのなかに入ると、階段をかけあがる音が聞こえた。ビルは六階建てだ。いちばん上までのぼってしまえば、もう逃げ場はない。黄海は階段をかけのぼり、ビルの最上階まで来た。路中岳の背中が見えた。最上階はまだ壁がなく、やはり建設中の隣のビルの鉄骨が見える。よし、追いつめた！　しかし、その時にはもう路中岳は空中に身を躍らせて、隣のビルに飛びうつっていた。黄海も、すぐそのあとに続いた。

「飛んじゃだめ！」

うしろから、司望の声が聞こえた。


黄海が外に出たあと、司望は車のなかからビルとビルの間の路地を見ていた。すると、いきなりDVDショップの裏口のドアが開いて、路中岳が飛びだしてきた。数秒後には、黄海も出てきた。

ふたりのあとを追って、司望は建設中のビルに入った。そして、最上階まで来た時、路中岳に続いて黄海が空中に飛びだすのが見えた。だが、隣のビルに移ったのは路中岳だけで、黄海《ホアン・ハイ》の姿はなかった。

司望《スー・ワン》はビルの端まで行くと、下を覗いた。ビルの高さは十五メートルはある。その下の地面に、黄海の身体は横たわっていた。四肢がおかしな方向に曲がっている。そばには、使われなかった拳銃が落ちていた。

「嫌だ！」

司望は鋭い叫び声をあげ、階段を駆けおりると、建築現場のぬかるみに横になっている黄海の身体を抱きしめ、背中を起こした。黄海は頭から血を流していた。激しい雨がその血を洗いながしていくが、血はあとからあとから流れてきて、身体のまわりに薄赤い水たまりをつくっていた。

「黄海さん！」司望は声をかけた。

黄海は顔を少し動かした。まだ、死んでいない。

「死なないで！　黄海さん。がんばって！」

その言葉に黄海がうっすらと瞼を開けた。

「之亮《ジーリアン》、之亮か……」かすれた声が聞こえた。

司望は声をはりあげて答えた。

「そうだよ、パパ。ぼくだよ。ぼくはここにいるよ」

自分が司望だろうが、之亮だろうが、そんなことはどうでもいい。ただ、黄海に助かってほしかった。

司望は心臓マッサージをし、人工呼吸をした。口のなかに血が入ってきたが、気にもならなかった。

すると、黄海の口が何か言いたそうに動いたのがわかった。司望は黄海の手を握り、黄海の口もとに耳を近づけた。

「いや、ちがう」ほとんど聞きとれないような声で、黄海が言った。「きみは申明《シェン・ミン》だ……」

その言葉を最後に、黄海は息をひきとった。享年四十八歳。建築現場のあちらこちらから水が流れてきて、黄海の身体は水たまりに浸かりそうになった。工場の地下室で、水に浸かった申明のように……。

司望は黄海の身体にすがりついた。この瞬間、もし黄海の魂が天を目指してのぼっていたなら、その魂は亡骸になった自分の肉体と、それにすがりつく少年の姿を見たことだろう。

その時、涙をふいて、少年が立ちあがった。もう取りみだしてはいない。その落ち着いた表情の下からは、残忍さが透けて見えていた。

第十二章

二〇一〇年九月二十六日（日曜日）

職務の遂行中に亡くなったということで、黄海《ホアン・ハイ》の葬儀は、殉職者として、いちばん大きな葬儀場で行われた。今月に入って、ふたりめの殉職者だということだった。

何清影《ホー・チンイン》は黒い服を着て、片手に白い菊を持つと、もう片方の手で司望《スー・ワン》の手をしっかり握っていた。時おり、何清影のことを知る静安《ジンアン》警察署の警察官たちがやってきて、まるで黄海の妻であるかのようにお悔やみを述べていった。書店を開いた時に、黄海の招待でオープニング・セレモニーにやってきてくれた人々だ。

警察署長の長い弔辞が終わると、葬儀の音楽が始まった。参列者たちがひとりひとり、棺に近づいて、花を手向けていく。司望が小さな声で言った。

「ぼくが黄海さんに、路中岳《ルー・ジョンユエ》の居場所を教えなければ……」

「そんなことを考えてはだめよ。こんなことになったのは、母さんだっていけなかったんだから……。あの時……」

「ぼくがこっそり出かけようとした時？　でも、母さんがとめても、ぼくは行っていたよ」

「いいえ。あなたが黄海さんと一緒に路中岳のところに行くと知っていたら、何があっても行かせなかったわ。いいこと、司望、路中岳は危険なの。卑劣な人よ。だって……。だって、学園のお金を自分のものにして、奥さんと義理のお父さんを殺して、逃げているんだから。もう路中岳には絶対に関わらないと、約束してちょうだい。そうじゃないと、母さんは……」

「でも……」

「でもじゃありません」

そのうちに、列が進んで、ふたりは黄海の棺のすぐそばまで来た。

黄海はきれいにアイロンされた紺色の服を着て、その上には党の旗がかけられていた。身体はまっすぐに整えられていた。

何清影は花を供えると、手を伸ばして、遺体を覆っているガラスの蓋ごしに黄海の額と鼻先に触れた。黄海とは手をつないだことしかなかった。それ以上の関係に進むつもりもなかった。だが、自分を支えてくれた大切な人だった。そう思うと、また路中岳に対する怒りがわいてきた。どうして、あの男は生きているのだろう？　あの男が死んでいてもいいはずだったのに……。あの男はよほど悪運が強いのだろうか？

そう考えると、何清影は思わず隣を見た。司望が無事だったことが、せめてもの幸いだった。司望は涙を見せず、じっと悲しみをこらえているようだった。

お別れが終わると、何清影は司望の手を握りしめて、葬儀場を出ようとした。その時、警察官たちのなかに、じっとこちらを見つめている若い男がいるのに気づいた。おそらく、まだ三十にもなっていないだろう。背が高く、きれいな顔だちをしている男だった。

葬儀で話をした警察官たちは、黄海《ホアン・ハイ》が安らかに眠れるように、絶対に路中岳《ルー・ジョンユエ》を捕まえると、口々に誓っていた。だが、路中岳は再び姿を消し、その行方は杳として知れなかった。司望《スー・ワン》の証言にもとづき、警察は《魔女区》と呼ばれる、廃墟になった工場の地下室も捜索し、そこで見つかった吸い殻に付着したＤＮＡと、ＤＶＤショップの灰皿にあった吸い殻に付着したＤＮＡが一致することを突きとめ、さらにはそれが以前採取した路中岳のものと一致することも確認した。だが、わかったのはそこまでで、ＤＶＤショップの賃貸契約の書類を見ても、何も情報は得られなかった。路中岳は偽の身分証明書を使って、この店舗を借りていたのだ。ＤＶＤの仕入れに関する記録も残っていなかった。

一連の事情聴取が終わったあと、何清影《ホー・チンイン》は、二度とこういった事件に関わらないようにと、司望にきつく言いわたし、息子を捜査に巻きこまないでほしいと、警察署長にも電話をかけた。

黄海がいなくなっても、日々は前と変わらずに過ぎていった。書店のほうは長寿通りの店の売り上げが減少してきたので、司望の発案でオンラインモールの淘宝《タオバオ》に店を出すことにした。すると、思った以上にこちらのほうでの教科書の売り上げが伸びたので、実店舗と合わせて、なんとかやっていくことができた。司望はあいかわらず母親思いで、ネット上の手続きや、本の梱包、発送などをしてくれる。それも嬉しかった。

司望はもう中学四年、つまり十四歳になるが、まだ母親にべったりで、長寿通りの店で男の客が本を買ったついでに誘いをかけるようなことを言ってくると、その客を睨みつけていた。客が帰ったあと、「そんなことをしてはだめ」とたしなめていたが、決して嫌な気持ちはしなかった。

ただ、最近では自分の意思を表に出すようなことが増えてきて、洋服なども母親が買ってきたものにはあまり袖を通さず、自分で選ぶようになっている。また、進学先についても、母親の意見に耳を貸さなくなっていた。中学を卒業したら、南明《ナンミン》高校に行くといってきかないのだ。

「どうして、母さんはぼくが南明高校に行くことに反対するの？」

「だって、あそこは全寮制でしょう？　一緒に暮らせなくなるじゃない。あなたはそれでいいの？　母さんと一緒じゃなくても」

「でも、南明高校は難関高なんだよ。選ばれた人しか行けないんだ。学校の成績から言ったら、ぼくはまず問題なく合格できると思うし……」

「それはそうだけど……。でも、あそこはいろいろな事件があったでしょう？　母さんは望君がそんな危険なところで、寮生活をするのが心配なのよ。この間だって、あの近くで黄《ホアン・》海《ハイ》さんが亡くなったわけだし……」

黄海の名前を聞くと、司望《スー・ワン》の顔が曇った。あらたまった顔で尋ねる。

「ねえ、母さん。ぼくの名前だけど、母さんはどうしてぼくに望って名前をつけたの？」

「前にも言ったでしょ？　あなたがお腹にいた時、遠くのほうから、わたしに呼びかけてきたからよ。それで、あなたを身ごもっていることがわかったの。きっと、あなたが遠くからわたしを見ていたのね。だから、『遠くを見る』という意味の『望』という字を使ったの」

「でも、司望って、死亡《スーワン》と発音が似ているでしょう？　クラスの子たちは、死亡の発音でぼくを呼ぶんだ。〈死神〉っていうあだ名もつけられている」

「ひどい！　明日、中学に行って、校長先生に抗議してくるわ」

「いや、それはいいんだ。それに、ぼくは時々、本当に自分が〈死神〉じゃないかって思うことがある。黄海さんだって、ぼくのせいで死んじゃったし……。蘇州河の近くでジープのトランクルームにあった死体を見つけたこともあった。谷《グー》さん親娘《おやこ》も殺されてしまったし……。父さんのほうのお祖父ちゃん、お祖母ちゃんも死んでいるし、おととし、お墓参りをした時に写真で見た、母さんのお父さんとお母さんも亡くなっているんでしょ。ぼくのまわりは死に満ちているんだ。きっと、ぼく自身も……」

「そんなことを言っちゃだめ。どうして、そんなことを言うの？　ねえ、やっぱり、南明高校に行くのはやめなさい！　あそこはあなたにとって、あまりいい環境とは言えないわ。それよりも、技術系の高校に行ったらどう？　それだったら、手に職がつくから、どんなことになっても生きていけるし」

「どんなことになってもって？」

「たとえば、母さんがいなくなっても……」

「どうしていなくなるの？」

「わからないけど、そういうことだってあるでしょう？　先のことは誰にもわからないんだから……」

「嫌だ！　そんなの嫌だ！」

突然、司望が小さな子供のように抱きついてきた。

「嫌だよ！　何があっても、ぼくは母さんから離れない」

「でも、いつかは離れなきゃならないわ。しかたがないのよ。この世には運命《さだめ》というものがあるのだから……。その時が来たら、泣かずにその運命を受け入れなさい」

そう言いながら、何清影《ホー・チンイン》は司望の背中の痣のあたりをなで、それから強く抱きしめた。

第十三章

二〇一〇年十二月二十二日（水曜日）　新暦の冬至

今日は新暦の冬至だ。一年でいちばん昼が短い日だ。
黄海《ホアン・ハイ》捜査官の住んでいたアパートの建物の前まで来ると、葉蕭《イエ・シャオ》捜査官は建物の上階を見あげた。

葉蕭はまだ三十歳手前の若手捜査官で、背が高く、痩せ型で、端整な顔をしている。警察官にしては髪が長く、いつも眉根にしわを寄せて、きらりと光る冷たい目つきをしていた。静安警察署に配属されたのは、黄海捜査官が亡くなる数日前で、そのせいで、黄海捜査官とは一度か二度しか会ったことがなかった。だが、若手であるにもかかわらず、捜査の腕を買われていて、黄海捜査官が殉職すると、担当していた殺人事件をそっくり引き継いだのだ。

事件は六件。まずは一九九五年の六月五日の深夜に起きた南明《ナンミン》高校の女子生徒毒殺事件。これは当時、高校三年生だった柳曼《リウ・マン》という女子生徒が図書館の屋根裏部屋で毒を盛られ、屋根の上で死体となって発見されたもので、まだ犯人は見つかっていない。次は同じ高校の教頭をしていた厳厲《イエン・リー》という男性が南明通りで刺殺された事件。こちらは犯人がわかっている。

申明《シェン・ミン》という、やはり同じ高校の国語の教師だ。この教師は柳曼ともよからぬ噂が流れていた。ところが、その申明は厳厲を殺した二日後に、廃墟になった工場の地下室で刺殺死体で発見されている、こちらの犯人はわかっていない。それが一連の事件の、言ってみれば、前段にあたる。

後段は二〇〇四年に蘇州河のほとりで、爾雅《アルヤー》学園グループの幹部で、二〇〇二年から行方不明になっていた賀年《ホー・ニエン》という男性がジープのなかから死体で発見された事件から始まる。死体は死後二年はたっており、行方不明になった時には殺されていたと推定された。そして、その四年後の二〇〇六年には、爾雅学園グループの創設者である谷長龍《グー・チャンロン》と、その娘の谷秋《チウ》莎《シャー》が、いずれもナイフで刺されて、死んでいる。谷長龍を殺したのは、爾雅学園グループの元幹部で、長龍の娘婿だった路中岳《ルー・ジョンユエ》。路中岳は、妻の秋莎も殺したと見られている。黄海捜査官を殉職させたのも、この男だ。

ここで面白いのはこの六件の事件には、すべて申明が関係していることだ。前段の一九九五年に起こった三つの事件はもちろん、後段の事件でも、賀年は大学時代の友人だし、谷秋莎は婚約者で、事件がなければ結婚するはずだった。そうしていれば、谷長龍は義父になっていたことになる。また、路中岳は高校の時からの友人だった。実際、この関係については黄海も興味を持ったらしく、一連の事件の資料を集めたこのアパートの一室には、申明を中心とした相関図が書かれていた。そこには谷秋莎の養子だった司望《スー・ワン》の名も書かれていた。

黄 海《ホアン・ハイ》の死を看取った中学生だ。

そんなことをざっと頭のなかで復習しながら建物に入り、黄海捜査官の住んでいたアパートの前まで来ると、葉 蕭《イエ・シャオ》は預かっていた鍵で、ドアを開けた。

事件を引き継いでから三カ月がたつ。その間にこのアパートには何度も足を運んでいるが、今日は少し様子がちがった。奥から冷たい風が吹きぬけてきたのだ。奥の部屋の窓が開いている。ということは、誰かがいるのか？　葉蕭は拳銃を取り出すと、居間のほうに向かっていった。だが、思ったとおり、窓は開いていたものの、そこには誰もいない。と、その時、事件の資料を集めた小部屋のほうで物音がした。葉蕭は足音をしのばせ、小部屋に近づいていった。

ドア越しになかの様子をうかがい、銃を構えていきなり開ける。

「誰かいるのか？」

見ると、そこには中学生か高校生くらいの男の子がいた。司望《スー・ワン》だ。黄海捜査官の葬儀の時にも顔を見ていたし、「どうして路 中岳《ルー・ジョンユエ》があのＤＶＤショップにいると知っていたのか？」と、事情聴取をしたこともある。

「司望君、どうしてここにいるんだ？　きみを事件の捜査に関わらせないでほしいと、きみのお母さんからきつく言われているんだぞ。それなのに、きみのほうは……」

そう言うと、葉蕭は司望が背中に隠し持っていた事件関係のファイルを取りあげて、棚に戻した。ちらっと表紙を見ると、南明《ナンミン》通りの殺人事件の捜査ファイルだった。ファイルを隠し持っていたのが見つかっても、司望は悪びれずに答えた。

「葉蕭刑事ですね。捜査は進んでいますか？」

「どの捜査のことだ？　路中岳の行方に関することか？　それとも南明通りの殺人事件のことか？　きみはどうして、この事件に興味を持つんだ？　きみが生まれる前の事件なのに……」そう言うと、葉蕭は壁の相関図を示して続けた。「この図を見たまえ。申明《シェン・ミン》の名前のところから赤いマジックの線が伸びて、きみの名前のところに達している。きみは谷秋莎《グー・チウシャー》の養子だった。だから、谷親子や路中岳と関わりがあるのはわかる。ジープのなかから死体を発見したのだから、賀年《ホー・ニエン》とのつながりもある。でも、申明とはどうつながっているんだ？」

「ぼくはただインターネットを見て、この事件に興味を持っただけです」司望はあっさりと答えた。「たぶん、『名探偵コナン』を読みすぎたんでしょう。母親が本屋をやっているので、うちにはほかにもたくさんのミステリーがありますし……。ぼくの夢は捜査官になることなんです。黄海さんや、葉蕭さんみたいに」

嘘だ！　黄海捜査官が線で結んでいるくらいだから、司望と申明の間には、何か関わりがあるにちがいない。だが、そのことは口に出さず、葉蕭は攻め手を変えてみることにした。

「どうやって、このアパートに入ったんだ？」

「ぼくはこのアパートによく遊びに来ていましたから、いつでも入れるようにと、黄《ホアン》 海《ハイ》さんが鍵を渡してくれたんです」

「この部屋の鍵もか？」葉《イエ》 蕭《シャオ》は言った。「黄海捜査官が担当していた事件を引き継いだ時、おれはアパートの鍵も預かったんだが、この部屋の鍵だけなくてね。錠前屋を呼んで、合鍵をつくってもらわなければならなかった。もしかしたら、きみは黄海捜査官が亡くなった時に、ポケットからこの部屋の鍵を抜きとったんじゃないのか？」

「そのために、ぼくが黄海さんを殺したとでも言いたいんですか？ 路《ルー》 中岳《ジョンユエ》の話を捏造して……」

「いや、そうは言っていない。しかし、きみは事件の捜査に関わってはいけない。お母さんからもそう言われているんだ。だから、ポケットのなかの鍵を返して、捜査はおれに任せてくれ」

「わかりました」

思いのほか素直にそう返事をすると、司望《スー・ワン》はポケットに手を入れて、アパートの鍵、それから小部屋の鍵を取り出した。こちらに渡しながら、続ける。

「じゃあ、路中岳を絶対に捕まえてください」

「ああ。それがおれの仕事だからな」

「それから、やっぱり、ぼくに捜査を手伝わせてください。母親には内緒で……。こう見えて、ぼくはいろいろな情報を持っているんです」

「確かに、きみは特別な情報網を持っているようだな。尹玉《イーユー》という、あのおかしな女の子もそのひとりだろう？」

「尹玉からも話を聞いたんですか？」

「もちろんだ。しかし、あれはすごい女の子だな。威圧感があるというのか、おれのほうがびびったよ。質問にはちゃんと答えてくれたがね。でも、あの子から聞いたのは、ＤＶＤショップで指名手配中の路中岳を見つけて、あとをつけたら《魔女区》と呼ばれる、廃墟になった工場に入っていったということだけだ。それ以上は知らないと言っていた」

「わかりました」そう言うと、司望は出口のほうに向かった。「じゃあ、ぼくはそろそろ帰ります。捜査のお邪魔をして、すみませんでした」

「気にすることはない。じゃあな」葉蕭は言った。だが、急に思いなおして、司望を呼びとめた。「おい、名探偵」

司望はびっくりしたように立ちどまった。ふり返って、こちらを見る。葉蕭は名刺を取り出して、司望に差しだしながら続けた。

「きみがそう言うなら、少しは手伝ってもらおうかな。何かあったら、ここに電話してくれ。昼でも夜でも、いつでもいいから。おれは二十四時間、働いているからな」

「ありがとうございます」司望は返事をすると、ドアから出ていった。

ひとりになると、葉　蕭《イエ・シャオ》は小部屋のなかを見まわした。黄　海《ホアン・ハイ》捜査官は、一連の事件について、かなり詳しく調べていたようだった。だが、三カ月前に捜査を引き継いでから、独自の調査でわかったこともある。それは一九八三年に起きた殺人事件のことだ。

その殺人事件の被害者は、文化大革命の時に、文革派の急進的な組織のリーダーとして、保守派の人々にリンチを加えた男だった。死体を発見したのは近所の人で、玄関の前でその男の娘が泣いているのを見て、不審に思って尋ねたところ、父親が死んでいると聞き、警察に連絡するいっぽう、部屋の様子を見にいったのだという。死体はガラスの破片で喉を切られていた。窓から家に侵入した形跡があったので、おそらく被害者に恨みを持つ者の犯行だろうと、警察は推測した。だが、犯人はまだ見つかっていない。

葉蕭がこの事件に注目したのは、事件が起きたのが安息通り十九番地で、事件当時、その前の建物に申　明《シェン・ミン》が住んでいたことだ。南明《ナンミン》通りの事件から十二年も前のことだし、当時、申明は十三歳だったので、黄海はこの事件が重要だと思わなかったのだろう。あるいは、事件そのものを見落としていたのかもしれない。だが、もしこの事件に着目して、詳しく調べていれば、もっと興味深いことがわかったはずだ。というのも、殺された男の名前は路　竟《ルー・ジン》南《ナン》と言って、路中岳《ジョンユエ》の叔父にあたる人間だったのだ。もし、路竟南を殺したのが甥の路中岳で、それを申明が知っていたとしたら？　この事件はいろいろと調べてみる価値がありそうだった。

だが、それにしてもわからないのは、司望《スー・ワン》と申明の関係だ。小部屋の壁に貼られた相関図を見ながら、葉蕭はじっと考えこんだ。

その頃、司望は急いで建物から出ると、ほっとひと息ついた。いや、ほっとしたのは自分のなかの誰かなのか……。

ずっと探していたものがようやく見つかったのだ。証拠品を入れた箱にあるはずだと思って、何度も箱をひっくり返して、隅から隅まで調べたのに、これまで見つからなかった。机の引き出しにもなかった。そこで、もしやと思って棚の裏側を調べてみたら、壁と棚の間に落ちていたのだ。〈これで今日の目的は達した〉そう思って、見つけたものをポケットに入れた。その瞬間、ドアが開く音がして、葉蕭が入ってきたのだ。

よかった……。鍵のことで葉蕭に身体検査でもされていれば、取りあげられてしまうところだった。そう考えると、あらためて安堵の息を洩らした。それからポケットに手を入れ、小部屋から持ってきたものを取り出した。それはプラスチックの袋に入ったネックレスだった。ばらばらになったネックレス……。袋に貼られたラベルには、こう書かれていた。

《一九九五年六月二十二日。申明殺害現場から発見した証拠品。被害者の手の中にあったもの》

欧陽《オーヤン・》小枝《シャオジー》からもらったネックレスだ。

第十四章

二〇一一年二月十七日（木曜日）　元宵節《げんしょうせつ》

春節から二週間後――新年の十五日目にあたる今日は、元宵節だ。街ではランタン祭りが行われ、たくさんの赤い提灯《ちょうちん》が夜を彩っている。爆竹の音もさかんに聞こえる。

会社のある広州市《こうしゅうし》から上海に戻り、食事をすませて、自宅のマンションに帰ってくると、馬力《マー・リー》はパソコンを開き、アメリカの連続テレビドラマ、『ウォーキング・デッド』を見はじめた。ゾンビがはびこる終末の世界を描いたドラマだ。人間を見つけると、ゾンビはたちまち襲ってくるが、ゾンビに嚙まれると人間はゾンビになってしまう。なんだか、最近の自分の気分にぴったりのドラマだ。

その時、スマホが鳴った。通話のボタンを押すと、若い男の声が聞こえてきた。

「やあ、馬力、ひさしぶりだね。申明《シェン・ミン》だ」

声そのものは、高校の担任だった申明先生のものではない。そして、爾雅《アルヤー》学園グループで一時、一緒に働いた司望《スー・ワン》のものでもなかった。司望はあの頃、小学生らしい、もっと高い声で話していたのだ。もっとも口調は申先生のものだったが……。今も、それは変わらない。

「あなたは……」

「だから、申明だよ。ひさしぶりに、きみに会いたくなってね」

馬力は返事をすることができなかった。喉がつまって、声が出なかったのだ。

「もしもし、そこにいるのか？」

「あ、はい……。聞いています」

「きみに会いたいんだ。今、すぐに」

時計を見ると、八時だった。

「わかりました」

「それでは花鳥市場はどうだろう？　きみが高校生の時に、一緒に行ったことがあるだろう？　わかるか？」

「昔、《労働人民文化センター》があったところですね？」

「そうだ」

「でも」

馬力はもう少し話を続けようとしたが、その時にはもう通話は切られていた。

三十分後、近くの通りに車をとめると、馬力は花鳥市場に向かった。満月が柳の上にかかっている。普段なら、ここは花や小鳥、ペットの動物が店先に並んで、道行く人の目を楽しませているが、今日はどこを見ても赤い提灯でいっぱいだった。そのなかを若い男女のカップルが手をつないで歩いている。

恋人同士のイベントというと、最近では旧暦の七月七日——七夕の日が中国のバレンタインデーのようになっているが、伝統的に言えば、元宵節のほうが〈恋の日〉にふさわしい。というのも、昔は夜が真っ暗になるので、夜間の外出が許されていなかったが、元宵節だけはたくさんの提灯で夜が明るくなるので、庶民をはじめ、普段は夜の外出ができない身分の高い女性も外に出て祭りを楽しむことができた。そのため、元宵節は昔から〈男女が知り合うことのできる唯一の日〉とされているのだ。

馬力《マー・リー》はきちんと髭をそり、身だしなみも整えてきたが、それはもちろんこの機会に新しい出会いを求めているわけではない。まあ、もともと、そんな気もないが……。司望《スー・ワン》なのか、申明《シェン・ミン》先生なのか、得体の知れない人物に会うという、気の重い用事で来ているのだ。それなのに、ひとり市場の門に立って行き交うカップルを眺めていると、自分だけが浮いている気がして、居心地が悪かった。

その時、うしろで声がした。

「馬力」

びくっとしてふり返ると、そこにはひとりの若者が立っていた。よく見ると、司望だが、すっかり面変わりしている。無理もない。あれからもう五年たって、今は十五歳なのだ。身長も百七十五センチほどあって、こちらを見あげることはない。だが、なんと呼べばいいのだろう？　学園で一緒だった時は、みんなの手前、司望君と呼んでいたが……。それとも、申明先生と呼ぶべきなのだろうか？

「しばらく会わなかったが、元気にしていたか？」

やはり申明先生だ。口調はもちろん、話す時のちょっとした仕草や顔の表情は中学生や高校生のものではない。まさに申明先生のものだった。

「おひさしぶりです」馬力は、ただそう答えた。

五年前、自分は司望という少年に協力して、爾雅《アルヤー》学園グループの不正を暴き、学園を倒産させ、その少年の養母にあたる谷 秋莎《グー・チウシャー》と、その父親の谷長龍《チャンロン》に破産の憂き目を見せた。さらには谷秋莎の夫で、爾雅学園グループの元幹部の路 中岳《ルー・ジョンユエ》が在任中にグループの金を横領して、香港に会社を設立していたことを暴き、路中岳も破産させた。その報酬として、数百万元の資金を得て、香港から百三十キロほどのところにある広州市に会社を起こしたのだ。

司望は、「私は申明だ」と名乗って、自分と先生しか知らない秘密を話したが、それでも馬力は完全には信じていなかった。だが、爾雅学園グループを倒産させたあと、自分には数百万元の報酬を支払ったのに、母親の何清影《ホー・チンイン》の口座には一元も振り込まれていないことを知った時、慄然《りつぜん》とした。この少年はやはり申明先生で、先生は苦境に陥った時、助けの手を差しのべてくれなかった谷一家に復讐したのではないかと思ったのだ。その後、この少年とは会わずにすんでいたが、今日は突然の呼び出しだった。申明先生の生まれ変わりかもしれないが、この少年とは関わりたくなかった。下手に関わって、路中岳《ルー・ジョンユエ》のように何もかも奪われるのは恐ろしかった。

ふたりはどこに行くともなく歩きだし、小さな石橋の近くを通った。橋のたもとに飾られた提灯には謎々が書かれていて、カップルがそれを解こうとしている。花火が夜空にあがり、青や赤や緑の大輪の花を咲かせると、人々の頭の上に降ってくる。少年の歩き方を見て、馬力《マー・リー》は思った。やはり申《シェン》先生だ。

申先生は何も言わなかった。沈黙に耐えられなくなって、馬力はふと心に浮かんだことを口にした。

「先生とここに来るのは十六年ぶりですね。あの頃、ここは《労働人民文化センター》で、切手やカードを売っているお店もありましたね。そう言えば、『三国志演義』のカードを買うために、先生から二十元借りたことがありました。あのカード、まだ持っていたっけな」

「そうだな。きみはカードのコレクションに夢中だった。『三国志演義』のカードは昔から人気だったな。関羽《かんう》とか張飛《ちょうひ》とかね。男の子はみんな集めていた。いや、きみは日本のテレビアニメの『聖闘士星矢《セイントセイヤ》』も好きだったね。一九九二年の夏の入学説明会の時、きみのリュックサックには『聖闘士星矢』のステッカーが貼ってあった。それを見て、私はきみが龍《ドラゴン》星座の紫龍《しりゅう》のファンだとわかったよ。私にとっても、教師に任命された最初の年だったから、よく覚えている。きみは女の子たちにモテたね」

「昔のことなので、よく覚えていません」

「でも、入学前の軍事訓練は覚えているだろう？　まだ八月だったからね。太陽が焼けつくようで、夾竹桃の植え込みの下だけが、唯一、影のできる場所だった。休憩時間には、みんなそこで休んでいたね」

「そして、先生はぼくの担任になった。ぼくは先生がつくった〈死せる詩人の会《デッド・ポエッツ・ソサエティ》〉にも入会しました……。あれはなんだったのでしょう？　二年生の時に、ほかのクラスの女の子がプールで溺死したことがありましたね。そしたら、先生は〈死せる詩人の会〉のメンバーに声をかけて、《魔女区》にあった工場の地下室に連れていった。死んだ生徒が成仏するように、みんなで冥銭を焚くんだと言って……。あそこは幽霊が出ると言われているくらいだから、あの世とのつながりが濃い。だから、効果があると……」

「そう、確かにあの世とのつながりが濃い場所だった。私はそこで殺されたんだからね」

馬力は答えなかった。なんと言っていいか、わからなかったからだ。

「〈死せる詩人の会〉と言えば、きみは一度、会をやめたいと言ったことがあったね。数学の張　鳴松《チャン・ミンソン》先生の個人授業を受けたあとだったか、自習室で泣いているのを見つけて、『どうしたんだ？』と訊いたら、きみはただ、『会をやめたい。あの会は怖い』と繰り返したんだ」

「その話はやめてください。昔の話は嫌いなんです！」

「私が工場の地下室に冥銭を焚きに連れていったりしたから、あの会が怖かったのか？　結構、臆病だったんだな。勉強はできたのに。いや、できた。なにしろ、張 鳴松《チャン・ミンソン》の個人授業を受けていたくらいだ。あれはトップクラスの生徒しか受けられない。きみは清華大学が志望だったし、張鳴松先生は清華大学の出身だから、特別に目をかけられていたのでは？」

「やめてくださいと言っているでしょう！」

昔の話にいたたまれなくなって、馬力《マー・リー》は腕を伸ばして申《シェン》先生の口をふさごうとした。先生はその手を払いのけると言った。

「いいじゃないか。昔の話ができるのは、まだ生きているということなんだから……。私は十六年前、二十五歳で死んだんだ。《魔女区》の工場の地下室で、汚い水に二日以上、浸かってね。そして、生まれ変わって、ここまで大きくなった。まあ、生まれ変わったと言っても、幽霊になって、この身体に取り憑いたみたいなものだけどね。おそらく、司望《スー・ワン》だって、幽霊に取り憑かれたみたいな感じだろう。なにしろ、物心がついたら、ほかの人間の記憶があることに気づいたんだから……。しかも、時にはその人間の記憶にもとづいて行動している。今だって、そうだ」

「じゃあ、ぼくを利用して、谷《グー》さん一家を破滅に追い込んだ時はどうだったんです？　あれは先生だったんですか？　司望君だったんですか？」

「そんなに簡単に分けるわけにはいかないんだ。私は司望で、申明《ミン》の生まれ変わりなんだから……」

「あの計画をぼくに話した時の司望君の顔は目に焼きついていますよ。なにしろ、小学生がそれまで面倒を見てくれた家を破産させようというのですから……。時々、あの顔が夢に出てきて、うなされますよ。そう、あんな恐ろしいことをするために、あなたはぼくを利用したんだ」

「しかたがないだろう。中身はともかく、見た目は小学生なんだ。誰か信頼できる共犯者を探すしかなかった。それできみのことを思いついたわけだ。結果から見れば、やはりきみは適任だったね」

「それなら、クラス会の開かれた店で食事をして、わざとお金がないふりをして、ぼくに払わせたのも、《テンセントＱＱ》のチャットも、計算ずくのことだったんですね？　最初から、あの恐ろしい計画に、ぼくを巻きこもうとしていた……」

「そのとおりだ」

「ひとつ教えてください。あの計画を思いついたのは、やはり復讐ですか？　先生が苦境に立たされた時に、谷さん親子が手を差しのべてくれなかったから？」

「まあ、そういうことになるだろうね。あの時のふたりの態度は許せなかった。もし、あの時、ふたりが助けてくれていたら、私は厳厲《イエン・リー》教頭を殺さなかったし、自分が殺されることもなかっただろう。そう思うと、あの時、私が味わった絶望をあのふたりにも味わわせたかった……。まさか、ふたりとも路中岳《ルー・ジョンユエ》に殺されるとは思ってもみなかったがね。あれは誤算だった。私は路中岳《ルー・ジョンユエ》を甘く見ていたよ。あいつは野放しにしてはいけない。なんとか捕まえなくては……。あいつを野放しにしたせいで、もうひとり死ななくてもいい人間まで死なせてしまったし。司望《スー・ワン》である私は悲しんでいるよ」

「先生の復讐の相手はそれだけですか？」馬力《マー・リー》はおそるおそる尋ねた。これから恐ろしいことが起きるのではないかと思うと、全身に冷や汗が出てきた。

「私を殺した犯人には復讐したい。それはあたりまえだろう。もし張鳴松《チャン・ミンソン》が犯人なら、張鳴松に復讐する」

「張……張先生を疑っているんですか？」その名前が出てきたので、馬力は戸惑った。

「わからない。でも、その可能性はある。そうにちがいないと言っている人もいる。あとは路中岳だね。あの男は卑劣だ。実は爾雅《アルヤー》学園グループが倒産した時、私は警察の調べが入る前に屋敷の金庫の番号を見つけだし、なかを開けてみたことがあるんだ。そうしたら、一九九五年に賀年《ホー・ニエン》から来た手紙の入った封筒が見つかった。そして、その封筒には、私が賀年に宛てて書いたとされる手紙が入っていたんだ。その手紙のなかで、私は親友に心情を吐露するというかたちで、これから義父になる谷長龍《グー・チャンロン》を中傷する言葉を書いたことになっていた。婚約者の谷秋莎《チウシャー》に計画的に近づいたことにも……。もちろん、そんなことは全部でたらめだよ。あれはきっと、賀年と路中岳が結託して、私を陥れようとして書いたものだ。賀年は卒業後いったんは北京政府の要職に就いたものの、左遷されて上海の教育委員会で事務員をしていた。ところが、私が秋莎と結婚して谷長龍の婿となり、教育委員会の委員に名を連ねるということになると、賀年は私の下で働くことになる。賀年は家柄がよく、最初はエリートコースを進んでいたからね。大学の同級生で、学生時代はたいしたうしろ盾もなく、下に見ていた私のもとで働くのが耐えられなかったのだろう。そこで、教育界の重鎮だった谷長龍に偽の手紙を送って、私を追い落とそうとした。そして、その因縁で爾雅学園グループの幹部に取りたてられたというわけだ」

「でも、筆跡は？」馬力は尋ねた。「偽の手紙なら、筆跡でわかってしまうでしょう？」

するると、先生は皮肉な笑みを洩らした。

「そこで、路中岳が出てくるんだ。この世で、私の筆跡を真似ることのできる人間はひとりしかいない。路中岳しか……。路中岳はもしかしたら、私が邪魔だったのかもしれない。なんとか秋莎と結婚して谷長龍の婿となり、爾雅学園グループのなかで権勢をふるいたかったのかも……」

「それで、賀年と手を結んだ」

「そのとおりだ。こちらは親友だと信じて、新居の準備を手伝ってくれたことで、感謝までしていたのに……。だから、私は路中岳を許さない。この次に会ったら、殺してしまうかもしれない」

「申　明《シェン・ミン》先生、ぼくはあなたが怖くなってきました」

「人間というのは、ひどい目にあうと理性を制御できなくなってしまうのかもしれないね。あらゆる感情が解きはなたれてしまうんだ。誰かを殺したいという感情も……」

花鳥市場をぐるっと歩きながら、ふたりはまた門のところまで戻ってきた。馬力《マー・リー》は、ポケットから車の鍵を取り出すと、家まで送ると言った。車はポルシェSUVに替えていた。

車の助手席に乗ると、申 明《シェン・ミン》先生はシートベルトを閉めた。ラジオからは張國 榮《レスリー・チャン》の「アイ・アム・ホワット・アイ・アム」が流れている。

ふたりとも、もうひと言も言葉を発しなかった。

第十五章

二〇一一年五月三十日（月曜日）

欧陽《オーヤン・》小枝《シャオジー》は、南明《ナンミン》高校の門を入っていった。黒い髪に白いワンピースがよく似合う。アーモンド形の切れ長の目、白い肌、形のよい唇――すれちがう生徒たちは、どこの女優が来たのかと、びっくりしたような顔でふり返っていた。

卒業してから十六年の間に、この界隈《かいわい》はすっかり開発され、工場と空き地ばかりだった南明通り沿いには背の高いビルが並んでいる。だが、高校だけは昔のままだった。門の脇にある守衛室で名前を書くと、小枝は競技場に続く、赤いバラのアーチの下を通った。と、深紅の花びらが一枚、肩に落ちた。白いワンピースに赤い花びら、その上に黒髪が揺れる……。白と赤と黒の対比が鮮やかだ。そっと花びらをつまんで、指の腹でこすると、小枝は土の地面に落とした。

零落成泥碾作塵（零落して泥と成り　碾《ひ》かれて塵と作《な》るも）
只有香如故（只　香りの故《もと》の如《ごと》き有り）

壊れた橋のたもとにひっそりと咲く梅の花が、風雨に散るのを詠んだ「詠梅《えいばい》」という詩だ。作者は南宋詩人、陸游《りくゆう》。その詩を小声で暗誦しながら、小枝《シャオジー》は十六年前のことを思い出していた。

あれは一九九五年六月十九日、月曜日のことだ。ちょうど梅雨の季節だということもあって、午後になると毎日のように雨が降っていた。小枝は今日と同じ白いワンピースを着て、このバラのアーチの下で、申　明《シェン・ミン》先生に会いに行こうかどうしようか迷っていた。

先生は柳曼《リウ・マン》を殺した疑いをかけられ、警察に勾留されていたのだが、六月十六日の金曜日に釈放されて、寮に戻ってきたのだ。けれども先生にとって、それで悪夢が終わったわけではなかった。むしろ、その逆だ。先生は一連の出来事で、教育者として失格と見なされ、南明高校を解雇されることになったのだ。教育委員会に異動するという話もなくなったらしい。そういったわけで、先生はすっかり落ち込んでいる様子だった。

先生が解雇されたら、二度と顔を見ることができなくなってしまうかもしれない。そう思うと、小枝はぜひとも先生に会って、胸に秘めた思いを伝えたかった。先生が寮を出て、この学校からいなくなってしまう前に……。

すると、その気持ちが天に通じたのだろうか、競技場の端に、寮から出てきた先生の姿が現れた。寮を出ていく前に、お別れに校内をひとまわりしているのだろうか？　そう思っていると、先生はバラのアーチのほうまでやってきた。

「申明先生！」小枝は声をかけた。

アーチのこちらに人がいるのに気がつかなかったのだろう、先生はびっくりしたような顔をして、それから一歩、うしろにさがった。

「きみか……。私に話しかけないほうがいい。きみにまで迷惑がかかる」

先生は思いつめたような顔をしていた。

「先生！」小枝は言った。

だが、先生は目をそらして、つぶやくように答えた。

「私はもう先生ではない」

小枝は下を向いて、地面を見つめた。そこには、泥にまみれたバラの花びらがちらばっていた。

「先生は明日までに寮を引きはらうとうかがいました」小枝は思い切って言った。「いつ出ていかれるのですか？」

「今夜、八時だ」

「もう少し、遅らせることはできませんか？　聞いていただきたいことがあるんです」

「今ではいけないのか？」

「昼間だと話しにくくて……」

「では、何時にする？」

「十時に……。十時に《魔女区》の廃墟になった工場のなかではどうですか？　一階の地下室に降りる階段の前のあたりで。その時間にならないと、寮から抜けだせないんです」

「わかった。その時間なら、たぶん大丈夫だ。私もきみに話したいことがある……」

「では、夜の十時に《魔女区》の工場の一階で待っています」

そう言うと、小枝《シャオジー》は急いでその場を離れた。それが申《シェン・ミン》明先生と言葉を交わした最後になった。


あれから十六年、自分は今あの時と同じ場所にいる。では、申明先生はどうなのだろう？　輪廻転生したのだろうか？　それとも霊としてまだ冥界にいて、時々この世にさまよい出てくるのだろうか？

赤バラのアーチを抜け、競技場を縦断すると、小枝は校長室や事務室のある建物に入った。この建物も昔と変わっていなかった。最上階には校長室、教頭室、それから若くして《特級教師》の称号を得た張《チャン・ミンソン》鳴松先生の執務室があった。張鳴松先生は、一流大学である清華大学を卒業して、数学教育の権威と見なされている、南明《ナンミン》高校ではいちばん有名な先生だ。それで、昔からこの建物の最上階に執務室を与えられていたのだ。今日はその張先生に呼ばれてきた。張先生は教務主任として、新任の教師や転任してきた教師の面倒も見ているからだ。

部屋の前まで来ると、小枝はドアをノックした。その瞬間、あの嫌な感じがした。張鳴松先生は、特別に数学の個人授業をして、毎年多くの生徒を一流大学に入学させているので、生徒や親たちの評判はいい。誰からも尊敬と畏怖のまなざしで見られている。だが、昔からこの先生にはどこか邪悪なものを感じてしまうのだ。

「張鳴松先生、お目にかかれて光栄です。このたび、南明高校に転任してまいりました欧陽《オーヤン》小枝と申します」

「ようこそ、南明高校へ」張鳴松先生は答えた。だが、その口調はそっけなかった。どうやら、こちらに興味はないらしい。「教育委員会から、書類を受け取っているよ」

「ありがとうございます。自分が卒業した高校に戻ってきて教えることができるのは、わたしにとって大きな喜びです。高校時代、教師を目指していたわたしにとって、張先生は憧れの存在でした。高校卒業後は、その夢を叶えるために上海師範大学に入学し、国語の教員免許をとって、西方の貧しい村で六年ほど教えました。それから、上海の高校に転任して、そこに六年いましたので、教師としてのキャリアは十二年になります」

「そうか。きみは南明高校の出身だったな。書類を見ると、一九九五年の卒業になっている。ならば、担任は申明君ではなかったかね？」

その口調に、小枝は不快な気持ちになった。

「そうです。あんなかたちでお別れしなければならなかったのは、残念でなりません。いったい、どうしてあんなことに」

するると、張《チャン》先生が話をさえぎって言った。

「昔のことだ。あれこれほじくりかえすのはやめよう。転任のための書類の手続きがあるだろう。事務所に案内するよ」

三十分後、書類の手続きが終わると、張鳴松《ミンソン》先生は冷ややかに握手をして、立ち去っていった。激励の言葉などもなかった。

競技場をまた縦断して、校門を出ると、小枝《シャオジー》は通りの反対側に渡った。今はビルが建ちならんでいるが、昔はここに工場跡の空き地と農村から来た労働者たちが建てたバラックがあった……。そして、あの時——一九八八年のあの時、そこが大きな火事になって……。そのことを思い出すと、小枝は胸が痛んだ。

二〇一一年六月十九日（日曜日）　暮れ方

三週間後、小枝は再び火事があった現場にいた。南明高校の隣には高いビルが建っていて、《魔女区》の工場はそこから数百メートル離れたところにある。その《魔女区》の工場で、十六年前に申　明《シェン・ミン》先生は亡くなったのだ。今日は先生の命日だ。小枝は、先生が亡くなった地下室で冥銭を焚いてきたところだった。

その時、ふと、《魔女区》のほうに目をやると、そちらから高校に向かって歩いてくる十

五、六歳の少年の姿が目に入った。なんだか、懐かしい気がする。この懐かしい感じは……。そうだ、申明先生だ。小枝は心のなかで叫んだ。それと同時に、その少年が二年前の中元節に、地下鉄のエスカレーターですれちがった少年であることに気づいた。

第十六章

二〇一一年六月十九日（日曜日）　暮れ方

南明《ナンミン》高校の前まで来ると、司望《スー・ワン》は通りを渡って、バス停のところまで来た。尹玉《イー・ユー》はまだ来ていない。今日は尹玉が高校の寮を引きはらいに来るというので、それならこのバス停で会おうと、司望のほうから提案したのだ。たぶん、次のバスでやってくるのだろう。そう思って駅のほうを眺めた時、遠くのほうにバスの姿が見えた。

尹玉はやはり、そのバスに乗っていた。白い制服を着て、黒いリュックを背負っている。髪はあいかわらず短かったが、身体つきから男子とまちがわれることはなさそうだった。身長は、もう司望のほうが高い。

バスから降りると、尹玉はすぐに尋ねてきた。

「やあ、入試はどうだった？」

「そんなに悪くなかったと思う」司望は答えた。「今は結果待ちだよ。南明高校に入れるくらいの点が取れたかどうか、わからないけど……。きみはどう？　大学はどこに行くの？」

「何日か前に、結果が出た。わたしは香港に行く。香港大学に合格したんだ」

「どうして話してくれなかったの？」不満な気持ちで、司望は言った。「なかなか会えなくなっちゃうじゃない」

「しょっちゅう会いに帰ってくるよ。わたしはどうも規則に縛られることが苦手でね。こちらの大学は肌に合わない。たとえ、清華大学や北京大学に入れたとしても、途中でやめることになるだろう。香港の大学なら、それほどうるさい規則はないはずだと思ってね」

そう言うと、尹玉は広告をはさんだバス停のガラスの壁に背をもたせた。高校生くらいの年だろうか、バス停の前を歩く女の子たちが、何度もこちらをふり返って見ている。

「見た？　あの子。あんな素敵な男の子と一緒にいて……。女らしさのかけらもないのに……」ひそひそとささやく声が聞こえる。

梅雨の晴れ間で、陽の光に女の子たちの白い肌がまぶしい。ショッピングセンターに行くつもりなのか、女の子たちは駅の方向に歩いていった。その方向には《魔女区》もある。司望は尋ねた。

「《魔女区》へ行ったことはある？」

「もちろん、あるよ。魔女が人を殺して、あのあたりに埋めたと言って、南明高校の生徒たちは、あそこを《魔女区》と呼んでいるが、それは決してそう的はずれなものでもないんだ。実をいうと、あそこはかつて墓地だったんだ。一九三五年に自殺した上海の女優、阮玲玉《ロアン・リンユィ》の墓もそこにあった。だから、《魔女区》の下には今もその骨が埋まっているはずだ」

「尹玉は、その墓地に行ったことがあるの？」

「ああ。墓地が《玲玉《リンユイ》の村》と呼ばれていた頃にね。玲玉が埋葬されたあとに、そう呼ばれるようになったんだ。墓地全体が散歩のできる公園になっていてね。池や築山もあった。石橋を越えてなかに入ると、まるで古代の墓のような大きな墓が並んでいた。ほら、内部に棺や供物台、馬や羊の石像を納めるようなものがあっただろう。そんな墓だ。皇帝陵《こうていりょう》にならって、地下に霊廟のあるものもあった。まだ中華民国の時代だったから、そうした贅沢なものもつくることができたが、今だったら、そんな墓をつくっただけで厳しく罰せられるだろうね。それに比べると、阮《ロアン》玲玉の墓は質素だったよ。彼女は広東省《カントンしょう》の出身だったから、広東ふうの墓に埋葬されたが、その墓は高さが一メートルほどしかなかった。陶器に焼きつけられた写真だけが彼女らしかったが……。その写真で玲玉は静かに微笑んでいたよ。だが、墓地は文化大革命の時に、すべて破壊されてしまった。風水的にも素晴らしかったんだがね。そして、そのあとに南明《ナンミン》高校と工場が建設されたんだよ。南明高校の図書館は、死者の霊に供物を捧げていた場所につくられたものなんだよ。まあ、そんな場所で、今のわたしの同級生たちは、恋愛詩集を読んで、胸をときめかせているんだけどね」

「人は死ぬんだね」司望はぽつりと言った。

「あたりまえだ。死なない人間はいない」尹玉《イー・ユー》は答えた。「あとは葬られるだけだ。わたしは大げさな葬式をされて、立派な墓に埋葬されるのは嫌だな。遺灰を海にまいてくれるのが、いちばんいい」

「生きている時の阮玲玉には、会ったことがある？」

「街で見かけたことはあるよ」

「じゃあ、やっぱり、その時代に生きていたんだね。尹玉は……」

「そうだよ。前世でね。男として……」

それを聞くと、司望《スー・ワン》は前から尋ねてみようと思っていたことを口にした。

「その時代じゃなくて、もっとずっとあとのことなんだけど、その前世で生きていた時、尹玉は安息通りに住んでいたんだよね？　一九八三年に殺人事件があって、住んでいる人の喉がガラスの破片で切られたっていう家の前に……」

「そうだ」

「それじゃあ、その頃、尹玉が住んでいた建物の半地下に住んでいた男の子のことを覚えてないかな。当時、十三歳で、尹玉の家政婦をしていたおばあさんと一緒に住んでいた子なんだけど……」

「家政婦をしていたおばあさん？　ああ、雲《ユン》おばさんのことか。わたしは七十七歳の時に、追放されていたチベットから帰ってきたんだが、すっかり身体を悪くしていた。そこで、政府が家事援助を地区委員に要請してくれて、雲おばさんが来てくれたんだ。元気な人で、大変な仕事でも嫌がらずにやってくれたよ。何年か前に娘が夫に毒殺されるという、かわいそうな目にあってね。それで、その娘が残した子供、つまり孫を引き取ることになったんだが、それを聞いてわたしは不憫に思ってね。住み込みという形にして、半地下の部屋を住居として使ってもらっていたんだ」

司望《スー・ワン》は何も言わなかった。

「そう、その子について訊きたかったんだな。わたしが知っているのは、その子が小学生の時から中学生の時までだ。両親がいないと悪いほうに行ってしまう子供もいるが、あの子はそうではなかったね。半地下の窓から覗くと、灯油ランプの明かりで宿題をしている姿を見かけたものだ。本が好きな子でね。わたしは蒲松齢の『聊斉志異』をあげたことがあるよ。家にばかりいて、あまり近所の子と遊んでいる様子はなかったな。むしろ、いじめられていたかもしれない。時々、殴られて、鼻血を出しているところを見たよ」

司望はそれ以上聞いているのが辛くなった。

「じゃあ、もうひとつ訊くけど……。尹玉《イー・ユー》は前世で、その……おじいさんだったわけでしょう？　ということは、そのおじいさんの生まれ変わりだってことになるけど、本当にそうなのかな？　ただ、もう死んでしまった人の記憶を取りこんでしまう、特殊な能力があるだけなんじゃないかな？　ぼくは最近、いろいろな科学の本を読んでみたけれど、輪廻転生っていうのは、ないんじゃないかと思う。前世の記憶を持っているっていう人は、輪廻転生で生まれ変わったんじゃなく、今、言ったような特殊な能力を持っているだけだと思うんだ」

それを聞くと、尹玉は年よりくさい、疑いぶかげな顔をした。

「なるほど。では、そういうことにしようか。しかしそうなると、わたしは一九〇〇年生まれの男の記憶を持っていることになるな」

「一九〇〇年？　八カ国連合軍が北京に入った年？」

「そうだよ。光緒二十六年、義和団の乱の年だ」

「その年に何があったか、覚えている？」

「おいおい、わたしは生まれたばかりだったんだよ」

司望は尹玉の背後の空を見つめた。黄昏の光に金色《こんじき》に染まった雲が南明《ナンミン》高校の上に広がっている。尹玉が詩を口ずさんだ。

「桃を種《う》えし道士　何処《いずこ》にか帰る
前度の劉郎《りゅうろう》今又《ま》た来たる」

「その詩なら、読んだことがあるよ。誰の詩だったかな」

「劉禹錫《りゅううしゃく》の詩だ。実はこれにはもとになる話があってね。中国、六朝時代の宋の皇族、劉義《りゅうぎ》慶《けい》が編纂した、伝奇小説の短篇集『幽明録』に採録されている『劉阮遇仙《りゅうげんぐうせん》』という話なんだが、後漢の時代に、劉晨《りゅうしん》と阮肇《げんちょう》というふたりの男が、薬草を取りに天台山に入ったところ、道に迷ってしまった。そこで、山に生えていた桃を食べ、渓流の水を飲みながら、なおもさまよっていると、ふたりの美しい女性に出会い、家に招かれた。劉晨と阮肇は誘われるまま、女たちの家に行き、歓待を受けて、半年ほど過ごした。そして、ようやく故郷の村に戻ることにしたのだが、戻ってみると、半年ではなく、七世代分の時が流れ、時代は二百年以上もあとの晋になっていた。それを知ると、劉と阮のふたりは再び村を離れ、もう誰もその姿を見たものはなかったという……。まあ、そういう話だ」

「ワシントン・アーヴィングの『リップ・ヴァン・ウィンクル』みたいだね。異世界でしばらく過ごしたら、何十年、何百年たっていたという話だ」

「そのとおりだ。劉禹錫《りゅううしゃく》の詩はこの話を踏まえていて、自分が都を留守にして帰ってみると、様子はすっかり変わっていたという、その感慨を詠んでいる。劉禹錫は政治家でもあったので、時の権力の影響を受けることが多く、ある時、地方に左遷されて、十年後に戻ってきたら、長安《ちょうあん》にあった道教の寺院、玄都観に千本の桃が植えられ、花見の名所になっていた。そこで、『まあ、自分が都を留守にしている間に咲きほこっていることよ』という詩を詠んだのだが、それが権力を批判したとされ、また左遷させられた。そして、十四年ぶりに長安に戻り、玄都観を訪ねてみると、桃は切り倒され一本もなかった。それで、今度は《桃を種えし道士　何処にか帰る　前度の劉郎　今又た来たる》と詠んだわけだ。『桃を植えた道士はいなくなったが、私はまたやってきた』と……」

「つまり、きみも劉禹錫のように追放され、また帰ってきたんだね？」

「わたしは、二十世紀目前の一九〇〇年の庚子《かのえね》の年に、貧しい知識人の家庭に生まれた。幸い、商売をしていた叔父が金銭的な面で助けてくれたので、村を離れて勉強することができたんだ。一九一九年五月四日の五・四運動（中国における日本の権益を認めたパリ講和会議の結果に反発して起きた抗日運動）の時には、北京にいて、当時日本の主張を支持した曹汝霖《そうじょりん》の屋敷が焼かれた事件の現場にもいたんだよ。曹家が明朝の時代から暮らしてきた趙家楼《ちょうかろう》が焼かれた事件だ。その現場にね。その翌年に、まさか日本に留学するとは思わなかったがね」

「日本にはどのくらいいたの？」

「ほんの数年かな。勉強よりは恋に夢中だった。きみも日本の女性が素敵なのは知っているだろう？　蒼井《あおい》そらのビデオなんか、見ているんじゃないか？」

司望《スー・ワン》はあわてた。尹玉《イー・ユー》は大笑いした。

「わたしは今は女だから、そんなビデオには興味がないがね。ともかく、留学先の長崎で、ひとりの日本女性と恋に落ちたんだ。いろいろと複雑な事情があって、結局は添えない身だった。彼女にはかわいそうなことをしてしまったよ。まさに生きるか死ぬかの恋で、彼女はわたしへの愛を貫くために、死を選んでしまった……。なんという名前だったかな？　キリスト教徒で、アンナという洗礼名だったが、本名は覚えていない」

「生きるか死ぬかの恋をしたくせに？　ずいぶん薄情じゃないか？」

先ほどの仕返しとばかりに、司望は言った。尹玉は少し顔を赤らめた。

「いや、だけど、真剣な恋だったんだ。彼女が死んだあと、わたしはもう日本にいるのが辛くなり、船でフランスに渡った。留学先をそちらに替えたんだ。最初はパリのモンマルトルにいて、それからラベンダーの香り漂うプロヴァンスのグラースに移った。そして、またパリに戻ってきた。パリでは、サルトルと友だちだったよ。行きつけの書店で、ヘミングウェイやジェイムズ・ジョイス、エズラ・パウンドとも出会ったことがある。オデオン通りにあった《シェイクスピア・アンド・カンパニー》という書店だ。ヘミングウェイの『日はまた昇る』は、読んだことがあるかね？　結局、フランスには四年いたよ。魅力的なところで——特にパリはね。情熱的な街だった。でも、退廃的でもあったので、生涯ここで暮らすのは無理だと思った。そこでどうしたと思う？　当時の知識人の若者が夢見たように、共産主義革命を成功させて、ソビエト連邦を設立したロシアに向かったんだ。ヨーロッパを鉄道で横断して。モスクワにたどりついた時には、石も割れるような寒さだったな。それでも、赤の広場のレーニン廟を訪れ、クレムリン宮殿の尖塔の先にある赤い星を見た時には、感動で身震いしたものだ。わたしは中国共産党がソビエト連邦に設立したモスクワ中山《ちゅうざん》大学に入った。そして、ここで偉大な指導者に出会ったのだ。この大学は中国国民党と共産党の〈国共合作〉の結果としてできたものだったが、一九二七年に〈国共分裂〉が始まると、そのあおりを受けて、一九三〇年の夏に閉鎖された。わたし自身も、ある事件に巻きこまれて、それ以前に大学から追放されていた」

「それで上海に帰ってきたの？」

「そうだ。でも身元を隠して、租界（外国人居留区）にいなければならなかった。もし国民党に捕まったら、投獄され、銃殺されてしまう恐れもあったからね。かといって、共産党員として革命運動に参加することもできなかった。陳独秀《ちんどくしゅう》の組織に属していたので、共産党からは裏切り者だと見なされていたんだ（陳独秀は中国共産党設立者のひとり。〈国共合作〉の責めを負わされ、指導者の地位から追われたあと、中国トロツキストの統一組織を結成する）。そういったわけで、わたしにできることといえば、作家や芸術家たちの間をうろつきながら、詩を書き、酒を飲むことくらいだった。生計を立てるため、教師や記者、編集者などをして働いたよ。新聞の学芸欄などに記事を書いていたんだ。蕭紅《しょうこう》の処女作、『生死場』の出版にも関わった。蕭紅は知っているね？　中国の最東北部、黒竜江省《こくりゅうこうしょう》出身の女性作家だ。直接会うことはそれほどなかったがね。ずっとあとの作品になるが、『呼蘭河伝《こらんこうでん》』もいい小説だったよ。わたしはこの作家を高く評価していた。『生死場』というタイトルからインスピレーションを受けて、『生死河』という小説を書きたいと思っていた」

「生死河？」

「『忘却の河』でも『孟婆湯』でもいいんだが、前世の記憶や生まれ変わりに関する本だ。それから、一九三七年に抗日戦争が始まると、上海の租界に対する日本の干渉がひどくなり、わたしは長江沿いに武漢《ぶかん》、重慶《じゅうけい》、成都《せいと》、昆明《こんめい》と、各地を転々としていった。劉禹錫《りゅううしゃく》のように都を追われる身となったわけだ。重慶にいた時は西南大学で教鞭をとっていたが、考え方が人とちがっているという理由で、最後は辞めさせられた。そこで、わたしは長江をさらに遡り、山を越えてチベットに入った。それから、その荒涼とした地で数年間暮らしたあと、上海に帰ってきたんだ。戦争は終わり、わたしは四十五歳を超えていた。そして、彼女に出会ったんだ』

「マドモワゼル曹《ツァオ》に？」

「そのとおりだ。彼女の知性に惹かれ、わたしは恋に落ちた。まあ、男なら誰でも虜になる絶世の美人でもあったのだがね。だが、不幸なことに、彼女は国民党の幹部と結婚していた。夫を愛してはいなかったけれど。一九四九年に〈国共内戦〉の末に共産党が勝利を収め、国民党の幹部が台湾に逃げ出した時に、夫は彼女を残して、ひとりで行ってしまったんだ。いっぽう、彼女は香港経由で夫に合流することもできた。だが、残ることを選んだんだ」

「きみのために？」

「彼女は国民党の幹部の妻だった。共産党から見たら敵だろう。わたしだって、共産党から裏切り者だと見なされている。こちらに残って、わたしと暮らすメリットはない。しかし、それでも彼女はわたしのために残ったんだ。といっても、わたしはそのあとすぐ、またチベットに行くことになった。今度は政治犯としてね。それから二十七年たって、上海に帰ってきた時には、彼女は五十歳をゆうに超えていた。そして、この間、きみと一緒に行った、あの家にひとりで住んでいたんだ。あの家は彼女の父親の持ち家だったんだが、長い間、政府が接収していたのを彼女に返還したらしい。まあ、これも時の流れだね。そこで、わたしは同じ通りに住むことにした。ただし、反対側の端に……。彼女に会うのも、それほど多くはなかった。そのほうがよかったんだ。あまり近くなりすぎると、お互いに苦しい思いをするだけだからね。これまでの人生のなかで、たくさんの人を愛し、たくさんの人を憎んできたから……。わたしも、彼女もね」

「前世での自分の人生に満足していた？」司望《スー・ワン》は尋ねた。

「満足はしていなかったな。結婚できる女性を見つけることができなかったし、当然のことながら子孫を残すこともできなかった。それがいちばん悔やまれることだ」

「子供がほしかったの？」

「ああ、輪廻転生するより、そのほうがいい。自分が人生を繰り返すんじゃなく、自分の遺伝子を受け継いだ子供が次の人生を生きてくれるほうが……。だから、最後の数年は淋しかったね。話す相手は、マドモワゼル曹しかいない。時々、記者たちがわたしの知っていた昔の有名人について話を聞きにきたが、それだって別に楽しいことではない。わたしはもううんざりしていた。早く死にたいと思っていたよ。だが、ようやく死を迎えることができたのは、九十二歳の時だった」

「長生きして、人生にうんざりしたって言うけど、本当に早く死んでいたら、そんなことも言えないんだよ」

「司望、きみには理解できないよ」

「あとひとつ聞いてもいい？　結局、『生死河』を書くことはできたの？」

「ああ。チベットに追放されていた時にね。二十七年いたんだから、書く時間だけはあったんだ。でも、燃やしてしまったよ」

「どうして？」

「わたしの過去のすべてが、その本のなかにあったから……。そんなものは残しておくべきではない。本にも記憶にも……」

司望《スーワン》は、じっと考えた。それから、感謝の気持ちを表すために、時代劇で見るように右手の拳を左手で包んで拱手《きょうしゅ》の礼をした。

「尹玉《イーユー》。前世できみがなんて名前だったかは知らないけれど、今、こうしてぼくたちは友だちになっている。つまり、運命はぼくたちが再会することを望んだんだ。きみはこれから香港に行く。今度はいつ会えるかわからない。だから、言っておくけれど、身体には気をつけてね」

尹玉は同じように拱手をすると、軽く頭をさげて答えた。

「わかったよ、司望。それじゃあ、寮に行って、荷造りをするとしよう。またな！」

「ぼくたちは未成年だから、お別れに一杯やれないのが残念だね！」

「李叔同《りしゅくどう》は知っているね。号は弘一《こういつ》。二十世紀前半を生きた詩人だ。実は李叔同は、わたしの叔父の友人だったんだが、わたしが北京に出発する時に会いに来てくれてね。出家して、杭州市《こうしゅうし》にある虎跑寺《フーパオ》に入るために、剃髪《ていはつ》したばかりだったが……。それで、その時につくったばかりの歌を歌ってくれたんだ。アメリカの作曲家、ジョン・オードウェイがつくった曲に詞をつけたものを……。そう、あの有名な「送別」という歌だ（日本では「旅愁」の題で知られる曲）」

そう言うと、尹玉はその歌を歌いだした――町のはずれにある送別のためのあずまや。その先には緑なす古道が続き、遠くの山に夕日が沈むのが見える――そのあずまやで友と濁酒《どぶろく》を汲みかわしながら、これが最後になるかもしれない別れを惜しむ歌だ。

歌いおわると、尹玉は何も言わずに微笑んだ。その姿を見て、司望はきれいだと思った。

尹玉はそのままこちらに背を向けると、高校に向かって、通りを渡りはじめた。が、通りの中ほどまで行ったところで、こちらをふり返った。その瞬間。

「危ない！」司望は叫んだ。

トラックが一台、怒りくるった牡牛のように、尹玉に襲いかかってきたのだ。ブレーキのきしむ音が響いた。だが、スピードは落ちない。尹玉はトラックにはねとばされ、宙を舞って、司望の目の前に落ちた。司望は急いでひざまずき、尹玉の柔らかい身体を抱きおこした。

尹玉は頭から血を流し、その血が額や頬を覆っていた。

（下巻へ続く）

忘却の河　上

2023年7月5日　初版第一刷発行

著者……………………蔡《さい》駿《しゅん》
監訳……………………高野《たかの》優《ゆう》
翻訳……………………坂田雪子《さかたゆきこ》　小野和香子《おのわかこ》
吉野《よしの》さやか
イラスト………………もの久保《くぼ》
装幀……………………坂野公一《さかのこういち》（welle design）

発行人…………………後藤明信
発行所…………………株式会社 竹書房
〒102-0075
東京都千代田区三番町8-1
三番町東急ビル6F
email：info@takeshobo.co.jp
http://www.takeshobo.co.jp
印刷所…………………凸版印刷株式会社

定価はカバーに表示してあります。
■落丁・乱丁があった場合は furyo@takeshobo.co.jp まで
メールにてお問い合わせください。
Printed in Japan